Erika Lorenz

Licht der Nacht

Erika Lorenz

Licht der Nacht

*Johannes vom Kreuz
erzählt sein Leben*

Herder
Freiburg · Basel · Wien

Alle Rechte vorbehalten – Printed in Germany
© Verlag Herder Freiburg im Breisgau 1990
Herstellung: Freiburger Graphische Betriebe 1990
ISBN 3-451-21814-3

Inhalt

Vorwort	7
1. Frühe Ungeborgenheit	11
2. Ein Wille und viele Wege	29
3. Unerwartete Wendung	46
4. Wunsch und Wirklichkeiten	63
5. Das neue Leben	79
6. Wolken über Ávila	98
7. Turbulenzen	111
8. Toledo – Jona im finsteren Wal	129
9. Freiheit und Freundschaft	149
10. Der Seelengärtner	165
11. Würden und Bürden	176
12. Abschied und Aufbruch	187
13. Blick auf Granada	198
14. Mit schnellem Pferd	215
15. Ferne Inseln	237
16. Lebendige Flamme	251

Verzeichnis der Illustrationen:

Seite 23: Das Kloster San José in Ávila (nach einer Zeichnung aus dem 19. Jahrhundert).
Seite 35: Das Karmelitinnenkloster in Valladolid (nach einer Zeichnung aus dem 19. Jahrhundert).
Seite 49: Die Stadtmauer von Ávila.
Seite 61: Das Menschwerdungskloster in Ávila.
Seite 75: Teilansicht von Segovia mit Aquädukt (nach einem Stich aus dem 19. Jahrhundert).
Seite 87: Der Gekreuzigte. Zeichnung des heiligen Johannes vom Kreuz.
Seite 101: Puerta del Sol in Toledo (nach einem Stich aus dem 19. Jahrhundert).
Seite 113: Das Karmelitenkloster von Toledo unterhalb des Alcázar (nach einem alten Stich).
Seite 127: Das Karmelitinnenkloster in Toledo (nach einer Zeichnung aus dem 19. Jahrhundert).
Seite 139: Toledo (nach einem alten Stich).
Seite 151: Die alte Alcántara-Brücke von Toledo (nach einem alten Stich).
Seite 161: Der heilige Johannes vom Kreuz (eine der ältesten authentischen Darstellungen des Heiligen in Granada. Original: Öl auf Holz, Heiligenschein später zugefügt).
Seite 173: „Monte Carmelo": Kopie eines Blattes mit der Handschrift des heiligen Johannes vom Kreuz.
Seite 183: Apsis der Kathedrale von Ávila.
Seite 195: Der Garten des Generalife in Granada (nach einem Stich aus dem 19. Jahrhundert).
Seite 205: Das Kloster Los Mártires in Granada (nach einer Darstellung aus dem 19. Jahrhundert).
Seite 217: Granada mit Alhambra (nach einem Stich aus dem 17. Jahrhundert).
Seite 227: Alhambra, Granada: Turm der sieben Stockwerke (nach einem Stich aus dem 19. Jahrhundert).
Seite 239: Das Franziskanerkloster in der Alhambra von Granada, im Vordergrund der Turm Los Picos (nach einem alten Druck).
Seite 249: Der Daraja-Erker in der Alhambra von Granada (nach einem Druck aus dem 19. Jahrhundert).
Alle Fotos: Herder-Archiv.

Vorwort

Johannes vom Kreuz hat keine Aufzeichnungen über sein Leben hinterlassen. Neben seinem mystischen Werk und einigen Briefen gibt es keine Selbstzeugnisse. Darum ist die autobiographische Form dieses Buches eine Fiktion.

Der literarische Kunstgriff der Ich-Erzählung wird von der „Schreiberin" verantwortet, weil es so möglich war, das grobe Gerüst überlieferter Daten und Fakten mit dem Fühlen, Denken und Wollen des großen spanischen Mystikers auszufüllen. Dazu wurden Werke und Briefe, aber auch von den Zeitgenossen berichtete Aussprüche oder Antworten des Heiligen verwendet.

Diese waren zugänglich, weil so viele der Freunde und Ordensmitglieder den mit 49 Jahren verstorbenen Johannes überlebten. Sie wurden wichtige Zeugen für den bald beginnenden Seligsprechungsprozeß, der freilich, wie auch die Kanonisierung, langwierig war. Eine Folge der gezielten Verleumdungen, die dem in seinem Verständnis der Christusnachfolge wehrlosen Juan de la Cruz die letzte Lebenszeit schwermachten. Erst 1726 erfolgte die Heiligsprechung, hundertvier Jahre später als die der Teresa von Ávila, die er in ihrem Reformwerk als erster geistlicher Sohn unterstützte. Von Teresa liegen viele Selbstzeugnisse vor, sogar in Form einer echten Autobiographie, der zahllose Briefe und eine Chronik der Klosterstiftungen folgten. Auch andere Größen der Zeit, die mit Johannes in Berührung kamen, hinterließen schriftliche Zeugnisse zu Ereignissen, von denen sein Leben beeinflußt wurde. Dieses alles kommt im Original zur Sprache, übersetzt von „der Schreiberin", die auch versuchte, die Texte des Johannes vom Kreuz einerseits dem heutigen Menschen verständlich, andererseits doch so zu übertragen, daß etwas von seiner persönlichen Redeweise durchschimmert.

Alle Originalzitate des Johannes*, aber auch seiner nächsten Umgebung, sind im Druck durch die Zeichen ›...‹ kenntlich gemacht. Doch wird aus abstrakten Daten und einigen Zitaten noch keine lesbare Biographie. So mußte fast jedes Detail erfunden werden, Landschaft, Ambiente, Szenerie, Dialoge, Reaktionen, Gedanken und Gefühle, der historisch-soziale Hintergrund: alles dieses war ein notwendiger Appell an Phantasie und Erfindungskraft – freilich, soweit möglich, immer auf der durch Reisen erworbenen Basis persönlicher Anschauung.

So hat dieses Buch auch romanartige Züge, wird „Litererarisches" verwendet zur Verlebendigung, nicht etwa aus Willkür. Es geht hier nicht darum, akribisch kein Datum auszulassen oder wissenschaftlich neues Material zu häufen. Es geht auch nicht um modernes „Umwerten" oder Psychologisieren. Dieses Buch wurde geschrieben, um das im Laufe der Jahrhunderte verdunkelte Bild des Johannes wieder in seinen ursprünglichen Farben erstrahlen zu lassen. Ist er doch das Opfer einer „schwarzen Legende", die ihn als „Doktor des Nichts" darstellte, ein Mensch der Düsternis und „Abtötung", ein unmenschlicher Mensch.

Diese Legende löst sich auf, sobald man die gesicherten Fakten seines dramatischen Lebens mit den Werkaussagen vergleicht und zusammenbringt. So verschwindet die verfälschende „Übermalung" ganz von selbst. Zugleich wird dem Leser ein Zugang zum mystischen Werk des Johannes eröffnet, denn dieses Werk entstand auf der Basis seiner Erfahrung zum Nutzen seiner Ordensbrüder und -schwestern. Daher zeigt sich dem heutigen Leser, daß nicht verabsolutiert werden kann, was als Hilfe und Anleitung für die Kontemplation, das vertiefte Gebet gemeint ist. Freilich bleibt

---

* Zitiert und übersetzt aus: San Juan de la Cruz, Obras completas (J. Vicente Rodríguez, F. Ruiz Salvador), Editorial Espiritualidad, Madrid ²1980; Aussprüche und Anekdotisches überwiegend aus: Vida y Obras de San Juan de la Cruz (Crisógono de Jesús, Matías del Niño de Jesús, Lucinio Ruano), Biblioteca de Autores Cristianos, Madrid, 10. revidierte Auflage 1978; ergänzend: Obras de San Juan de la Cruz (Silverio de Santa Teresa), Band V, Procesos de Beatificación y Canonización, Burgos 1931; Historia del Carmen Descalzo (Silverio de Santa Teresa), Band V, San Juan de la Cruz, Burgos 1936; Gerald Brenan, San Juan de la Cruz, Barcelona 1974; Otger Steggink, Erfahrung und Realismus bei Teresa von Ávila und Johannes vom Kreuz, Düsseldorf 1976; sowie zahlreiche neue Monographien, vgl. Bibliographien in: Monte Carmelo, Burgos 1985–1989.

das neuplatonische Weltbild, dem Johannes als Kind seiner Zeit verpflichtet war. Aber erleichtert nicht auch dieses Wissen das Verständnis?

Wichtiger noch als alle Philosophie und mystische Theologie ist eine Annäherung an das Wesen des Johannes. Nicht nur das Wesen eines „Introvertierten", sondern auch das Wesen eines Dichters, eines der größten Lyriker Spaniens, der in seinen dunkelsten Stunden ganze Ströme lichtvoller, sinnlich berückender Bilder aus seinem Innern entließ. Gewiß entsprach es seiner Persönlichkeit, daß er die Stille suchte, brauchte – ein Wunsch, der ihm nur selten gewährt wurde. Denn die Reform des Karmel riß auch ihn in den Strudel der Aktivitäten, die der Teresa die Bezeichnung „einer unruhigen Landstreicherin" aus dem Munde des päpstlichen Nuntius eintrugen.

Aber die Ruhe, die Johannes suchte, sollte nicht egozentrischer Ergötzung dienen. Er wußte, daß in der Tiefe der Kontemplation eine Liebe erwacht, wie sie nur Gott schenken kann. Eine Liebe, die als Vorrat und Wirksamkeit in den geistigen Schatz der Kirche, des Gottesvolkes, einzubringen ist, wesentlicher als alles Tun.

Unbedingt und groß war er in seiner Liebe, und als „groß" wurde der nach entbehrungsreicher Kindheit körperlich winzige Juan auch von seinen Freunden bezeichnet. Seine Größe wirkt fort: in unserem Jahrhundert wurde er zum Kirchenvater (1926) und zum Schutzpatron der spanischen Dichter ernannt (1952). Ein Mensch also, von dem sich gerade unsere Zeit angesprochen fühlt.

Möge er also nun selbst zu Worte kommen. Sollte der Leser einwenden, dieser stille Mensch hätte ja nie so ausführlich von sich geredet, so darf er dessen nicht zu sicher sein. Denn Juan-Johannes, der sich vom scheuen jungen Mönch zum milden Seelenführer und leidenschaftlichen Dichter entwickelte, schrieb in den letzten Lebensjahren auch die großen Prosawerke gern und beredt, weil man ihn darum bat. Es waren vor allem Frauen, auf deren Bitte er schrieb. So entspricht es seiner Erfahrung, wenn er hier durch die Feder einer „Schreiberin" erzählt.

Hamburg, den 14. Dezember 1989   *Erika Lorenz*

1
Frühe Ungeborgenheit

Es mag ein wenig ungewöhnlich erscheinen, daß jemand, der die Erde vor rund vierhundert Jahren verließ, Ihnen, mein lieber Leser im Herrn, sein Leben erzählt. Aber Sie wissen ja, ich bin nicht tot, und so habe ich aus meinem ›Tag der Ewigkeit‹ heraus das Bedürfnis, zu den Menschen zu sprechen, denen man mich vorgestellt hat als ihren Lehrer, „Kirchenlehrer" nannte man das 1926. Das bedeutet nicht, daß ich die Kirche belehre, so gut das auch manchmal sein könnte, sondern daß ich mit ihrer Zustimmung dem heutigen Menschen sage, was den Sinn meines Werks und meines Lebens ausmacht.

Der Beiname, den ich mir gegeben habe, „de la Cruz", war natürlich ein Programm und ein Bekenntnis. Oder mehr noch: ein prophetisches Vorgefühl, wie sich noch zeigen wird. Jedenfalls hieß ich bei meiner Geburt Juan de Yepes y Álvarez – ein Name nicht ohne Adel, aber doch mit einigen Fragezeichen. Meine Mutter – Gott hat sie selig – war nämlich eine arme Waise, die bis zu ihrer Heirat und hinterher erst recht selbst ihr Brot verdiente. Sie tat das mit dem ehrenhaften Handwerk der Webkunst, die 1542, zur Zeit meiner Geburt, in Kastilien immer noch eine große Rolle spielte, obwohl das, wirtschaftlich betrachtet, etwas rückständig war. Die kleine Seidenweberei, in der sie arbeitete, lag in Fontiveros, einem geringen, aber mit einer großen Kirche und einem Karmelitinnenkloster versehenen Ort in der Provinz Ávila, nördlich der Stadt gleichen Namens und wie diese auf der Meseta, der windigen kastilischen Hochebene mit ihren langen und strengen Wintern, gelegen.

Ich sagte vorhin, als ich von meiner Familie sprach, „nicht ohne Adel", denn bei meinem Vater war der gewiß. Er stammte, wie meine unbekannte verwaiste Mutter, aus Toledo, einer Stadt mit stolzer Vergangenheit, an der sich Römer, Goten, Araber und Kastilier beteiligt hatten. Ich sollte noch hinzufügen: Juden, von denen es so viele gab, daß sie nicht, wie in anderen spanischen Städten, im Ghetto wohnten. Sie fielen nicht auf und waren verdienstvoll am Gedeihen der Stadt beteiligt; sei es als Kaufleute, Tuchhändler vor allem, sei es in den freien akademischen Berufen als Ärzte oder Rechtsanwälte.

Es gab damals in Toledo sowohl den Seiden- wie den Wollhandel, doch war die Seidenweberei eigentlich eine maurische Tradition, zumal die Maulbeerbäume das wärmere südliche Klima brauchten, so daß man auf andalusische Importe nicht verzichten konnte, was das zarte Produkt der kleinen Raupe natürlich verteuerte.

Ich erzähle das so ausführlich, weil es mir für die Familie meines adeligen Vaters wichtig scheint, die, wie man mir sagte, im Woll- und Seidenhandel tätig war. Ich fand das seltsam, als ich heranwuchs und zu denken begann, denn Handel war eigentlich nicht das Geschäft christlichen Adels. Heute machen die Übereinstimmungen mit der Familiengeschichte der Teresa von Ávila, der großen Frau, die mir zum Schicksal wurde, mich lächeln. Mußte sie doch in ihrer gar nicht judenfreundlichen Zeit stets verbergen, daß ihr Großvater, der Tuchhändler aus Toledo, sich nach seiner christlichen Konversion in Ávila niederließ, Herkunft und Handel verleugnend.

Mein Vater hatte nichts zu verleugnen, denn im Grunde war er, wie seine Frau, als Waise aufgewachsen, aber nicht im Waisenhaus, sondern bei seinen reichen Onkeln, die den begabten jungen Mann für den Seidenhandel ausbildeten und ihn bald regelmäßig zum Markt nach Medina del Campo sandten. Das war damals die größte Marktstadt Altkastiliens, die Stadt der Königin, wie man sagte, weil Isabel von Kastilien, die den Beinamen „die Katholische" erhielt, hier geboren war. Kein unbedeutender Flecken wie heute, sondern eine stolze Stadt voller Paläste, Kirchen und Klöster mit einem Markt, der zu bieten wußte, was die Welt besaß: Korallen und Gewürze, Silber und Zucker, Seiden und Parfum, Wolle und Tonwaren. Ich erzähle das, weil wegen dieses Marktes mein Vater meine arme schöne Mutter kennenlernte. Und das kam so – meine Mutter hat es mir berichtet –:

Eines schönen Sommertags saß Catalina Álvarez, so hieß meine Mutter, mit ihrem Webstuhl am Fenster des geräumigen Hauses. Die vornehme Witwe, der diese kleine Seidenweberei gehörte, weilte gerade bei einer Nachbarin, um ihr ein Muster zu zeigen. Der Knecht war im Weinkeller beschäftigt. Meine Mutter Catalina, Pflegetochter, Weberin und Magd, ließ für einen Augenblick das Schiffchen ruhen und schaute träumerisch in die Ferne. Denn das Haus lag am Ende des kleinen lehmbraunen Ortes inmitten der unermeßlichen Ebene, so daß im Sommer der Blick über wogende Weizenfelder schweifte, im Winter über die von der gewaltigen Schafherde des Königs zertrampelten Wiesen; von der „Mesta", wie man diese dem Mittelalter entstammende lebendige Einkommensquelle nannte, die im Sommer von Kastilien nach Andalusien geführt wurde, im Winter von Andalusien nach Kastilien: Spaniens Nationalherde gewissermaßen, organisiert von Ordensrittern! Aber man hätte zur Zeit meiner Eltern, als ganz Europa eine „Wiedergeburt" erlebte, die mehr neu als „wieder" war, eher kluge Kaufleute gebraucht, die sahen, daß ein Land nicht über Jahrhunderte nur von Wollexporten leben kann.

Doch bin ich von meiner Erzählung abgeschweift, obwohl dieser scheinbar so ruhige Augenblick im Leben meiner Mutter ein höchst schicksalsträchtiger war. Sie sah also hinaus auf die wogenden Weizenfelder, auf die grünen Wiesen, zwischen denen ein gewundener Weg dahinlief wie ein Bach, der endlos im Horizont versickerte. Doch plötzlich erhob sich an einer fernen Windung eine Wolke rötlich-gelben Staubes, ein Reiter galoppierte schnell heran. Ein vornehmer Mann gewiß, denn Pferde waren die Nobelklasse unter den Fortbewegungsmitteln. Der Reiter oder Ritter kam näher, und meine Mutter erkannte, daß er jung war, sah eine flatternde blaue Capa, hörte unterhalb des Hauses den federnden Absprung und das beruhigende Einsprechen auf das rotbraune Tier. Dann Schritte auf den Steinstufen vor der nie verschlossenen Haustür, auf den hallenden Fliesen der Diele, und schon ertönte frisch der Ruf: „Ah, de la casa!" – was so viel heißt wie: „Hallo, ist da jemand?"

Meine Mutter, zart mit roten Locken über einem grauen Kleid, hielt auf der Treppe inne. „Ja", sagte sie, „ich bin da, Catalina, wenn's recht ist. Sie wollen gewiß zur Witwe, sie wird jeden

Augenblick zurück sein." Große dunkle Augen schauten stumm zu ihr herauf, der junge Mann strich sich die windzerzauste Mähne aus der Stirn. Schaute und schwieg. Bis er endlich mit leiser Stimme wieder sagte: „Darf ich warten?"

Da kam auch schon die Witwe, leider weiß ich nicht mehr ihren Namen, ich kannte sie ja nicht. Zu dritt betrat man den Wohnraum mit den geschnitzten dunklen Stühlen, dem glänzend gebohnerten Tisch. Der Knecht brachte im Tonkrug Wein, bald war man in ein Gespräch vertieft, war am „fachsimpeln", wie Sie heute sagen würden, mein gelehrter Leser. Man sprach von den schlechten Chancen des Weberhandwerks im allgemeinen und von den Schafen im besonderen. Der junge Edelmann, mein Vater Gonzalo de Yepes, legte seine Meinung dar, und er tat das in ungewöhnlich poetischen Worten, wobei sein Blick Catalina immer wieder streifte. Er sagte: „Diese Schafe, flockiges Gewölk, wie ein Gewitter, wie ein großer Sturm verwüsten sie unser Land!" Und Catalina lächelte, denn ihr gefiel die Rede.

Ja, die beiden fanden Gefallen aneinander; alles, was ich hier von ihnen berichte, hat mir, wie ich schon sagte, meine liebe Mutter mit diesen Worten erzählt. Und so kam der junge Gonzalo, bei dessen Onkeln in Toledo die Witwe sich oft mit Seide versorgt hatte, immer wieder vorbei, Gründe fanden sich genug. Bald war es offenbar, den beiden und der Umwelt: sie liebten sich. Natürlich wurde man damals genauso von Liebe ergriffen wie heute, aber Sie wissen ja, verehrter Leser, Heirat stand auf einem anderen Blatt. Da ging es um Herkommen und Namen, Geld und Gut. Die reichen Onkel in Toledo waren so empört, als sie vernahmen, ihr Neffe und Erbe wolle eine einfache Weberin heiraten, eine hergelaufene Waise, vielleicht gar, wie man munkelte, maurischen Ursprungs, daß sie ihn enterbten und, als er sich nicht besann, kurzerhand vor die Tür setzten.

Er aber nahm sein Pferd, bepackte es mit der notwendigsten persönlichen Habe und ritt nach Fontiveros. Er gedachte dort, nach seiner schnellen und seligen Hochzeit mit Catalina, im Hause der Witwe als Schreiber, als eine Art Notar, seinen Unterhalt zu verdienen, denn er war geschickt im Aufsetzen und Schreiben von Urkunden und Verträgen. Aber der Ort war zu klein, kaum jemand brauchte seine Fähigkeiten, und so stimmte er denn zu, als ihm die

Witwe anbot, gegen das Geschenk seines Pferdes bei ihr das Seidenweberhandwerk zu erlernen. Was ja auch nicht eben eine Goldgrube war. Aber Catalina war eine geduldige und liebevolle Lehrmeisterin, und beide waren glücklich in der Freiheit ihrer Armut, glücklich in der Erfüllung des Herzens.

Bald aber starb die Witwe, ein harter Schlag. Die schwangere Catalina und ihr nicht eben zum Weber geborener Mann mußten umziehen, sie wohnten nun in einem schmalen Haus an einer langen, belebten Straße mitten im Ort. Hier wurden wir drei Söhne geboren, zuerst Francisco, dann Luis und schließlich, nach dreizehn Jahren, ich. Ich habe meinen Eltern kein Glück gebracht, denn kurz nach meiner Geburt starb mein Vater an schwerer Krankheit, meine Mutter blieb mit uns dreien allein, ich lag in der Wiege und schrie. Bisher hatten meine Eltern, wie ich ja schon andeutete, die Armut in gutem Geiste getragen. Aber nun wurde sie für meine Mutter und meine Brüder zur schweren Prüfung. Luis starb bald an Unterernährung, Francisco war stärker, doch geistig minderbegabt, vielleicht hätte man sogar gesagt, behindert, wäre nicht sein liebevolles großes Herz gewesen. Dieser schlichte Bruder Francisco, der nicht lesen lernte, aber ein guter Weber wurde, ›war mir mein Leben lang das Liebste auf der Welt‹. Zumal er gefährdet war als Kind, schlechten Einflüssen erlag, dann aber sich besann – die Klugheit des Herzens hatte er – und zu einem Geistlichen ging, den er bat, ihn zu leiten. Fortan fragte er bei allem Tun, ob es dem Herrn gefiele, fand eine gute Frau, war bekannt durch sein Bemühen um die noch Ärmeren und um die vielen ausgesetzten kleinen Kinder, Zeichen des Elends der Zeit. Bald hielt man ihn für einen Heiligen.

Die spanischen Könige erwiesen sich den Möglichkeiten, die ihnen ein neuer Kontinent geboten hätte, als Regierende nicht gewachsen. Ihre Vorstellungen von Wirtschaft waren so verstaubt wie ihre Felder, sie vertrieben die fleißigen Mauren, die tüchtigen Juden mit engem Fanatismus, sie gelangten zu jener inneren Freiheit nicht, die den Christen bewahren sollte vor den Sackgassen egozentrischen Wollens. Sie schlossen sich ab vom Gang der Welt – was damals hieß: Europas –, nicht um den Herrn zu preisen, sondern um alles zu behalten. Und so verloren sie das meiste.

Es waren die Erfahrungen jener frühen Jahre, die mich legitimierten, später in meinen Schriften viel vom Wesen wahrer Armut und Entblößung zu sprechen. Die Ehe meiner Eltern, von der mir Paco, wie wir Francisco nannten, gern erzählte, war mir zum Beispiel geworden, daß der Geist der Liebe alles verwandelt, so daß der Arme fröhlich wird in seines Herzens Reichtum. Ist nicht auch der fröhliche Geber, den Gott lieb hat, fast stets ein Armer? Reichtum verhärtet, statt dankbar zu stimmen.

Darum schrieb ich später in meinen Büchern wenig von materieller Armut, aber um so mehr vom inneren Freiwerden von Verhaftung an die Dinge, damit in uns die Liebe erstarke und wir in ihr erkennen, daß unser wahres Menschsein sich nicht im Haben erfüllt (auch nicht im geistigen!), sondern im sich lassenden Gottinnesein, das frei und selig macht.

Ich verkündete und verkünde, mein sehr geliebter Leser im Herrn, eine andere Theologie der Befreiung, als die Ihnen heute vertraute. Denn ›wer im Herzen besitzlos ist, besitzt, wie der heilige Paulus sagt, alles in großer Freiheit (2 Kor 6, 10)‹. Und natürlich blickte ich bei diesen Gedanken auf unseren Herrn Jesus Christus. ›Er war arm, aber er war ja Gott. Und die Armen, die ihm nachfolgten, hat er nicht nur aus der Gewalt des Teufels losgekauft und befreit, gegen dessen mächtige Gegnerschaft sie hilflos waren, sondern er hat sie zu Erben des Himmelreiches gemacht.‹

Nun aber zurück zu meiner Erzählung, zum frühen Tod meines Vaters. Noch Jahre blieb meine Mutter in Fontiveros, sie versuchte, reiche Gönner für uns zu finden, sie unternahm lange Wanderungen und Bittgänge, aber alles schlug fehl. Ich muß etwa fünf Jahre alt gewesen sein, als ich einen kleinen Unfall hatte, der große Wirkung auf mein Leben ausüben sollte.

Wir Kinder hatten uns am Rande des Ortes um einen sumpfigen Tümpel versammelt, und die älteren stocherten darin mit langen Stöcken, denn unter all dem Schlamm war kaum ein fester Grund. Ich muß wohl schon, so klein ich war, ein munteres Bürschlein gewesen sein, denn ich beteiligte mich am Spiel, beugte mich weit über die Wasserfläche, um meinen im Schlamm steckenden Stock wieder herauszuholen. Da verloren meine kurzen Beine den Halt, ich stürzte in Wasser und Sumpf und versank. Was dann geschah, zeigt vielleicht, daß ich das Bewußtsein verloren hatte und doch wahrnahm wie ein Träumer. Denn ich sah eine blau und weiß gekleidete wunderschöne Frau, die mir die Hand entgegenstreckte, um mich aus meiner mißlichen, ja tödlichen Lage zu befreien. Ich aber weigerte mich, die dargebotene Hand zu ergreifen, denn diese war zart und so weiß wie ihr Schleier, die meine aber von Stock und Schlamm beschmutzt. Darum wollte ich lieber sterben, als diese edle Dame mit meinem Schmutz zu berühren. Sie aber lächelte und half mir dennoch, nun auf sehr einfache menschliche Weise: Das Geschrei meiner Spielgefährten hatte einen Landarbeiter herbeigerufen, mit einer langen Stange zog er mich aus Sumpf und Wasser – ich atmete und schlug die Augen auf. Die schöne Dame war leider fort.

Man sagte mir, daß es die Muttergottes gewesen sein mußte. Sie sollte mir auch in meinem späteren Leben immer nah sein und vertraut, mehr fast als meine leibliche Mutter, denn mein Orden war ihr geweiht. Vielleicht trug dieses lebensrettende Erlebnis dazu bei, daß ich mich immer am besten verstand mit den Frauen. Es freute mich auch, wenn sie schön waren, obwohl ich das natürlich nicht zeigte.

Ich glaube, daß ich damals im Tümpel unbewußt etwas verstand, was dann als Erkenntnis später mein Leben durchzog: Wir können Gottes Hand, die er barmherzig reicht, nur ergreifen, wenn an unseren Händen nicht der Schmutz des Habens und Haltens haftet. Doch sprach ich später in diesem Zusammenhang lieber vom Mund als von den Händen – hatte doch Gott meine Hände schon ergriffen, um mich Blinden zu führen. Der Mund aber, dessen Hungern und Dürsten ich aus der Kindheit kannte, ist auch geeignet, mit der Heiligen Schrift das Gemeinte zu belegen, wie es mir immer wieder ein Bedürfnis des Herzens war. Denn ›soll es der Seele gelingen, zu Gott zu kommen und sich mit ihm zu vereinen, darf der Mund ihres Willens nur für Gott geöffnet sein, frei von jedem anderen begehrten Bissen, damit Gott ihn fülle und erfülle mit seiner Süße und Liebe. Ihn darf nur hungern und dürsten nach Gott allein, ohne in irgend etwas anderem seine Befriedigung zu suchen, denn Gott als solchen kann er nicht verkosten. Was man verkosten kann, nachdem man es begehrte, behindert, ich sage es noch einmal, den Zugang zu Gott.‹

Es ist ganz klar: ›Die Quellen der inneren Seligkeit entspringen nicht auf Erden. Himmelwärts muß man den Mund der Sehnsucht richten, leer und frei von jedem anderen Wunsche, zu dem hin, der mir sagt: „Tu deinen Mund auf! Ich will ihn füllen" (Ps 81,11).

Wer also Geschmack an anderem findet und sich nicht freihält, damit Gott ihn mit seiner unsagbaren Seligkeit erfülle, der wird Gott wieder so verlassen, wie er zu ihm kam, nämlich mit besetzten Händen, die nicht ergreifen können, was Gott ihnen geben will.‹

Nun bin ich vom Bild des Mundes doch wieder auf das der Hände gekommen, von dem ich bei der Schilderung meines großen Kindheitserlebnisses ausgegangen war.

Meine arme liebe Mutter Catalina Álvarez faßte in ihrer Not und Verlassenheit den herben Entschluß, ihr geliebtes Fontiveros zu verlassen, das der Verwaisten zuerst eine mütterliche Freundin und dann eine dramatische, aber eben doch glückliche und sehr christliche Ehe beschert hatte, den Ort, wo ihre Söhne geboren waren.‹

So wanderten wir mit unserer geringen Habe rund dreißig Kilometer nordöstlich nach Arévalo, wichtig als Durchgangsstation für die Kaufleute und Händler, die nach Medina reisten. Aber der Wechsel brachte nicht den gehofften Erfolg, es ging uns weiter schlecht, und so zogen wir nach drei Jahren westwärts in das Herz des Handels, in die Stadt der Königin, Medina del Campo.

Inzwischen schrieben wir das Jahr 1551, und man sollte meinen, daß das Leben meiner Kindheit nun in ruhigere Bahnen käme oder daß ich zumindest glücklich die reiche, schöngebaute Stadt mit ihren über dreißigtausend Einwohnern genießen würde. Aber weit gefehlt! Bei unserem Eintritt in den neuen Ort gab es für mich eine Art Zeichen, an das ich selbst mich zwar nicht mehr erinnere – vielleicht erkannte ich nicht die Gefahr – von dem aber mein Bruder Paco gern berichtete. Wieder kam die Gefahr aus dem Wasser, diesmal, als wir direkt am Rande eines Gewässers entlanggingen – vermutlich war es der Fluß Zarpadiel – in Gestalt eines riesigen Fisches, der mich zu verschlingen drohte, wie weiland der Wal den Jona. Ich soll bei seinem Anblick nur ein kleines Gebet gesprochen haben, und fort war das Untier!

Ich glaube aber auch, daß man, nach meinem großen Erlebnis im Sumpftümpel, meine „wunderbaren Errettungen" gern übertrieb, weil ich eben ein frommes Kind war und meine im Glauben verunsicherte Zeit die Wunder liebte. So wurde ich auch in Medina beim Spielen von einem anderen Knaben – es geschah gewiß ohne

Absicht – in den Brunnen gestoßen. Man hielt mich gleich für tot, ich aber klammerte mich an ein Brett, das auf dem Wasserspiegel schwamm. Es ging dreimal mit mir unter und hob mich dreimal wieder empor, so wie man spricht „im Namen des Vaters und des Sohnes und des Heiligen Geistes". Ich schrie, man möge mir ein Seil bringen. Man brachte es in fliegender Eile, ich schlang es mir unter die Arme und ließ mich herausziehen, sehr schwer war ich ja nie. Das war kein Wunder, sondern Geistesgegenwart, und ich liebe es nicht, wenn man Wunder – mögen sie falsch sein oder echt – mehr verehrt als unseren Herrn Jesus Christus und seinen Lebens- und Leidensweg, den uns die Heilige Schrift überliefert. So möchte ich mit diesem meiner eigenen Feder entstammenden Bericht endlich aufräumen mit dem Gerede vom „Brunnenwunder"!

Was mir dann wirklich in Medina geschah, war schlimmer als alle Bedrohungen aus Teichen, Flüssen und Brunnen: Meine arme Mutter sah meine Lernfähigkeit und rasche Auffassungsgabe, doch war es ihr auch in dieser großen Stadt nicht möglich, mich auf eine der viel zu teuren Schulen zu schicken. So mußte ich denn wie ein armer Lazarillo, d. h. wie ein heimatloser Schelm, ihr Haus verlassen und in ein Waisenhaus ziehen, das sich hier wie andernorts „Colegio de la Doctrina" nannte. Das war mir zunächst bitter, und ich hätte gewünscht, geistig so unbegabt wie mein lieber Bruder Paco zu sein. Aber bald änderte ich meinen Sinn, denn ich erkannte, welche Möglichkeiten sich meinem „inneren Menschen" boten, den Geistliches und Geistiges begeisterten.

Ich lernte lesen und schreiben, erhielt Unterricht in der christlichen Lehre und durfte im nahen Magdalenenkloster Meßdiener sein, was mir eine tiefe, ständig wachsende Herzensfreude war. Die Schwestern und Geistlichen schienen mit mir zufrieden, und als die als „wunderbar" betrachtete Errettung aus dem Brunnen sich herumsprach, wurde auch ein wohltätiger Mann auf mich aufmerksam, der ein Spital für Syphiliskranke unterhielt. Es war eines der vierzehn Häuser dieser Art, über die Medina del Campo verfügte, und Alonso Álvarez de Toledo, so hieß der mildtätige Edelmann, hatte sein Leben ganz in den Dienst dieser Ärmsten und Kranken gestellt. All sein Vermögen gab er dafür hin. Als er mich nun fragte, ob ich als Krankenpfleger für ihn arbeiten wolle, verstand ich die Ehre und die Chance, die in diesem Angebot lagen, und sagte gern zu. Das war endlich wieder eine Tätigkeit, die meinen Anlagen entsprach, während ich zuvor kläglich versagt hatte, als man mich nacheinander bei einem Schreiner, Schneider, Bildschnitzer und Maler ein Handwerk lehren wollte.

Allerdings ist die Syphilis ja eine grausige Krankheit und war zu meiner Zeit ganz hoffnungslos. Wir meinten, man habe sie uns aus „den Indien", wie wir Amerika damals noch nannten, weil Kolumbus Indiens Rückseite entdecken wollte, ins Land geschleppt, eine Strafe für allzu harte Eroberungszüge. Ich weiß nicht, wie Sie heute darüber denken, jedenfalls, mein Leser, muß ich berichten, daß sich mir angesichts der Schrecken und Qualen meiner Patienten das Herz täglich mehrmals in Sorge verengte und in Liebe weitete. Ich lernte dabei viel, war bald vertraut mit der Anatomie des menschlichen Leibes, was mir später eine Hilfe war, wenn ich in ruhigen Stunden doch wieder malte oder schnitzte, und erfuhr einiges über die verschiedenen Arten der Liebe, deren eine, so sagte man mir, Ursache war für das entsetzliche Leiden, das ich täglich nur ein wenig lindern, aber nicht bessern oder gar heilen konnte.

Ich sah die ganze Vergänglichkeit, Schwäche und Sündhaftigkeit des Menschen, erkannte aber auch, wie Gott in seiner Barmherzigkeit noch das armseligste Elend zur seligen Teilhabe an seinem erlösenden Kreuzesleiden werden lassen kann. Zumindest an einem Kranken erfuhr ich das, der mit leuchtendem Antlitz in meinen Armen starb. So verlor ich Illusionen, wuchs aber im Glauben und bemühte mich, so schwer das war, auch noch im Hoffnungslosen zu lieben – weil doch von Gott her immer Hoffnung blieb. ›Ohne Hoffnung kann die Seele nicht zur Liebe gelangen, sie würde nichts erreichen. Denn in der Liebe bewegt und siegt einzig das unerschütterliche Hoffen‹.

Nur dreihundert Schritte vom Spital lag das Jesuitenkolleg, das hochangesehene Bildungszentrum der Stadt. Ich horchte oft im Vorbeigehen sehnsüchtig auf die gedämpften Stimmen, die vom Unterricht Kunde gaben, denn ich hatte große Freude am Lesen und Schreiben gefunden. Ich las, wenn ich es aus der kleinen Spitalbibliothek mitnehmen durfte, gern Hilfreiches über das Gebet, denn wenn ich betete, empfand ich eine so tiefe Geborgenheit und Liebe, daß ich meinen harten Dienst und die doch manchmal empfundene Einsamkeit mit wachsender innerer Stärke auf mich nehmen konnte.

Obwohl ich hin und wieder meine liebe Mutter besuchte, hatte sie in ihrer Frömmigkeit doch immer wenig Zeit für mich. In ihrem Hause lebte mein Bruder mit seiner Frau und zeitweise (denn nicht alle lebten lange) sieben Kindern, und sie hatte von ihm gelernt, auch in der Not noch abzugeben, so daß sie, als ich im Waisenhaus war, wieder einen ausgesetzten Säugling aufnahm, bis er ihr starb. Sie suchte auch stets geistlichen Rat und Trost in einem der vielen Klöster dieser Stadt, bei Geistlichen und Nonnen. So blieben mir manchmal einige Stunden, die ich, wenn meine Kranken versorgt waren, auf ein Studium hätte verwenden können. Meine Gebetbücher hatten viele Fragen aufgeworfen, denen ich gern nachgegangen wäre. Und erst recht mein Ministrantendienst in der benachbarten Augustinerinnenkirche ließ manchmal in mir den vermessenen Gedanken an Studium und Priestertum aufsteigen.

Mein edler Dienstherr Don Alonso schien das zu spüren und hegte dabei vielleicht auch schon seine bestimmten Gedanken, weil ihm – was ich damals nicht wußte – ein eigener Spitalgeistlicher lieb gewesen wäre. Jedenfalls fragte er mich eines Tages, ob ich nicht mit seiner Fürsprache und Hilfe als Schüler ins Jesuitenkolleg wolle, vorausgesetzt, daß ich meinen Pflegedienst nicht vernachlässigte. Und ob ich wollte! Ein Traum wurde wahr, ganz ohne Täuschung und Enttäuschung, denn die Jesuiten waren berühmt für ihre vorzügliche Pädagogik und den hervorragenden Unterricht in jenen Fächern, die mich geradezu magisch anzogen, nämlich Latein und Griechisch, Grammatik und Rhetorik. Latein spielte dabei die größte Rolle, ich lernte es gut und leicht und gewann so Zugang zu geistlichen und geistigen Schätzen, die mir den Himmel – Gottes Reich – zu öffnen schienen. Und Grammatik und Rhetorik, lieber Leser im Herrn, waren nicht eine so spröde Lehre, wie Sie sich das vielleicht denken mögen, sondern ein ganz konkreter Umgang mit lateinischer, aber auch klassisch-spanischer Literatur. Die Dichtung hatte es mir angetan, und ich war glücklich, wenn wir die Aufgabe gestellt bekamen, eine Ode im Versmaß des Horaz, eine Erzählung mit den Bildern des Vergil zu schreiben. Kurz, ich wurde humanistisch gebildet, was damals Inbegriff der Moderne war.

Sehr praktisch, sehr konkret verlief der Unterricht meiner jesuitischen Lehrer, die es so gut verstanden, sich in uns junge Menschen einzufühlen, was sie jedoch nicht hinderte, viel von uns zu verlangen. So fand ich Gelegenheit, mich in die großen Dichter unserer spanischen Renaissance zu vertiefen, die ihrerseits manches von der bewunderten Antike übernahmen, aber so lebendig, daß mir aus ihren Werken doch ein ganz neuer, kühner Atem entgegenwehte, die Kühnheit der Entdecker und Eroberer, ins Geistige übertragen!

Zu festen Stunden arbeitete ich auch weiter im Hospital. Einer der Patienten bedachte mich in seinem Testament und vermachte mir eine Laute. Ich konnte sie alsbald gebrauchen, denn die Patres der Gesellschaft Jesu liebten und schätzten das Theater als ein Instrument volkstümlicher Mission. Meist spielte ich Hirten oder Bettler, aber eines Tages übertrugen mir meine Lehrer, die meine Begeisterung für alles Poetische natürlich kannten, die Rolle eines zur Laute singenden Engels. Und ich durfte sogar die Verse meines Liedes selbst erfinden. Ein Mitschüler zeigte mir die einfachsten Griffe, so daß ich nach emsigem Üben auf dem Instrument eine schlichte Begleitung zuwege brachte. Nur sang ich dabei so leise, daß niemand meine Verse verstand. Für mich selbst war es dennoch eine wichtige Erfahrung, denn in meinem späteren Klosterleben schrieb ich einfache kleine Stücke, Krippenspiele und dergleichen, für unsere großen heiligen Feste, und immer hatte ich Freude am Üben und Einstudieren, wenn ich sah, wie man mit allen Kräften und allen Künsten unseren Herrn lobte und pries.

Ich konnte das alles nur in mich aufnehmen und verarbeiten, wenn ich neben den wenigen freien Stunden des Tages auch die Nacht benutzte, natürlich unter Opferung des Schlafes. Um niemanden zu stören, zog ich mich mit einer Kerze in einen Winkel des offenen Innenhofs zurück, wo man Holz für den Herd geschichtet hatte. Ich erlebte verborgen die stille Majestät der Nacht, sah ihre Sterne und empfand ihre schenkende Gnade oder, wie Sie, mein Leser, sagen würden, ihre Chance. Wie anders hätte sie in meinem Denken ein so positives, ja, beglückendes Symbol werden können, obwohl man sie später als überwiegend bedrückend und negativ empfand? Meine Erfahrung und meine Schriften sagen etwas anderes.

Aber ich habe vorgegriffen, ich bin ja noch am Lernen, der Kind-

Das Kloster San José in Ávila

Ich wußte zu diesem Zeitpunkt noch wenig von der Mutter Teresa de Jesús – hatte nur vernommen, daß sie mit der Gründung eines neuen kleinen Klosters das Stadtgespräch in Ávila war. Denn sie war eine kühne, erfinderische Frau (Seite 36).

heit gerade entwachsen, denn ich war 17, als ich im Jesuitenkolleg begann, und 21, als ich meine Studien dort beendete, das Abitur machte, wie mein Leser heute sagen würde. Da saß ich nun „am Ende meines Lateins", älter als meine Mitschüler – was sollte werden?

Mein Gönner und Dienstherr Álvarez de Toledo hatte, wie sich nun herausstellte, seit langem schon eine feste Absicht mit mir: ich sollte Theologie studieren, so kurz und schnell wie möglich (meine jesuitischen Lehrer hatten meine Auffassungsgabe und Sprachkenntnisse ja gelobt), um dann in seinem Spital die Kranken als Geistlicher zu betreuen.

Das war aber, lieber Leser, ich bitte sehr um Ihr gütiges Verständnis, gar nicht nach meinem Herzen! Ich kannte die Grenzen des Helfenkönnens in diesem Spital, wollte mir ein Leben aufbauen, das Zukunft hatte, was bei mir aber hieß: eine innere Zukunft, eine Zukunft und Ewigkeit mit Gott. Ja, es waren die Erfahrungen meiner stillen, studienreichen Nächte im offenen Patio, in die ich unter den Wolken oder Sternen des Himmels Pausen des Gebets einschob, ein Sich-Versenken in Gottes Liebe und unendliche Weite, begleitet vom Duft der mich allen Blicken verbergenden Holzstöße, des Vorrats, aus dem warmes, helles Feuer emporlodern sollte und würde.

Ich dachte an ein Leben in einem kontemplativen Orden, priesterlichen Dienst in der Bindung an das den Menschen verwandelnde und dem Weltenlauf dienende Gebet. Und ich dachte an die tiefe Liebe, die ich schon von meinem Gott und Herrn erfahren hatte, an die tröstliche, herzwärmende Nähe Jesu Christi, die mir, dem praktisch Verwaisten, zuteil wurde, indem ich selber lieben lernte – ein unendlicher Prozeß. Darum war es das Kloster der kontemplativen Karmeliten, in das es mich zog. Zudem war dieser Orden der Muttergottes geweiht, zu der ich seit meiner Kindheit jenen engen Kontakt hatte, von dem ich berichtete. Auch war ja das Kloster meines Geburtsortes Fontiveros ein Karmelitinnenkloster gewesen, und meine liebe Mutter Catalina bevorzugte diesen Orden, wenn sie Trost und Erbauung suchte.

Doch dieser mein Lebenswunsch wurde zum Konflikt, denn anderes plante Don Alonso, mein Gönner, dem mich zu widersetzen ich nicht die Kraft hatte. Und noch mehr Menschen mit guter Absicht zogen und zerrten an meiner Seele und an meinen Nerven, denn die Stadt Medina besaß fast alle christlichen Orden in ihren Mauern, und da ich durch meine Lebensumstände vielen bekannt war, versuchten mehrere, mich für ihr Kloster zu gewinnen. Selbst die Jesuiten hatten ein wohlwollendes Auge auf mich geworfen, obwohl sie keinen offenen Konflikt mit meinem Dienstherrn wollten.

Da fühlte ich mich so klein und verlassen, so bedrängt von allen Seiten, da es doch um mein Leben ging, von dem jeder, so schien es mir, ein Scheibchen wollte, daß mir klar wurde, es gab nur einen Ausweg, wollte ich heil und ganz zu Gott gelangen: die Flucht!

Sie erfolgte, fast hätte ich gesagt „natürlich", in der Nacht: ›muy secretamente‹, erzählte später mein Bruder Paco, als man ihn nach mir befragte, „in aller Heimlichkeit". Die Karmeliten aber wußten schon von meinem Wunsche und nahmen mich gern auf. Und schnell, denn es war klar, daß der Spitaldirektor seinen hoffnungsvollen, aber undankbaren Schützling nicht einfach gehen lassen würde. Als er am Morgen mit mehreren würdigen Begleitern kam, um mich zurückzuholen, hatten die Karmeliten mit ihrem verständnisvollen Prior schon unwiderrufliche Tatsachen gesetzt. Kaum war ich bei ihnen angelangt, da schoren sie mir in mein damals noch dichtes Haar, während ich kniete, die kreisrunde Mönchstonsur, ich sprach die vorläufigen Gelübde und erhielt den Habit! Das Datum dieses denkwürdigen Tages vergaß ich bald, lieber Leser, es schien mir nicht wichtig.

Der Konvent von der heiligen Anna, in den ich so schnell und beschützend aufgenommen wurde, war erst vor kurzem auf Wunsch König Carlos' I. – oder, wie Sie, mein lieber Leser, sagen würden, Kaiser Karls V. von Habsburg – gegründet worden. Die Mönche lebten noch in einem provisorischen, wenn auch im Grunde zu schön und reich möblierten Haus, noch nicht in dem bekannten Karmelitenkloster von Medina mit seinem großen Patio und der beeindruckenden Kirche. Mir war das recht so, denn ich suchte Freiwerden von Verhaftungen und wollte nichts als Kontemplation – eine stille, karge, fast eremitenartige Atmosphäre. Der von mir gewählte Klostername, Juan de Santo Matía, knüpfte an jenen heiligen Matthias an, der in der Schar der Apostel den Judas ersetzte, so daß die Zahl der Zwölf wieder voll war. Ich wollte damit ausdrücken, daß mir der letzte Platz gebührte, der Platz des Sünders und Verräters, doch daß ich sühnen wollte mit meinem Gebet und Leben für eigene und fremde Sünden. Auch war es mir lieb, daß eine der Legenden des heiligen Matthias von seinem Tod am Kreuz berichtete – war mir doch das Kreuz schon in der Kindheit als Hoffnung und Segen erschienen.

Nun ging ich also schon einher im braunen Habit mit dem weißen Mantel und wußte doch kaum, wie mir geschehen war. Denn gar so kontemplativ, wie ich erwartet hatte, lebten die Mönche nicht, und das ganz ohne Schuld. Als nämlich dieser Orden des eremitischen, dem Propheten Elija verpflichteten Lebens im Karmelgebirge, von wo ihn die kriegerischen Sarazenen vertrieben, nach Europa kam, wurden für ihn so andere Bedingungen notwendig, daß seine strenge Regel gemildert wurde – zugunsten der Mission und Armenpflege. Ich aber wünschte mir die ganze alte Strenge, weil ich mich ändern wollte, mich wandeln mit Gottes Hilfe, dem ich die Hand nicht reichen konnte, wenn sie schmutzig war. Und schmutzig schien mir alles, was trennte, was fern war von Gott. Der Prior fray Ildefonso Ruiz war ein verständiger, großzügiger Mann, der mir gern meinen Wunsch nach mehr Strenge gewährte. Zum ersten Male seit meiner frühen Kindheit fühlte ich mich zu Hause.

Als Novize bemühte ich mich, die hellen und trüben Erfahrungen meiner Jugend für mein geistliches Leben nutzbar zu machen. Ich hatte ja schon lernen müssen, auf die ganz normalen Freuden des irdischen Lebens zu verzichten. Nun sah ich den Segen darin. Denn ›der geistliche Mensch hat sehr darauf zu achten, daß er sein Herz und seine Freude nicht an das Vergängliche hängt. Er sollte befürchten, daß aus wenig mehr wird in gradweisem Anwachsen. Ein kleiner Anfang kann große Folgen haben, so wie ein Funke genügt, um einen Berg und die ganze Welt in Brand zu setzen. Und man verlasse sich nie auf die Geringfügigkeit einer Verhaftung, indem man das Abstandnehmen auf später verschiebt. Hat man nicht den Mut, gleich den Anfängen zu wehren, wie meint man denn und maßt sich an, es zu können, wenn schon alles gewachsen und fest eingewurzelt ist? Zumal unser Herr im Evangelium sagt, daß, wer in kleinsten Dingen Unrecht tut, es auch in großen tun wird (Lk 16, 10). Wer also den kleinen Fehler meidet, wird nicht in den großen fallen. Umgekehrt ist der Schaden des kleinen Fehlers groß, denn mit ihm sind der Schutzwall und die Mauer des Herzens schon überwunden. Und wie uns das Sprichwort sagt, ist begonnen schon halb gewonnen, darum warnt David mit den Worten: „Wenn der Reichtum auch wächst, so verliert doch nicht euer Herz daran" (Ps 62,11).‹

Das bedeutet nun aber nicht, daß ich ein trauriges und lustloses Leben führte. Ganz im Gegenteil, denn es ist ja doch so, ›daß der eine sich aller Dinge erfreut, ohne sie besitzen zu wollen, während der andere bestimmte Dinge haben will und so keine Freude mehr hat an allem im allgemeinen. Der eine hat nichts und hat doch alles (2 Kor 6,10), wie der heilige Paulus sagt, der andere, der sein Wollen an das klammert, was er hat, hat nichts und besitzt nichts, eher wird sein Herz davon besessen, so daß es unter der Gefangenschaft leidet. Der geistliche Mensch sollte in allem Gottes Herrlichkeit und Ehre suchen, sich allein darauf ausrichten und all die Eitelkeiten fliehen, von denen er weiß, daß sie ihm weder Trost noch Freude zu geben vermögen.‹

Mein Leser möge nicht meinen, daß ich die hier beschriebene Haltung sogleich erwarb oder geschenkt bekam vom Herrn. Nein, aber ich stand ganz klar am Anfang dieses ebenso schmerzhaften wie beglückenden Prozesses. Und manchmal wußte ich nicht, ob ich nicht mein Herz zu sehr an geistige Dinge hängte, die ich schon bei den Jesuiten kennengelernt hatte. Auch hier im Sankt-Annen-Kloster gab es Kurse in Grammatik und anderen Künsten, ich konnte halb lernend, halb lehrend das vertiefen, was mir mein Leben lang so viel bedeuten sollte, denn die Dichtkunst ließ mich nicht los, im Gegenteil!

Ich schrieb hier im Kloster schon bald nach meiner Aufnahme ein Gedicht, weil mir das Herz überfloß vor Dankbarkeit. Ich benutzte dazu die Bilder der zeitgenössischen Schäferdichtung, doch übertrug ich die Reden vom Schäfer und der Schäferin, von ihrem Sich-Suchen und -Finden ins Geistliche. Auch dafür gab es schon Vorbilder sowohl in meiner Zeit wie in ferner Vergangenheit, ich komme noch darauf zurück. Ich kann Ihnen, mein wißbegieriger Leser, dieses Gedicht nicht mehr zeigen, es ging verloren, und zweimal schreibt man dergleichen nicht. Von nun an sollte mich jedoch die Dichtung durch mein Leben begleiten wie die kontemplative Erfahrung, denn beide waren in mir nicht voneinander zu trennen. Weshalb ich auch meine, daß meine Anhänglichkeit an die Ausdruckskraft und Schönheit der Dichtung kein Schaden war, Sie sollen es noch sehen.

Mein Noviziat verging mir wie im Fluge, und wieder mußte ich weiterziehen, doch entsprach es meinem eigenen leidenschaftlichen Wunsche: Mein Prior sandte mich zum Studium nach Salamanca!

2

Ein Wille und viele Wege

Salamanca war von Medina aus nicht weit, mein Leser, etwa achtzig Kilometer nach Ihrer Rechnung heute. Die Karmeliten unterhielten dort ein Kolleg, San Andrés benannt. Beim Abschied – ich wanderte mit mehreren Brüdern – sagte mir mein Prior: „Johannes, sieh dich um! Du findest nie im Leben wieder solche Weite!"
 Ohne diesen Rat hätte mich die Fülle des Angebots an der ruhmreichen Universität von Salamanca verwirrt. Denn das war nicht mehr die Hochburg der Scholastik, wie einst im Mittelalter. Sie war modern und bunt. Die Lehre des Kopernikus war hier schon akzeptiert, lang vor dem Streit um den unglücklichen Galilei, der doch sein neues Weltbild dem Kopernikus verdankte. Und auch die Medizin ging neue Bahnen. Natürlich gab es nach wie vor und in alter Größe die Fakultät der Theologie. Ich aber, des Rates eingedenk, begann mein Studium mit den „Artes" (Künsten), den literarischen und sprachlichen Fertigkeiten, über die ich in Anfängen schon verfügte. Die Fragen des modernen Weltbildes, wie sie sich für viele meiner Zeitgenossen so brennend aus der neuen Physik ergaben, interessierten mich nicht sehr. Meinte ich doch, ›die himmlische Stadt bedürfe weder des Lichtes der Sonne noch des Mondes‹. Nein, ich erweiterte meine Kenntnisse in den Geisteswissenschaften, ich war mehr philosophisch interessiert als theologisch, und ich konnte gastweise sogar etwas erfahren vom Denken und Dichten jener großen Muslime oder Mauren, die, ob sie nun in Spanien lebten oder in der angestammten Heimat, das christliche Europa bereichert hatten. Mein Leben lang war ich immer interessiert, wenn mir gute Übersetzungen aus diesem Kulturkreis in die Hände kamen, vor allem, wenn es sich um Lyrik handelte – sie war und blieb nun einmal mein Steckenpferd. Ich hatte diese „poetische

Ader" wohl von meinem lieben Vater geerbt, der so schöne Bilder in seine Rede flocht, wenn sein Herz bewegt war.

Zunächst einmal aber war ich in Salamanca dankbar, daß ich ein guter Lateiner geworden war. Ohne Latein wäre ich auch nicht in den Chor der Mönche aufgenommen worden und hätte weder studieren dürfen noch können, denn die Vorlesungen in der Universität fanden in lateinischer Sprache statt. Und ebenso an unserem Colegio San Andrés, an dem parallel ein karmelitisches Studium zu absolvieren war; nicht ganz einfach, da wir nicht, wie die Dominikaner oder die Augustiner, eine einzige große Autorität besaßen. Wir hatten statt dessen viele kleine, und so kam es, daß, während ich an der Universität bald mit Aristoteles beschäftigt war und bald mit Platon, beides nicht ohne arabische Zwischenträger, während ich – am Rande – Thomas las und vor allem die Sentenzen des Lombardus auswendig lernte, während mir die frühen sprachgewaltigen Kirchenväter ganz nah kamen, ich zugleich am Kolleg die spitzfindigen Argumente eines Baconthorp nachvollziehen mußte, jenes englischen Karmeliten aus dem 14. Jahrhundert, der alles oder nichts vermittelte, weil er sich mit allen Denkweisen auseinandersetzte und es dabei beließ.

Es mag sein, daß es diese bunte Überfülle war – die Weite, die zu genießen mein Prior mir empfahl –, die mich bald die Relativität all dieser Meinungen und Teilwahrheiten erkennen ließ. Ich lernte, überschaute und ging auf Distanz. Das mag mir den Schein von Überlegenheit verliehen haben, so daß man mich im Kolleg zum „Praezeptor" machte. Sie, lieber Leser, würden heute vielleicht „Tutor" sagen oder einfach „wissenschaftliche Hilfskraft".

Wahr ist, daß ich damals eine fast grenzenlose Aufnahmefähigkeit besaß und auch das Gelernte leicht ordnen und wiedergeben konnte, war mir doch aller Umgang mit Sprache, ob Spanisch oder ob Latein, sehr leicht. Mit meinen Kommilitonen kam ich gut aus, sie nahmen meine kleinen Anleitungsversuche willig hin, vielleicht, weil ich auch zu ihnen in einer gewissen Distanz blieb. Nicht, daß ich sie nicht gern gehabt hätte. Aber unser Kolleg war in einem alten Kloster, und ich konnte eine kleine arme Zelle von unschätzbarem Wert erlangen: sie hatte Aussicht auf die Ewigkeit, d.h. auf den Altar der Kirche mit seinem Tabernakel.

Hier nun verbrachte ich viele Stunden im Gebet, schlief wenig, war manchmal am Tage ein wenig „abwesend", weil das Beten mein Herz so tief berührte und erfüllte. Die Liebe zu diesem Gott, der als Mensch zu uns gekommen war, schien mir wichtiger als alles Wissen dieser Welt. Weil ich so liebte, konnte ich auch Liebe geben, denn ›je mehr die Liebe zu Gott wächst, um so mehr liebt man den Nächsten, und je mehr man den Nächsten liebt, um so mehr liebt man Gott‹.

So kam es, daß ich im Laufe der insgesamt vier Jahre meines Studiums wohl Aristoteles und die Scholastik kennenlernte und einen Überblick bekam, daß aber mein persönliches Interesse eine ganz andere Richtung nahm – einfacher und menschlicher, wenn ich das heute rückblickend sagen darf. Die Heilige Schrift bedeutete mir alles, ich war dankbar und glücklich, Latein lesen zu können, denn nur in dieser Sprache war ihre Lektüre erlaubt, seit 1559 der Generalinquisitor Fernando de Valdés aus Sorge um Kirchenspaltung und subjektives Sektenwesen nicht nur alle geistliche Literatur in Volkssprache, also in Spanisch, auf den Index setzte, sondern auch die Bibelübersetzungen, von denen es bereits viele und gute gab. Nun aber galt nur noch die Vulgata, und mit der kam ich gut und gern zurecht.

Doch sah ich auch die Schwierigkeiten des Verbots, denn an der Universität von Salamanca lehrte der große Augustiner Luis de León, der – was ich damals noch nicht wußte – der größte Dichter unserer Zeit werden sollte. Er wurde es erst, als ihn Professorenneid und Mißgunst durch Anzeigen bei der Inquisition ins Gefängnis gebracht hatten – auch ich sollte ja noch die Erfahrung machen, daß der Vogel im Käfig gar lieblich singt –, aber davon später! Luis de León war als echter Renaissancemensch ein Platoniker; dennoch erhielt er, der Augustiner, den Lehrstuhl für thomistische Theologie, die ihn wenig interessierte. Ein Skandal in den Augen vieler, ihn kümmerte es nicht. So wie ihn auch der Index nicht kümmerte – er übersetzte das Alte Testament aus dem Hebräischen und nicht aus der lateinischen Vulgata – zur Freude seiner Feinde, denen sein jüdisches Konvertitentum sowieso ein Dorn im Auge war.

Ich konnte damals seine Vorlesungen nicht hören, weil sie sich mit dem Unterricht im Colegio überschnitten, aber ich begegnete dem großen schweigsamen Mann manchmal in den Gängen oder in der Umgebung der Universität. Er wirkte zart und finster, doch ahnte ich schon etwas von der Schönheit und Lieblichkeit in seiner Seele, denn von seinem ersten Lehrstuhl, dem für Heilige Schrift, kursierten unter uns Studenten Aufzeichnungen von seinen Übersetzungen und Kommentaren zum Hohenlied. Die Stärke seines Ausdrucks, die Tiefe seiner Deutungen übertraf alles, was ich bisher von diesem Lied der Lieder in mich aufgenommen hatte, und ich spürte, hier war eine ganz neue Saite in mir angeschlagen. Fand ich doch die beiden Grundzüge meines Wesens, die Neigung zur Dichtung und die Liebe zu jenem Gott, der sich uns offenbarte, vereint. So fühlte ich eine tiefe Verehrung für Pater Professor Luis de León, diesen Inbegriff der Renaissance in Spanien, die bei aller Neubelebung der Antike tief christlich war. Ich ahnte nicht, welch eine konkrete Rolle dieser Mann noch in der Geschichte meines Ordens spielen sollte.

Meine private Lektüre in jener Zeit war farbig wie alles, was mir geboten wurde. Ich liebte den spanischen Dichter Garcilaso, seine an Petrarca und anderen Italienern geschulte Formvollendung, die Seelenschönheit war. Liebte die zarte Kostbarkeit seiner Bildersprache, die anmutig zu Herzen gehende Symbolik der von ihm gepflegten „pastorilen Gattung", die Schäfer und Schäferin zu Trägern wahren Menschseins und Liebens und zum Ausdruck tiefster Sehnsucht macht. Ein wenig versuchte ich mich – ganz heimlich – selbst mit Gedichten nach dem Vorbild Garcilasos, doch habe ich nichts davon aufbewahrt. Nicht anders ging es mit der großen wissenschaftlichen Arbeit, die ich für mein Examen schrieb und die Anerkennung fand. Ich hatte mir mein Lieblingsgebiet erwählt, die Kontemplation! Das war in jenen Jahren aktuell, sogar brisant, denn es gab damals Auswüchse selbstherrlicher „Gottseligkeit" bei den „Alumbrados" – schon daß sie sich als „Erleuchtete" bezeichneten, schien mir nicht gut. Ich stützte meine Darlegung vor allem auf Schriften des heiligen Dionysius Areopagita und Gregors des Großen. Aber wie auch später wirkte oft in mir noch stärker die gänzlich assimilierte Lektüre sprach- und bildkräftiger Werke der mystischen Theologie, die mir, wie vor allem die rheinischen Mystiker, lieber deutscher Leser, in lateinischer Sprache oder Übersetzung zur Verfügung standen. Da Salamanca eine dominikanisch geprägte Universität war, lagen die Werke Taulers in der Ausgabe des trefflichen Kölner Kartäusers Surius vor – wenn auch gerade die Traktate, die bei uns in Spanien die größte Verbreitung fanden, nicht, wie man erst heute weiß, aus seiner Feder stammten. Immerhin waren sie ihm doch nah. Aber auch der Augustiner Ruusbroec beeindruckte mich tief. Ahnungslos lernte ich durch ihn auch Ihren Meister Eckhart kennen, mein Leser, teils, weil sich eine seiner Schriften in die Ruusbroec-Ausgabe geflüchtet hatte, teils, weil ich in den Tauler zugeschriebenen „Institutiones" auch Ruusbroec und Meister Eckhart las, ja, das ganze Gedankengut der rheinisch-flämischen Mystik vom überbrückbaren Abgrund zwischen Gott und dem Geschöpf, vom dunklen Licht, vom Glauben im Wandlungsprozeß der Seelenvermögen.

Nur, lieber Leser, ich las nie sehr systematisch. Mein Gedächtnis war hervorragend, und ich behielt, was in Bild und Wort meiner eigenen Erfahrung zu Hilfe kam; so blieb es auch, als ich die Bücher schrieb, die später gedruckt wurden. Ich kam nie auf den Gedanken, mich auf ein ganzes System, eine ganze Schule zu stützen. Ich gebrauchte das Gelesene intuitiv und frei, und manchmal wußte ich auch gar nicht mehr, daß ich es gelesen hatte, so sehr war es meinem inneren Erleben eingeschmolzen. Denn ich machte tatsächlich schon mystische Erfahrungen in meiner ganz besonderen Zelle schräg über dem Altar. Ich kannte Beglückungen und Trockenheiten, und ich lernte, für beides dem Herrn zu danken.

So schrieb ich denn meine Arbeit, die „Dissertation" über die falsche und die rechte Weise der Kontemplation in meiner Zeit. Der Leser möge nicht zu sehr bedauern, daß sie verlorenging, kreisten doch später meine Schriften um dieses Thema! Ich habe nur davon berichtet, um zu zeigen, daß meine Interessen, die hier klare Formen annahmen, sich nicht ganz in den Rahmen dessen fügten, was man sich überlicherweise unter „Studium in Salamanca" vorstellte. Kontemplation war für mich so wichtig wie für andere Theologie, verstand ich sie doch in sehr weitem, aber durchaus eindeutigem Sinne, zumal seit ich den Dionysius Areopagita gelesen hatte und mir seinen „Strahl der Finsternis" als dunkle Nacht, die Licht ist, zu eigen gemacht hatte: ›Die dunkle Nacht ist ein Wirken Gottes in der Seele, das die Kontemplativen „eingegossene Beschauung" (Kontemplation) oder „mystische Theologie" nennen.‹

Ja, die Kontemplativen! Ich muß gestehen, daß mit der inneren Klarheit auch die Enttäuschung an meinem Orden in mir wuchs.

Ich hatte nicht gedacht, als ich ihn wählte, daß die Kontemplation in ihm nur noch eine so geringe Rolle spielen würde. Und gar keine im Unterricht des Colegio San Andrés! Ich war oft traurig, daß man nicht verstand, daß unser wahres Menschsein, und das heißt doch: unser wahres Lieben, nicht wachsen und reifen und zu Gott aufstreben kann, wird es nicht regelmäßig „gewässert" mit dem lebendigen Wasser des tiefen Gebets in Gottes Gegenwart! Das war es doch, was es zu pflegen galt! Trachten nach dem Reiche Gottes, weil dann das andere hinzugegeben wird. Darum war ich mein Leben lang zwar immer tätig, aber mir schien, daß diese Welt nicht an einem Mangel an Werken krankte, sondern an einem Mangel an Gottes- und Nächstenliebe. Ich meine, ›alle unsere Werke müssen ganz hoch bei der Gottesliebe ansetzen, wenn sie rein und klar sein sollen‹, und ›ein Quentchen dieser reinen Liebe ist in den Augen Gottes mehr als all unsere Werke zusammen.‹

Also fing ich an zu überlegen, ob ich in den richtigen Orden eingetreten sei, und ich dachte, daß es meinem Wunsch und Willen besser entsprochen hätte, wäre ich zu den Kartäusern gegangen, die wirklich noch eine eremitisch-kontemplative Daseinsform pflegten. Ich mußte diese Gedanken aber für mich behalten, auch ein Mönch bedarf manchmal der Weltklugheit, und meine Klugheit diente einem heiligen Zweck: ich wollte doch unbedingt Priester werden! Nichts konnte mir die sakramentale Gegenwart des Herrn ersetzen, die täglich in die Welt zu bringen ich berufen schien.

So schwieg ich still, denn schon nach drei Studienjahren sollte ich die Priesterweihe erhalten, freilich unter der Voraussetzung, daß ich noch ein weiteres Jahr der Theologie widmen würde. Hätte ich gesagt: „Ich will zu den Kartäusern" – alles wäre aus gewesen! So empfing ich denn im Sommer 1567 die Priesterweihe und kam zu meiner Primiz, zu meiner ersten heiligen Messe, nach Medina, um dort das Ereignis mit Verwandten und Freunden begehen zu können. Ich ahnte nicht, daß mich in noch ganz anderer Weise jetzt und hier mein Schicksal ereilen würde.

Es kam in Gestalt der Priorin Teresa de Jesús, die Sie, mein lieber Leser im Herrn, als die heilige Teresa von Ávila kennen und, wie ich hoffe, lieben. Sie war damals mit 52 Jahren auf der Höhe ihrer Kraft und ihres Könnens. Und, ich will das ruhig sagen, denn von

Das Karmelitinnenkloster in Valladolid

Drei Fuhrknechte, die meist neben den Tieren herliefen, kannten die Wege auch bei Nacht. Ich bildete mit meiner Mauleselin die Nachhut, so hatte der Karren auch einen rückwärtigen Schutz. Manchmal kam mein Reittier so nah an den verhängten Karren heran, daß ich die Unterhaltung der Schwestern im Innern verstand. Endlich – meine Schultern waren schon feucht vom Tau – schimmerten die Kuppeln von Valladolid im Mondlicht, die Türme der stolzen Stadt, die lange Zeit Residenz der Könige gewesen war (Seite 51 f.).

ihrem Tag der Ewigkeit aus gesehen wird es sie nicht stören: sie wirkte jünger, als sie war. Das kam durch die Fülle der guten Pläne, der geballten Energie, die aus dem Quellpunkt tief verinnerlichten Betens hervorging. Ich sage das, weil ich sie bald nach meiner Primiz in Medina kennenlernte, wohin sie wegen der Gründung eines Klosters der „Unbeschuhten Karmelitinnen" gekommen war. Der Ausdruck „unbeschuht" sollte den Rückgriff auf alte Strenge und Unbedingtheit zeigen, denn die Reform des Karmelitenordens war das Herzens- und Lebensanliegen der Mutter Teresa de Jesús.

Ich wußte zu diesem Zeitpunkt noch wenig von ihr, hatte nur, ein Jahr etwa vor meinem Studienbeginn in Salamanca, vernommen, daß sie mit der Gründung eines neuen kleinen Klosters namens San José das Stadtgespräch in Ávila war. Denn sie war eine kühne, erfinderische Frau.

Aber natürlich machte sie sich Feinde mit ihrer neuen Schlichtheit und Strenge, sowohl in ihrem alten Menschwerdungskloster, das auch wohlhabenden Damen mit Dienerschaft Wohnung gewährte – und diese Damen waren einflußreich –, wie auch bei den Oberen der Stadt, die kein „auf Armut gegründetes" Kloster wollten, wie die Mutter Teresa das nannte; es könnte zur Belastung werden für die öffentliche Hand, so dachte man. Ja, diese Hervorhebung des evangelischen Rates der Armut war neu im Karmel – und sie ließ sich auch später praktisch nicht immer so durchführen, wie es wünschenswert war. Bisher war Keuschheit oberstes Gebot gewesen – man verband das gedanklich mit der Marienverehrung und trug als Symbol den weißen Mantel.

Mir persönlich gefiel natürlich die umfassende Einhaltung des Rates der Armut ganz ungemein – war es doch die konkreteste, fühlbarste Art der Nachfolge Christi, seiner leibhaftigen Ausgeliefertheit und Nacktheit. So erinnere ich mich auch an die kursierenden Flugblätter mit der Rede des Bürgermeisters und der Entgegnung des damals noch unbekannten Dominikaners Báñez, der später der Ruhm der Universität Salamanca werden sollte. Ich möchte dem Leser einen Eindruck von diesen Reden vermitteln.

Der Bürgermeister von Ávila sagte zur großen Versammlung auf dem Rathausplatz: „»Bekannt ist ja die Neuigkeit, daß vor einigen Tagen in dieser Stadt ein Kloster der ‚Unbeschuhten Karmelitinnen' gegründet wurde. Und schon wenn ich sage Neuigkeit, erkennt man in diesem Wort eine Neuerung, die Schaden zufügt und Abscheu hervorruft. Bekannt ist die Unruhe im Gemeinwesen, die Erregung der Gemüter, die Reden, die Gerüchte, die Verwirrung – denn dieses Kloster läßt keine Ordnung und Ruhe in der Stadt zu, noch gestattet es den guten Einrichtungen und Sitten ein ehrwürdiges Alter. Und schlimmer noch als andere Neuerungen, kleidet sich diese in die Farbe und den Mantel der größten Frömmigkeit.

Es ist nicht recht, daß die Religiosität einiger weniger der Stadt größere Lasten auflade, als sie zu tragen vermag. Was bedeutet es für uns, daß dieses Kloster ohne feste Einkünfte gegründet wurde, ohne Schenkung und ohne die Absicht, dergleichen jemals zu haben? Dieses, meine Herren, bedeutet, uns eine Steuer aufzuzwingen, uns das Geld aus der Tasche zu ziehen und das Brot vom Munde zu nehmen. Zudem, wenn doch die Stadt das Haupt aller Einwohner ist und die Klöster ihre Glieder – wie konnte man gründen ohne ihr Einverständnis? Und, meine Herren, wissen wir denn, ob diese Gründung nicht Betrug ist, eine Vorspiegelung des Teufels? Man sagt, diese Nonne habe Offenbarungen und eine sehr spezielle Geistesverfassung. Eben dieses läßt mich fürchten, und der Klügere muß hier Bedenken tragen. Denn in dieser Zeit haben wir genug Betrug und Täuschung bei Frauen gesehen, und bei allen war es gefährlich, den von ihnen erstrebten Neuheiten zuzustimmen. Ich will diese Nonne nicht des Betruges bezichtigen, das liegt außerhalb meiner Zuständigkeit. Aber ich möchte die klugen Geister zu Vorsicht gegenüber Neuerungen ermahnen, damit sich die Klöster nicht ohne Ordnung vermehren, damit man ihre Gründung nicht zulasse ohne Genehmigung der Stadt.‹"

Darauf antwortete P. Domingo Báñez O. P.: „›Was ich sagen werde, ist zumindest frei von persönlichen Gefühlen. Denn bis zu diesem Augenblick habe ich die Gründerin weder gesprochen noch gekannt oder sonst mit dieser Gründung zu tun gehabt. Daß sie neu ist, gebe ich zu – darum hat sie auch auf das einfache Volk die übliche negative Wirkung von Neuerungen ausgeübt. Aber deshalb muß sie doch nicht in dieser Versammlung kluger und bedeutender Männer den gleichen Effekt haben, denn nicht jede Neuheit ist zu tadeln. Wurden nicht auch die anderen Orden so gegründet? Begegnen wir nicht, ebenso wie unsere Vorfahren, täglich Reformen, die ins Werk gesetzt wurden, als man es am wenigsten erwartete? Die christliche Kirche selbst, wurde sie nicht von Christus neu geschaffen? Nichts könnte in ihr wachsen, so gut es auch sei, wenn wir uns einmütig der Furcht vor Neuerungen verschrieben. Was man einführt zur größeren Ehre Gottes und Besserung unserer Gewohnheiten, kann man nicht als Erfindung und Neuerung bezeichnen, denn es ist Erneuerung der immer alten Tugend. Nennen wir doch auch die Bäume nicht neu, wenn sie ihr Frühlingskleid anziehen, noch die Sonne, wenn sie täglich wieder aufgeht.

Warum bezeichnen wir dann die Erneuerung eines Ordens als tadelnswerte Neuheit? Was ist schlimmer für eine religiöse Gemeinschaft: den alten Glanz zu verlieren oder ihn wiederzugewinnen? Wenn uns das erstere nicht erschreckt, warum ereifern wir uns dann über das letztere? Nur was sich der Tugend und dem besseren Dienste an Gott entgegenstellt, meine Herren, nur das ist tadelnswerte Neuerung! Der soeben gegründete Konvent der Karmelitinnen aber ist Reform einer altehrwürdigen Institution, ist Rückholung des Verlorenen zur Stärkung dieses Ordens und zum Nutzen der Christenheit. Aus diesem Grunde sollte man das Kloster unterstützen, vor allem auch seitens der Oberhäupter christlicher Städte, deren Aufgabe es ist, lobenswerte Einrichtungen zu fördern.‹"

Dieser kühne Pater Domingo Báñez wurde dann auch bald als Beichtvater von großer Bedeutung für die Mutter Teresa. Und Gott wollte es, daß sie ihm in Arévalo begegnete, als sie wegen der Gründung ihres zweiten Klosters, nämlich des Nonnenklosters in Medina, unterwegs und durch die Schwierigkeiten voller Zweifel war – was ihr immer erst geschah, wenn sie sich schon mitten in einer Unternehmung befand und nicht mehr zurück konnte. Sie selbst erzählte: „›Sobald ich nach dem Willen des Herrn eines dieser Klöster gründen soll, meine ich immer, daß kein Hindernis imstande ist, mich von solchem Werk abzubringen. Erst nachher treten alle Schwierigkeiten auf einmal vor mich. Als wir in der Herberge ankamen, erfuhr ich, daß sich in Arévalo ein Dominikanerpater aufhielt, ein großer Diener Gottes, der während meiner Zeit im San-José-Kloster mein Beichtvater war. Da ich schon in meinem Bericht von der ersten Gründung viel über seine Vortrefflichkeit gesagt habe, will ich hier nur seinen Namen nennen: Professor fray Domingo Báñez, ein sehr kluger und gelehrter Mann, dessen Rat ich gern folgte. Ihm schien mein Vorhaben nicht so schwierig, wie alle anderen meinten, denn je besser einer Gott kennt, um so leichter werden ihm die aufgetragenen Werke. Und da er von einigen Gnaden wußte, die Seine Majestät mir verlieh, und Zeuge der Gründung von San José gewesen war, schien ihm alles machbar. Ich war sehr beruhigt, als ich ihn sah, denn ich war überzeugt, daß mit seinem Rat alles gelingen werde.‹"

So kam denn die Mutter mit neuem Mut nach Medina und setzte sich sogleich mit meinem nunmehrigen Prior Antonio de Heredia in Verbindung, der wie sie den Klosternamen „de Jesús" trug. Als sie ihr erstes Reformkloster San José in Ávila gründete, wirkte er in dieser Stadt als Prior der beschuhten Karmeliten. Er hatte aber so viel Verständnis für ihre Ideen, daß er ihr beistand mit Rat und Tat, wobei das Ausleihen alter Schriften aus der Geschichte des Ordens eine wichtige Rolle spielte.

Allerdings meinte die Mutter, die Urschrift unserer Ordensspiritualität in spanischer Übersetzung zu kennen, denn sie hatte im Menschwerdungskloster das „Buch der ersten Mönche" gefunden, für dessen Entstehungszeit wir damals das 5. Jahrhundert annahmen. Dem war nicht so, mein nachsichtiger Leser, Ihre Gelehrten geben heute an, daß es das Werk eines katalanischen Karmelitenprovinzials, des Paters Felipe Ribot aus dem 14. Jahrhundert war, also keineswegs sehr alt. Aber wie dem auch sei, ich möchte hier das italienische Sprichwort „se non è vero, è ben trovato" in Erinnerung bringen. Denn das Buch, wie alt oder neu auch immer, trifft vorzüglich den Geist der ersten Eremitensiedlungen im Karmelgebirge. Und wie diese zentriert es sich um das Vorbild des Propheten Elija, dem der Herr auf dem Karmel begegnet war, und um die Verehrung der Muttergottes, deren Kapelle das Herzstück der Siedlungen bildete.

In Erinnerung an die gute Zusammenarbeit in Ávila hatte die Mutter Teresa an Antonio de Heredia geschrieben und ihn gebeten, doch ein Haus für ihr zweites Nonnenkloster zu kaufen. Mein Prior war gern dazu bereit, aber es war schwierig, etwas Passendes und nicht zu Teures zu finden. Das Haus, das er schließlich kaufte, war so baufällig, daß die Mutter für ihre Nonnen zunächst eine Wohnung mieten mußte, da es viel Zeit kosten würde, es bewohnbar zu machen.

Sie kam in unser Kloster, um alles mit Pater Antonio zu besprechen. Dabei erzählte sie ihm auch, daß sie vom Ordensgeneral in Rom, Rubeo oder Rossi, nicht nur die Erlaubnis erhalten habe, in Kastilien möglichst viele Nonnenklöster nach ihren Ideen zu gründen, sondern auch zwei Klöster für Mönche. Aber natürlich konnte sie das nicht einfach so als Frau, sie brauchte männliche Helfer, wußte keine und sagte das dem Pater Heredia. Dieser war sofort Feuer und Flamme. Er gestand ihr, eigentlich sei er auch unzufrieden mit dem jetzigen Zustand des Karmelitenordens und er habe (wie ich, aber das wußte er ja nicht) schon den Gedanken gefaßt, zu den Kartäusern überzuwechseln. Dieser Wechsel war uns Karmeliten nämlich durch ein Dekret aus dem Jahre 1454 gestattet, so daß wir nicht extra in Rom um Erlaubnis bitten mußten. Nun aber meinte er, es sei ja ein Geschenk des Himmels, wenn er nicht mehr „nebenamtlich", sondern als echtes Mitglied der Reformbewegung das Seine beitragen könne.

Die Mutter war gerührt und dankte, aber im tiefsten Herzen war sie nicht ganz glücklich, denn als große Menschenkennerin wußte sie, daß mein Prior, der fast das Alter von 60 Jahren erreicht hatte, als echter Gelehrtentyp und Ästhet viel Freude am schmucken Aussehen und auch an gewissen Bequemlichkeiten seiner Zelle hatte. Er würde, so dachte Teresa de Jesús, den Anforderungen ihrer Reform nicht gewachsen sein. Auf der anderen Seite sah sie seine flammende Begeisterung und meinte, daß ihn der Herr ja wandeln und für ihr Werk bereiten könne – nur werde das nicht von heute auf morgen gehen. So bat sie ihn, noch ein klein wenig zu warten, bis alles noch klarer sei, und er war's zufrieden.

Mutter Teresa aber blieb länger in Medina und hoffte auf einen jüngeren Helfer. Da kam ich mit meinem Mitbruder Pedro de Orozco aus Salamanca. Wie ich selbst war er gerade zum Priester geweiht worden und hielt nun seine Primiz. Das war im September, die Mutter Teresa war am 14. August 1567 in Medina angekommen und lebte nun schon in der sehr schönen Mietwohnung, die ihr und ihren Töchtern von einem frommen Mann zu erschwinglichem Preis zur Verfügung gestellt worden war. Dorthin sandte ihn mein Prior mit einem kleinen Auftrag, und Pater Pedro hatte Gelegenheit, mit Teresa de Jesús in Ruhe zu sprechen. Dabei erzählte er ihr von mir, und er erzählte, ich sage es ungern, wahre Wunderdinge. Sie hatte nämlich vorsichtig gefragt, ob er nicht einen jungen Mönch für sie als Helfer wisse, und Orozco, wohl verstehend, daß diese indirekte Frage ihm galt, wollte gern bleiben, wo er begonnen hatte. So war es ihm nur lieb, von mir so lobend sprechen zu können. Daraufhin arrangierte die Mutter Teresa ein Gespräch mit mir!

Es muß Ende September/Anfang Oktober gewesen sein, als ich mich zu ihr auf den Weg machte. Ein strahlender Himmel wölbte sich in jenem durchsichtig zarten Blau, das unsere Maler entzückte, über der kastilischen Hochebene, der „Meseta". Der Raum, in den man mich bei meiner Ankunft führte, war hell und, soweit es die kleinen Fenster, die wir aus Witterungsgründen bevorzugten, erlaubten, sogar sonnig. Bei meinem Eintritt sah ich eine Frau im braunen Habit* und weißen Mantel, eine Kleidung, die etwas anders wirkte als die mir bekannte Karmelitinnentracht – einfacher und gröber, keinesfalls von kostbarem Stoff. Sie schob ihre Papiere beiseite und erhob sich – eine Geste der Höflichkeit, über die ich bei meiner Jugend (ich war 25 und sie 52!) erschrocken wäre, hätte ich nicht sofort gewußt, daß sie dem Priester galt.

Ich sah eine etwas rundliche Gestalt – das Schönheitsideal meiner Zeit, verehrter Leser, Sie sollten sich das merken –, und ich sah in einem rosigen, auch eher rundlichen Gesicht unter schön gezeichneten hohen Brauen zwei dunkle Augen, die so flink waren, wie die ganze Gestalt beweglich, und die nun sprühten vor Freude und Lebendigkeit.

„Pater Juan", sagte sie, und ihre nicht zu helle Stimme war mir so angenehm wie ihr Äußeres, „Pater Juan, es ist sehr freundlich, daß Sie hierher gekommen sind, denn so darf ich vermuten, daß Sie ein Interesse haben an meinen Plänen. Auch hat man mir schon viel von Ihnen erzählt."

Ich wurde etwas verlegen und senkte den Blick, wie es mir als

---

* Anmerkung der Schreiberin: Pater Juan sagt hier (und später) dem Leser zuliebe „braun", denn so stellt man sich heute die Karmeliten vor. Im Laufe von Reformen des 14. Jahrhunderts (Soreth) war aber ein schwarz gefärbter Habit eingeführt, neben dem es noch einen gröberen ungefärbten „in einem undefinierbaren grau-braunen Farbton" gab (Smet/Dobhan, Die Karmeliten, Herder, Freiburg 1980, S. 135). Teresa von Ávila schrieb in den Konstitutionen für ihre ersten Klöster „schwarz, aber ungefärbt" vor, was praktisch wohl weder schwarz noch braun, sondern nur rauh, dunkel und demütig bedeutete.

Karmelit ja überhaupt zukam. Aber ich muß gestehen, daß bei diesem Gespräch, immer wenn ich die Augen hob, die Mutter meinen Blick festhielt und ich schaute und es gar nicht merkte. Um aber meine Würde zu wahren, fragte ich zurück, wie konkret denn schon diese Pläne seien und was unser Pater General, den ich sehr schätzte, dazu sage?

Da wurde sie noch lebhafter und sagte: „›Ich will von Anfang an berichten. Sie wissen ja, mein Pater, daß nach der Gründung meines kleinen Klosters San José der General Rubeo‹" (sie sagte nicht Rossi) „›nach Ávila kam, es war das erste Mal, daß ein karmelitischer Ordensgeneral aus Rom meine Vaterstadt besuchte. Mir fiel das zunächst sehr auf die Seele, denn soweit ich juristisch informiert war, unterstand ihm mein Kloster nicht, und so befürchtete ich Schwierigkeiten. Aber unser Herr fügte es besser, als ich dachte. Der General ist ein solch vortrefflicher Diener Gottes, ein so kluger und gelehrter Mann, daß er sah, daß das Werk gut war, weshalb er mir nicht das geringste Mißfallen zeigte.

Als er in Ávila angekommen war, bemühte ich mich um seinen Besuch. Ich gab ihm in aller Wahrheit und Klarheit Rechenschaft, wie ich es immer hielt mit den Vorgesetzten, entstehe dann daraus was auch immer, denn sie vertreten Gottes Stelle. So gab ich ihm Rechenschaft von meiner Seele und von fast meinem ganzen Leben, wenn es auch recht erbärmlich ist. Er aber ermutigte mich und versicherte mir, er werde mir nicht befehlen, mein Kloster San José zu verlassen. Und er freute sich, unsere Lebensweise kennenzulernen, er sah darin ein wenn auch unvollkommenes Abbild der Ursprünge unseres Ordens, weil bei uns die erste Regel in aller Strenge gehalten wurde; in keinem einzigen Kloster des ganzen Ordens wurde sie beobachtet, sondern überall die gemilderte.*
Und in dem Wunsche nach weiterer Verbreitung dieses Neubeginns erteilte er mir sehr umfassende Vollmachten für die Grün-

---

* Anmerkung der Schreiberin: die heilige Teresa folgte der ersten gemilderten Regel von 1247, der 1434/35 noch eine weitere Milderung gefolgt war. Die ursprüngliche Regel (ca. 1209) des Patriarchen Albert von Jerusalem scheint ihr nicht bekannt gewesen zu sein, obwohl sie ihr in spanischer Übersetzung zugänglich und im gleichen Buch enthalten war wie die Innozenz-Regel (vgl. Tomás Álvarez in „Monte Carmelo" 93, Burgos 1985).

dung weiterer Klöster. Ja, er drohte mit geistlichen Strafen, wenn ein Provinzial mich daran hindern wolle.‹"

Hier schwieg die Mutter Teresa einen Augenblick und lächelte gedankenverloren. Ich wollte nun meine Einwände vorbringen, mit denen ich im Grunde gekommen war, obwohl sie mein Kommen als Zustimmung gedeutet hatte. So fragte ich, weil ich meinte, nun müsse sie antworten, daß hier noch manches fehle: „Und wie steht es mit der Möglichkeit zur Gründung von Klöstern für die Brüder?"

Sie erwachte sofort aus ihren Gedanken und berichtete in einer Sprache, die aus tiefstem Herzen kam: „›Einige Tage nach der Abreise Rubeos kam mir in den Sinn, daß in Anbetracht der zu gründenden Nonnenklöster auch Mönche die Möglichkeit haben müßten, nach der ursprünglichen Regel zu leben. Ich sah ja, wie wenige es in der Ordensprovinz gab, so daß sie dem Aussterben nahe schienen. Darum empfahl ich die Sache dem Herrn eifrigst im Gebet und schrieb unserem Pater General einen Brief, worin ich, so gut ich es eben konnte, die Gründe darlegte.‹" „Und hat er geantwortet?" fragte ich. „Ja", sagte die Mutter, „›von Valencia aus, wo ihn mein Brief erreichte, sandte mir der General die Erlaubnis, zwei solcher Klöster zu stiften; damit zeigte er, daß er die vollkommenste Observanz im Orden wünschte.

Einerseits durch die Erlaubnis ermutigt, wuchs doch andererseits meine Sorge, denn ich kannte in der ganzen Provinz weder einen Mönch noch einen Weltgeistlichen, der zur Ausführung dieses Werkes geeignet gewesen wäre. So blieb mir nur übrig, den Herrn zu bitten, er möge mir doch einen Menschen dafür senden. Auch hatte ich ja weder ein Haus noch Mittel, eines zu kaufen. Da saß nun ich arme unbeschuhte Nonne, die von keiner Seite Hilfe zu erwarten hatte, es sei denn vom Herrn; die mit Vollmachten und guten Absichten bestens ausgerüstet war und doch keine Möglichkeit sah, sie ins Werk zu setzen. Ich verlor aber weder Mut noch Hoffnung, denn was der Herr begonnen hatte, das würde er auch fortführen.‹"

Ich hätte lächeln müssen, mit welchem Nachdruck und geradezu zwingenden Worten sie schloß und mich nun erwartungsvoll ansah, wäre es mir nicht so unangenehm gewesen, sie zu enttäuschen, wie ich mir vorgenommen hatte. So raffte ich allen Mut und alle priesterliche Würde zusammen – wußte ich doch, daß meine Jugend und mein zierlicher Wuchs wenig Überzeugungskraft besaßen – und sagte ihr, sie müsse leider einen anderen Helfer suchen, denn ich sei doch entschlossen, zu den Kartäusern überzuwechseln. Zu meinem Erstaunen war sie es nun, die lächelte, sei es, weil sie ähnliches schon von Pater Heredia vernommen hatte, der so schnell seine Absicht änderte, sei es, weil sie ihrer selbst, d. h. ihrer Aufgabe und der Führung und Fügung des Herrn, so sicher war.

Mit ihrer ruhigen Stimme, die in einem reizvollen Kontrast zur flinken Beweglichkeit stand, antwortete sie mir:

„Mein Pater, was wollen Sie denn bei den Kartäusern, wenn Ihnen unser Herr eine ganz andere Chance bietet? Sie wollen kontemplativer leben: dafür gründe ich meine Klöster; Sie wollen Armut, Strenge, Nachfolge Christi, das will ich auch. Und wenn Sie beten, denken Sie, wie ich vermute, nicht nur an sich, sondern Sie beten und wollen Gott recht nahesein auch für die vielen Menschen hüben und drüben (mit drüben meinte sie ‚die Indien', also Amerika), die aus Eigenem nicht die Kraft haben, den Weg zum Heil zu gehen; und für alle Christen, die sich um sie bemühen. In meinen reformierten Klöstern werden Sie mit Freuden erkennen, wie groß und wie lohnend die Aufgabe ist, wie gewaltig die Ernte, die einzubringen wir hoffen dürfen. Und bei alledem bleiben Sie noch in dem Orden, den Sie doch aus freien Stücken wählten, ersparen sich die Prozedur des Wechsels und dienen unserem Herrn, wie Sie ihm sonst nirgends dienen könnten."

Ich war dankbar, daß Sie mir nicht vorhielt: „dem Orden, der schon so viel für Sie getan hat" – und so stand ich einen Augenblick still da, verblüfft über die Wirkung ihrer Worte. Auf einmal schmolzen meine Bedenken und Pläne dahin wie Schnee an der Sonne. Ich hob die Augen, sah ihr ruhiges Warten im erhellten Raum, sah in ihre Augen, aus denen in ihrer Freundlichkeit ein besonderes Licht zu kommen schien. Da mochte ich nicht länger überlegen, hörte mich selber sagen: „Ja, ich will es tun. ›Aber es muß recht bald sein.‹"

Sie antwortete froh aus tiefstem Herzen: „Dank sei Gott dem Herrn. Willkommen, Pater Juan!" Aber dann erinnerte sie mich daran, daß ich noch meine Studien in Salamanca abschließen müsse. So werde auch der Pater Prior Gelegenheit haben, seinen Wunsch zu überdenken, denn sie sei sich noch nicht ganz sicher, ob ihm der Wechsel zuzumuten wäre. Wir ahnten dabei beide nicht, mein Leser, daß dieser Pater Prior Antonio de Heredia eines Tages, obwohl er so viel älter war als wir, als zweiter Methusalem sowohl der Mutter wie auch mir das letzte Geleit am Sterbebett geben würde. Jetzt waren wir voller Leben und ganz erfüllt vom Planen. Die Mutter kehrte zufrieden nach Ávila zurück, ich zog beschwingt nach Salamanca.

Am Ende, lieber Leser, muß ich noch ein Mißverständnis ausräumen. Ich höre schon seit über vierhundert Jahren ein schadenfrohes Gelächter: Pater Gracián, der lange nach diesen Ereignissen in den Orden kam, berichtete, die Mutter habe bei ihrer Rückkehr nach Ávila gesagt: „Ich habe für meine Gründungen eineinhalb Mönche", wobei der „halbe Mönch" ich gewesen sein soll wegen meiner Kleinheit. Also ein Spott über mich als halbe Portion! Hätte das dem feinen Takt dieser zwar spontanen, doch warmherzigen Frau entsprochen? Mitnichten. Mein aufmerksamer Leser könnte den wahren Sinn schon ahnen: der halbe Mönch meinte den zunächst einmal „zurückgestellten" Antonio de Heredia, weil die Mutter von ihm noch nicht wußte, ob er sich eignen würde.

3

Unerwartete Wendung

Als ich im folgenden Jahr Anfang Juli nach Medina del Campo zurückkam, erwartete mich die Mutter Teresa im nun fertiggestellten Kloster. Sie hatte schon mit meinem Prior gesprochen, der auf sein Priorat verzichten wollte und der ihr erlaubte, mich zunächst einmal nach Valladolid zur Gründung eines Nonnenklosters mitzunehmen, damit ich vertraut würde mit dem Geist der neuen Häuser.

Aber es war noch viel vorzubereiten, und so blieben wir einen guten Monat zusammen in Medina. Alles schien von Segen begleitet, und Pater Antonio de Heredia hatte sich inzwischen so gewandelt, wie die Mutter es sich erhoffte, so daß sie nun bereit war, auch diesen betagten, aber begeisterten und erfahrenen Mann einzusetzen. Als man sie nach uns befragte, sagte sie: „›Ich war mit den beiden Patres sehr zufrieden. Denn den Pater Antonius hatte der Herr das ganze Jahr hindurch, seitdem ich mich mit ihm besprach, durch Leiden geprüft, die ihn zu großer Vollkommenheit führten. Für Pater Johannes war keine Prüfung notwendig; führte er doch immer ein Leben hoher Vollkommenheit und strenger Ordenszucht.‹"

Ich erhielt nun gleich ein verantwortungsvolles Amt: Die Mutter empfahl mich ihren sechs geistlichen Töchtern, die sie aus Ávila mitgebracht hatte, als Beichtvater. Es waren also keine Novizinnen, und ich hatte es mit ihnen nicht schwer. Wir führten im großen Sprechzimmer gemeinsame Gespräche, und ich durfte einiges von dem erzählen, was ich in meiner Examensarbeit über wahre und falsche Kontemplation geschrieben hatte.

Ich konnte ja noch nicht, wie später, aus einem reichen Erfahrungsschatz schöpfen. Also sagte ich den Schwestern, ich wolle ›weder der Erfahrung noch dem Wissen vertrauen – denn die eine wie das andere können fehlgehen und täuschen – sondern, ohne die Hilfe dieser beiden, so weit es möglich ist, zu verschmähen, wolle ich mich in allem, was ich mit Gottes Gnade sagen möchte – zumindest für das Wichtigste und für das Verstehen Dunkelste – auf die Heilige Schrift stützen, unter deren Führung wir nicht irren können, denn der Heilige Geist spricht aus ihr.‹

Und ich machte an einem Psalm Davids deutlich, daß es nicht darauf ankommt, was wir haben oder nicht haben, sondern wie wir uns dazu verhalten. Weil wir nur in das Licht des Herrn gelangen können, wenn wir wie sein Sohn durch das Dunkel oder die geistige Nacht der Selbstentäußerung gehen, denn eine solche „Nacktheit" geht von unserem Willen aus und hat darum die verwandelnde Wirkung der Christusnachfolge.

›In diesem Sinne sagt David: „Arm bin ich und in Mühen von Jugend an" (Ps 87,16 Vulg.). Er nennt sich arm, obwohl es klar ist, daß er reich war. Aber sein Wille hing nicht am Reichtum, und das war ebensoviel wie arm. Wäre er hingegen arm, doch nicht dem Willen nach, so wäre er nicht wahrhaft arm gewesen, weil seine Seele durch ihr Verlangen Güter anhäufte. Darum nennen wir diese wahre Nacktheit eine Nacht für die Seele, denn es handelt sich ja nicht um die Entbehrung von Dingen – das entblößt die Seele nicht, wenn sie nach ihnen verlangt –, sondern um den nackten Verzicht auf das Vergnügen daran und das Verlangen danach. Das ist es, was die Seele frei macht und entleert, selbst wenn sie Dinge besitzen mag. Nicht die Dinge dieser Welt bemächtigen sich der Seele und schädigen sie, erst der Wille, der nach ihnen verlangt, läßt sie ein.‹

Die Schwestern schienen mit meiner Darlegung zufrieden, und mit den Ansichten der Mutter Teresa bereits vertraut, stellten sie mir kluge und feine Fragen, auf die ich gern antwortete. So fragte mich eine, die sehr nachdenklich wirkte:

„Pater Johannes, wir haben gelernt, in der Kontemplation unsere Gedanken zum Schweigen zu bringen. Aber ganz allgemein betrachtet: gilt denn das Denken des Menschen gar nichts? Unsere Mutter Teresa schätzt doch, so viel wir wissen, auch die natürlichen Gaben Gottes und sagt, wir sollten sie gebrauchen."

Darauf antwortete ich: „Liebe Schwester, ›ein einziger Gedanke des Menschen ist mehr wert als die ganze Welt. Aber nur Gott ist dieses Gedankens würdig.‹" Einen Augenblick schien sie zufrieden, aber dann fragte sie weiter: „Ja, sollen wir denn unseren Nächsten nicht achten?" – „Der Herr stehe mir bei", sagte ich erschrocken, „›wer den Nächsten nicht liebt, verachtet Gott!‹" Da schauten mich alle an aus hellen Augen, und wir verbrachten viele Stunden in guten und offenen Gesprächen. Ich lernte viel vom edlen und zur Gottesliebe neigenden Geiste dieser jungen Frauen, die schon bei der Mutter Teresa in eine Schule des Herzens und des Betens gegangen waren.

Manchmal nahm auch die Mutter selbst an unseren Sitzungen teil, half mir mit einem Scherzwort, wenn ich mich in gar zu ausführliche Erläuterungen verloren hatte, rückte kurz und klar zurecht, was von seiten der Schwestern etwa „schief" zu kommen schien.

Im Anschluß an ein solches Beisammensein, als ihre Töchter den Raum verlassen hatten und wir diesseits und jenseits des Sprechgitters zusammenrückten, erzählte sie mir auch in aller Offenheit, wie es inzwischen mit dem zu gründenden Kloster für die Brüder gelaufen war. Ein Edelmann aus Ávila hatte ein Haus gestiftet in Duruelo, einem winzigen Ort, etwa fünfzig Kilometer von Ávila in großer Höhe am Wege nach Medina gelegen. Sie hatte es schon einmal besichtigt, und das Resultat war nicht eben ermutigend. Man hatte sich unterwegs trotz der kurzen Reise verirrt, denn wild und unwegsam war jene Gegend, so daß die kleine Gesellschaft erst am späten Abend ankam. „›Als wir das Haus betraten‹", sagte die Mutter, „›fanden wir es in einem solchen Zustand vor, daß wir nicht wagten, dort zu übernachten; es war äußerst schmutzig, und zudem wohnten mehrere Erntearbeiter darin. Das Haus hatte eine annehmbare Diele, eine Doppelkammer mit einem Speicher und eine kleine Küche. Ich dachte mir, daß man die Diele als Kapelle, den Speicher als Chor – er paßte dazu sehr gut – und die Doppelkammer als Schlafraum benutzen könnte. Meine Begleiterin, die eine viel bessere Nonne war als ich und eine große Freundin der Buße, konnte es gar nicht fassen, daß ich hier ein Kloster gründen wollte, und sagte zu mir: Wahrhaftig, Mutter, einen solchen Geist hat keiner, daß er das hier aushält, so gut er auch sein mag; geben Sie doch die Absicht auf! Der mich begleitende Pater meinte das auch; als ich ihm aber meine Pläne darlegte, widersprach er mir nicht mehr. Wir begaben uns dann in die nahe Kirche, um dort zu

Die Stadtmauer von Ávila

Als ich mich der Ringmauer Ávilas mit ihren starken Türmen näherte, wehte mir rötlicher Staub ins Gesicht. Ich blieb außerhalb der Stadt, ritt an der Ostseite entlang nach Norden und bog dort ab zum Convento de la Encarnación, zum Menschwerdungskloster (Seite 79).

übernachten; denn wegen unserer großen Müdigkeit wollten wir die Nacht nicht wachend verbringen.‹"

Hier machte die Mutter eine Pause, und ich hatte Gelegenheit, ihr zu sagen, daß es dem Pater Antonio und mir eine Freude sein würde, in ein Haus zu ziehen, das dem Stall von Betlehem ein wenig ähnlich sein könnte; sie möge sich keine Sorgen machen.

„›Ja‹", antwortete sie, „›ich habe immer wieder gesehen, daß der Geist sich besser entfaltet und die innere Freude größer ist, wenn es an äußeren Bequemlichkeiten fehlt. Was nützt denn auch ein großes Haus? Wir bewohnen darin ja doch nur eine Zelle. Und was nützt uns deren Größe und schöne Ausschmückung? Wir leben doch nicht darin, um die Wände zu betrachten, sondern um zu bedenken, daß wir hier nicht für immer wohnen, sondern nur für die kurze Zeit unseres Lebens, wie lang es auch währen möge. Dann wird uns alles leichtfallen, weil wir wissen, daß uns die Ewigkeit in Fülle schenken wird, was uns hier fehlt, denn dort entsprechen die Wohnungen unserer Liebe, mit der wir dem Herrn Jesus Christus nachfolgten.‹"

Wir hatten auch heitere Stunden miteinander, so, als ich – jenseits des Sprechgitters – vor ihr und allen Schwestern den Habit anprobieren mußte, den man für mich, den ersten unbeschuhten Karmeliten, provisorisch zusammengesteckt hatte, um Zuschnitt und Maße zu prüfen. So stand ich denn barfüßig und mit Nadeln gespickt vor dem Gitter, auf dessen anderer Seite die Mutter Teresa, assistiert von den Schwestern, notierte:

„›Habit ohne Falten, vorn und hinten von gleicher Länge bis zu den Knöcheln. So wenig Stoff wie möglich. Gleichmäßig schmale Ärmel. Skapulier vier Finger kürzer als Habit. Chormantel vom gleichen groben Tuch, aber weiß. Alles so knapp wie möglich, keine Verschwendung!‹"

Wie ich nun erfuhr, sollte der Habit unter ihrer Leitung und Mitwirkung in Valladolid genäht werden. Es fehlte nämlich noch an den rechten Stoffen. Und da auch in absehbarer Zeit keine zu bekommen waren, bat sie eine Postulantin des in Valladolid zu gründenden Klosters, ob sie die für ihren Habit gekauften Stoffe für den meinen benutzen dürfe, da es mit mir als Gründer des ersten Männerklosters in Duruelo eile. Die freundliche junge Dame antwortete, es sei ihr eine Ehre, wenn ihr Stoff von einem Mönch und

Priester getragen werde, und so nahmen wir für mich nach Valladolid einen braunen und einen weißen Ballen groben Gewebes mit, das sich sehr vom feinen, dichten Tuch meines bisherigen Karmelitenhabits unterschied. Ja, es wurde später Sitte, die nichtreformierten Brüder alter Observanz „los del paño" zu nennen, „die mit dem feinen Tuch" (und dem leichteren Leben). Wir aber nannten uns nicht „die mit dem groben Tuch", sondern, im Blick auf andere Barfüßerorden, „die unbeschuhten Karmeliten". Wir Männer, wenn ich hier, mein Leser, etwas vorgreifen darf, wir Männer gingen in der ersten Zeit wirklich barfuß, das war ich ja von meiner armseligen Kindheit her gewohnt. Als dann aber die Mutter Teresa erfuhr, wie wir uns im Schnee des Winters Frostbeulen holten, erhielten wir Alpargatas, die noch heute bekannten Hanfsandalen. Ich muß dazu erläutern, daß Ávila mit seinen elfhundert Metern Höhe, vom Süden durch die hohe, meist schneegekrönte Sierra de Gredos abgeschlossen, Spaniens kälteste Region ist. Wenn in Madrid schon die Kastanien ihre Kerzen aufsetzen, fegen wir in Ávila und Umgebung noch allmorgendlich den Schnee vor unserer Tür. Und erst recht im noch höheren Duruelo. So meint also bei uns „unbeschuht": ohne festes Schuhwerk. Sie wissen, mein Leser im Herrn, heute ist unser „unbeschuht" je nach Träger und Umständen oft mehr symbolisch zu nehmen: ein asketisches Leben in der Nachfolge Christi, und einzig darauf kommt es ja an.

Nach gut einem Monat der Vorbereitung und des gegenseitigen Kennenlernens machten wir uns am 9. August auf den Weg nach Valladolid. Die Mutter Teresa hatte sechs Schwestern mitgebracht, drei aus Medina und drei aus Ávila. Dazu die Postulantin in ihrem weltlichen Kleid. Aus Ávila war auch der Kaplan des San-José-Klosters, Pater Julián, gekommen. Er hatte mir eine sanfte kleine Mauleselin mitgebracht. Er selbst ritt ein recht lebhaftes und starkes Maultier, deshalb eilte er uns schon voraus. Denn der mit einem Verdeck versehene Karren, den die Mutter gemietet hatte, wurde von zwei Ochsen gezogen, die nur gemächlichen Schrittes vorankamen. Drei Fuhrknechte, die meist neben den Tieren herliefen, kannten die Wege auch bei Nacht, denn es war klar, daß wir für die acht Meilen oder rund dreiundvierzig Kilometer die ganze Nacht brauchen würden. Ich bildete mit meiner Mauleselin die Nachhut, so hatte der Karren auch einen rückwärtigen Schutz. Manchmal kam mein Reittier, das immerhin noch schneller war als die Ochsen, so nah an den verhängten Karren heran, daß ich die Unterhaltung der Schwestern im Innern verstand. Und einmal rief ich hinein: „Schauen Sie doch einmal den Himmel an, er hängt voller Sterne!"

Nach drei Stunden mußten die Ochsen rasten, und die Schwestern kletterten aus dem Karren; es war auf einer Wiese am Eingang eines der kleinen Dörfer, die wir durchquerten. Die Ochsentreiber kannten den Platz und sorgten für die Erfrischung ihrer Tiere und ihrer eigenen Person. Ich wollte der Mutter vom Wagen herunterhelfen, aber sie war zu flink. Die Schwestern schienen froh, sich ein wenig bewegen zu können, denn das rüttelnde Fahren im ungefederten Karren war ermüdend. Dann fanden wir am Rande der Wiese einige Baumstämme, auf die wir uns niederließen. Jetzt freuten sich auch die Schwestern am klaren Himmel und ich sagte: „›Sind diese Sterne nicht wie Blumen auf einer Wiese? Unverwelkliche Blumen‹ im tiefen Blau der Nacht!"

Und ich geriet richtig in Begeisterung, die halbe Verborgenheit in der lauen Nacht ließ mich meine Scheu vergessen, so daß ich mich selber wunderte, als ich ein Gespräch über die Unio mystica begann, indem ich uns als Sterne mit Gott als der Sonne verglich; ›aus beiden strahlt das gleiche Licht!‹ Und ›die Sterne verblassen zwar, wenn die Sonne aufgeht, aber sie bleiben doch als ganz eigene Wesen am Himmel, um in der Nacht wieder wie die Sonne zu leuchten, nur nach viel kleinerem Maßstab.‹

Schnell waren wir in eine intensive Unterhaltung verstrickt, ungern bestiegen die Schwestern wieder ihren Wagen, als die Ochsentreiber zur Weiterfahrt riefen. Und immer, wenn mein kleines Reittier sich der Rückseite des Wagens annäherte, ertönte aus dem Innern eine Frage oder eine Anmerkung zu dem offensichtlich weiterwirkenden Gespräch, die ich, so gut mir das rufend und reitend möglich war, beantwortete. Es war wirklich ›eine liebliche, eine heitere Nacht!‹ Und wenn wir alle nachdenklich verstummten, mischte sich die ›lautlose Musik‹ der Sterne mit dem kraftvollen Gesang der Zikaden.

Auch meine Laute durfte schweigend mitreisen, sie lag im Wagen der Schwestern auf den dunklen und hellen Stoffballen, die nun für mich bestimmt waren.

Endlich – meine Schultern waren schon feucht vom Tau – schimmerten die Kuppeln von Valladolid im Mondlicht, die Türme der stolzen Stadt, die lange Zeit Residenz der Könige gewesen war, bis dann vor einigen Jahren König Philipp II. die Idee gehabt hatte, sich eine zentrale Stadt für seine zentralistische Regierung auszubauen und zu errichten: Madrid. Noch war diese neue Hauptstadt ein etwas künstliches Gebilde.

Wir fuhren aber nicht nach Valladolid hinein, sondern blieben außerhalb in einem schön gelegenen Landhaus am Flusse Pisuerga, das ein Edelmann, Bruder des Bischofs von Ávila, Mendoza, der Mutter Teresa für ein Kloster geschenkt hatte. Ich war begeistert von der herrlichen Lage, von der Üppigkeit des Wachstums, das auch bei Nacht noch seinen Zauber bewies. Doch konnten wir das Haus nicht gleich, wie gedacht, bewohnen, denn die Arbeiter waren noch dabei, die Lehmwände für die Klausur hochzuziehen. So mußten wir uns in zwei Räumen des Seitenflügels, wo man Stroh aufgeschüttet hatte, zur Ruhe begeben, was für uns zwei Männer bequemer war als für die acht Frauen. Ehe wir uns trennten, sagte mir die Mutter Teresa, wir wollten den nächsten Vormittag zu recht intensiven Gesprächen nutzen. Und unterwegs hätte ich so beherzigenswerte Aussprüche getan, die möge ich doch bitte aufschreiben, um sie bei Gelegenheit wieder verwenden zu können.

Pater Julián, der uns erwartet hatte, ging gleich schlafen, ich aber setzte mich mit einer kleinen Kerze an den Tisch und schrieb auf Zettel, was mir in den Sinn kam. Dabei merkte ich, daß ich dabei war, sehr viel zu verlangen – sicher aus Liebe, weil ich den mir Anvertrauten helfen wollte, recht schnell zu jener inneren Haltung zu gelangen, die Gott gefällt. Ich sah aber zugleich, wie fern ich selbst noch vom Geforderten war. Und so beendete ich denn meine Arbeit, streute Sand über das Geschriebene und betete innerlich:

›Wenn auch, o du mein Gott und all mein Glück, sich meine Seele bemühte, für dich mein ganzes Herz in diese Worte des Lichtes und der Liebe zu legen, so habe ich dafür doch nur die Fähigkeit der Sprache, während es mir an innerer Formung und Stärke für das, was sie verlangen, fehlt. Du aber, mein Herr, freust dich weniger an ihrer Sprache und Weisheit als vielmehr an jenen, die, durch die Anregung dieser Worte, Fortschritte machen in deinem Dienste und in deiner Liebe; so daß sich meine Seele wegen dessen, was ihr selber mangelt, trösten muß mit der Möglichkeit, daß du dennoch durch sie das Fehlende in anderen findest.‹ Dann löschte ich meine Kerze und legte mich leise und ruhig schlafen. Als ich in der dämmernden Frühe wieder erwachte, hing draußen ein grauer Nebel zwischen den dichten Kronen der Ulmen, in dem Filigran der Erlen und Pappeln, so daß ich an den Herbst erinnert wurde. Die Mutter hatte es ja gesagt: die Lage dieses Hauses war zu feucht, war ungesund. Dichtes Sumpfgras wuchs am Ufer, und auch das Wort vom Sumpffieber war schon gefallen.

Als Teresa de Jesús mich um zehn Uhr zu sich bat, sagte sie gleich nach der Begrüßung, wir müßten hier wieder fort. Ich antwortete, ich verstünde das gut, wenn ich es auch wegen der herrlichen Lage sehr bedauerte. „Herrliche Lage?" sagte sie, „nein, Pater Juan, es liegt sowieso zu weit außerhalb der Stadt. Wir wollen mit unserem Lebensstil auf die Menschen wirken, und wir brauchen Spenden zu unserer Erhaltung. Wie wollen wir das schaffen, wenn uns keiner sieht?" – Ich antwortete, in diesem Falle müsse ich das zugeben und die ungesunde Lage sei ihr vielleicht nicht unlieb, aber grundsätzlich gehe es doch bei ihrer Reform um Kontemplation, und dafür sei eine ruhige ländliche Gegend nun einmal günstiger – gerade durch seine Stadtklöster sei der Karmelitenorden ja zwangsläufig von seiner ursprünglichen Bestimmung abgewichen, die sie doch wiederherstellen wolle.

Da sah ich eine Wolke auf ihrer Stirn und in ihren klaren Augen, doch im gleichen Augenblick lauschten wir beide erschrocken nach draußen. Ein am Fenster vorübergehender Bauarbeiter hatte eine anzügliche Bemerkung über unser Zusammensein hereingerufen. Ich fühlte, wie mir die Röte zu Kopfe stieg, ich muß ausgesehen haben wie ein Granatapfel. Natürlich sah es die Mutter und rettete mit ihrem beherzten Humor die Situation: „›Was haben Sie denn, Pater?‹" fragte sie, „›das wäre ja noch schöner! Wenn sich die Dame nicht schämt, schämt sich ihr Kavalier!‹" Da mußte ich lachen, die Mutter lächelte und setzte das Gespräch fort, als wäre es gar nicht unterbrochen worden.

Sie fragte mich, was mir an ihren Schwestern, an ihrer Lebensweise, vielleicht schon aufgefallen sei. „Die Geradheit und Schlichtheit", sagte ich, „und dieses wunderbare Schweigen bei der einfachen Arbeit." „Ja", sagte sie, „zum Reden ist ja die abendliche Erholungsstunde da, aber auch dann soll es kein leeres Geschwätz sein, sondern eine Rede, die hilft zur weiteren Erkenntnis auf dem rechten Weg. Und was noch?" Ich sagte: „Es entspricht dem Geiste des Evangeliums besser als bei den meisten anderen Orden, daß Sie, ehrwürdige Mutter, weder auf Geld noch auf Herkommen sehen, daß Sie sogar Conversos (bekehrte Juden) und Moriscos (getaufte Mauren, lieber Leser!) gern aufnehmen, wenn Sie in ihnen den rechten Geist entdecken."

Da fragte mich Teresa de Jesús: „Und was, Pater Juan, ist dieser Geist?" – Ich erschrak ein wenig, denn ich merkte erst jetzt, es war ein Examen. Ich war erneut Novize und Mutter Teresa meine Novizenmeisterin. Ich beruhigte mich aber schnell, denn hätte ich mir eine bessere Lehre wünschen können? Und so antwortete ich: „Der Geist der Einsamkeit und des tiefen Gebets, wie es schon im ‚Buch der ersten Mönche' als ‚lebendiges Wasser der Kontemplation' bezeichnet ist: der Quell Gottes, aus dem allein der unendliche menschliche Durst zu stillen ist." Sie nickte und fragte weiter: „Und haben Sie, Pater Juan, schon im Gebet Erfahrungen gemacht, die Sie aus diesem Quell trinken ließen?" Da sagte ich: „Ehrwürdige Mutter, ich halte mich im allgemeinen an die Devise: ›Man soll schweigen über die Gaben Gottes und sich des Wortes der Braut erinnern: ‚Mein Geheimnis ist mein' (Jes 24,16 Vulg.)‹. Aber weil Sie es sind, die fragt, will ich Ihnen gestehen, daß ich schon sehr beglückende Zeiten und die Dauer großer Trockenheit erfuhr. Ich liebe aber die Zeit der Trockenheit und Betrübnis noch mehr, denn dann weiß ich, daß ich Christus folge." Und ich fügte hinzu: „›Meiner Meinung nach gefällt Gott jene Seele mehr, die sich in Trockenheit und Mühen den Gegebenheiten unterwirft, als jene, die alles in Trost und Freuden tut.‹"

Während dieser Rede hatten sich die Wangen der Mutter gerötet und sie sagte: „Pater Juan, was Sie da aussprechen, ist Geist von unserem Geiste, und das macht mich froh. Aber erzählen Sie mir nur noch dieses: Was scheint Ihnen im ‚Buch der ersten Mönche' als besonders wichtig, wenn von der kontemplativen Entwicklung, vom Weg zu unserem Herrn die Rede ist?" Da mußte ich lächeln, denn die Frage war sehr leicht, und ich sagte: „Das Kapitel vom zweifachen Ziel des Einsiedlerlebens", und ich schwieg und dachte an jene Passage, die in meinem Geiste wortwörtlich lebendig war:

„Dieses Leben hat ein zweifaches Ziel: Das eine können wir – mit Hilfe der göttlichen Gnade – durch eigene Anstrengung und durch die Übung der Tugenden erreichen. Es besteht darin, Gott ein reines und heiliges Herz anzubieten, das frei ist von jeder Sünde. Dieses Ziel erreichen wir, wenn wir vollkommen sind und verborgen in Kerit, d. i. in der Liebe, von der der Weise sagt: ‚Die Liebe deckt alle Verfehlungen zu' (Spr 10,12). Zu diesem Ziel wollte Gott Elija führen, darum hat Er zu ihm gesagt: ‚Verbirg dich am Bach Kerit.'

Das andere Ziel dieser Lebensweise wird uns als unverdientes Geschenk von Gott gegeben. Es besteht darin, daß wir nicht erst nach dem Tod, sondern schon in diesem sterblichen Leben ein wenig die Kraft der göttlichen Gegenwart und die Freude der himmlischen Herrlichkeit in unserem Herzen verkosten und in unserem Geist erfahren dürfen. Das bedeutet, trinken aus dem Strom der göttlichen Wonne. Dieses Ziel hat Gott Elija versprochen, als Er sagte: ‚Aus dem Bach sollst du trinken.'

Um dieses doppelte Ziel zu erreichen, muß der Mönch das prophetische Einsiedlerleben umfangen, wie der Prophet bezeugt: ‚Im öden, unwegsamen und dürren Land, im heiligen Zelt erscheine ich vor dir, o Gott, damit ich deine Kraft und deine Herrlichkeit schaue' (Ps 63, 2–3)."

Und während ich dieses dachte und stumm dastand, hörte ich die Mutter sagen: „Ich sehe schon, Pater Juan, daß Sie sich auskennen und alles in ihr innerstes Herz aufgenommen haben. Darum wissen Sie auch, warum uns der Prophet Elija, Vorbild der ersten Einsiedler auf dem Berge Karmel, viel bedeutet und warum wir mit ihm die Muttergottes so verehren, denn die Schüler des Propheten verstanden, was dem Elija in geheimer Offenbarung geweissagt war: daß eine von allen Sünden reine Jungfrau geboren und daß durch dieses Mädchen Gott als Mensch und Messias in die Welt kommen werde. So nannten sich schon die ersten Einsiedler auf dem Karmelgebirge Brüder der Jungfrau Maria und errichteten ihr eine Kapelle."

„Ja", sagte ich leise, „auch für mich war die liebevolle Beziehung, die ich zur Muttergottes in meiner Kindheit entwickeln durfte, ein wichtiger Grund für die Wahl des Karmelordens, abgesehen natürlich von der kontemplativen Zurückgezogenheit, die ich erwartete und nicht fand, nun aber zu finden hoffe."

„Damit", sagte die Mutter, „wären wir also wieder beim Jetzt und Hier, und, Pater Juan de Santo Matía, ich will Ihnen ehrlich sagen, daß ich dieses Kloster hier am Flusse zwar nicht behalten, aber so schnell wie möglich einweihen möchte." Als ich sie fragend ansah, fügte sie hinzu: „Der Stifter, dem dieser Landsitz namens Río de Olmos gehörte, ist nämlich plötzlich gestorben, und von der Stiftung abgesehen, war er kein frommer Mann. Da offenbarte mir unser Herr in einer Vision, in der mir die Qual der Seelen im Fegefeuer konkret vor Augen stand, ›der verstorbene Bernardín de Mendoza werde nicht eher aus diesem Fegefeuer kommen, ehe nicht die heilige Messe in dem von ihm gestifteten Hause gelesen sei‹. Darum nun meine Eile, und es soll mich auch nicht kümmern, wenn wir noch nicht alle Baugenehmigungen haben. Die für die Kapelle haben wir, und die Arbeiter sind dort so gut wie fertig!"

Ich schwieg verwundert, und mir war ein wenig unbehaglich zumute. „Nun, Pater Juan", meinte die Mutter, „mir scheint, Sie möchten noch etwas dazu sagen." – „Mutter", sagte ich, „Sie wissen, wie ich Sie verehre. Aber es will mir nicht recht gefallen, daß Sie so viel auf eine Vision geben. ›Denn mehr schätzt Gott in uns die Annahme von Trockenheit und Leiden um seiner Liebe willen als alle die Beglückungen und Visionen, die man haben kann. Und alle Visionen, Offenbarungen und Vorgefühle des Himmels sind nicht so viel wert wie der kleinste Akt der Demut. Visionen können täuschen, auch wenn sie von Gott kommen‹, denn wir können sie mißverstehen. Und wehe dem, ›der sich an den Buchstaben bindet oder an die Form und das greifbar Gegenständliche einer Vision: er kann gar nicht anders, als sich gewaltig irren!‹"

Da sah ich wieder eine Wolke durch ihre Augen ziehen, sie blieb aber freundlich und sagte: „Pater Juan de Santo Matía, ich habe auf diesem Gebiet große Erfahrung, und ich kann nur sagen, daß mir gerade die Visionen zur Demut, die Sie hervorhoben, und damit auch zur Besserung gereichten. ›Erkennt doch gerade der seine Nichtigkeit, dem Gott solche Gnade erweist, denn er sieht, daß er dem Geschenk weder etwas hinzufügen noch nehmen kann. Daraus entsteht mehr Liebe und Demut im Dienste dieses gewaltigen Herrn, dessen Weise des Wirkens hier auf Erden unser Verstehen übersteigt. Auch wenn wir noch so gebildet sind, gibt es ganz unbegreifliche Dinge.‹"

Diese letzte Bemerkung war wohl auf mein Studium, auf mich in meiner Eigenschaft als Theologe gemünzt, und so schwieg ich nur und sah sie ehrerbietig an. Zwar sollte auch ich später noch Erfahrungen mit Visionen machen, und nicht immer gelang es mir, sie abzuweisen. Aber jetzt, in diesen Augenblicken einer fühlbar im Raum stehenden Spannung, war ich dankbar, als die Mutter versöhnlich sagte: „Beten wir doch einige Minuten zusammen, es muß auch gleich zum Mittagessen läuten." Und dann sprach sie das Gebet, das sie selbst gedichtet hatte und das immer in ihrem Meßbuch lag, weil sie es liebte. Es hatte eine schlichte Terzinenform, die im Original nicht gleich ins Auge sprang. Sie reichte mir das Zettelchen, und so sprachen wir zusammen:

›Nichts soll dich verwirren,
nichts soll dich beirren,
alles vergeht.
Gott wird sich stets gleichen.
Geduld kann erreichen,
was nicht verweht.
Wer Gott kann erwählen,
nichts wird ihm fehlen,
Gott nur besteht.‹

Dann gingen wir fröhlich und versöhnt zu unserem einfachen und wie es sich für ein Reformkloster gehört, fleischlosen Mahl. Als wir dann aber am übernächsten Tag, einem Sonntag, in dem noch immer allein genehmigten Kapellchen die heilige Messe gefeiert hatten, berichtete mir die Mutter ganz unbefangen von einer neuerlichen Vision: „›Als ich eben zum Empfang der heiligen Kommunion herantrat, erschien mir neben dem Priester jener Edelmann mit leuchtendem und fröhlichem Angesicht und dankte mir mit gefalteten Händen für das, was ich getan hatte, um ihn aus dem Fegefeuer zu befreien. Dann schwang sich seine Seele zum Himmel empor.‹ Da konnte ich nicht anders, als sie freundlich zu segnen und zu beglückwünschen.

Die Frauen mußten bis Anfang Februar im Kloster am Flusse

bleiben, sofern sie es nicht aus Krankheitsgründen früher verließen. Dann hatte die Schwester des Verstorbenen (und des Bischofs von Ávila), María de Mendoza, in ihrer Großherzigkeit eine neues und schöneres Haus gefunden, das sie der Mutter schenkte, wobei sie das alte zurücknahm, um es landwirtschaftlich zu nutzen.

Ich reiste um die Wende September, Oktober weiter über Ávila nach Duruelo. Die Mutter hatte mir Unerläßliches für den Altarraum, wie ein Kreuz und einige Drucke mit Darstellungen aus dem Leben des Herrn und von der allerseligsten Jungfrau, mitgegeben. Aber auch einen Brief legte sie mir sehr ans Herz. Er war an den „frommen Edelmann" Francisco de Salcedo gerichtet, den sie, da sie keine geistlichen Führer fand, die sie verstanden, zu ihrem Seelenberater erkoren hatte. Sie wies mich darauf hin, daß er ein vorbildlich christliches Leben führe und zudem ein entfernter Verwandter sei. Er sollte mir Ratschläge erteilen. Ich sah dieser Begegnung mit recht gemischten Gefühlen entgegen und wußte nicht, worin dieser Mann mich beraten sollte. Aber die Anweisung war vermutlich nur ein Kunstgriff der Mutter, die uns zusammenbringen wollte.

Ich fand dann, als ich den Brief übergab, einen freundlichen, überaus selbstsicheren Mann vor, der mich belehren wollte, wie die Mutter zu behandeln sei. Ich hörte ihm schweigend zu, doch innerlich sträubten sich mir die Haare. Denn so wenig ich auch selbst von einer Hochschätzung visionärer und sonstiger mystischer Phänomene geprägt war, war ich doch nicht der Meinung, daß die Visionen der Teresa de Jesús einen schlechten Ursprung hatten. Ich sah nur nicht gern, wenn sie ihnen zuviel Beachtung schenkte, da sich dabei unsere subjektiven Deutungswünsche einschleichen. Vor allem wußte ich, daß, wenn Gott Visionen sendet, er auch gleich die Wirkung mitgibt, die von unserer Einschätzung der Vision unabhängig ist. Und diese Wirkung – die Mutter sprach ja schon davon – wird vor allem den ›Glauben stärken‹, wird sich ›als Demut zeigen, als Ruhe, Freude, Sanftmut und reine Liebe‹, um nur einiges zu nennen. Der edle Herr Francisco de Salcedo aber meinte in aller Unbefangenheit, die Mutter Teresa habe den Teufel! Ich verstand wirklich nicht, wie sie sich diesem Mann hatte anvertrauen können, und ich dachte, ›wie gefährlich es ist, wenn wir uns nach Gutdünken und Sympathie geistliche Berater suchen anstelle jener, die Gott für solches Amt auserwählt hat.‹

Aber je mehr ich dann darüber nachdachte, um so klarer wurde mir, wie wenig die Mutter Teresa von ihren offiziellen Beichtvätern verstanden wurde und daß sie nur vom Regen in die Traufe gekommen war, weil so wenige geistliche Führer sich in den fortgeschrittenen Stadien des Weges zur Gotteinung auskennen. Im Falle der Mutter war es trotz allem gutgegangen, weil sie ein einmaliges Gespür für Gottes Führung besaß. Weil sie wußte, ›was man vor allem erkennen muß: wenn schon die Seele Gott sucht, wieviel mehr noch wird sie von diesem ihren Geliebten gesucht!‹ Auf dem Wege durch die dunkle Nacht des Glaubens und der Kontemplation ist Gott der eigentliche Blindenführer. Wehe aber, wenn der Blinde den Blinden führt! Solche ›Blinden, die der Seele schaden können, sind drei, nämlich ihr geistlicher Führer, der Teufel und sie selber. Es genügt nicht, daß der Seelenführer klug und unterscheidungsfähig sei. Er muß auch Erfahrung besitzen.‹ Andernfalls kann er zu einer Gefahr werden, weil er ›nichts weiß von den ungewohnten Wegen des Heiligen Geistes‹ und seinem Erfahrungshorizont entsprechend bemüht ist, ›die Seele bei ihren nur natürlichen Fähigkeiten festzuhalten‹.

Ja, es mangelte dem frommen Edelmann an Erfahrung, aber natürlich übergab ich ihm den dicken Brief, den die Mutter in Valladolid an ihn geschrieben hatte. Gottlob wußte ich nichts von seinem Inhalt, den ich jedoch dem heutigen Leser nicht vorenthalten möchte. Er wird, so hoffe ich, keine persönliche Absicht vermuten, wenn ich nur wiedergebe, was sich auf meine Person und somit auf die hier erzählte Lebensgeschichte bezieht. Die Mutter Teresa hatte geschrieben:

„›Reden Sie mit diesem Pater‹" (sie meinte mich), „›ich bitte Sie darum, und stehen Sie ihm in seinem Unternehmen bei; denn wenn er auch klein ist, weiß ich ihn groß in den Augen Gottes. Wahrhaftig, er wird uns hier fehlen, denn er ist verständig und für unsere Lebensweise geeignet, weshalb ich glaube, daß er von unserem Herrn dazu berufen ist. Es gibt keinen Bruder, der nicht gut von ihm spräche, denn er lebte immer ein Leben der Buße. Es scheint aber auch, daß wirklich der Herr ihn leitet. Denn wenn ich mich auch hier bei den Verhandlungen manchmal über ihn ärgerte, gab ich doch selbst den Anlaß dazu, während wir an ihm niemals eine Unvollkommenheit bemerkten. Und er hat Mut. Aber

Das Menschwerdungskloster in Ávila

Das Menschwerdungskloster lag außerhalb der Stadtmauer von Ávila an einer schon dünn besiedelten Straße. Ich stieg ab, als es in Sicht kam, und genoß das Spiel von Licht und Schatten an der Fassade des Konvents, dessen hellgelbe, aus Lehm und Naturstein gefügte Mauern von kantig vorspringenden Pfeilern gestützt wurden. Darüber der giebelförmige Glockenturm mit seinen drei Glocken (Seite 79).

weil er allein ist, bedarf er sehr der Stärkung, die der Herr ihm schenkt.‹"

Mein geneigter Leser wird verstehen, wenn ich mich hier der Äußerung enthalte. Sehr gefällt mir die leichte Ironie, mit der die Mutter für die Mit- und Nachwelt im Buch ihrer Klosterstiftungen schrieb:

„›Er war ein so guter Mensch, daß zumindest ich mehr von ihm lernen konnte als er von mir. Dennoch tat ich es nicht, sondern beschränkte mich darauf, ihm die Lebensweise der Schwestern darzulegen.‹"

Mir schien es kein Zufall, daß in einem der Muttergottes geweihten Orden das Klosterleben der Frauen als Muster für das der Männer diente. So packte ich denn in Ávila schnell wieder meine paar Sachen zusammen und bestieg den Esel, der mich in das einsame Duruelo bringen sollte – ein Ort wie geschaffen für das Eremitenleben, das ich mir erträumte.

4
Wunsch und Wirklichkeiten

Aber ich reiste nicht allein. Mit mir kam ein Maurer, der vielleicht Laienbruder werden wollte, mit seinem Eselskarren, den er mit Handwerkszeug und Baumaterial beladen hatte, wenn wir uns auch für letzteres vor allem des Lehms bedienen wollten, den es dort reichlich gab. Der Himmel war an diesem Herbsttag bezogen, aber es regnete nicht, und so wäre die Reise angenehm gewesen, hätten wir uns nicht immer wieder fragen müssen, ob wir von den vielen schmalen, staubigen Wegen den rechten gewählt hatten. Doch hielten wir uns stetig westwärts, und als wir nach etwa acht Meilen (das sind mehr als vierzig Kilometer, lieber Leser) uns der Ansiedlung, die kaum den Namen Ort verdiente, näherten, jubelte mein Herz! Denn hier wuchsen viele Eichen in ihrer Herbstpracht, die benachbarten Hügel waren ganz davon bewaldet, ein wild-lieblicher Anblick. Der Platz war gut gewählt. Als wir vor dem scheunengleichen Haus anlangten, entdeckte ich dahinter den munter plätschernden Bach, für uns ein rechtes Wasser des Lebens. Dazu eine rauhstämmige Eiche, die Schatten spendete und den Vögeln als Ruheplatz diente.

Die Erntearbeiter hatten das Gebäude in einem unbeschreiblichen Zustand zurückgelassen. Ich band mir einen großen Schurz vor den neuen Habit, den mir die Mutter in Valladolid mitgegeben hatte, und wir arbeiteten unermüdlich den ganzen Tag. Noch nie in meinem Leben war ich so glücklich gewesen, entsprach hier doch alles dem Eremitenleben, das ich mir erträumte! Wir bauten in den nächsten Wochen an die künftige Kapelle zwei Einsiedlerzellen, eine für Pater Antonio, die andere für mich. Nach vorn waren sie offen, so daß wir später im Winter manchmal ganz mit Schnee bedeckt waren, ohne es in der Versunkenheit zu merken. Für die

Nächte mit ihrem auf dieser Höhe schon strengen Frost gingen wir in unsere Schlafkammer, in der auf Weisung der Mutter Teresa wärmendes Heu aufgeschüttet war.

Als die Säuberungs- und Bauarbeiten fertig waren, zog der Maurer, dem es doch zu still war hier oben, wieder nach Ávila. Ich blieb allein. Wir hatten schon ein großes Holzkreuz vor der Kapelle errichtet, und nun begann ich, mit den Kreuzen und Bildern, die mir die Mutter Teresa mitgegeben hatte, die Kapelle auszuschmücken. Dazu hatte ich noch einige Totenschädel aus Ávila mitgebracht. Mein Leser erschrecke nicht: es war eine verbreitete Sitte in meiner Zeit, sich mit ihnen der Vergänglichkeit des Lebens zu erinnern und so die Dinge und Ereignisse recht einzuordnen. Auch die Mutter Teresa hatte stets einen Totenschädel in ihrer Zelle, er machte sie nicht melancholisch, sondern mahnte sie, ihre Zeit recht zu nutzen.

Ich hatte dem Maurer Briefe an unseren kastilischen Provinzial Pater Alonso González mitgegeben und weitere Schreiben an die Mutter Teresa und Pater Antonio, daß alles fertig sei. Aber die ließen lang auf sich warten.

So genoß ich die Einsamkeit und Ruhe, führte zum ersten Male wirklich ein kontemplatives Leben, wie ich es ersehnt hatte, und dankte dafür stündlich Gott dem Herrn. Allerdings mußte ich es manchmal unterbrechen, denn der Provinzial und die Mutter hatten mich gebeten, in den umliegenden Dörfern, die alle keinen Priester hatten, die Messe zu lesen und Beichte zu hören. Ich tat das auch gern, denn ich sah, wie sehr die Menschen eine geistliche Betreuung brauchten. Allerdings dachte ich, wir würden uns später, wenn mehr Mönche das Kloster bewohnten, im Predigerdienst abwechseln. So jedenfalls hatte es die ursprüngliche Regel bestimmt.

Die Wege, die ich auf meinem Esel zurücklegte, waren einsam und rauh. Und man wunderte sich, mich ohne Begleiter zu sehen. Das erschien – abgesehen von den Gefahren – ungewöhnlich für einen Mönch. Darum ließ ich durch einen wandernden Landarbeiter meinem Bruder Paco eine Nachricht zukommen, ob er nicht bei mir wohnen und mich begleiten wolle, solange ich hier oben allein sei. Er kam, und seine natürliche Frömmigkeit und herzliche Anteilnahme an den praktischen Seiten des Lebens paßten so gut in mein neues Dasein, daß ich ihn am liebsten als Laienbruder dabehalten hätte, wäre nicht seine Familie gewesen.

Übrigens hatte er treuherzig gemeint, ich hätte ja in der Kindheit um seinetwillen auf die Mutter verzichten müssen. Dafür habe mir der Herr nun gleich zwei Mütter gegeben: Bei meinem Ordenseintritt Unsere Liebe Frau und durch die Reform die Mutter Teresa de Jesús! Mir schien, er hatte nicht unrecht.

So vergingen zwei Monate, bis der große Tag der Einweihung gekommen war. Ein Kloster galt als eingeweiht, wenn man in seiner Kapelle die heilige Messe gefeiert und dem allerheiligsten Altarsakrament seine Bleibe im Tabernakel gegeben hatte. Diesen feierlichen Akt hatte sich der Pater Provinzial Alonso González vorbehalten, der am 27. November mit Pater Antonio de Heredia eintraf. Unser Provinzial hatte noch zwei Mönche mitgebracht, einer von ihnen blieb bei uns, bis er erkrankte. So legten wir bei der feierlichen Einweihungszeremonie zu dritt die Profeß ab: „Wir, fray Antonio de Jesús, fray Juan de la Cruz und fray José de Cristo, beginnen heute, den 28. November 1578, nach der ursprünglichen Regel zu leben." Mit „ursprünglich" meinten wir die von Papst Innozenz IV. korrigierte Regel aus dem Jahr 1247, aber ohne die darin zugestandenen Milderungen. Daß unsere Mutter Teresa nicht unmittelbar auf die noch ältere Regel Alberts, des Patriarchen von Jerusalem, zurückgriff, obwohl sie auch diesen Text in spanischer Übersetzung im Menschwerdungskloster einsehen konnte, erschien uns damals, anders als vielleicht Ihnen heute, mein gelehrter Leser, nicht als Problem. Wir gingen von der zu unserer Zeit gültigen, von Papst Eugen IV. 1434 noch einmal gemilderten Regel aus, fragten, was ihr vorangegangen war und schieden alles aus, was nicht zur eremitisch-kontemplativen Strenge, Einfachheit und Armut passen wollte. Allerdings sollten sich durch dieses Vorgehen noch Probleme der Auslegung ergeben.

Als der Pater Provinzial beim Betreten des kleinen Hauses die vielen Kreuze sah, mit dem ich unseren Betlehemstall versehen hatte, kamen ihm vor Bewegung die Tränen. Und er war sehr einverstanden, als ich ihm sagte, daß ich mich von nun an nicht mehr Juan de Santo Matía, sondern Juan de la Cruz nennen wollte. Die beiden anderen ‚Unbeschuhten' behielten ihre Namen. Pater Antonio hatte fünf Sanduhren mitgebracht, damit wir ja das Stundengebet nicht versäumten! So wollten wir nun „Tag und Nacht im Gesetz des Herrn betrachten und im Gebet wachen", wie es das ursprüngliche Anliegen des Ordens war. Wir hatten eifrig das „Buch der ersten Mönche" studiert, in dem das Gebet mit dem Bache Kerit verglichen wurde, zu dem der Herr den Propheten Elija gesandt hatte.

So freute mich doppelt das frische Bächlein hinter dem Haus. Mir war zumute wie dem Elija, zu dem der Herr gesagt hatte: „Aus diesem Bach sollst du trinken" (1 Kön 17,4). Ich freute mich, weil mir der verborgene Sinn so lieb war: trinken vom lebendigen Wasser der Gottesbegegnung, zu der uns die Kontemplation in Liebe führen kann, trinken von der Freude an der göttlichen Gegenwart!

Wie im „Buch der Mönche" verzichteten wir natürlich auf irdischen Besitz, die Keuschheit war selbstverständlich, die in dem Buche geforderte stadtferne Einsamkeit in Duruelo gegeben. Zum Gehorsam sollten wir noch viel Gelegenheit finden. Hinzu kam ganz wichtig wieder die Betonung der Zurückgezogenheit in den Zellen. Alles das entsprach in seiner erneuerten Strenge ganz meinem Wunsche, allerdings sollten sich, vor allem durch unser Priestertum, im männlichen Orden so bald Schwierigkeiten ergeben, daß ich es schon in Duruelo erfuhr. Davon werde ich gleich berichten.

Nach etwa zwei Monaten besuchte uns die Mutter Teresa. Sie und ihre Gefährtin ritten auf zwei Mauleselinnen, und als ich die Tiere zur Eiche führte, begleitete mich die Mutter und sah den bewundernden Blick, den ich auf ihren ungewöhnlich schön und sicher gearbeiteten Sattel warf: mir eine Beruhigung beim Gedanken an das Reiten auf holprigen schmalen Wegen im Damensitz. Die Mutter erklärte fröhlich: „Den hat mir meine Freundin Doña Luisa de la Cerda geliehen. Es war mir lieb, diesen ganzen schwierigen Weg ›auf ihrem Eigentum zu reiten‹, denn das schien mir wie ein Sinnbild für die weit wichtigere Hilfe, die mir durch sie zuteil wurde." Und als ich weiter fragend schaute, fuhr sie fort: „Sie wissen, Pater Juan, daß es um mein kleines Büchlein „Vida", die Autobiographie, viel Wirbel gab, weil ich darin ehrlich von allen meinen Fehlern, aber auch allen Begnadungen, wie Visionen und Ekstasen, berichtete, soweit mir das hilfreich schien für meine Töchter. Nun gibt es aber auf diesem Gebiet auch viel Täuschung und Betrug, ich kenne ja Ihre Meinung, Pater. Und als man gar von einer Anzeige bei der Inquisition murmelte, dachte ich, „›wenn es so schlimm um meine Seele stünde, daß die Inquisition etwas zu beklagen fände, würde ich ganz von selber zu ihr gehen‹, und das tat ich denn auch: Als ich zufällig dem bekannten Inquisitor Don Francisco de Salazar y Soto begegnete, sprach ich ihn auf die Sache an und bat ihn, meinen Seelenzustand zu überprüfen. Er aber sagte, ›es sei nicht die Aufgabe der Inquisition, Seelenzustände zu überprüfen, als vielmehr Häretiker zu überführen‹. Ich möge mich darum an einen Seelenführer wenden, der sich wie kein anderer in den höheren Gebetsdingen auskenne, nämlich der Professor Juan de Ávila, den man den Apostel Andalusiens nennt. Er lebt bei Córdoba. Nun wollte es der Herr, daß meine Freundin Doña Luisa zur Kur in diese Gegend fuhr, und so gab ich ihr das Manuskript mit, natürlich mit einem beigefügten Schreiben an den gelehrten Herrn. Es hat dann allerdings sehr, sehr lange gedauert, bis sie es ihm überreichen konnte, und es war für mich eine nervenzermürbende Wartezeit. Darum konnte ich nicht eher zu Ihnen kommen, Pater. Aber ich bin froh, denn als die Antwort endlich eintraf, war sie zwar kritisch, aber als Ganzes doch sehr positiv. Also konnte ich nun mit frohem, leichtem Herzen reisen. So, nun aber genug geredet, ich berste ja vor Spannung, Ihr Haus von innen zu sehen!"

Ich betrat mit der Mutter und ihrer Begleiterin die „Wiege der Reform", soweit sie die „Söhne" betrifft. Sie war begeistert zu sehen, mit welcher Liebe wir dem Herrn in diesem Stall eine Heimstatt bereitet hatten – nicht zuletzt mit den Bildern und Kreuzen, die sie mir dafür besorgt hatte.

Wir freuten uns, sie so bewegt zu finden, und wir berichteten genau von unserem Lebensstil und zeigten ihr auch unsere Kammer und unsere Eremitenzellen. Da versuchte sie, uns zu größerer Milde mit uns selbst zu raten, denn sie fürchtete um unsere Gesundheit. Aber dann meinte sie, da wir uns offensichtlich ›um ihre Worte nur wenig kümmerten‹, müsse es wohl ›an ihrem Unglauben und ihrer Kleingläubigkeit liegen, daß sie nicht gleich erkenne, daß wir so leben müßten‹.

Kurz, wir spürten ihre herzliche Liebe, die wir tief und voller Ehrfurcht erwiderten. Und als ihr Pater Antonio erzählte, wie ich ihn bei Schnee und Kälte auf unseren Esel setzte und ihm die Füße mit Heu umwickelte, wenn er sich aufmachte zu Predigt und Seelsorge, war sie erleichtert wegen des alten Mannes, sprach aber auch sehr bestimmt von künftigen Alpargatas.

Nun muß ich allerdings gestehen: so gern ich Seelsorger war, so sehr ich das persönliche geistliche Gespräch liebte, war ich doch kein Freund der Predigt, kein Freund rhetorischer Erörterungen. Ich war ein Mann des Schweigens, und leichter gerieten mir meine geistliche Kenntnis und Erfahrung zu Aphorismus oder Gedicht, als daß ich gut zu vielen Menschen in einer allgemeinen Weise hätte sprechen können. Ich verlor viel kostbare Gebetszeit mit der Vorbereitung solcher Reden und hatte doch immer das Gefühl, das Eigentliche nicht gesagt zu haben. Das war ein Wermutstropfen in meinem Becher reformierten Lebens mit der Kartäusersehnsucht. Mir schien, der viele Außendienst und das Predigen ganz besonders (das der Pater Antonio freilich liebte) nähere uns doch wieder jenem „apostolischen" Karmelitenorden mit seinem missionarischen Wirken an, den wir verlassen hatten. Das war, ich wiederhole es, ein Wermutstropfen in meinen Quell „der Betrachtung im Gesetz des Herrn". Meine Eremitenzelle war oft voller Schnee, weil ich nicht die Zeit hatte, sie mit meinem Gebet zu wärmen.

Also faßte ich mir, als die Mutter bei uns war, ein Herz und sprach sie an im Vorraum der Kapelle. Ich meinte, sie werde mich verstehen, und so sagte ich aus tiefster Seele: „Mutter, ich möchte ja gewiß keinen Fehler machen ›wie Jona, der floh, als Gott ihm auftrug, die Zerstörung Ninives predigend zu verkünden‹. Aber das war doch ein extremer Fall, und im allgemeinen möchte ich innerhalb unserer kontemplativen Reform eher warnen und sagen, ›daß diejenigen, die sehr aktiv sind und der Welt mit ihren Predigten und äußerlichen Werken entgegenkommen wollen, doch bedenken mögen: daß sie – vom guten Beispiel einmal abgesehen – der Kirche mehr nützen und dem Herrn besser gefallen würden, wenn sie mindestens die Hälfte dieser Zeit mit Gott im Gebet vereint wären.‹"

Sie antwortete: „Pater Juan de la Cruz, das sehe ich anders. ›Wir alle sind verpflichtet, durch unsere Werke zu predigen! Und es entsteht großer Schaden, wenn jene, die sich nach den Oberen richten, erkennen, daß deren Tun nicht ihrem Amt entspricht.‹"

Ich sagte schnell: „Mein Amt ist das Gebet, und niemand sieht mich in meiner Zelle. Und ›die Vollkommenheit und der Wert, um den es sich hier handelt, liegt nicht in der Vielheit guter Werke und der Freude, die man daran hat, sondern in der Fähigkeit, sich selbst in ihnen zu verleugnen.‹"

Darauf die Mutter: „Nun, Pater, damit sagen Sie es ja: verleugnen Sie sich selbst und Ihre Wünsche und gehen Sie predigen!"

Ich antwortete leidenschaftlich: „›Alle unsere Werke sind ein Nichts vor Gott! Es gibt kein besseres und kein notwendigeres Werk als das des Liebens‹, wie es die Kontemplation uns lehrt."

Und die Mutter mit erhobener Stimme: „›Es ist ein großes Ding um Werke und ein gutes Gewissen. Und selig, die dem Herrn mit großen Werken dienen!‹"

Da sagte ich: „›Sich an seinen Werken zu erfreuen setzt voraus, daß man sie hoch bewertet, und da beginnt die eitle Selbstbespiegelung. Der Pharisäer dankte Gott in Überheblichkeit, weil er fastete und gute Werke tat.‹ Ach, ehrwürdige Mutter, verzeihen Sie meine Heftigkeit! Meine Jugend macht mich radikaler, als es meinem geistlichen Standort entspricht, und ich habe hier doch wohl auch bewiesen, daß ich gern schaffe und handfeste Werke tue. Ich meine ja selbst, ›daß, solange die Seele noch nicht zur Liebeseinung mit Gott gelangt ist, sie Liebe üben muß im tätigen Leben wie im kontemplativen. Ist sie aber in die Unio mystica eingetreten, entspricht es ihr nicht mehr, sich mit anderem und äußeren Werken zu befassen. Denn mehr als alle diese Werke gilt vor Gott und der Seele die kleinste Regung reiner Liebe.‹"

Und die Mutter wieder ruhig: „Pater Juan, ich gebe Ihnen zu: ›Der Herr sieht nicht so sehr auf die Größe unserer Werke, als vielmehr auf die Liebe, mit der wir sie tun.‹"

Ich: „Ja, liebe Mutter, da sind wir wieder einig. ›Es kommt weder auf die Quantität noch auf die Qualität unserer Werke an, sondern einzig auf die darin enthaltene Liebe.‹ Und ›unsere Werke sind im Grunde nichts anderes als der immer wache Wunsch, unserem Herrn Jesus Christus nachzufolgen‹, denn ›Werke im Dienste dieses Geliebten gleichen uns ihm an.‹"

„Das gebe Gott, lieber Pater, das gebe Gott!" meinte freundlich die Mutter. „Aber wie ich am Stand Ihrer Sanduhr sehe, ist jetzt Zeit für die Komplet, gehen wir also in die Kapelle. Sie werden mit den Jahren noch sehen, ›daß die Liebe nach Werken verlangt und auch mit ihnen wächst.‹"

Ich dachte im Stillen: ›Lieben heißt für Gott arbeiten an unserer Entblößung und Nacktheit von allem, was nicht Gott ist.‹ Aber ich schwieg, denn mehr als mein Denken zählte das gemeinsame Gebet, zu dem wir uns begaben.

Doch blieb ich eine Weile betrübt, wenn ich mich auch bemühte, es mir nicht anmerken zu lassen. Denn ich sah sehr wohl, die ersehnte Wüste kam nicht zum Blühen. Aber immerhin hatte ich im herrlich einsamen Duruelo ein Zipfelchen davon, und ich sagte mir auch, daß ich nicht erster Unbeschuhter Karmelit geworden war, um mein geistliches Leben zu genießen, sondern um dem Herrn zu dienen.

Ich sagte zu mir selber ganz wörtlich: ›Unterlaß nie ein Werk, weil es dir nicht gefällt und du keine Lust hast, wenn es der Dienst für Gott verlangt, daß es getan wird. Und tu auch keines nur um der Lust und des Vergnügens willen, die du dabei empfindest, sondern tue es in gleicher Weise wie die ungeliebten Werke, denn anders wirst du kein Durchhaltevermögen gewinnen und kannst deine Schwachheit nicht besiegen.‹ Nur allzu gut wußte ich, daß es mir ›besser war, das Leidvolle und Unangenehme zu umarmen‹, da ich anders meine Eigenliebe nicht überwinden konnte, wie mir ja auch die Mutter in dem erwähnten Gespräch angedeutet hatte.

Nur glaube mein gläubiger Leser nicht, daß mir das immer gelang. Aber ich wußte die Richtung, ahnte den Weg und konnte mir darum auch gelegentlich Ratschläge erlauben. Jedenfalls freute ich mich, als mich der Pater Provinzial zum Novizenmeister ernannte.

Mehrere junge Leute hatten schon an die Tür unseres Zweikammerhäuschens geklopft, das Eremitenkloster wurde zu eng. Pater Antonio aber hatte vorgesorgt: bei seinen häufigen Predigten im Nachbarort Mancera de Abajo, was so viel heißt wie „Niedermancera", ergaben sich gute Kontakte zum Schloßherrn, einem Vetter des Herzogs von Alba, des Gouverneurs der Niederlande. Er hatte in seiner Kirche ein wundervolles flämisches Altarbild, das später die Mutter Teresa über alles schätzte; denn der Schloßherr schenkte uns, als ihm Pater Antonio von unserer Raumnot erzählte, die Kirche samt Bild und dazu noch ein provisorisches

Haus, in dem wir auch die wartenden Postulanten unterbringen konnten.

Doch kaum hatten wir die Übersiedlung beschlossen, da wurde ich andernorts gebraucht. Im Sommer 1569 hatte es eine große Gründung in Pastrana gegeben, in der Stadt der Fürsten Éboli. Anlaß war die Schenkung eines neapolitanischen Eremiten mit bewegter Vergangenheit. Er hatte als Soldat siegreich in Frankreich gekämpft, war dann als Ingenieur von König Philipp II. mit Flußregulierungen in Andalusien und Kastilien beauftragt, lauter große Projekte von politischer und wirtschaftlicher Tragweite, wie es Fragen der Schiffbarkeit wohl mit sich bringen. Er hieß Ambrosio Mariano Azaro, und nach so vielen Unternehmungen in seinem unruhigen Leben hatte er den Wunsch, Einsiedler zu werden. Der Fürst von Pastrana, Ruy Gómez, Gemahl der in die spanische Geschichte eingegangenen Prinzessin Éboli, schenkte ihm südlich der Stadt eine hübsche, auf einem Hügel gelegene Eremitage. Er bewohnte sie mit einem Freund, auch Neapolitaner, und als die beiden die Bekanntschaft der Mutter Teresa machten, wurden sie für sie und ihre Pläne entflammt und schenkten ihr die geräumige Einsiedelei.

Die Mutter war begeistert, sich ihrem Wüstenideal der karmelitischen Reform so nah zu sehen, aber sie verfolgte noch einen weiteren Zweck: Pastrana lag nicht weit von Alcalá de Henares mit seiner modernen Universität. Sie dachte sich dieses Kloster als eine Art Magnet für die Studenten, und sie behielt damit recht. Bald hatte es vier Mönche und zehn Novizen.

Nun wurde ich geholt, um die Novizen und den vorläufigen Novizenmeister in die Grundhaltungen unseres Lebens und Betens einzuweisen: eine verantwortungsvolle Aufgabe, zumal wir nur provisorische Satzungen hatten. Doch begab ich mich so schnell wie möglich, nämlich nach etwa einem Monat, zurück in mein stilles Duruelo, um Pater Antonio nicht mit dem Umzug nach Mancera allein zu lassen.

Am 11. Juni 1570 war es so weit. In feierlicher Prozession überführten wir das Altarsakrament und unsere fünf Sanduhren bergab nach Mancera. Die Bevölkerung empfing uns mit großer Herzlichkeit, auch einige geistliche Herren – Freunde eigentlich – aus Salamanca waren zur Einweihung gekommen. Es war schon das dritte

Mönchskloster der Reform, vom zweiten hat der Leser soeben vernommen. Ich war gern in Mancera, wenn wir auch gleich beim Schlosse wohnten. Das Gebet, die schweigende Arbeit am Tage, die Anleitung von Novizen und Postulanten entschädigten mich reich für den Verlust der geliebten Wildnis um Duruelo. Nur in meinen Träumen erschien mir immer wieder diese beseligend harte Wiege der Reform.

Aber nach einigen Monaten mußte ich wieder mein Bündel schnüren. Die Tatkraft unserer großen Reformatorin und ihre einmalige Fähigkeit, sich Freunde zu gewinnen – wozu gewiß ihre Gottesfreundschaft nicht wenig beitrug –, ließen die Reform mit Siebenmeilenstiefeln expandieren: schon am 1. November 1570 wurde das erste Kolleg der Unbeschuhten in Alcalá de Henares gegründet. Ein wenig erschrak ich, als man mich, der ich mich gerade in Mancera eingelebt hatte, als Rektor nach Alcalá berief. Ich begann dort im April.

Das war nun alles andere als ein Eremitenleben wie weiland auf dem Berge Karmel! Aber ich sagte mir: ‚Juan, murre nicht und ergreife die Chance, die dir der Herr in dieser Stadt schenkt!' Entscheidend war – von der Mutter intuitiv erkannt – die Nähe zur neuen Hauptstadt Madrid, die Nähe des königlichen Hofes mit seinem damals im Bau befindlichen gewaltigen Escorial auf der anderen Seite der Stadt, eine seltsame Synthese unseres Königs Philipp von Thron und Altar, von zentralistischer Regierung und mönchischer Zurückgezogenheit. Das war zwar damals erst zu ahnen, aber immerhin, es wurde viel geredet. In Alcalá freilich herrschten Vergnügungssucht und Arroganz, und ich sagte mir: ‚Schaff mit deinem Kolleg eine beispielhafte Gegenströmung zur unbedachten Weltverlorenheit, zeig ein Leben, das zuerst Gott die Ehre gibt.' Das neue Kolleg führte ich nach dem Wahlspruch: „Religioso y estudiante, religioso delante", was man, lieber Leser, im Deutschen etwa so reimen könnte: „Student und Ordensmann, der Ordensmann voran."

Aber das darf nicht so gedeutet werden, als hätte ich Wissenschaft und Studium vernachlässigt sehen wollen. Ich war doch selbst ein fleißiger und interessierter Student gewesen, und als Seelsorger weiß ich, wieviel an einer wohlfundierten Bildung liegt, die Erkenntnis und Unterscheidungsvermögen fördert. Nein, es

ging mir nicht um ein „Hintansetzen", sondern um das Voranstellen unseres eigentlichen Daseinszweckes. Denn wie schon mein großer katalanischer Landsmann Ramon Llull, dessen Hauptwerke mir in der Universitätsbibliothek von Alcalá zugänglich waren, in seinem großen Kontemplationsbuch sagte:
„Gepriesen seist du, Herr, der du den Menschen bestimmtest, dich in seiner ersten Intention zu lieben, zu ehren und dir zu dienen und so deine erhabene Gutheit zu erkennen. Und für seine zweite Intention wolltest du, daß der Mensch sie auf die Güter richte, die ihm aus der Erfüllung der ersten zuwachsen (vgl. Mt 6,33). Er soll sich also des Lebens in dieser Welt so weit erfreuen, als er mit Sicherheit der ersten Intention zu folgen fähig ist."

So dachte auch ich. Und ganz ähnlich äußerte sich in meinem Jahrhundert Ignatius von Loyola, dessen Ordensschule ich so viel verdanke, in der Grundlegung seiner Exerzitien. Ja, mein Leser, ich liebte Kunst und Wissenschaft, aber alles mußte die rechte Ordnung haben.

Vor allem war bei den mir anvertrauten mönchischen Studenten der Gefahr der Zerstreuung vorzubeugen, denn das Angebot dieser Universität war noch reicher und farbiger als selbst das von Salamanca. War es doch die für ganz Europa vorbildliche „Humanistenuniversität", 1508 gegründet von dem berühmten Kardinal Francisco Jiménez de Cisneros, dem zeitweise sogar die Regierungsgeschäfte des spanischen Staates anvertraut wurden. So war seine Macht gewaltig und konnte er jene Modernität durchsetzen, die Sie, mein belesener Leser, heute als Renaissance bezeichnen. Da wehte noch ein ganz anderer Wind als zu meiner inquisitionsbelasteten Lebenszeit, der Wind der Eroberungen und Entdeckungen, der Wind einer Demokratisierung höchster geistlicher Schätze, der Wind einer Rückkehr nicht nur zu den abendländischen Ursprüngen in der Antike, sondern auch zu den sprachlichen Grundlagen der Heiligen Schrift. So wie schon Ramon Llull, für dessen Lehre ein Lehrstuhl in Alcalá errichtet wurde, als Missionar den Zugang zu orientalischen Sprachstudien propagierte, wurde in Alcalá auch die berühmte viersprachige Bibel erarbeitet, die man unter den Gelehrten als die „Complutenser Polyglotte" bezeichnete, was heißt: die mehrsprachige Bibel von Alcalá de Henares, denn diese Stadt nannten die Römer „Complutum", Regenstadt.

Der Name Alcalá verweist, wie die meisten spanischen Wörter, die mit „Al" beginnen, auf die spätere Araberherrschaft. Ihre heutigen Spezialisten, mein vielseitiger Leser, die sich mit meinem Werk beschäftigen, wundern sich oft über Bilder und Denkmodelle aus der Welt des Islam. Und sie suchen vergeblich nach den genauen „Einflüssen". Das ist auch müßig, ebensogut könnte man unsere mündlich tradierte Volksdichtung, unsere Lieder und Tänze auf „Maurisches" durchforschen, um dabei ins Bodenlose zu versinken. Man vergesse doch nicht, was es bedeutet, eine andere hohe Kultur 700 Jahre im Lande zu haben. Und auch nach der Eroberung des letzten maurischen Königreiches auf spanischem Boden, Granada, blieb doch die arabische Sprache noch im Gebrauch. Ich selbst erlebte ihr Verbot als Student in Salamanca. Wenn aber 1566 ein solches Verbot ausgesprochen werden mußte, beweist das ja die Bedeutung und Lebendigkeit des Verbotenen. – Die Bibel, von der ich sprach, war in Hebräisch, Aramäisch, Griechisch und Latein gedruckt, sie setzte damit die große Tradition unserer Übersetzerschulen fort, in denen Juden, Muslime und Christen zusammenarbeiteten. Kam doch gerade auch Aristoteles, der Schwerpunkt unserer Philosophie an den Universitäten, erst auf dem Umweg über das Arabische ins Abendland!

Das Kolleg San Cirilo, dem ich nun vorstand, war nach dem einstigen Generalprior der Karmeliten Sankt Cyrillus benannt, der sich zu Beginn des 13. Jahrhunderts in Konstantinopel um die Wiedervereinigung der griechischen mit der römischen Kirche bemüht hatte. Ich sah darin eine Mahnung, daß der Kirchenspaltung in meiner Zeit nur durch gutes Beispiel und innere Reform entgegenzuwirken war.

Das Beispiel brauchte ich aber auch für die vielen Söhne aus adeligen Familien, die, nicht anders als in Salamanca, ständig der Versuchung ausgesetzt waren, ihre Studien mit weltlichen Vergnügungen zu vertauschen, was besonders nahelag, weil viele Studienbräuche traditionell damit gekoppelt waren. Jedes Examen wurde zu einem rauschenden und unverantwortlich kostspieligen Fest, an dem die ganze Stadt teilnahm. Die blutigen Stierkämpfe in Madrid galten als Höhepunkt des Feierns, und bei all der studentischen Freiheit waren die Sitten so locker, daß es, obwohl es nicht verboten war, einer Frau kaum möglich gewesen wäre zu studieren.

Teilansicht von Segovia mit Aquädukt

Bei unserer Ankunft in Segovia schien alles in schönster Ordnung, und wir beschlossen, das Kloster am nächsten Morgen, am 19. März 1574, dem Tage des heiligen Josef, auf die übliche Weise einzuweihen (Seite 105).

Die Studenten unterstanden nicht der städtischen Gerichtsbarkeit, sie hatten ihre eigene, so wie sie auch ihre Professoren selbst wählten, die sich zu diesem Zweck große Redeschlachten in den Hörsälen lieferten, die ich mit meinen Studenten nur barfuß und gesenkten Blickes betrat. Unser (nach dem Muster des meinen) noch nicht einmal knöchellanger bescheidener Habit, unsere weißen Mäntel, die wir peinlich sauber hielten, zumal die Mutter Teresa Reinlichkeit liebte, unsere großen Kreuze sorgten für Distanz und ersparten meinen Studenten manche jener grausamen „Initiationsriten" für Erstsemester, die Sie, mein vielseitiger Leser, in jenen literarischen Werken meiner Zeit nachlesen können, die sich „Schelmenromane" nannten, in Wirklichkeit jedoch erste Beispiele des gesellschaftsverändernden sozialen Romans waren. „Komisch" daran fand man, daß ihre Helden in der Welt herumgestoßen wurden und bald hier, bald dort zu dienen hatten – womit sie der Realität unseres geistlichen Lebens im großen „Wanderkloster" der Mutter Teresa nicht so fern waren, wie sie selbst und ihre Autoren meinten.

Gewiß war es in all dem quirligen Treiben der Universitätsstadt nicht leicht, bemerkt zu werden, aber unsere bloßen Füße fielen auf, und „der Rektor geht barfuß" hörte ich manchmal in den Straßen hinter meinem Rücken flüstern. Ja, das war das äußere Zeichen, das ich setzte, aber meine Probleme waren ganz anderer Art. Ich mußte große innere Arbeit leisten, um meinem Herrn und mir selbst nicht vorzuklagen, nun sei ich wieder an meinen Ausgangspunkt zurückgeworfen. Wo war das versprochene eremitische Leben der karmelitischen Kartause?

Zur Überfülle geistiger Anregungen – die Universität beschäftigte etwa vierzig Theologen und über hundert Professoren in den „Artes"* – kam vor allem die mir obliegende Sorge für die tägliche Nahrung, Kleidung, Wäsche, Rechnungen und Geldgeschäfte. Fern schien mir das Bibelwort von den sorglosen Lilien auf dem Felde!

Aber um so mehr bemühte ich mich um innere Ruhe, um wahres Trachten nach dem Reiche Gottes. Bezeichnete man mich als sanft,

---

* Anmerkung der Schreiberin: „Artes" bedeutete dort vor allem die Sprache der lateinischen „Summen", Logik, Physik, Metaphysik und speziell die Philosophie des Aristoteles im Kampf gegen sophistische Tendenzen.

so dachte ich: „›Sanftmütig ist, wer sich selbst und den Nächsten erträgt‹". Niemand ahnte, wie dornig mir die Lilien waren, die ›Lilien meiner Tugend‹.

Für mich war das Rektorat in Alcalá eine Schule der Demut. Ich meine, ›demütig ist, wer sich in das eigene Nichts verbirgt und sich Gott überläßt‹. So bemühte ich mich mit seiner Hilfe und wie mit geschlossenen Augen, denn wer sich selbst für demütig hält, ist bereits hochmütig. Auch schien es mir ratsam, mich nach den Fehlern in meiner Umgebung nicht zu sehr umzusehen, denn sonst, so sagte ich zu mir, ›würde dir, selbst wenn du unter Engeln lebtest, vieles ungut erscheinen, weil du das wahre Wesen ihres Handelns nicht erkennen kannst. Laß dir Lots Frau eine Warnung sein: sie regte sich auf über den Untergang der Sodomiter und wandte den Kopf, um zu sehen, was da geschah. Und der Herr strafte sie, indem er sie in eine Salzsäule verwandelte. Du mußt darum verstehen, daß, selbst wenn du unter Teufeln lebtest, du doch deine Gedanken nicht nach ihrem Treiben umwenden dürftest. Laß das alles und trachte danach, deine Seele rein und ungeteilt auf Gott zu richten, ohne dich von einem Gedanken an dies oder jenes dabei stören zu lassen. Auch lehrt die Erfahrung, daß es in Klöstern und beim Gemeinschaftsleben nicht an Steinen des Anstoßes mangelt, denn es fehlen auch nie Teufel, die sich bemühen, die nach christlicher Vollkommenheit Strebenden zu Fall zu bringen. Gott läßt das zu, um Letztere zu prüfen und im Kampfe zu üben.‹

So schon ein wenig geprüft, erreichte mich Anfang des Jahres 1572 erneut ein Ruf aus Pastrana. In diesem Kloster hatten die bösen Geister leichtes Spiel gefunden durch einen jungen neuernannten Novizenmeister, der das Vorbild des Propheten Elija gar zu buchstäblich verstand in seinem unklugen Eifer. Ich reiste eilends hin und setzte ihn sofort ab, was die Mutter, die ihn für gemütskrank hielt, nachträglich auch billigte. Denn hier fühlte ich mich, mein Leser, modern gesprochen wie der Löschzug einer Feuerwehr. Schnelles Handeln war vonnöten. Hatte doch dieser unglückliche Mensch den ihm anvertrauten Novizen den Rücken gepeitscht, weil es ihnen nicht gelang, wie der Prophet Elija nur durch das Gebet aus nassem Holz ein Feuer zu entzünden.

Hinzu kam der ungute Einfluß einer seltsamen Heiligen, die sich immer nur „die Sünderin" nannte und Catalina de Cardona hieß.

Sie war Hofdame gewesen bei der Prinzessin Éboli in Pastrana, war Tochter eines Herzogs, bis sie – der Leser verzeihe mir den Ausdruck – das Gelüst erfaßte, in einer Höhle bei Alcalá als Büßerin zu leben und verehrt zu werden. Alles sprach von den Eisenketten, mit denen sie sich täglich blutig schlug.

Nun wäre das noch zu ertragen gewesen. Hinzu kam aber, daß sie sich in den Kopf gesetzt hatte, ebenfalls ein Kloster Unbeschuhter Karmeliten nah ihrer Höhle zu gründen, und daß sie durch ihre guten Beziehungen dafür bei Hofe die notwendige Unterstützung erhielt. Die exzentrische Frau legte selbst Mönchstracht an und fuhr triumphierend durch Madrid. Den päpstlichen Nuntius erreichte die Schreckensnachricht, ein Mönch fahre in offener Kutsche durch die Straßen, begleitet von einem Troß jauchzender und hosiannasingender Damen!

Es war für mich in Pastrana nicht leicht, diesem Einfluß, dieser seltsamen Mischung von höfischen Vorrechten und extremer, auf Effekte bedachter Buße beizukommen. Aber die negativen Vorkommnisse im Kloster wiederholten sich nicht, und die Müdigkeit, mit der ich nach Alcalá zurückkehrte, war dafür kein hoher Preis.

Auch hatte ich wieder einmal gespürt, daß mir innerlich das Amt eines geistlichen Führers mehr entsprach als die Verwaltung eines Studienkollegs. So war ich froh, als mich nicht lange nach meiner Rückkehr ein neuer Ruf erreichte. Die Mutter Teresa wollte mich nach Ávila holen! Die Genehmigung des Apostolischen Kommissars P. Pedro Fernández O. P. übermittelte sie mir durch einen Boten, das Menschwerdungskloster erwartete mich.

5

Das neue Leben

Ich nahm den Weg über Madrid, um meinem Esel unnötige Steigungen zu ersparen. Wir ritten am Südrand der Sierra de Guadarrama und kamen am Escorial vorbei, an dem noch gebaut wurde. Linker Hand lag die Sierra de Gredos, deren Ausläufer wir streiften. In der Ferne sah ich Schneegipfel, aber meine Straße führte vorbei an lichten Pappelwäldern und licht grünenden Feldern, denn es war schon Ende Mai. Ein warmer und windiger Tag. Als ich mich der Ringmauer Ávilas mit ihren starken Türmen näherte, wehte mir rötlicher Staub ins Gesicht. Ich blieb außerhalb der Stadt, ritt an der Ostseite entlang nach Norden und bog dort ab zum Convento de la Encarnación, zum Menschwerdungskloster, wie mein deutscher Leser sagt. Es lag außerhalb der Mauer an einer schon dünnbesiedelten Straße. Ich stieg ab, als das Kloster in Sicht kam, und genoß das Spiel von Licht und Schatten an der Fassade des Konvents, dessen hellgelbe, aus Lehm und Natursteinen gefügte Mauern von kantig vorspringenden Pfeilern gestützt wurden. Darüber der giebelförmige Glockenturm mit seinen drei Glocken, zwei großen und einer kleinen.

Dann ließ ich mein Reittier im weiträumigen Vorhof und pochte an das dunkle Hauptportal, durch das noch heute der Besucher eingelassen wird – allerdings, mein reiselustiger Leser, nur in den Museumsteil des Klosters. Die Pförtnerin mußte schon auf mich gewartet haben, denn sie war sofort zur Stelle, und hinter ihr erschien eine strahlende Mutter Teresa. Sie ergriff meine beiden Hände und sagte: „Gott segne Sie, Pater Juan! Nun bin ich hier nicht mehr allein!" – Diesen spontanen Ausspruch konnte man nur verstehen, wenn man die Vorgeschichte meines Kommens kannte, denn die Mutter Teresa lebte hier mit hundertdreißig Nonnen, und sie kannte fast alle aus jenen sechsundzwanzig Jahren, die sie bis zum reformierenden Aufbruch in diesem Kloster verbracht hatte.

Aber die Rückkehr in die verlassenen Lebensumstände war schwer, und die Mutter hatte das Priorat nur übernommen, weil sowohl der kastilische Provinzial der Karmeliten (der unreformierten!) wie auch der Apostolische Kommissar es wünschte. Wie der Ordensgeneral standen sie der Reform in ihren Anfängen positiv gegenüber, und so sollte die Mutter auch dieses schwierige Kloster in ihre durchgreifende Arbeit einbeziehen. In allem Gehorsam hatte sie eine Bedingung gestellt: alle weltlichen Damen, die mit ihrer Dienerschaft zum Unterhalt, aber auch zur Halbheit des Klosterlebens beitrugen, mußten den Konvent verlassen. Die Oberen machten diese Forderung zur ihren, aber die Aufregung war groß, und die Mutter Teresa mußte, da sie nicht als von den Nonnen gewählte, sondern von der Obrigkeit bestellte Priorin kam, auf allerlei gefaßt sein. Sie traf am 6. Oktober 1571 mit einem ganzen Geleitschutz ein: Der Pater Provinzial, der Bürgermeister, eine Anzahl von Gerichtsdienern, die damals ähnliche Aufgaben hatten wie Ihre heutigen Polizisten, lieber Leser, und mit einem Haufen Neugieriger! Aber man öffnete ihr nicht die Tür, wütendes Geschrei aus mehr als hundert Kehlen zeigte an, was die Glocke geschlagen hatte.

Erst als der Pater Provinzial rief: „Sie wollen und lieben also die Mutter Teresa nicht‹, ertönte von drinnen der Schrei ihrer Anhängerinnen: „»Wir wollen und wir lieben sie‹", und der sich nun erhebende Tumult zeigte, daß Anhängerinnen und Gegnerinnen miteinander stritten. Die Mutter, die bisher ruhig auf einem Stein gesessen hatte, nutzte die Situation, um durch ein Hinterpförtchen der Kirche in die Klausur zu gelangen! Die draußen verbleibenden Geistlichen und Gerichtsdiener hörten, wie der noch einmal kurz anschwellende Lärm verebbte. Die Persönlichkeit der Mutter tat ihre Wirkung.

Sie verhielt sich so taktvoll und klug, daß sie bald die Herzen vieler gewonnen hatte, aber es gab, vor allem durch die schlechte wirtschaftliche Lage, die immer wieder zu Außenkontakten zwang, mehr Probleme, als ein Mensch allein bewältigen konnte. Der Mutter war klar, daß es nicht genügte, den Hunger zu besiegen, der Ursache so vieler Mißstände war. Eine innere Umkehr, wie sie selbst sie vor sechzehn Jahren vollzogen hatte, war vonnöten, ganz im Sinne der Bergpredigt unseres Herrn, der uns verhieß, ‚wenn wir zuerst nach dem Reiche Gottes trachten, werde uns dieses andere (dessen wir bedürfen) hinzugegeben' (vgl. Mt 6,33 Vulg.). Das erforderte nun eine Wandlung, die Schwestern im Menschwerdungskloster glichen in keiner Weise den sorglosen „Lilien auf dem Felde", und ich sah: hier mußte ich mit meiner seelenführenden Arbeit ansetzen. Sie wurde keineswegs dadurch leichter, daß die Mutter, wie man mir erzählte, ihren Nonnen gesagt hatte: „›Ich bringe Ihnen, meine Damen, als Beichtvater einen Heiligen‹", denn bei solchen Vorschußlorbeeren waren die Damen natürlich enttäuscht, als sie mich in meiner 30jährigen Unscheinbarkeit zu Gesicht bekamen.

Wohnen aber konnte ich natürlich nicht im Nonnenkloster. Man hatte schon für meine Unterbringung bei den unreformierten, „beschuhten" Karmeliten gesorgt, deren Konvent ganz in der Nähe, aber innerhalb der Stadtmauer lag. Diese Unterbringung war so ungewöhnlich nicht, denn die der Reform freundlich gesonnenen Ordensoberen wollten sie auch für dieses Kloster, und so waren außer mir noch sieben weitere Unbeschuhte der Mutter Teresa dort untergebracht. Unter ihnen befand sich auch der Prior P. Baltasar de Jesús.

Ich freute mich über die ruhige Lage beider Klöster und begann mit Zuversicht meine Arbeit, für die man mir immer einen der sieben Unbeschuhten als Helfer zugesellte; daß sie sich abwechselten, war mir lieb, weil hier viele und verschiedene Lernprozesse zu durchlaufen waren. Auch kamen zunächst noch die Beschuhten zum Menschwerdungskloster herüber, denn die Mutter Teresa war klug genug, niemals einen Zwang auf ihre Töchter auszuüben, wenn es um die Wahl des Beichtvaters ging, ja, diese Freiheit lag ihr so sehr am Herzen, daß der Leser in einem späteren turbulenten Teil meiner Lebenserzählung wieder davon hören wird.

Ich las nun für die Nonnen die heilige Messe und machte meine regelmäßigen Beicht- und Sprechstunden bekannt. Zunächst kamen nur die Jüngsten, die flexibel waren und noch nicht an bestimmte Patres oder Orden gewöhnt. Nur eine von ihnen, schlecht informiert, fragte mich erschrocken, als ich die sakramentale Lossprechung eingeleitet hatte: „›Sie sind, Pater, doch beschuht?‹" Ich ließ schnell eine Ecke meines weißen Mantels über die nackten Füße fallen und sagte: „›Ja, Tochter, ich habe die Füße bekleidet‹", so daß die heilige Handlung nicht unterbrochen wurde. Die Schwester kam auch später wieder, als sie die fromme kleine List erfahren hatte. Und immer mehr ihrer Mitschwestern kamen, ja, es dauerte nicht lange, so hatten mich alle zum Seelsorger erwählt, natürlich nicht unbedingt zur Freude meiner beschuhten Mitbrüder im Stadtmauerkloster.

Ich konnte nun eine wirklich gründliche Arbeit aufbauen, und ich vermochte es um so besser, da mir nach einiger Zeit, als der neue Prior der Karmeliten kein Unbeschuhter mehr war und ich doch zunehmend so etwas wie Neid und Konkurrenzdenken zu spüren bekam, ein Häuschen angeboten wurde, Eigentum des Menschwerdungsklosters und nur einige Schritte entfernt zwischen anderen Häusern gelegen. Darin war Platz für meinen Helfer und mich, auch hatten wir zu meiner Freude einen schönen kleinen Garten, durch Mauern gegen die Nachbargrundstücke geschützt.

So hatte ich nun wirklich ein Zuhause, und ich war froh, meine seelsorgerischen Aufgaben sorgfältig in Ruhe und Stille vorbereiten zu können. Allerdings war das Kloster mit mehr als hundertdreißig Nonnen zu groß, um alles nur vom Beichtstuhl aus zu bewältigen. Darum bot ich Gespräche über zentrale Themen der Reform an, zu denen interessierte Gruppen ins große Sprechzimmer kamen.

Ich war also bemüht, das besondere Anliegen der Teresa de Jesús, das so sehr auch meinem Lebensstil und meiner Erfahrung entsprach, an die Nonnen im Convento de la Encarnación heranzutragen. Und natürlich benutzte ich dazu neben meiner Erfahrung auch meine Studien und Kenntnisse in mystischer Theologie, stimmte doch beides überein.

Manchmal ergaben sich gute Gespräche. Eine der älteren Schwestern fragte mich in der ersten Versammlung: „Pater Juan, Ihre Brüder vom alten Karmelkloster haben uns für die Kontemplation immer vor allem die Betrachtung der Passion Christi aufgegeben. Ich muß gestehen, daß ich dabei nach dreißig Jahren Klosterleben etwas müde geworden bin, ich kann mich nicht mehr konzentrieren. Könnten wir nicht auch auf andere Weise betrachten?" – Und andere aufhorchende Schwestern pflichteten ihr sofort bei; ja, das hätten sie auch fragen wollen. Ich sah die Wortführerin, eine hagere, sehr entschlossen wirkende Person, einen Augenblick völlig verblüfft an. ›Denn es schlägt mir aufs Gemüt, wenn ich Seelen zurückfallen sehe‹ – und jedes Nicht-mehr-Vorankommen bedeutet ja Rückschritt. ›Wie viele Seelsorger fügen doch den Seelen großen Schaden zu‹, da sie sie lebenslänglich auf der Stufe von Anfängern festhalten, nämlich ›bei jenen diskursiven und bildhaften Vorübungen, die unsere natürlichen Fähigkeiten nicht übersteigen und auf die Dauer wenig Nutzen bringen.‹

Laut sagte ich: „Was Ihre Beichtväter, liebe Schwestern, Sie lehrten, war Meditation, nicht Kontemplation. So muß man beim Klostereintritt beginnen, denn ›es entspricht den Möglichkeiten der Anfänger, zu meditieren und sich dabei des Gedankenablaufs und der bildhaften Vorstellung zu bedienen. In diesem Stadium braucht die Seele Stoff zum Nachsinnen, und es ist richtig, daß sie von sich aus innerlich aktiv ist und Saft und Kraft für das Geistige aus den Sinnen bezieht. Der Vorgang des Begehrens selbst wird aber schon aus dem Geistigen gespeist, bis der Wunsch den Geschmack am Sinnlichen verliert und nicht mehr im Weltlichen wurzelt.

Hat sich dann das Verlangen schon eine Weile vom Geistigen genährt und sich mit Durchhaltevermögen daran gewöhnt, beginnt Gott, wie man so sagt, die Seele abzustillen und in die kontemplative Erfahrung einzuführen. Das geschieht, indem der Gedankenlauf sich auflöst und darum auch die Meditation mit ihrer Unterstützung durch die Sinne ein Ende hat. Die Seele kann keine Gedanken mehr spinnen und keinen Halt im Sinnlichen finden, weil das Sinnliche trocken ist und nichts mehr hergibt, denn alles strömt nun zu jenem Geistigen, das vom Sinnlichen unabhängig ist. Da aber die Seele nur mit Hilfe der Sinne tätig sein kann, ergibt sich daraus, daß in diesem Stadium Gott der Handelnde ist und die Seele die Erleidende. Sie verhält sich empfangend und aufnehmend, Gott dagegen schenkend und wirkend. Er gibt ihr das große geistige Gut der Kontemplation, nämlich die Wahrnehmung und Gottesliebe zusammen, also die liebende Wahrnehmung, ohne daß die Seele Gebrauch von ihren Fähigkeiten des Handelns und Denkens macht, weil sie ihr nicht wie früher zugänglich sind.‹"

Und fast hätte ich etwas Ärgerliches über die bisherigen Seelenführer angefügt, aber ich schluckte es hinunter und sagte nur: „Ist die Seele zu dieser Stille und zu diesem ›liebenden Aufmerken gelangt, muß sie in gänzlichem Gegensatz zu früher geführt werden.‹"

Es entstand eine Stille, bis eine der jüngeren Schwestern sagte: „Pater Juan, was Sie uns hier erzählen, scheint mir dem ähnlich, was unsere Mutter Teresa bereits in ihrem Vaterunserbuch für uns geschrieben hat. Wenn wir fragen, als wüßten wir davon nichts, so liegt es daran, daß die Mutter ja nicht direkt unsere Seelsorge übernehmen darf, so daß wir leicht zwischen ihr und unserem Beichtvater wie zwischen zwei Stühlen sitzen. Wir sind sehr froh, nun im Sinne der Mutter geführt zu werden!"

Und eine andere, klein und mit etwas rauher Stimme, fragte: „›Wir sollen also im Gebet keine bestimmten Aktivitäten entwickeln, sondern ganz schlicht und einfach unsere Aufmerksamkeit auf Gott richten, unsere Augen sozusagen für seine Gegenwart öffnen?‹"

„Ja", antwortete ich – und in diesem Augenblick öffnete sich im Hintergrund des Raumes die Tür, und die Mutter schlüpfte in ihrer bescheidenen Art herein – „ja, ›wenn Gott die Seele mit seiner schlichten, liebenden Aufmerksamkeit beschenkt, muß auch sie diese Gabe in schlichtem und liebendem Aufmerken empfangen, damit sich Aufmerksamkeit mit Aufmerksamkeit und Liebe mit Liebe eine. Denn wer etwas empfängt, muß sich der Art des Empfangenen anpassen, anders könnte er es nicht so empfangen, wie man es ihm gibt. Weil nämlich, wie die alten Philosophen sagen, was auch immer man empfängt, im Empfangenden nach der Weise des Aufnehmens ist.‹"

Ich sah, wie die Mutter zustimmend nickte, aber sie war eigentlich gekommen, weil gleich die Vesperglocke uns zum Gebet in die Kirche rufen würde. Mich freute immer ihre Gewissenhaftigkeit und Pünktlichkeit. Also sagte ich den Schwestern nur noch abschließend: „Wir haben wichtige Themen berührt, die der Vertiefung bedürfen, aber besser in persönlichen Gesprächen, denn jede wird ihre eigene Weise haben, sich dem heute Vernommenen zu nähern." Der Mutter aber, die, da wir auf getrennten Wegen in die Kirche gingen, zum Abschied ans Sprechgitter trat, sagte ich abschließend noch rasch: „Die Fortgeschrittenen freilich müssen wissen, ›daß auch die Haltung des liebenden Aufmerkens noch zu verlassen ist, damit die Seele ganz frei wird für das, was der Herr in ihr wirken will‹." Sie blickte nachdenklich und entfernte sich stumm, aber, wie mir schien, durchaus einverstanden.

Es war nun natürlich, daß Einzelgespräche zunahmen. Dabei wurde mir deutlich, daß ich der Gruppe das Wichtigste zu sagen vergaß, ich mußte es nun bei jeder Schwester nachholen: wie man nämlich seinen Weg zu Gott beginnt. Es war mir zu selbstverständlich gewesen, aber jetzt erklärte ich immer wieder mit Nachdruck, ›man müsse ein großes Verlangen haben, Christus in allem nachzufolgen, sich seinem Leben anzupassen, das man sich vergegenwärtigen soll, um sich in allem so zu verhalten, wie er es getan hätte‹. Denn nur auf dieser Grundhaltung konnte sich der christlich kontemplative Prozeß entwickeln.

Das war nicht einfach in einem so relativ verweltlichten Kloster, und ich mußte das eigentlich Selbstverständliche der Nachfolge ständig wiederholen, wobei ich in den Extremen von alles und nichts sprach, also etwa sagte: "›Willst du alles genießen, darfst du nichts genießen wollen, willst du alles besitzen, darfst du nichts besitzen wollen, willst du alles sein, darfst du in nichts etwas sein wollen‹" usw. Ich hatte das Gefühl, daß man mich zunächst nur schwer verstand, und so sagte ich es immer wieder in anderer Weise, denn man sollte ja lernen loszulassen, was von Gott trennte. In ihm, mit ihm und für ihn können wir uns erst wirklich freuen, wirklich genießen, wirklich besitzen. Ich sagte darum auch: "›Wenn du alles ganz gewinnen willst, mußt du dich ganz in allem verleugnen.‹" Aber ich sagte es sanft und fügte hinzu, daß es dafür eines ruhigen und von Liebe getragenen Lernprozesses bedürfe.

Die Seelsorge im Menschwerdungskloster forderte alle meine Zeit und Kräfte. Besonders mit einer Schwester mittleren Alters, die man in der Welt wohl eine „stolze Schönheit" nennen würde, hatte ich es schwer, und ich wollte ihr die obigen Worte wiederholen. Denn während die meisten Schwestern das gesellige Aus- und Eingehen von Besuchern abgestellt hatten – auch abstellen konnten, weil es der Mutter mit ihren guten Beziehungen zum Hochadel gelungen war, regelmäßige materielle Unterstützung bei so illustren Adelsfamilien wie den Mendozas, Ulloas und Albas zu finden, hielt diese eine Schwester eigensinnig daran fest, daß sie fast täglich den Besuch eines reichen Edelmanns erhielt. Ich sah ihn manchmal kommen: Ein stattlicher, rotgesichtiger, schon leicht ergrauter Mann, bekleidet mit grünen Strümpfen, über denen sich schwarz und grün gestreift jene kurze Hose bauschte, die Sie, mein Leser, als Opernbesucher an der Figur des Don Giovanni – des Don Juan – bewundern können. Und wie dieser trug der aufdringliche Kavalier auch eine kurze schwarze Capa, weit genug, um sich, ich weiß nicht, weshalb, den linken Zipfel vor das Gesicht zu halten, wenn er auf die Klosterpforte zuging.

Eine gewisse Grandezza war ihm nicht abzusprechen, und gewiß war es für die Schwester nicht leicht, seiner Selbstsicherheit abwehrend zu begegnen. Manchmal versäumte sie sogar das Stundengebet mit der Entschuldigung, sie könne doch einen so reichen und großzügigen Mäzen nicht einfach vor die Tür setzen. Auch blieb sie taub gegen alle Anspielungen auf die unglückliche Ehefrau ihres Verehrers.

Ich dachte, es sei ja schon viel, daß sie überhaupt zur geistlichen Beratung gekommen war, und ich bemühte mich im Gespräch um größte Behutsamkeit, zumal sie mir gleich zu Anfang gesagt hatte: „Pater, mit Ihren Alles-oder-nichts-Sprüchen können Sie bei mir nichts ausrichten!" Ich antwortete darauf: „Tochter, was ich zu vermitteln suche, ist nichts anderes als der Geist der Heiligen Schrift. Sehen Sie, wenn wir unser Herz mit Dingen füllen, die Gott daraus fernhalten, so ist das nichts anderes als Götzendienst, wie denn der Prophet Jesaja sagte: ‚Seht her: Sie alle sind nichts, ihr Tun ist ein Nichts; windig und wesenlos sind die Bilder der Götter' (Jes 41,29). Denn unser Herz ist für Gott geschaffen und soll ihm in seiner Mitte Wohnung geben. Berichtete nicht der heilige Augustinus, wie er Gott allenthalben suchte, bis er ihn endlich in seinem Herzen fand? Vor allem aber haben wir das ‚Alles' zu bedenken, das schon in dem Wort begründet ist, mit dem uns Mose den Sinn unseres Daseins übermittelt: ‚Du sollst den Herrn, deinen Gott, lieben mit ganzem Herzen, mit ganzer Seele und mit ganzer Kraft' (Dtn 6,5), und das heißt doch über alles und vor allem. Sehen Sie, nichts anderes als dieses möchte ich mit meinen ‚Sprüchen', wie Sie es nennen, zum Ausdruck bringen."

Die Schwester, deren Namen ich verschweige, lächelte nachsichtig und sagte: „Das weiß ich, Pater, aber es heißt doch weiter, wir sollen unseren Nächsten lieben wie uns selbst. Und wenn ich

Der Gekreuzigte. Zeichnung des heiligen Johannes vom Kreuz

Der Christus meiner Vision hing so schwer, so realistisch schmerzhaft am Kreuze, daß er es mit sich herabzuziehen schien. Erdenschwere, Abstieg in das Reich des Todes. Darüber aber stand unsichtbar das Erbarmen Gottes, das dieses sinkende Kreuz trug und hielt (Seite 107).

meine Schwestern liebe, so muß ich den Edelmann kommen lassen, ohne dessen Dukatensegen sie Hunger leiden müßten." Da antwortete ich: „›Eine liebende Seele wird Gott mit größerer Habsucht suchen als das Geld‹, und mehr als der leibliche Hunger quält uns das Hungern und Dürsten nach Gott, denn ›unsere Seelenvermögen sind so beschaffen, daß ihr Durst unendlich ist und ebenso ihr Hunger unendlich und tief. Aber entsprechend dieser Unendlichkeit sind auch unser Glück und unsere Freude, wenn wir diesen Durst und Hunger stillen können.‹"

Da schwieg sie betroffen, und ich wartete. Schließlich hob sie den Kopf und sagte: „Pater Juan, ich werde den Caballero bitten, mich nicht mehr zu besuchen", und dann weinte sie, aber ich spürte, daß es Tränen der Erleichterung waren. Darum blieb ich still am Sprechgitter sitzen, bis sie versiegten, und ich sah, daß nicht nur die Augen, sondern auch die blassen Wangen der Schwester sich gerötet hatten.

Daß sie wirklich mit ihrem Caballero sprach, sollte ich wenige Tage später nachdrücklich erfahren. Ich kam in der Abenddämmerung aus der Klosterkirche, warf einen Blick auf das rötliche Leuchten der Giebel – ein geheimnisvolles Schimmern, wie ich es nur in Ávila gefunden habe – und sah darum nicht den mir wohlbekannten Mann, der neben der Tür lehnte, dunkel gekleidet und mit einem großen Knüppel in der Hand. Ich gewahrte ihn erst, als ich ein Geräusch vernahm wie das Grunzen eines wütenden Ebers. Da stürzte er sich auch schon auf mich, würgte mich durch Ziehen an meiner Kapuze, schüttelte und trat und schlug, so daß ich, der ich mich nicht wehrte, sehr bald am Boden lag. Aber immerhin besaß er „Edelmut" genug, nun von mir abzulassen. Nach einem zornigen Blick machte er sich mit großen Schritten davon, ich hörte gleich darauf von der Straße her das Angaloppieren seines Pferdes.

Ich erhob mich und humpelte in mein Häuschen, wo mir mein geistlicher Bruder half, Habit und Mantel wieder in Ordnung zu bringen. Aber die blauen Flecken, die ich davongetragen hatte, ›waren mir gar lieblich, denn sie bewiesen mir, daß ich eine Seele auf den rechten Weg geführt hatte‹.

Meine Zeitgenossen, lieber Leser im Herrn, haben später berichtet, ich hätte diese mir verabreichten Prügel mit der Steinigung des heiligen Stephanus verglichen, aber ich kann mir das nicht vorstellen, denn ich neigte, zumindest was meine Person betraf, nie zu Übertreibungen. Auch war mir meine Fehlbarkeit bewußt, die wohl die Kehrseite der Medaille, nämlich meines scheinbar so rigorosen Denkens bezüglich der „Anhänglichkeiten" war. Ich mußte mir ja selber immer wieder sagen: „Diese Schönheit ist nicht Gott selbst. Wenn du dich so an das Geschaffene verlierst, ›wirst du unfähig zur wahren Gotteinung‹, so daß ›man sich also, wenn man sich zu Gott auf den Weg macht, freihalten muß von allem Geschöpflichen‹.

Denn im Grunde, und das war mein Konflikt, war ich immer wieder fasziniert von Schönheit, sei es in der Natur oder sei es in der Dichtung. Wußte ich doch auch aus Erfahrung, ›daß man sich von allem Sinnenhaften nur freimachen kann, wenn man diese Freiheit mit ganz sinnenhafter Liebe ersehnt‹. Ja, die Gottesliebe mußte heißer brennen als alles menschliche Lieben, aber wie sollte man zu solchem Höchstmaß an Liebe gelangen, wenn man noch nie geliebt hatte?

›Der Leser muß sich immer wieder klarmachen, in welcher Absicht ein Buch geschrieben ist, anders könnten ihm beim Lesen Zweifel kommen.‹ Ich sage das, damit er nicht meine, ich hätte das Folgende erfunden. Im Gegenteil, ich würde es lieber verschweigen, aber die versprochene Erzählung meines wahren Lebensromans zwingt mich zum ungeschminkten Bericht. Ich will mit der Vorgeschichte beginnen:

Unser kleiner Garten stieß an der Rückseite mit dem großen Garten einer alteingesessenen Adelsfamilie zusammen, die ihren Reichtum in unseren wirtschaftlich so harten Zeiten eingebüßt, ihren Palast verkauft hatte und vor die Stadtmauern gezogen war. Ich sah die Familie des öfteren bei der heiligen Messe, die unser Orden damals noch nach dem Ritus vom Heiligen Grabe feierte, und besonders die junge Tochter kam in Begleitung einer Dienerin häufig zu unseren Gottesdiensten. Ich merkte bald, daß sie ständig ihre grauen Augen auf mich gerichtet hielt und wie diese Augen sehr sprechend wurden, wenn ich die heilige Kommunion austeilte. Diese Augen erinnerten mich an die meiner Mutter, als sie noch jung war, und so gelang es mir nicht immer, der Intensität dieser Blicke so auszuweichen, wie es meinem Stande entsprochen hätte. Ich schaute also zurück. Und dabei bemerkte ich, was ich im Leben niemals übersehen konnte: das Mädchen war sehr schön. Sie trug das blonde Haar offen, wie es ihren etwa sechzehn Jahren zukam, aber natürlich verdeckte sie es in der Kirche mit einer schwarzen Mantilla, die jedoch den hellen Reiz ihrer Erscheinung nur erhöhte. Sie schien vornehm und gut erzogen in allem ihrem Gebaren, und ich kann nicht sagen, daß die langen Blicke etwas Herausforderndes gehabt hätten.

Bald sollte ich ihr des öfteren vor der Kirchentür begegnen. Die Mantilla in einer schmalen beringten Hand, das blonde Haar leicht vom Wind bewegt, der Ávila fast immer die bekannte Frische verlieh, stellte sie mir mehrfach eine kurze, aber kluge Frage, während die Dienerin in respektvoller Entfernung wartete. Die Fragen hätten mich wohl nicht verwirrt, wäre nicht zugleich die aufsteigende Röte in den Wangen des Mädchens gewesen, die bei mir sehr gegen meinen Willen eine ähnliche Reaktion hervorrief. Und während ich ihr etwa den Psalmvers, den sie wegen ihrer häuslichen Lateinstudien gern verstehen wollte, übersetzte, während ich also sagte: „ponet desertum in paludes aquarum et terram inviam in fontes aquarum" heißt „Er machte die Wüste zum Wasserteich, verdorrtes Land zu Oasen" (Ps 107[106], 35), irrten, gelinde gesagt, meine Gedanken ab.

Ihre heutigen Psychologen, mein aufmerksamer Leser, würden nun vielleicht vermuten, daß ich mich einsam in wilden Phantasien erging, wenn ich an das schöne Mädchen dachte; womöglich gar nachts auf meinem Lager, das aus nichts anderem bestand als einer Pritsche mit einem Brett als Kopfkissen und einer Wolldecke. Nein, das war kein Lager für üppige Träume! Meine Gedanken nahmen eine andere Richtung. Die Augen des Mädchens erinnerten mich so sehr an meine liebe Mutter, und ich begann immer besser meinen Vater zu verstehen, der alles hinwarf und ein neues Leben in Armut und Entbehrung begann, um der Frau nahezusein, die sein Herz mit Glück und Liebe erfüllte und die ihn lehrte, in den Geschöpfen Gottes Spuren zu erkennen, oder noch eindringlicher: zu erfahren, daß wir nur wirklich lieben, wenn wir ein Geschöpf, einen Menschen in Gott lieben und mit ihm in Gott und mit Gott leben. Ich verstand gut das für meine Zeit so ungewöhnliche Handeln meiner Eltern, die „Liebesheirat", wie die Verwandten abschätzig sagten.

Aber ich verstand es wie aus der Ferne, nicht so, daß ich für mich ein solches Glück, dessen Wert ich ahnte, gewünscht hätte – denn mein Herz war erfüllt von der schmerzlich-beseligenden Liebe zu unserem Herrn, dem im Leben nachzufolgen mein Sinnen und Trachten war. So schien mir auch meine nicht zu leugnende, aber zu verleugnende Hinneigung zu dem schönen Mädchen Teil jener beseligend-schmerzlichen Nachfolge, und ich mußte wünschen, daß es auf seine Weise zur Lebenserfüllung in Gott unserem Herrn gelange. Ich wußte, das mußte nicht unbedingt den Eintritt ins Kloster bedeuten, es konnte auch die Ehe sein mit einem guten und zartfühlenden, gottesfürchtigen Manne. Und es dürfte ihr, so meinte ich, bei ihrer Jugend und Schönheit nicht schwerfallen, den rechten zu finden und vielleicht zu einem ähnlichen, aber noch dauerhafteren Glück zu gelangen als meine arme liebe Mutter.

Doch dachte ich manchmal, wenn ich des Nachts von meinem Lager die Sterne betrachtete, daß ich vielleicht von meinem Vater die Fähigkeit geerbt hatte, sehr unbedingt und leidenschaftlich zu lieben. Ich nahm mir darum vor, dem schönen Mädchen, das Belisa hieß, meine in Liebe gegründete Christusbindung bei unserer nächsten Begegnung am Kirchenportal ganz deutlich zu machen.

Aber da geschah etwas Unerwartetes. Ich war allein in meinem Häuschen, hatte mein einfaches Abendessen zu mir genommen und freute mich an der Stimmung, die Sie, mein lieber Leser, mit ihren modernen Dichtern gern „die blaue Stunde" nennen. Auch ich war lyrisch gestimmt, die Tür zum Garten mit seinen sorgsam gehegten Lilien, Nelken und Rosen stand offen, und die Sonne wollte sich bald verabschieden. So nahm ich denn meine Laute von der Wand und sang improvisierend:

›Der Lüfte sanftes Wehen,
die Nachtigall im Hain
mit ihrem süßen Flehen,
der Nacht verklärter Schein:
welch seliges Vergehen
in Flammen ohne Pein!‹

Da fiel ein Schatten auf meine Laute, ich blickte auf und sah in der Tür das Mädchen stehen, heftig atmend und schöner denn je. Ich saß starr vor Schrecken und Staunen. Sie konnte nicht anders als über die nicht allzu hohe Mauer gekommen sein. Und da ich mich

nicht bewegte, wurde sie ruhiger, lächelte und nahm meine Melodie – die Melodie eines bekannten Volksliedes – auf und sang ihrerseits:
>Dies Herz, das du verwundet,
warum willst du's nicht heilen?
Mit dem, was du bekundet,
hast im Vorübereilen
du es geraubt, doch weilen
darf's bei dir nicht, daß es gesundet?‹
Ich war verblüfft, denn ich wußte nicht, daß sie auch poetische Fähigkeiten besaß, und das machte sie noch anziehender, so daß mir heiß und kalt wurde. „Mädchen", sagte ich, „ich meine, Doña Belisa, wie sind Sie hier hereingekommen?" Ich fragte das, um Zeit zu gewinnen, denn natürlich wußte ich schon ihre leise fröhliche Antwort „über die Mauer!" – „Kind", sagte ich wieder, „Doña Belisa, das geht doch nicht. Was soll ich denn jetzt nur tun?"

Da lachte sie leise, nahm mir die Laute aus der Hand und sang wieder mit kaum vernehmbarer Stimme:
>Wir wollen uns beglücken,
Geliebter, laß uns gehen
und Berg und Hügelrücken
in aller* Schönheit sehen,
wo Quellen klar entspringen,
und laß uns tiefer in das Dickicht dringen.‹
Für einige Sekunden kannte ich mich nicht wieder, die Gedanken jagten, die Empörung, die ich von mir selbst erwartet hätte, blieb aus. In dieser unverfrorenen Direktheit des jungen Mädchens lag so viel Unschuld. Und sie war schön, unbeschreiblich schön! Beim Blick in ihre vor Liebe leuchtenden grauen Augen zerschmolz mir fast das Herz. Sollte ich nun stammeln:
>Dein Blick – die Lieblichkeit, für immer eingeprägt – die gnadenvolle Schönheit ...‹?

Da raffte ich mich zusammen, denn die Gedanken wollten mir davonlaufen. ›Es war für mich eine wirkliche Versuchung.‹ Laut sagte ich: „Doña Belisa, innerlich habe ich eben zu Ihnen gespro-

---

* Anmerkung der Schreiberin: Juan dichtet später „in deiner". Er hat diese Strophen in seinen „Geistlichen Gesang", sein persönliches Hoheslied, übernommen.

chen, wie ich nur mit Gott sprechen darf. Sie sind mir nicht gleichgültig, und aus Ihrer Schönheit blickt mich eine Seele an, die ich nie vergessen werde. Aber Sie wissen ja, daß mein Herz vergeben ist, es gehört unserem Herrn, und diese Bindung ist noch stärker als selbst ein eheliches Band. Behalten Sie diese Begegnung und was ich Ihnen eben sagte, in guter Erinnerung, aber bitte, verlassen Sie mich schnell, bitte, gehen Sie zurück in Ihren Garten. Möge das Gesagte Ihr Herz heilen, mögen Ihnen glückliche Tage auf Erden beschieden sein, Doña Belisa! Mögen Sie verstehen, daß ich nicht für das Glück tauge, das Sie sich erträumen."

Sie stand ganz still, sie weinte nicht. Dann nahm sie behutsam meine Hand, neigte sich und berührte sie – nein, nicht mit den Lippen – mit ihrer jungen Stirn, die nun viel zu denken und zu gedenken haben würde. Dann wandte sie sich um und ging wieder auf die rückwärtige Mauer zu. Ich blickte ihr nicht nach, aber als ich zur Tür ging, um sie zu schließen, sah ich gerade noch einen Schuh über die Mauerkante verschwinden. Da kam mir der Vers aus dem Hohenlied in den Sinn: „quam pulchri sunt gressus tui in calciamentis filia principis", was sich mein geistlicher Leser selbst übersetzen möge.*

Noch einmal kam mir das Hohelied in den Sinn, als ich am nächsten Morgen am Ärmelsaum meines Habits ein blondes Haar entdeckte, denn es gab einen Vers, der sagte: „Mit einem Haar hast du mein Herz verwundet" – ich konnte nun schon wieder lächeln über diese Gedankenverbindung. Aber der Eindruck der Begegnung muß doch tiefer gewesen sein, als ich mir selbst zugeben wollte, denn später, als ich nach dem Tode der Mutter Teresa meine Werke zu schreiben begann, spielte darin mehrfach ein einziges Haar eine Rolle – es war gleichsam ›das Band der Liebe, das alles Gute in uns wie zu einem Kranz zusammenbindet‹. Natürlich übertrug ich das auf Gott, so wie ich es unter anderem bei meinen Lieblingsdichtern Boscán und Garcilaso de la Vega gefunden hatte, die ihre Liebesgedichte christlich allegorisierten. Also auch ich, es war die einzige Weise, ein wenig von dem auszudrücken, was mein gottliebendes

---

* Anmerkung der Schreiberin: „Der Heilige übersetzte später in seinem „Geistlichen Gesang": „Wie schön sind deine Schritte in den Schuhen, Fürstentochter!" (C 30, 10).

Herz bewegte. „›Ein Haar hat dich gefangengenommen‹", dichtete ich und erklärte begeistert: „›O wie sehr muß man sich über die Bedeutung dieser Worte freuen: Gott gefangengehalten von einem Haar! Die Ursache dieser Gefangenschaft ist, daß Gott das Haar in seinem Fluge ansah. Und das Hinblicken Gottes ist sein Lieben. Denn hätte er uns in seiner großen Barmherzigkeit nicht zuerst angesehen und geliebt, wie der heilige Johannes sagt (1 Joh 4,10), hätte er sich nicht zu uns herabgeneigt, niemals hätte der Flug des Haares unserer kleinen Liebe ihn gefangennehmen können!‹"

Es war ganz einfach meine Natur, daß sich bei mir alles Erleben ins Religiöse wie ins Lyrische umsetzte. Als ich der Mutter Teresa erzählte, wie sehr mich Garcilaso de la Vega mit seinem Dichten „a lo divino" begeistere, riet sie mir, doch einmal das Werk des Franziskaners Laredo „Aufstieg zum Berge Sion" zu lesen, der in seiner Begeisterung den mystischen Weg selbst an einigen Höhepunkten in Versen ausdrücke und diese dann erkläre – wofür es arabische Vorbilder geben solle, deren Namen sie nicht kannte. Sie berichtete mir dann etwas Verblüffendes über meinen Lieblingsdichter Garcilaso de la Vega: Dieser hatte in Toledo das Haus ihres Großvaters gekauft, als der Großvater, ein reicher Tuchhändler, wegen seiner jüdischen Abstammung Schwierigkeiten mit der Inquisition bekam und es vorzog, nach Ávila zu ziehen. „Er bekannte sich aber zum christlichen Glauben", sagte sie. „Ist es nicht eine seltsame Fügung, Pater Juan, daß Ihre wie meine Vorfahren in Toledo im Tuchhandel tätig waren?" Ja, die Mutter Teresa! Mit ihr und durch sie ereignete sich so viel, daß ich dem ein eigenes Kapitel widmen möchte. Beinah hätte sich unser gutes Verhältnis getrübt, als ich ihr bei der Austeilung der heiligen Kommunion nur eine halbe Hostie gab. Aber die Folgen dieser meiner „Entziehungskur" waren so gut, daß sie mir schnell verzieh. Sie selbst hat von diesem Ereignis berichtet:

„›Es war im zweiten Jahr meines Priorats im Menschwerdungskloster, eine Woche nach dem St.-Martins-Tag. Als ich zur heiligen Kommunion ging, zerbrach Pater Johannes vom Kreuz die Hostie und teilte sie zwischen mir und einer anderen Schwester. Ich dachte, er tue das nicht aus Mangel an Hostien, sondern um mich zu erziehen, denn ich hatte ihm erzählt, wie gern ich möglichst große Hostien erhielt, obwohl mir natürlich klar war, daß ich immer den ganzen Herrn empfing, selbst in dem kleinsten Stück. Da sagte seine Majestät zu mir: ‚Fürchte dich nicht, Tochter, niemand vermag dich von mir zu trennen.' Damit gab er mir zu verstehen, daß ich mir nichts aus der Teilung der Hostie machen solle. Und dann ließ er mich, wie schon öfter, ganz tief im Innern eine bildhafte Vision erfahren: Er reichte mir seine rechte Hand und sprach: ‚Sieh in meiner Hand den Nagel. Er ist das Zeichen, daß ich mich heute mit dir vermähle. Bis jetzt hattest du es noch nicht verdient. Von nun an aber bin ich nicht nur dein Schöpfer, dein Gott und dein König, zu dessen Ehre du lebst, sondern du bist nun meine wahre, mir angetraute Gemahlin. Meine Ehre ist deine Ehre und deine Ehre ist meine Ehre.' Diese Gnade tat eine solche Wirkung in mir, daß ich völlig außer mir und wie von Sinnen war und ihn bat, er möge entweder meine Niedrigkeit erheben oder mir nicht eine solche Gnade erweisen. Denn ich hatte das sichere Gefühl, daß meine natürlichen Kräfte dem nicht gewachsen waren. Ich blieb so den ganzen Tag in tiefer Versunkenheit, wie abwesend. Hinterher spürte ich dann, welch ein Geschenk ich empfangen hatte, aber noch größer waren meine Verwirrung und Betrübnis, weil ich doch sehe, daß ich so großen Gnaden in keiner Weise zu entsprechen vermag.‹"

Als mir die Mutter in ihrer unverstellten Weise, dankbar und ein wenig vorwurfsvoll zugleich, von dem Erlebnis berichtete, erkannte ich seine Echtheit an der Demut, mit der sie darauf reagierte. Keine Spur von Stolz auf ein erreichtes Ziel, statt dessen eine so schmerzhafte Bindung an die Leiden des Menschseins Christi, daß ich sie gern zu einem weiteren Gespräch darüber gebeten hätte, aber ich spürte, daß sie von diesen tiefsten inneren Erschütterungen nicht so bald sprechen mochte, und in ihrer Doppelaufgabe als Priorin und Gründerin war sie auch sehr beschäftigt und oft zu Reisen gezwungen.

Am Dreifaltigkeitssonntag des folgenden Jahres ergab sich endlich die Gelegenheit zu einem Gespräch über die große und beglückende Rolle der göttlichen Dreifaltigkeit im Leben der Unio mystica. Aber kaum hatte ich angesetzt, da merkte ich: hier trug ich Eulen nach Athen! Sie sagte: „Ich weiß, ›wir dürfen nicht meinen, unsere Seele sei etwas Enges und Begrenztes. Sie ist eine innere Welt mit vielen und schönen Wohnungen und vor allem mit einer Wohnung für Gott. Wenn es nun seiner Majestät gefällt, daß er ihr die Gnade der geistlichen Vermählung erweisen will, so holt er sie zunächst in diese seine Wohnung. Er nimmt der Seele die Schuppen von den Augen und zeigt ihr in einer geistigen, bildlosen Vision wahrhaftig die göttliche Trinität: Alle drei Personen in einem Lodern der Liebe, das ihren Geist zunächst wie eine lichte Wolke überlagert. So macht die Seele die wunderbare Erfahrung, daß diese drei Personen verschieden und doch nur eine Wesenheit sind, eine Macht und ein Wissen und ein einziger Gott. Alle drei göttlichen Personen teilen sich ihr mit, sprechen zu ihr und lassen sie die Worte des Evangeliums verstehen, mit denen der Herr sagte, er werde kommen mit dem Vater und dem Heiligen Geiste, um Wohnung zu nehmen in der Seele, die ihn liebt und seine Gebote hält (Joh 14, 23).«

Ich war beglückt, als ich erkannte, wie sehr der Herr sie begnadet hatte und daß sie sich nicht einfach nur auf ihre Erfahrung verließ, sondern diese Erfahrung befragte nach einer Grundlage in der Heiligen Schrift. Nun war die göttliche Dreifaltigkeit die mich ständig bewegende Realität, darum setzte ich die Worte der Mutter einfach fort:

»Dann wird der Verstand göttlich in der Weisheit des Sohnes erleuchtet und der Wille beseligt im Heiligen Geiste, während der Vater ihn stark und mächtig hineinzieht in die abgründige Umarmung seiner Süße.«

Ich wollte auch vom Gedächtnis etwas sagen, sprechen über die Dreiheit von Verstand, Wille, Gedächtnis, die zu verwandeln sind in Glaube, Liebe, Hoffnung, immer im Blick auf die Heiligste Dreifaltigkeit, aber da setzte schon die Mutter Teresa meine Rede fort aus der Sicht ihrer Erfahrung, in der noch die Erschütterung nachzitterte:

»Diese drei Personen befanden sich, so schien es mir, in meiner Seele, und ich sah, wie sie sich allen Geschöpfen mitteilten, keines ausließen und doch mein Inneres nicht verließen.«

Und ich spann den Faden weiter: »Die Seele hat dann teil an Gott selbst, sie wirkt in ihm, von ihm begleitet, das Werk der Allerheiligsten Dreifaltigkeit.«

Dann schwiegen wir beide und lauschten dem Gesagten nach, wir waren an die Grenze aller Worte gelangt, und ich fühlte, wie schon manchmal, ›ein Ich-weiß-nicht-was‹, ein seliges Durchströmt- und Erhobensein. Ich spürte, daß es der Mutter ähnlich erging, und meinte, ›alle Blumendüfte und Wohlgerüche der Welt durchströmten mich und die Lieblichkeit bewege die Reiche und Mächte der Erde und des Himmels. Mehr noch: alles Geschaffene schwang in dieser gleichen Bewegung, einträchtig und gemeinsam‹.

Ich weiß nicht genau, was dann geschah. Eine Schwester kam mit einer Nachricht in den Sprechraum auf der Seite der Mutter Teresa, und sie berichtete später, ich sei plötzlich aufgestanden, wie von einer unwiderstehlichen Gewalt emporgezogen. Die Mutter habe mich gefragt: „›Ist es das Gebet, das Sie so plötzlich erhebt?‹" Und ich hätte geantwortet: „›Ich glaube schon.‹" Später wurden dann große Legenden von unserer gemeinsamen Levitation um dieses Ereignis gesponnen, ich soll mich mitsamt meinem Sessel, an dessen Armlehnen ich mich klammerte, bis zur Decke erhoben haben (die freilich niedrig und zudem mit dicken Balken versehen war) – aber ich liebe solche Geschichten nicht, obwohl ich nach meinen Erfahrungen die Möglichkeit der Levitation nicht leugnen kann. Auch die Mutter hatte damit ihre Schwierigkeiten, zumal, wenn es in der Öffentlichkeit geschah. Ich habe es immer verabscheut, wenn man solche die Natur übersteigenden Phänomene wichtig nahm und die davon Betroffenen als Heilige verehrte. Denn das Übernatürliche kann vielerlei Ursachen haben, und es geht nur darum, daß innerlich ›unsere Erhebung eine Erhebung zu Gott ist‹, weil er uns an sich zieht.

Es war mir immer im höchsten Grade unangenehm, wenn mich ein Beichtkind als Heiligen bezeichnete. Ich sagte dann: „›Ich bin kein Heiliger. Aber je heiliger ein Beichtvater ist, um so milder wird er sein und sich um so weniger über die Fehler anderer entsetzen, denn er weiß am besten um die Schwachheit der menschlichen Natur.‹"

6
Wolken über Ávila

Ich selbst wurde milder, weil ich sicherer wurde; die menschlichen Erfahrungen beleuchteten sich gegenseitig. Auch errötete ich nur noch selten.

Immer häufiger kamen Menschen aus der Stadt, aber auch aus den umliegenden Ortschaften mit ihren inneren Problemen zu mir, vor allem Frauen suchten meinen Rat. Manchmal wandten sich auch die Priorinnen verschiedener Klöster an die Mutter Teresa mit der Bitte, sie möge mich senden, weil irgendeine Schwester von sich reden machte, die als besonders böse oder besonders heilig erschien. Mir war alles Spektakuläre verdächtig, und ich war nicht begeistert, als die Mutter meinte, ich solle hingehen und von meiner priesterlichen Befugnis der Teufelsaustreibung Gebrauch machen. Denn ›ich glaube, es ist Versuchung, sich den Teufel in den Sinn zu rufen‹. Ja, es ist für einen Menschen immer gefährlich, sich mit den bösen Mächten einzulassen, darum hätte ich auf diese Aufgabe gern verzichtet. Als aber die Mutter nicht locker ließ, ging ich zum Inquisitionsrat von Ávila und holte mir sein Einverständnis für die Exorzismen, damit mir nicht eines Tages die Inquisition mitsamt den Teufeln in den Rücken fiele.

So mußte ich denn mein stilles Häuschen immer wieder verlassen, um den Bösen zu bekämpfen, wenn er eine Seele in seine Gewalt gebracht hatte. Viel Unterscheidungsgabe war dazu nötig, denn manche Kontakte zu ihm waren fest verwurzelt; anderes, was bitterböse zu sein schien, war nichts als Krankheit. Ich meinte bald zu erkennen, daß der Teufel vor allem ›im Menschen eine verborgene Selbstzufriedenheit hervorbringt‹, daß Anmaßung und Hochmut oft eher auf seinen Einfluß schließen lassen als ein absonderliches Betragen.

So war ich monatelang mit einer Schwester beschäftigt, die in dem Augustinerinnen-Kloster lebte, wo einst die Mutter Teresa ein Internatsjahr verbracht hatte. Ihre Verbindung zu diesem Kloster war immer eine enge geblieben. Die Schwester, von der ich jetzt erzähle, hatte sich einen Ruf als Heilige gemacht, und zwar weniger wegen ihres tugendhaften Lebens als wegen ihrer ungewöhnlichen Geistesgaben. Obwohl ihr nie eine besondere Ausbildung zuteil geworden war, sprach sie mehrere Sprachen fließend und verstand es, wie man mir erzählte, glänzend, die Heilige Schrift auszulegen. Ihre Mitschwestern betrachteten sie mit gläubiger Bewunderung.

Sie wurde mir von der Novizenmeisterin in den Beichtstuhl gesandt, sagte aber sofort, sie habe nichts zu beichten oder zu bereuen. Daraufhin bat ich sie, mir eine Stelle der Heiligen Schrift auszulegen, was sie sogleich selbstsicher, aber für mein Gefühl mit einem absoluten Unverständnis tat. Schon viele große Gelehrte hatten sie geprüft, und ich wunderte mich, nachdem ich ihr noch weitere Fragen vorlegte, die sie in der gleichen Weise spitzfindig beantwortete, daß niemand zu dem Resultat gekommen war, das ich nach einer Stunde des Gesprächs nicht mehr abweisen konnte. Während die Schwester sich in ihre Zelle zurückzog, ging ich zu meinen Auftraggebern, die mich im Sprechzimmer erwarteten, und sagte: „Diese Nonne ist keine Heilige, sie hat den Teufel." Man war entsetzt, man war erstaunt, aber man ließ mir freie Hand.

Nun besuchte ich regelmäßig das Augustinerinnen-Kloster, sprach mit der Schwester und legte ihr die heiligen Symbole unseres christlichen Glaubens vor, worauf sie jedesmal Tobsuchtsanfälle bekam, schrie, mit den Füßen stampfte und einmal sogar versuchte, mich tätlich anzugreifen. Ich bat die Oberinnen, bei meinen Heilungsversuchen anwesend zu sein, und schnell erkannten sie, daß meine Diagnose richtig gewesen war. Aber eines war die Diagnose und ein anderes die Heilung. In ihrer Erregung jedoch schrie die Nonne auch manches heraus, was sie sonst niemals gesagt hätte, und so erfuhr ich, daß sie schon als Kind einen Pakt mit dem Teufel geschlossen hatte, der ihr seitdem hilfreich zur Seite stand. Daher ihre Sprachkenntnisse, daher ihre scheinbar so überragende Intelligenz. Ich gab ihr ein Kruzifix, sie warf es zu Boden. Ich befahl ihr, es aufzuheben und zu küssen, sie gehorchte, aber der Teufel in ihr heulte. Doch hatte ich das Gefühl, daß in der Schwester selbst etwas Gutes in Bewegung geraten war. Ich mußte ihr Fühlen unterscheiden von dem Teufel, der aus ihr sprach. Auch die Augustinerinnen erkannten jetzt, wie gefährlich die Schriftauslegungen dieser Schwester gewesen waren, denn ich schlug ihr das lateinische Glaubensbekenntnis auf und ließ sie die Stelle übersetzen: ‚und das Wort ist Mensch geworden und hat unter uns gewohnt'. Da wurde es nun ganz deutlich. Sie sagte immer: „›hat unter euch gewohnt‹", und als ich sie korrigierte, antwortete der Teufel in ihr: „›Nein, nein, nicht bei uns, sondern bei euch!‹" Da waren nun viele geduldige Gespräche notwendig, die ich für wichtiger hielt als alle Formeln der Teufelsbeschwörung. Immer wieder trug ich die Heilige Schrift im rechten Sinne an sie heran, immer wieder brachte ich sie auf die eine oder andere Weise in Kontakt mit unserem Herrn Jesus Christus, und allmählich wurde der Widerstand schwächer. Ja, es kam der Tag eines gewaltigen Tränenausbruches und einer inneren Umkehr. Von nun an kam ich noch öfter, denn es galt, in einem geschwächten Menschen neue Kräfte aufzubauen.

Ein anderer Fall, den mir die Mutter Teresa ans Herz legte, führte mich nach Medina del Campo in das Kloster der Karmelitinnen, die von meiner Mutter Webunterricht erhielten. So konnte ich auch meine Mutter wiedersehen, und ihre Augen leuchteten, wenn ich ihr von meinem priesterlichen Leben bei der großen Teresa de Jesús erzählte. Was aber den Fall von vermeintlicher Besessenheit anging, so erkannte ich gleich, daß es nur Nervenschwäche war. Ich sagte der besorgten Priorin: „›Hier handelt es sich nicht um den Teufel, sondern um eine Erkrankung.‹" Und wie ein Schwamm sog die Schwester meine Worte und Lesungen aus der Heiligen Schrift in sich auf, so daß sich hier bald eine Heilung abzeichnete.

Andere Fälle wieder, zu denen ich gerufen wurde, waren so spektakulär, daß ich Ihnen, mein heutiger Leser, nicht davon berichten möchte. Auch war die Grenze zwischen Krankheit und freiwilligem Teufelspakt nur selten so klar zu ziehen wie in den beiden von mir genannten Beispielen.

Diese Dinge waren damals so häufig, daß ich mich sehr bemühen mußte, noch einige ruhige Stunden für mich zu bewahren und nicht ständig als Reisender in Sachen Teufelsaustreibung unterwegs zu sein. Den Ärger des Teufels über meine Erfolge sollte ich bald am eigenen Leibe zu spüren bekommen. Seltsames geschah

Puerta del Sol in Toledo

Es war recht unangenehm, fast eine Stunde blind dahinzureiten. So war ich froh, als ich absitzen mußte. Wir durchquerten zwei Tore, die nur zu einer bedeutenden Stadt gehören konnten. Ich merkte, daß wir von Norden kommend die alte maurische Puerta de Bisagra und dann die breitere, neue Puerta del Sol passiert hatten, mit anderen Worten: daß wir uns in Toledo befanden (Seite 125).

mir in meinem Häuschen: In einer kalten Nacht verschwand die Wolldecke, mit der ich mich zugedeckt hatte, manchmal wurde ich heimgesucht von bösen Träumen und gelegentlich bei Tage von unerklärlichen Schmerzen. Mein Mitbruder meinte, es müsse an der Lage unseres kleinen Hauses liegen, das auf dem Gelände eines alten jüdischen Friedhofs errichtet war. Allerdings erfuhr ich erst später, daß es gerade dort stand, wo man einst den Moisés de León begraben hatte, den Autor des Zohar, des berühmtesten Buches der Kabbala. Auch Sie, mein Leser, werden in Ihrem neuen Zeitalter von diesem Buch gehört haben. Mir aber schien es unwahrscheinlich, daß die großen Vertreter des alten Glaubens, der doch auch uns Christen so viel bedeutet, gegen mich aufgestanden sein sollten. Auch hätte es nicht erklärt, warum die dunklen Zeichen, diese Wolken an meinem Himmel von Ávila, erst erschienen, als ich mir einen Namen als Teufelsaustreiber gemacht hatte.

Persönlich lebte ich in dieser Zeit in einem Helldunkel. Ich stürzte mich mit wahrer Leidenschaft in die heilenden Tiefen des Gebets, und der Herr zog mich immer näher zum Zentrum seiner Einwohnung, seiner abgründigen Liebe, seiner lichtvollen Gegenwart, die ich noch als dunkel erlebte, weil sie meine Augen blendete. Doch spürte ich das geheime Wachstum, sehnte mich, das wahre Wesen dieser dunklen Nacht zu erfahren, wahrzunehmen, wie ›ein Abgrund des Lichtes einen anderen Abgrund des Lichtes ruft‹.

Mehr als alle Feindschaft des Teufels traf mich die wachsende Entfremdung zwischen der Mutter Teresa und mir. Sie konnte oder wollte mein Bedürfnis nach Frieden und Zurückgezogenheit nicht verstehen. Für sie sträubte ich mich damit gegen meine eigentlichen Aufgaben. Sie mag dabei von ihrem eigenen Wesen ausgegangen sein, das auf die Tiefen der Kontemplation stets mit erhöhter Aktivität antwortete. So schrieb sie auch an eine Priorin in Valladolid, die wie ich gern mehr Ruhe gehabt hätte: „›Ich ertrage es gern, Sie in Mühen zu sehen; denn auf irgendeine Weise müssen Sie ja doch heilig werden, und Ihr Verlangen nach Einsamkeit ist Ihnen nützlicher als die Einsamkeit selbst.‹" Bald war sie wieder ständig unterwegs. Von den fünf Jahren, die ich im Menschwerdungskloster verbrachte, war mir die Mutter Teresa nur während der ersten zwei Jahre nah. Ich glaube nicht, daß sie mir die geteilte

Hostie übelgenommen hatte. Sie mußte doch verstanden haben, daß ich ihr keineswegs niedrige Beweggründe zugetraut hatte, sondern ihr im Gegenteil zeigen wollte, daß ich sie für reif hielt, über aller, wenn auch noch so sublimen, geistlichen Habsucht zu stehen. Und ihr bald darauf folgender Eintritt in die Unio mystica bestätigte das. Aber ich mag manchmal im Gespräch ungeschickt gewesen sein, nicht, was das Geistliche angeht, aber im ganz spontanen menschlichen Umgang, in dem ich, der einstige vereinsamte Waisenjunge, keine Erfahrung hatte. So sagte mir einmal die Mutter Teresa am Ende ihrer Beichte: ›»Ich liebe Sie.‹« Was sollte ich antworten? Schließlich ist ein Beichtstuhl keine Gartenlaube. So antwortete ich, und es sollte sanft und humorvoll klingen: ›»Bessern Sie sich.‹« Aber ich kann den rechten Ton wohl nicht getroffen haben, denn von nun an gab sie sich distanziert, und unser Verhältnis besserte sich auch nicht dadurch, daß ich in Gegenwart ihrer Schwestern einen Scherz machen wollte und zu ihr sagte: ›»Wenn Sie beichten, Mutter, rechtfertigen Sie sich in entzückender Weise.‹« Das wurde als harsche Kritik verstanden, nicht eben taktvoll. So empfand ich auf der einen Seite eine stille, fast verzweifelte Liebe zur Mutter Teresa und auf der anderen Seite ihre wachsende Entfernung von mir. Daran konnte auch nichts ändern, daß sie stets in Tönen des höchsten Lobes von mir sprach, sagte, es gebe ›in Kastilien keinen besseren Seelenführer‹, wobei sie selbst sich doch wieder nach anderen Beichtvätern umsah.

Zunächst suchte sie wieder die Nähe ihres früheren großen Beichtvaters Domingo Báñez, später dann verließ sie auch ihn, um sich, wovon ich noch berichten werde, den jungen Pater Gracián zu erwählen. Aber selbst dieses mehr theoretisch als praktisch. Es war im Grunde wohl so, daß die Mutter Teresa so vielseitig begabt war, daß ein einziger Beichtvater ihr nicht gerecht werden konnte. Sie muß das selbst besonders deutlich empfunden haben, denn hellsichtig schrieb sie im Dezember des Jahres 1574 an Báñez: ›»Was ich will, habe ich nicht, und was ich habe, will ich nicht. Die Schwierigkeit ist, daß ich nicht mehr wie früher Stärkung bei meinen Beichtvätern finden kann; dazu bedarf es mehr als eines Beichtvaters. Was weniger ist als die Seele, befriedigt nicht ihre Sehnsucht.‹«

Ich zweifelte nicht daran, daß die Mutter Teresa in der Unio mystica lebte. Oft dachte ich an unser Gespräch über die Heilige Dreifaltigkeit und sah, wie das, was die Mutter umtrieb, eben die überströmende Liebe des dreifaltigen Gottes war. Ich erkannte aber auch, daß wir hier auf Erden in keinen idealen Zustand gelangen können. Auch die Einung bleibt relativ, so wie die Mutter selbst in ihrem Realismus sagte: „›Die mystische Erfahrung kann sich, so lange wir leben, nie so vollkommen erfüllen, daß es uns nicht noch möglich wäre, uns selbst von Gott zu trennen und damit alles zu verlieren.‹" Allerdings schien mir, daß die Mutter eine solche Trennung für unwahrscheinlich hielt. Sie wollte im Grunde eher unterscheiden zwischen dem tiefsten Seelenzentrum, in dem wir in der Unio mystica Gott geeint bleiben, und den Randstörungen des Fühlens, Denkens und Wollens, so daß sie, ich erinnere mich genau, auch erläuterte: „›Man glaube nicht, daß in der Unio mystica die Seelenkräfte und Sinne und Leidenschaften immer in Frieden bleiben. Die Seele selbst dagegen, ihr Zentrum, ja.‹" Und sie hatte hinzugefügt, es sei ›schwer, von diesem Zentrum zu sprechen‹, denn es müsse ja widersprüchlich erscheinen, wenn sie sage, ›daß man in dieser mystischen Vermählung einerseits Mühen und Leiden hat und andererseits die Seele ganz in ihrem Frieden verbleibt‹. Wie sehr stimmte ich ihr innerlich zu, als sie diese scheinbare Widersprüchlichkeit mit der Nachfolge Christi begründete, da wir doch immer sehen, ›daß diejenigen, die Christus in ihrem Leben besonders nahe sind, auch die größten Leiden durchzumachen haben‹. So war auch mein Bemühen immer in diese Spannung hineingestellt, einerseits zur Ruhe der Kontemplation zu finden und andererseits die Nachfolge Christi immer tiefer zu leben und zu vermitteln.

Im Grunde konnte es der Mutter und mir nur recht sein, wenn sich nun auch über ihren Gründungen die ersten dunklen Wolken zeigten. Es begann in Pastrana, wo sie auf Drängen der Prinzessin Éboli ein Nonnenkloster eingerichtet hatte. Bald aber zeigte sich, daß die Prinzessin, die mein Leser aus Schillers oder Verdis Don Carlos kennen mag, dieses Kloster als ihr persönliches Spielzeug behandelte. Sie hielt sich dort im Habit auf, der ihr nicht verliehen wurde, sondern den sie sich bei Hofe schneidern ließ, und die Schwestern mußten sie bedienen. Teresa de Jesús fragte sich bald, wie lange ihre Töchter ›eine solche Sklaverei noch ertragen sollten‹.

Deshalb hatte sie schweren Herzens beschlossen, das ganze Kloster nach Segovia zu verlegen. Pater Domingo Báñez unterstützte sie bei ihrem Vorhaben, und in einer Nacht-und-Nebel-Aktion wanderten die Schwestern den weiten Weg von Pastrana nach Segovia. Damit hatte sie sich in der Prinzessin Éboli eine Erzfeindin geschaffen, und das Anklopfen der Inquisition sollte es sie bald merken lassen.

Ehe aber der Umzug der Schwestern, der mich an den Auszug der Kinder Israel aus Ägypten erinnerte, erfolgen konnte, mußte in Segovia ein Haus gefunden werden. Die Mutter kannte eine Dame in Segovia, die gern in ihre Kongregation eintreten wollte, und bat sie, ein Haus zum Mieten zu suchen. Das Haus fand sich, und die Mutter ließ mich bitten, sie in Segovia zur Gründung zu treffen. Genauer gesagt, ich reiste mit Pater Julián, dem Kaplan des Menschwerdungsklosters, nach Alba de Tormes, um dort die Mutter, die von Salamanca kam, zu treffen. Ein interessierter Edelmann namens Antonio Gaytán gesellte sich zu uns. In ihrer späteren Erzählung von dieser Gründungsreise lobte die Mutter meine beiden Gefährten sehr. Sie schrieb über den Edelmann Gaytán: „›Er hat mir viel geholfen und große Dienste erwiesen, und wollte ich seine Tugenden aufzählen, käme ich an kein Ende. Am wichtigsten war für uns seine große Selbstlosigkeit, denn keiner der Diener, die uns begleiteten, tat so bereitwillig wie er alles Notwendige.‹" Ich fürchte, daß sie mich zu den weniger Bereitwilligen zählte, während sie auch Pater Julián mit großem Lob versah. Ich war wohl damals auch ein gar zu stiller Reisebegleiter, der sich nicht einmal für die architektonischen Schönheiten Segovias interessierte. Auch mochte sie spüren, daß ich es nicht sehr schätzte, sie in der eleganten Kutsche der Herzogin von Alba reisen zu sehen. Die Mutter kümmerte das nicht. Sie hatte eine Glocke mitgebracht und beugte sich läutend aus dem Fenster, wenn die Zeit des Stundengebets gekommen war, das wir neben der Kutsche herreitend dann mit erhobener Stimme sprachen, so daß sie uns hören konnte.

Bei unserer Ankunft in Segovia schien alles in schönster Ordnung, und wir beschlossen, das Kloster am nächsten Morgen, am 19. März 1574, dem Tage des heiligen Josef, auf die übliche Weise einzuweihen. Die erste Messe sang Pater Julián, die zweite Messe ich, wobei wir, lieber Leser, wie ich schon sagte, noch dem den Ordensursprüngen gemäßen Ritus vom Heiligen Grabe folgten.

Als wir uns aber über die vollzogene Gründung freuten, zeigte sich, daß die Mutter voreilig Tatsachen gesetzt hatte. Denn der Bischof hatte nur mündlich seine Genehmigung gegeben und war verreist. Sein Vertreter aber wollte ebenfalls gefragt werden, was die Mutter versäumte oder, richtiger gesagt, bewußt unterließ, um sich keine Abfuhr zu holen.

Die kam nun nachträglich in Gestalt der geistlichen Obrigkeit und eines Gerichtsdieners, der den Pater verhaften sollte, der das Haus mit der Feier der heiligen Messe eingeweiht hatte. Pater Julián versteckte sich unter der Treppe, als sich die bedrohliche Gruppe dem Hause näherte. Ich aber ging und öffnete die Tür. Sofort wurde ich grob behandelt. Mit Entsetzen sahen es die ersten schon eingezogenen Schwestern von ihrer Klausur aus und mit ihnen die Mutter Teresa. Sie begann, diplomatisch zu verhandeln, und ließ zugleich heimlich in fliegender Eile alle ihre Beziehungen spielen, sandte Boten aus, um mich vor dem Kerker zu bewahren, was ihr denn auch gelang! Nur mußten wir das heilige Sakrament einem Priester der Stadt übergeben und vorläufig auf seine Aufbewahrung im Tabernakel verzichten.

Dann kehrte ich wieder nach Ávila zurück, während Pater Julián und Don Antonio de Gaytán die Schwestern von Pastrana nach Segovia begleiteten. Das gemietete Haus war nur ein Provisorium. Bald wurde auch das richtige gefunden, wenn es auch nicht ohne Anklagen und Prozesse abging – Vorgänge, an die unsere Mutter Teresa sich gewöhnt hatte. In ihrem Gottvertrauen war sie stets sicher, daß sie gewinnen würde, und wenn das gefährdet schien, schloß sie vernünftige Kompromisse.

Ich war nun wieder allein in Ávila, da die Mutter Teresa ihre Gründungsreisen fortsetzte. Eine unerklärliche Traurigkeit hatte mein Herz ergriffen. Da gefiel es dem Herrn, mich in unvergleichlicher Weise zugleich zu trösten und zu belehren. Beides, indem er mir, der ich Visionen verabscheut hatte, eine so wesentliche innere Schau sandte, daß ich meine Meinung ändern mußte. Gott gab mir Antwort auf die Frage, die ich mir oft gestellt hatte, auf die Frage: ›Warum denn bietet Gott, der Allweise, der gern die Seele vor Fallstricken und Fehltritten bewahrt, überhaupt Visionen an, warum verleiht er sie?‹ Und ich hatte darauf innerlich geantwortet: ›Wenn Gott die Seele aus dem Extrem ihrer Niedrigkeit in das andere Extrem der Einung mit seiner Erhabenheit erheben will, muß er so sanft und geordnet vorgehen, wie es der Seele entspricht, deren Erkenntnis von den Sinnen ausgeht. Er muß also auf der Grundlage des Sinnlichen beginnen, um sie in der ihr gemäßen Weise zu den Höhen göttlichen Geistes zu führen, der nicht sinnenfällig ist. So vervollkommnet Gott den Menschen auf menschliche Art. Manchmal ändert der Herr aber auch die Ordnung und Reihenfolge, je nach den Bedürfnissen der Seele und den zu schenkenden Gnaden. Man kann die äußere Erscheinung der Vision abweisen, die beabsichtigte Wirkung wird sich nur um so tiefer in die Seele eingraben, wenn auch auf andere Weise. Richtet sie die Augen auf die guten Wirkungen, dann gewinnt sie aus diesen Dingen das, was Gott beabsichtigt, nämlich den Geist der Hingabe.‹

Dieses hatte ich gedacht. Nun aber erfuhr ich eine Vision, die mich so ergriff und erschütterte, daß ich das Äußere nicht mehr vom Inneren, den Eindruck auf die Sinne nicht von der Berührung im Geistigen trennen konnte. Ja, ich mußte diese Erfahrung festhalten und mitteilen. Und auch mein geduldiger Leser wird endlich wissen wollen, was ich denn sah: Ich sah den gekreuzigten Christus. Nicht so, wie ihn meine zeitgenössischen Maler darzustellen pflegten, am Kreuze eher schwebend als hängend. Nein, der Christus meiner Vision hing so schwer, so realistisch schmerzhaft am Kreuze, daß er es mit sich hinabzuziehen schien. Erdenschwere, Abstieg in das Reich des Todes. Darüber aber stand unsichtbar – und das war für meine Schau, für ihre ungewohnte Perspektive entscheidend – das Erbarmen Gottes, das dieses sinkende Kreuz trug, hielt, im Blicke hatte, so daß ich gleichsam darauf mit den Augen unseres Herrn und Gottes schauen durfte.

Wie sinnvoll, wie liebegetragen erschien mir nun auch mein eigener kleiner Schmerz, wie gern wollte ich Christus nahesein in seinem alle Liebe der Welt umfassenden Leiden. Ich mußte dieses Bild des Menschenschicksals unter dem göttlichen Erbarmen festhalten, es bewegte mich unaussprechlich. So griff ich zur Feder und zeichnete es auf, so gut ich es in den wenigen Malstunden meiner Kindheit gelernt hatte. Es war nicht leicht, weil ich die Zeichnung aus Scheu sehr klein hielt; das Kreuz, lieber Leser, war mit seinen noch nicht einmal 6 × 5 cm Ausdehnung kleiner als Ihre heutigen Fotos. Und ich mußte viel korrigieren, bis es dem visionären Bild wirklich ähnlich war. Dann aber empfand ich so etwas wie eine Erleichterung, wie einen Eintritt in einen neuen Lebensabschnitt, der von diesem Kreuz in der Tiefe getragen werden würde.

Darum konnte ich mich auch nach einiger Zeit von meiner Zeichnung wieder trennen, widerstrebte mir doch stets aller festgehaltene Besitz. Dieses Kreuz bedeutete mir wirklich etwas, und so schenkte ich es im Kloster der Schwester Ana María de Jesús, mit der mich seit dem Weggang der Mutter Teresa eine immer tiefere Freundschaft verband. Sie stand mir auch altersmäßig näher. Schon öfter hatte ich ihr etwas von meinen inneren Erfahrungen anvertraut, wenn sie mich sehr bewegten. Ana María behielt alles still in ihrem Herzen, und meine Zeichnung verwahrte sie als ihren kostbarsten Schatz bis kurz vor ihrem Tode, da sie sie der Priorin des Menschwerdungsklosters überreichte. Diese, María Pinel, legte sie wie eine Reliquie in ein vergoldetes Kästchen, und so wird sie noch heute in diesem Kloster verwahrt. Es gibt dort aber auch zwei größere Kopien, von denen eine dem Besucher leicht zugänglich ist. Ich weiß nicht, welches dieser Vorbilder Ihr berühmter Zeitgenosse Salvador Dalí benutzte, lieber Leser, als er eines seiner größten Gemälde nach meiner armseligen Vorlage schuf. Er nannte dieses im Raume schwebende Kreuz, dessen Ähnlichkeit mit dem meinen nicht zu übersehen ist, „den Christus des Johannes vom Kreuz". Ich glaube, es sprach so viele Menschen an – was ja nicht mit allen Bildern dieses eigenwilligen Meisters der Fall ist –, weil sich in ihm etwas von der überkonfessionellen Bedeutung Christi ausdrückt, vom Weltumfassenden seiner Liebe.

Bald mußte ich erkennen, daß mir dieses mein visionäres Kreuz auch Leiden angekündigt hatte, die über die Reform kommen sollten. Wie dunkle Wolken zogen sie am südlichen Horizont herauf, denn ihre Ursache lag in Andalusien. Allerdings, wenn man es ganz genau betrachtete, war König Philipp II. „Erstursache" der Schwierigkeiten der Reform, aber das lag nun schon weit zurück, und wir wußten es nicht. Mein Leser aber soll es erfahren.

Auch wir Spanier lebten ja in einer Zeit der „Reformation". Schon seit dem vorigen Jahrhundert wurden Ordensreformen zum Gebot der Stunde. Die Mutter Teresa stand mit ihrem Streben nach mehr Schlichtheit, Innerlichkeit, Vertiefung durchaus im Trend einer Zeit, der im Konzil zu Trient, das 1563 seine Tagungen abschloß, den gültigen Ausdruck fand. Vieles, was die Mutter 1562 wollte, die Armut im Ordensleben etwa oder die strenge Klausur für den weiblichen Orden, wurde auch von diesem Konzil gefordert, das für etwa vierhundert Jahre das Gesicht der Kirche bestimmte.

Nun war auch unser König an den Reformen interessiert, aber aus einem anderen Grunde: er wollte die Orden nationalisieren, die ihm wegen ihrer überregionalen Ursprünge und Organisationen immer wieder entglitten. Bisher hatte er vergeblich nach Ansatzpunkten gesucht. Als er nun durch die ersten Gründungen und (in Abschriften kursierenden) Ideen der Mutter Teresa Neues im Karmel aufkeimen sah, wollte er diesen Orden zu dem seinen, zu einem eminent spanischen machen. Dafür mußte er zunächst einmal der Macht des römischen Generals Grenzen setzen.

Tatsächlich erreichte er, daß ihm Papst Pius V. 1567 ein Breve schickte, eine schriftliche Verfügung: Die Visitatoren des Ordens (die Kontrolleure, lieber Leser, die die einzelnen Klöster reihum zu besuchen und der Ordensleitung über ihren jeweiligen Zustand zu berichten hatten) sollten nicht mehr dem Generaloberen unterstellt sein. Statt dessen wurden zwei Dominikaner, die durch die spanische Inquisition sowieso eine Schlüsselstellung im Lande innehatten, für diese Ämter ernannt, Fernández in Kastilien und Vargas in Andalusien.

Diese beiden hatten aber von der Art ihrer Amtsführung eine sehr verschiedene Auffassung. Während in Kastilien Fernández, dem mein Leser im Zusammenhang mit meinem Werdegang schon begegnete, behutsam alles mit dem kastilischen Provinzial der Karmeliten besprach und abstimmte, pochte Vargas in Andalusien auf seine Unabhängigkeit und schuf schon dadurch manchen Unfrieden. Ob nun Vargas der Boden unter den Füßen zu heiß wurde oder ob es andere Ursachen hatte – jedenfalls tat er etwas für die ohnehin schon beunruhigten Karmeliten Unerhörtes: Er gab seine Vollmachten als Apostolischer Visitator an einen ganz jungen, erst kürzlich in das Kloster der Unbeschuhten zu Pastrana eingetretenen Mönch, der freilich von Anbeginn durch seine Begabung und sein lebhaftes Wesen von sich reden machte. Er hieß Jerónimo Gracián, mit dem Kloster-Beinamen „de la Madre de Dios".

Dieser junge Reform-Karmelit fühlte sich selbst völlig überrumpelt, er hatte nicht nach frühen Ehren gestrebt. „›Da stand ich nun mit meinen 28 Jahren‹", sagte er, „›ein unfertiger Mönch, und fand mich schon als Vorgesetzten der Beschuhten Karmeliten in Andalusien und zwangsläufigen Gegner des Ordensgenerals, wozu man auch noch wissen muß, daß die andalusische Provinz die ungezähmteste von allen war. Es genügt wohl, was ich zu diesem Punkte gesagt habe, damit man sich vorstellen kann, wie es mir mit diesem neuen Amte ergehen würde, das eine Riesenlast war bei all den Rivalitäten und meinen geringen Kräften.‹"

Im Herbst 1574 war die Mutter kurz in das Menschwerdungskloster zurückgekommen, weil dort ihre Prioratszeit ablief. Sie zog dann um in ihr geliebtes, kleines Reformkloster San José, so daß ich nun für die Probleme und Reform im Menschwerdungskloster allein verantwortlich war.

Ich besuchte sie auch im San-José-Kloster, aber noch vor Weihnachten brach sie wieder zu einer Reise auf, die sie über Toledo nach Beas de Segura führte. Sie wußte nicht, daß diese Stadt kirchenrechtlich schon zu Andalusien gehörte. Der General hatte ihr Gründungen in Andalusien verboten, und die Mutter war guten Glaubens, weil geographisch die kleine Stadt zu Kastilien gehörte. So hatte sie also ungewollt eine „wilde Gründung" vorgenommen, die den Ordensgeneral verärgern mußte. Besonders in einem Augenblick, in dem auch wegen der auf Pater Gracián übertragenen Vollmachten bei den Beschuhten die Wogen des Unmuts immer höher schlugen. Das Kloster war gleich bezogen worden, so konnte die Gründung nicht mehr rückgängig gemacht werden, und die Mutter entschloß sich zur Flucht nach vorn. Sie verabredete sich mit dem jungen Pater Gracián, den sie bis dahin nur brieflich kannte, denn als ihr vorgesetzter neuer Visitator würde er vielleicht helfen können. Gracián selbst hatte in seiner Klugheit bisher von dem unerwünschten hohen Amt keinen Gebrauch gemacht. Auch er war dankbar für ein Gespräch mit der Mutter. Sie machte ihm so viel Mut, daß er ihr die Gründung bestätigte und eine weitere in Sevilla „befahl", beides gegen den Wunsch Rubeos, des Ordensgenerals.

7

Turbulenzen

Weder die Mutter Teresa noch Pater Gracián de la Madre de Dios ahnten damals, wie alarmiert der Ordensgeneral Rubeo-Rossi durch alle diese vermeintlichen Eigenmächtigkeiten war. Und daß die Mutter zwei seiner eiligen Briefe nicht beantwortete, erschien ihm schon als Zeichen offener Rebellion. Da kannte er aber die Mutter schlecht, die immer klug und konziliant vorging. Sie hatte nur – bedingt durch ihre Reisen – seine Briefe nicht erhalten, erst im Juni kamen sie in ihre Hände.

Da aber war es zu spät, denn der erboste General hatte noch im Mai ein Kapitel im italienischen Piacenza tagen lassen. Schwerwiegende Beschlüsse hatte man gefaßt, die im Grunde alle auf eines hinausliefen: die Aufhebung der Reform! Eine Freundin unserer Mutter, María de San José (Salazar), schrieb es uns aus Sevilla:

„›Schließlich kam alles so weit, daß man das Generalkapitel einberief. Es bezichtigte alle Unbeschuhten des Ungehorsams und exkommunizierte sie. Auch sollten sämtliche Klöster, die man ohne Erlaubnis des Generals gegründet hatte, wieder aufgehoben werden, nämlich die in Sevilla, Granada, Almodóvar und Perinela. Das Kapitel verlangte weiter, daß man unserer Mutter die Gründungsvollmachten entzöge und sie in ein Kloster gesperrt werde, das sie nicht verlassen dürfe. Die Unbeschuhten sollten ihre Schuhe wieder anziehen und melodisch singen* und dergleichen mehr. Es ist wirklich erschreckend, daß ein so heiliger Mann wie unser Pater General und weitere würdige Patres und Gottesdiener einen so unvernünftigen Beschluß fassen konnten wie den, man solle Klöster

---

* Anmerkung der Schreiberin: Teresa von Ávila bevorzugte die schlicht rezitierende Singweise.

aufheben, die schon mit apostolischer Vollmacht gegründet waren.‹"

Die Mutter Teresa ging mit Pater Gracián nach Sevilla, es wurde ein langer Aufenthalt. Eine Vision hatte ihr gesagt, sie solle sich diesen jungen Mönch auf Lebenszeit zum Beichtvater erwählen. Gracián seinerseits fühlte sich durch das Vertrauen der Mutter so gestärkt, daß er nun in Sevilla sein Amt als Visitator ausüben und den beschuhten Brüdern seine Vollmachten zeigen wollte. Die aber waren vorbereitet und empfingen ihn wütend und kampfbereit. Der Tumult wurde so groß, daß ein Bote zu unserer Mutter eilte und ihr berichtete, man habe Pater Gracián umgebracht ...

Als dieser Schrecken verwunden war, folgte ein neuer, die Aufregungen rissen nicht ab. Die Inquisition meldete sich, um das Nonnenkloster und die Mutter zu überprüfen. Mehrere Anzeigen waren eingegangen, nicht nur von der Prinzessin Éboli, sondern auch aus den eigenen Reihen. Weckt doch das erfolgreiche Tun starker Persönlichkeiten leicht Neid und Mißgunst. Hinzu kam unsere Betonung des kontemplativen Betens, das so manchem verdächtig schien, weil eine spanische Sekte, die meist weiblichen „Alumbrados" (das heißt: die Erleuchteten) sich ganz der passiven Kontemplation ergeben hatte. Auch ich selbst, der ich oft von der Hingabe an Gottes Willen sprach, wurde gelegentlich verdächtigt und „untersucht".

Es fiel der Mutter nicht schwer, die Inquisitoren bei einem Besuch im Kloster von Sevilla vom rechten Leben ihrer Töchter zu überzeugen. Etwas länger dauerte die Überprüfung ihrer eigenen Person. Drei Patres der Gesellschaft Jesu wurden damit beauftragt, besonders einer von ihnen war für seine Strenge bekannt, und sie überprüften die Mutter ›wie eine große Gefahr‹, wie P. Gracián schrieb. Sie war klug genug, sich in zwei schriftlichen Berichten an Pater Rodrigo Álvarez, eben den strengsten, zu wenden. Am Ende begegnete man ihr mit größter Hochachtung und Sympathie, aber das alles brauchte Zeit. Die Mutter verstand es in ihren Berichten glänzend, auf die leidige Frage der Visionen und „inneren Ansprachen" einzugehen. Ich hatte das erleichterte Gefühl, daß meine diesbezüglichen Bremsversuche hier in der Ausdrucksweise und Wortwahl ihre Wirkung taten – zumindest im Vergleich zu ihrer

Das Karmelitenkloster von Toledo unterhalb des Alcázar

Unter dem mehrstöckigen Kloster, in dessen zweitoberster Etage ich mich befand, fiel steil der Uferfelsen ab. An der Ecke zum Tajo hin war Baumaterial aufgeschüttet, einerseits gefährlich nah am schroffen Felsen, andererseits die Höhe mindernd. Da war mein Entschluß gefaßt (Seite 144).

Autobiographie, für die Pater Báñez ein schützendes Gutachten einreichte. So konnte ich, wenngleich aus der Ferne, noch ein wenig durch diese Turbulenzen steuern helfen, mußte im übrigen aber alles dem neuen Beichtvater überlassen, der noch um drei Jahre jünger war als ich.

Das, mein Leser, tat doch weh, so sehr ich mich auch um Gelassenheit und ein gerechtes Urteil bemühte. Erschwerend kam hinzu, daß ich Jerónimo Gracián noch nicht persönlich kannte. Es wurde nun viel von ihm gesprochen, die Mutter machte in Briefen keinen Hehl aus ihrer Zuneigung, und so formte sich in mir das Bild eines heiteren, geistreichen Menschen, in seiner Spontaneität womöglich noch unbekümmerter als die Mutter selbst, offen und lebenszugewandt. Von ihm konnte Teresa de Jesús eine nimmermüde Aktivität erwarten und ein herzliches Lachen inmitten großer Finsternisse, die auch sie innerlich wie äußerlich nicht verschonten.

Pater Gracián (so schrieb die Mutter immer, nie „Pater Jerónimo") mußte die Zuneigung offen erwidern, denn bald spann sich ein Briefwechsel an, für den beide heitere Decknamen erfunden hatten. Mir schien das nicht sehr gut. Gracián hieß Paulo (nach dem Apostel) oder Eliseo (nach dem Schüler des Elija), wobei der Humor der Mutter sich auch der Kahlköpfigkeit dieses Prophetenjüngers erinnerte. Doch erschöpfte sich darin nicht die Ähnlichkeit mit Pater Jerónimo: auch er war als Reformkarmelit ein begeisterter Nachfolger des Elija. Sich selbst nannte sie Angela oder Laurencia, und ich erhielt den Namen „Senequita", von dem in unserer Kongregation jeder wußte, da die Mutter ihn schon früher gelegentlich scherzhaft-zärtlich gebraucht hatte. Sie sah mich so gebildet und unerschütterlich wie den großen lateinischen Stoiker, aber das verkleinernde „Senecalein" schien ihr passender, teils vielleicht wegen meiner körperlichen Kleinheit, die mütterliche Gefühle in ihr weckte, teils um die Kritik an dem „Unerschütterlichen" abzuschwächen, die auch in diesem Namen lag. Daß selbst Jesus Christus den Decknamen „Josef" erhielt, wollte mir gar nicht gefallen.

Während aber im Januar – wir schrieben das Jahr 1576 – die Mutter Teresa den Besuch der Inquisition erwartete und ich mich in der Ferne grämte, wurde ich unversehens in den Strudel der Geschehnisse hineingezogen. Am Anfang stand wohl das erwähnte Ordenskapitel in Piacenza, dessen Beschlüsse vom Mai 1575 unsere Reform so gut wie rückgängig machen wollten. Es wurde auch hinter meinem Rücken geredet, man könne nicht zulassen, daß ich das eigentlich doch „beschuhte" Menschwerdungskloster geistig beeinflusse und verändere. Und überhaupt sei ich wortbrüchig geworden, da ich doch in Medina meine Gelübde für den nichtreformierten, also den gültigen Orden abgelegt hätte.

Die Schwestern des Menschwerdungsklosters standen zu mir, und um mich nicht zu beunruhigen, sagten sie mir nicht, was die beschuhten Väter redeten. Diese meinten schließlich, nur mit Gewalt sei der rechte Zustand wiederherzustellen. So drangen auf Befehl des derzeitigen Priors in Ávila, Valdemoro, eines Nachts Beschuhte bei mir ein, fesselten meinem Helfer und mir die Hände und brachten uns in ermüdenden Märschen nach Medina. Kamen Menschen in die Nähe, beschimpften mich die Brüder lautstark, als sei ich ein Schwerverbrecher. Dann brachten sie uns in mein einstiges Kloster, ich sollte das Leben wiederaufnehmen, das ich vor acht Jahren verlassen hatte. Meine Mutter, die mich besuchen durfte, rang die Hände. Ich aber blieb ruhig, mir erschien das alles wie ein schlechter Spuk, und ich fühlte, er würde vergehen. Daß er sich später wie eine Generalprobe ausnehmen würde, ahnte ich nicht.

Meine Ruhe erwies sich als richtig. In Ávila setzten sich angesehene Bürger für mich ein, schließlich war ich in gewisser Hinsicht der Beichtvater der ganzen Stadt. Und der päpstliche Nuntius Ormaneto, ein Freund unserer Mutter, erreichte mit energischen Worten schon nach wenigen Tagen unsere Rückkehr.

Teresa de Jesús erfuhr das alles in Sevilla. Sie schrieb von dort Ende Januar einen langen Brief an den General Rubeo, um die Mißverständnisse auszuräumen. Gegen Ende des Schreibens erklärte sie: „›Als Prior von Ávila hat Pater Valdemoro die Unbeschuhten aus dem Menschwerdungskloster herausholen lassen, für die Bevölkerung ein Skandal! Und ebenso schlecht hat er die Nonnen behandelt, es ist ein Jammer, in welche Aufregung er sie versetzte, und dabei entschuldigen sie ihn auch noch in dem Brief, den ich erhielt, und geben sich selbst die Schuld. – Soeben hat man, wie ich las, die Unbeschuhten zurückgebracht. Der Nuntius hat angeordnet, daß von nun an kein Beschuhter mehr Beichte im Kloster hören darf.‹"

Es wurde für die Mutter auch Zeit, dem Befehl des Generals zu entsprechen und sich in ein kastilisches Kloster zu begeben – ›in die Gefangenschaft‹, wie sie sagte. Pater Gracián empfahl ihr Toledo, von dort waren die Post- und Verkehrsverbindungen am besten.

Sie blieb dort etwa ein Jahr, nutzte die ruhige Zeit zum Schreiben ihres größten Werkes, der „Wohnungen der inneren Burg", während wir Geistlichen überlegen mußten, wie die Situation der Reform wieder in den Griff zu bekommen war. Rechtlich fehlte uns jede Handhabe, wir waren ja noch nicht einmal eine eigene Kongregation, geschweige denn ein neuer Orden – wir waren nur alle in der einen oder anderen Weise vom Geiste der Mutter Teresa erfüllt und beseelt, durch den sich für uns deutlich der Wille Gottes offenbarte. Pater Gracián hatte sich inzwischen innerlich mit seiner Führungsrolle abgefunden und berief nun ein Kapitel (eine Tagung) der Unbeschuhten nach Almodóvar ein. Ein unrechtmäßiges Kapitel, da ihm die Zustimmung der für uns immer noch zuständigen „beschuhten" Oberen fehlte, aber ich ritt nach einigem Überlegen dennoch hin. Schließlich konnten wir nicht mit unklaren Halbheiten leben.

Auf diese Weise lernte ich auch endlich Pater Gracián persönlich kennen. Trotz der Hochachtung, die wir einander erwiesen, zeigte sich bald, daß wir durch unsere verschiedenen Naturen auch unterschiedliche Standpunkte vertraten – es waren jene, die später zu Kämpfen im eigenen, vom alten Orden keineswegs genug abgehobenen Lager führten. Pater Gracián und die Gruppe um ihn vertraten mehr Öffnung nach außen, ich selbst und die mir ähnlich Gesinnten wollten sich auf die Kontemplation konzentrieren. Gracián legte den Akzent auf die Nächstenliebe, ich auf die Gottesliebe. Dabei wußten wir natürlich beide, daß die eine Liebe ohne die andere nicht bestehen kann. Der junge Pater, den die Mutter so offensichtlich liebte, schien mir hochbegabt, schwungvoll und flexibel. Mir wurde deutlich, was die Mutter an mir vermißt hatte, vermissen mußte. Und ich konnte leicht dem Vorschlag des Kapitels zustimmen, das die „Beschuhten" nicht weiter unnötig verärgern wollte: ich sollte das Menschwerdungskloster verlassen. Aber nicht, um, wie es die Beschuhten wünschten, nach Medina in mein Eintrittskloster zurückzukehren, sondern um als Prior nach Mancera zu gehen, in jenes dritte Kloster der männlichen Ordensreform, das ich gegründet hatte, als die „Wiege der Reform" zu eng wurde.

Doch als ich dann nach Ávila zurückkam und meinen bevorstehenden Weggang verkündete, erwies er sich als vorläufig nicht zu verwirklichen. Die Schwestern machten eine Eingabe beim päpstlichen Nuntius, daß sie mich brauchten, und Nuntius Ormaneto befahl mir, im Menschwerdungskloster zu bleiben.

Unterdes schien sich, den Briefen nach zu urteilen, die Mutter Teresa in Toledo recht wohl zu fühlen. Sie war schöpferisch beschwingt und hatte zu einer „Einsprache" des Herrn, zu einem im Gebet vernommenen Wort, ein sehr schönes Gedicht geschrieben. Aber sie sandte uns zunächst per Boten nur das im Gebet empfangene Motto und bat uns, darüber nachzudenken. Wir beschlossen ein Weihnachtsgeschenk für sie: ihre besten Freunde, das waren hier Pater Julián de Ávila, der Edelmann Francisco de Salcedo, mit dem ich mich längst ausgesöhnt hatte, zumal er dankbar war, daß ich ihm die Seelsorge für die Mutter abgenommen hatte, Bischof Álvaro de Mendoza und ich, versammelten uns anläßlich des Festes im Kloster San José, und hier sprachen wir über den Zweizeiler, den uns die Mutter gesandt hatte. Wir waren bewegt, denn er lautete:

›O Seele, suche dich in MIR,
und, Seele, suche MICH in dir.‹

Also ein Wort des Herrn, wie gemacht für unser kontemplatives Leben! Und wir wollten jeder eine kleine Schrift über das Thema aufsetzen. Das Ganze wurde dann der Mutter zum Tag der Heiligen Drei Könige per Boten nach Toledo gesandt. Wie gedacht, so getan. Ich schrieb einen kleinen Traktat über das Wunder der Angleichung des Menschen an Gott, zu der wir berufen sind und zu der uns der mystische Weg der Kontemplation am sichersten führt. Leider können Sie, mein interessierter Leser, den Traktat nicht mehr lesen, er ging verloren wie auch die meisten Zettelchen mit meinen „Sprüchen", die ich gern an die Schwestern verteilte und zu denen mich die Mutter Teresa ermutigt hatte. Aber ich möchte doch an einige der wichtigsten Aussagen meines Essays erinnern, und ich will sie hier festhalten: ich verstand die „Suche" als eine

Folge von läuternden Verwandlungen auf dem kontemplativen Weg; ich hob hervor:

„Wer den Aufstieg der kontemplativen Läuterung beginnt, findet in gar nichts mehr Trost, Freude oder einen Halt. Die Seele wird von allen unvollkommenen Neigungen und Gewohnheiten, die sie im Laufe ihres Lebens erwarb, gereinigt."

Und ich führte sodann meinen Lieblingsgedanken der läuternden Nächte aus, wie ich ihn teils aus meiner unvollkommenen Erfahrung, teils aus der mystischen Theologie der Kirchenväter kannte. Ich wußte, daß manche Theologen meiner Zeit meine lyrischen Bilder nicht liebten, weil sie sich ähnlich in der islamischen Mystik, die ja schließlich siebenhundert Jahre lang in Spanien ein Heimatrecht gehabt hatte, fanden. Aber mich kümmerte das nicht. Hatte doch auch der heilige Antonius von Padua (der aus Lissabon stammte) von der Nacht als dem Mysterium der Dunkelheit geschrieben und – wie ich – erläutert, daß diese Nacht drei Phasen habe: Am „Abend" die Läuterung der Sinne, um „Mitternacht" die Läuterung des Geistes, bis dann mit der Dämmerung des neuen Tages das „Morgenrot" der Gotteinung seine Strahlen aussendet.

Ich hob am Schlusse meines Traktats noch einmal die Notwendigkeit des allumfassenden Dunkels hervor und zog die Konsequenz für das Motto der Mutter Teresa: „Sich selbst in Gott suchen heißt Gottes Geschenke und Erleichterungen suchen. Wer aber Gott in sich selbst sucht, wird um Christi willen immer das Schwerere wählen. Das ist Gottesliebe."

Mir kam nicht der Gedanke, daß dieses Geschenk der Mutter zu finster, zu unweihnachtlich erscheinen könne. Ich bedachte nicht, daß sie Plotin nicht kannte, den ich liebte. In seinen Enneaden hatte ich kürzlich wieder gelesen: „Wir müssen uns von allem Äußeren zurückziehen, uns ganz nach innen konzentrieren. Uns auf nichts Äußeres stützen, einfach alle Dinge ignorieren, zuerst in ihrer konkreten Beziehung zu uns selbst und dann in ihrer Idee als solcher." Kurz: „Wir müssen alles wegschneiden."

Waren meine Gedanken nicht Trost für die Mutter während der erzwungenen Ruhe in Toledo? Sie schien es nicht so zu empfinden. Als ihre Antwort und ihr Dank im Februar eintrafen, konnte ich in ihren Zeilen, die humorvoll klingen sollten, den Unmut nicht überhören. Sie schrieb:

„›Es würde uns teuer zu stehen kommen, könnten wir Gott nur suchen, wenn wir der Welt schon abgestorben sind. Die Magdalena war es nicht, ebensowenig der Samariter oder die kanaanäische Frau, als sie ihn fanden. Auch spricht er‹" (damit bin ich gemeint, Juan) „›viel vom Einswerden mit Gott in der Unio mystica. Wenn aber Gott einer Seele diese Gnade erwiesen hat, wird sie wohl nicht mehr vom Suchen reden, denn sie hat ihn ja gefunden. Gott schütze mich vor Leuten, die so geistlich sind, daß sie alles und jedes zu vollkommener Kontemplation erheben wollen.‹"

Ich traute mich nie wieder, ihr schriftliche Zeugnisse meines Denkens und Fühlens zukommen zu lassen, ja, ich wagte, solang sie lebte, kaum noch etwas zu Papier zu bringen, es sei denn aus großer innerer Notwendigkeit.

Dennoch freute ich mich natürlich sehr, als die Mutter Teresa im Juli 1577 Toledo verließ und nach Ávila zurückkam. Sie hatte dafür einen Grund, der dem Ordensgeneral nur lieb war: ihr erstes Kloster, San José, das bisher dem Papst unterstand, sollte in die Jurisdiktion des Ordens (und damit der Beschuhten) eingereiht werden.

Natürlich war der Mutter durchaus bewußt, wie heikel unsere Lage war. Am 18. Juni starb nämlich der spanische Nuntius Ormaneto, der bisher, wo er konnte, seine schützende Hand über uns gehalten hatte, wie ich es ja noch vor gut einem Jahr in Medina erfuhr. An seiner Stelle wurde Sega, ein Verwandter des Papstes, zum Nuntius ernannt, ein erklärter Feind der Reform, der schon – nur halb informiert – von Italien aus gegen uns gewirkt hatte. Die Mutter meinte, ›Gott habe ihn gesandt, um uns im Leiden zu prüfen‹. Er wollte nun gemeinsam mit den Beschuhten der Reform ein Ende bereiten. Wir waren tatsächlich von allen Seiten eingekreist, einzig König Philipp blieb außerhalb des Komplotts. An ihn hatte die Mutter Teresa denn auch im September einen Brief geschrieben, in dem sie von den neu aufbrechenden Verfolgungen und Verleumdungen berichtete und um Schutz und Gerechtigkeit für Pater Gracián bat, der mit dem Tode Ormanetos seine Befugnisse verloren hatte und uferlosen Feindseligkeiten ausgesetzt war.

Sie nannte in ihrem Schreiben dem König jene beiden Mönche, die uns viel ungerechten Schaden zufügten, nämlich den Portugiesen Jerónimo Tostado, Vertreter des Ordensgenerals, und Baltasar de Jesús, der, obwohl Unbeschuhter, in wenig charakterfester

Weise mit Tostado zusammenarbeitete. Als unser neuer Provinzial für Kastilien von dem Portugiesen ernannt war, eilte dieser uns bis dahin unbekannte Pater Juan de Magdalena sofort nach Ávila. Denn das Priorat der Mutter im Menschwerdungskloster war abgelaufen, und unsere Gegner wollten um jeden Preis verhindern, daß man sie wiederwähle. Die Mutter selbst strebte nicht nach diesem Amte, sie brauchte Ruhe zum Schreiben. Aber die Schwestern ließen vernehmen, wie sehr die Mutter im Menschwerdungskloster gebraucht werde, und sie hätten auch gern wieder unsere Zusammenarbeit gesehen.

Für die Gegner der Reform rückte nun gerade dieses Kloster in den Mittelpunkt des Interesses. Denn es war wie ein Symbol der begonnenen, aber nicht vollendeten Reform, die man noch rückgängig machen und vernichten konnte. Was nun geschah, als der neue Provinzial hier eintraf, war so unglaublich, daß mein Leser an meiner Erzählung zweifeln könnte. Darum möchte ich ihm den Brief vorlegen, den die Mutter an die Freundin in Sevilla, María de San José, am 22. Oktober 1577 geschrieben hatte:

„›Ich muß Ihnen sagen, daß hier im Menschwerdungskloster etwas ganz Unerhörtes vorgeht. Heute vor vierzehn Tagen kam auf Anordnung des Tostado* der Provinzial der Beschuhten, um die Wahl zu leiten, und er drohte denen, die mich wählen würden, mit großen Strafen und Exkommunizierung. Sie aber kümmerten sich nicht darum, und fünfundfünfzig Nonnen gaben mir ihre Stimme, als habe man ihnen kein Wort gesagt. Und mit jedem Stimmzettel für mich, den sie dem Provinzial übergaben, stieß er Verwünschungen aus und exkommunizierte sie, ja, er zerknüllte die Zettel mit den Fäusten und trommelte darauf herum und verbrannte sie schließlich. Die Nonnen sind heute seit zwei Wochen exkommuniziert und dürfen weder die heilige Messe hören noch den Chor betreten, auch nicht außerhalb der Gebetszeiten. Niemand darf mit ihnen sprechen, weder ihre Beichtväter noch die eigenen Eltern.

Und um das Maß der Komik vollzumachen: am Tage nach dieser

---

* Anmerkung der Schreiberin: Teresa de Jesús versieht den Namen des Generalvikars immer mit dem Artikel. Vielleicht trug dazu die Assoziation an das Grabmal des berühmten Schriftstellers und Bischofs Alonso Tostado del Madrigal in der Kathedrale von Ávila bei. Neben dem Relief ist „El Tostado" eingemeißelt, denn so nannte man ihn.

zunichte gemachten Wahl kam der Provinzial wieder und rief die Nonnen zum Wählen auf. Sie aber antworteten, das sei ein Irrtum, sie hätten schon gewählt. Also exkommunizierte er sie noch einmal, rief jene vierundvierzig zu sich, die mich nicht gewählt hatten, ließ noch eine Priorin wählen und sandte ein Schriftstück an den Tostado zur Bestätigung.

Als dann die Bestätigung kommt, bleiben die ersten stark und sagen, sie würden die zweite Priorin nur als Vikarin (Vertreterin) anerkennen. Die Theologen erklären, die Exkommunikation habe keine Geltung und die Beschuhten verstießen gegen das Konzil (von Trient), wenn sie eine Priorin einsetzten, die von einer Minderheit gewählt wurde. Die Schwestern aber haben einen Brief an den Tostado geschickt und ihm gesagt, sie wünschten mich als ihre Priorin. Er lehnt das ab, sagt, ich könne mich dorthin zurückziehen, aber als Priorin wäre ich nicht zu dulden. Ich weiß nicht, wie das alles noch enden soll!

Das ist, kurz gesagt, was hier vorgeht, und alle sind entsetzt, von solchem Unrecht betroffen zu sein. Ich verzeihe meinen Wählerinnen von Herzen gern, wenn sie mich nur jetzt in Ruhe lassen würden, denn ich habe keine Lust, in diesem Babel dort zu leben, schon gar nicht in Anbetracht meiner schwachen Gesundheit, die sich in jenem Hause immer verschlechtert. Gott lenke alles zu seiner Ehre und befreie mich von diesen Nonnen!‹"

Der Mutter war also das Scheitern der Wahl nicht eben unlieb, zumal sie gerade am letzten und wichtigsten Kapitel ihrer „Inneren Burg" arbeitete. Aber auch sonst zeigte sich wieder, daß sie sich für das große Menschwerdungskloster nur erwärmen konnte, wenn man das von ihr verlangte. Also arbeitete ich allein weiter in diesem „Babel", und die Mutter blieb in San José, so daß sie von den Ereignissen, die sich bald überstürzten, erst durch Boten erfuhr.

Klugerweise versuchten die Mönche der Reform, einen totalen Ordenskrieg zu verhindern, und bereiteten darum meine Übersiedlung nach Mancera vor, indem sie mich zum dortigen Prior ernannten. Besonders Pater Gracián war viel daran gelegen, daß sie bald erfolge. Dem stand aber andererseits der Befehl des eben erst verstorbenen Nuntius und der Wunsch der Schwestern entgegen, zumal derer, die die Mutter Teresa gewählt hatten und sich, verließe auch ich sie, wie verlorene Schafe gefühlt hätten. Als darum Tostado, der von unseren Überlegungen wußte, verlangte, ich solle das Menschwerdungskloster nun endlich verlassen, mußten wir ihm antworten, daß sich das nicht so schnell verwirklichen lasse, wie er es wünsche.

Ich war aber von bösen Vorahnungen erfüllt, ja, ich hatte meiner treuen Freundin Schwester Ana María anvertraut, daß der Herr mir, als ich tief ins Gebet versenkt war, eine Zeit der Gefangenschaft und großer Leiden angekündigt hatte.

Ob sie nun in ihrer Beunruhigung dies nicht für sich behielt oder ob es einfach die bedrohliche Atmosphäre war, die sich gleichsam verdichtet hatte – auch meine Freunde in der Stadt Ávila machten sich Sorgen, wollten mich als Beichtvater behalten und organisierten darum in einer Art „Bürgerinitiative", wie Sie, mein Leser, sagen würden, eine berittene Wache, die in den Nächten mein Haus umkreiste. Schließlich aber, als immer alles ruhig blieb, ließ die Aufmerksamkeit nach, die Freiwilligen, die sich ihres Nachtschlafs beraubten, wurden müde, und man begann, sich in Sicherheit zu wiegen.

Auf diesen Moment hatten die Beschuhten im nahen Karmelkloster an der Stadtmauer nur gewartet. Als mein neuer Helfer Pater Germán de Santo Matías und ich uns gerade zur Ruhe begeben hatten – es war die Nacht vom 2. zum 3. Dezember 1577 –, brachen sie mit Gewalt die Tür unseres Häuschens auf, sie waren darin ja schon geübt! Diesmal hatten sie unter Anführung eines Gerichtsdieners Bewaffnete mitgebracht, die sich auf uns stürzten und uns in Ketten legten, kaum daß wir noch die notwendigste Bekleidung überwerfen konnten. Der Lärm weckte die Nonnen auf, die erschreckt an ihre Tür kamen, aber völlig machtlos waren. Die mich so grob ergriffen hatten, sagten mir, ich sei verhaftet im Namen des Generalvikars Tostado, und ich antwortete nur: „›Also gut, gehen wir!‹" Man stieß und trieb uns mit Faustschlägen durch die dunkle Nacht bis zu jenem Stadtmauertor, das meinem Leser durch seinen Glockenturm bekannt sein mag, wenn er Ávila besuchte, und hinter dem sich damals das Karmelitenkloster befand. Hier im Konvent erwartete uns Pater Maldonado, Prior des Klosters von Toledo, des bedeutendsten Konvents der Karmeliten in Spanien. Er kam im Auftrag Tostados – ein Name, der das Blut der Mutter Teresa noch immer in Wallung brachte – und war hier, um die Exkommunizierung der fünfundfünfzig Nonnen wieder aufzuheben, die es gewagt hatten, die Mutter zu wählen. Doch hatte er offensichtlich noch einen Geheimauftrag, und das war unsere gewaltsame Entführung. Gleich nach unserer Ankunft wurden wir ausgepeitscht, in kurzen Abständen zweimal, und der Leser mag sich denken, wie wir die Nacht verbrachten. Aber im Morgengrauen wurde uns erlaubt, in der Klosterkirche der heiligen Messe beizuwohnen. Da benutzte ich einen Augenblick, in dem meine Wächter sich entfernt hatten, und lief so schnell ich konnte zu meinem geschändeten Häuschen hinüber, dessen zerbrochenes Tor sich nicht mehr schließen ließ.

Aber die Tür meiner Zelle, die offen war, als man uns überfiel, konnte ich noch provisorisch verriegeln, und schnell holte ich unter dem Brett, das mir als Kopfkissen diente, ein Schreiben der Mutter Teresa hervor, das keinem Fremden in die Hände fallen durfte. Denn erstens enthielt es mit Pater Gracián ausgearbeitete Anweisungen zur Durchsetzung der Reform, zweitens hatte die Mutter ein heiter-sarkastisches Spiel mit dem Namen unseres Erzfeindes Tostado (zu deutsch „der Geröstete", lieber Leser) getrieben. Kaum hatte ich das Schreiben in der Hand, da vernahm ich schon aufgeregte Rufe und das Näherkommen eiliger Schritte. Schnell zerriß ich den Brief, zerknüllte ihn zu Kugeln, steckte sie in den Mund und begann zu kauen, was meine Kinnbacken hergeben wollten. Schon hämmerten sie an meine Tür und rüttelten unter dem Geschrei „Aufmachen, Hundesohn!" an der Klinke. Ich sagte, so deutlich es mir mit dem Papier im Munde möglich war: „Ich komme, ich komme ja schon!" und ergriff ein Brevier, um beim Öffnen zu sagen, eben das hätte ich mir geholt. Aber sie beachteten mich nicht und durchstöberten die Schubfächer meines Arbeitstisches, wobei ihnen aber keine wichtigen Papiere mehr in die Hände fielen, denn da ich schon zuvor von bösen Ahnungen erfüllt gewesen war, hatte ich alles, was andere kompromittieren konnte, vernichtet. Nur das ganz frische Schreiben der Mutter unter dem Brett hatte ich vergessen. Daß ihnen einige meiner Gedichte und Sprüche in die Hände fielen, kümmerte mich nicht, auch nicht, daß sie sich später darüber lustig machten. Man trieb und stieß mich nun zurück in das Kloster der Beschuhten, ich aber fühlte mich wohlgemut wie der Prophet Ezechiel, dem der Herr eine Buchrolle vorlegte, ganz mit Seufzern, Tränen und Weheklagen beschrieben, und dazu sagte: „Iß, Menschensohn, iß diese Rolle." Und als Ezechiel gehorchte, „wurde sie süß in seinem Munde" (Ez 3, 1–3), so süß wie mir das Bewußtsein, den Brief der Mutter vor ihren Feinden gerettet zu haben. Allerdings wurde er mir später, wie meinem Schutzpatron vom Buche der Offenbarung in einem ähnlichen Falle, „im Magen bitter" (Offb 10, 10), denn nun schien Eile geboten, mich aus Ávila wegzuschaffen. Mit Gewalt riß man mir meinen geliebten Habit vom Leibe und zog mir den der Beschuhten an, obwohl ich allen Drohungen und Versprechungen mit Schweigen begegnete; man sollte mich beim Fortbringen nicht als „Descalzo" erkennen.

Meinem Bruder Germán de San Matías ging es nicht anders, und so erfolgte in der Nacht der Aufbruch, die Maultiere standen bereit. Pater Germán wurde vom Prior in Ávila, Valdemoro, nach Moraleja geführt, das zwischen Arévalo und Medina del Campo liegt. Mich übernahm der Prior von Toledo, Pater Maldonado, den ein mir unbekannter grimmig blickender Weltmann begleitete, dazu ein junger Maultiertreiber.

Um mögliche Verfolger irrzuführen – der Mißerfolg von Medina durfte sich nicht wiederholen –, nahm Pater Maldonado den Weg zunächst in die entgegengesetzte Richtung. In der Dunkelheit und unter Meidung bewohnter Ortschaften verirrten wir uns so sehr, daß sich der Weg fast verdoppelte. Unterwegs behandelten mich der Prior von Toledo und sein Begleiter so schroff und unbarmherzig – schließlich hatte ich keinen Mantel, es war kalt, und als wir endlich in einer abgelegenen Herberge anlangten, ließ man mich hungern –, daß der junge Maultiertreiber von Mitleid ergriffen wurde. Er kam zu vorgerückter Nachtstunde mit dem Wirt heimlich an mein Lager und bot mir an, mir zur Flucht über die Sierra zu verhelfen, auf Wegen, die meine Begleiter niemals finden würden. Aber ich lehnte ab und sagte, ›ich müsse die Leiden ertragen, deren der Herr mich in seiner Nachfolge würdigen wolle‹.

Fast hätte ich das am folgenden Tag bereut, denn Pater Maldonado überquerte nach weiteren Umwegen den Paß der Sierra de Guadarrama – Anfang Dezember ein schon fast unmögliches Unterfangen. Der heftige Südweststurm trieb uns den mit Regen vermischten Schnee ins Gesicht, bald war ich völlig durchnäßt, und wo man den hart am Abhang entlangführenden Weg im Schnee nicht mehr erkennen konnte, ließ man mein Maultier vorangehen. Es war ein gutes Tier ...

Schließlich wurde es etwas milder, wir hatten die Ebene erreicht. Die Sonne brach gelegentlich durch, so daß mein fremder Habit zu trocknen begann. Unsere Schleichwege führten über von Felsbrokken übersäte Halden und durch buschige Wälder, die nie ein Mensch betrat. Schließlich näherten wir uns wohl dem Ziel, denn man befahl mir abzusteigen und verband mir die Augen.

Es war recht unangenehm, fast eine Stunde blind dahinzureiten, wenn auch mein Maultier zwischen denen meiner Entführer trabte. So war ich froh, als ich wieder absitzen mußte. Der Grund wurde schnell deutlich: Wir durchquerten zwei Tore, die nur zu einer bedeutenden Stadt gehören konnten. Man wollte mich mit diesen beiden Toren verwirren. Aber das Gegenteil war der Fall: Auf dem Wege zum Kapitel von Almodóvar hatte ich meinen Weg über diese Stadt genommen und wußte, daß wir, von Norden kommend, die alte maurische Puerta de Bisagra und dann die breitere, neue Puerta del Sol passiert hatten, mit anderen Worten: daß wir uns in Toledo befanden. Die Stadt meiner Vorfahren, in der ich niemanden kannte!

Nach vielem Hin und Her durch das ohnehin undurchschaubare Gassengewirr dieser Stadt überschritten wir einen großen Platz: das mußte das Zentrum, die Plaza de Zocodover, sein, und einen Steinwurf weiter hörte ich den Tajo rauschen. Wir machten eine scharfe Biegung, die Maultiere wurden angebunden, und man führte mich durch eine schwere Tür in einen Raum, aus dem mir Kälte entgegenschlug: Wir befanden uns im Karmelitenkloster zu Toledo, wo mich der gefürchtete Generalvikar Tostado erwartete. Man nahm mir die Binde von den Augen, aber ich sah nichts, was mich hätte erfreuen können.

Wäre mir doch schon der Brief bekannt gewesen, den die Mutter Teresa gleich am Tage nach meiner Entführung aus dem Häuschen der Encarnación an König Philipp II. geschrieben hatte. Es wäre mir ein tiefer Trost gewesen, denn sie schrieb voller leidenschaftlicher Anteilnahme:

„›Die Gnade des Heiligen Geistes sei immer mit Eurer Majestät, amen. Ich war stets des festen Glaubens, daß unsere Liebe Frau sich Eurer Majestät zum Schutze und zur Unterstützung ihres Ordens bedient. Darum wende ich mich jetzt an Eure Majestät. Bitte verzeihen Sie mir meine Kühnheit um der Liebe des Herrn willen.

Eure Majestät werden wissen, daß die Nonnen des Klosters von der Menschwerdung in Ávila mich gern dort gehabt hätten, da sie hofften, dadurch von den beschuhten Brüdern frei zu werden, die der Kontemplation und Religiosität, die wir erstreben, ein Hindernis sind. Sie sind ja schuld an dem spirituellen Niedergang in diesem Hause. Aber die Nonnen irren sich, denn solange sie den Beschuhten als Beichtvätern und Visitatoren unterstellt sind, hilft es gar nichts, daß ich dorthin gehe, zumindest, solange dieser Zustand dauert. Das sagte ich auch immer dem dominikanischen Visitator, der das sehr wohl verstand.

Um wenigstens etwas Abhilfe zu schaffen, ließ ich einen Unbeschuhten Karmeliten kommen und dort wohnen. Er ist ein großer Diener des Herrn, der, mit noch einem Gefährten, sehr gut für die spirituelle Führung der Nonnen ist. Die ganze Stadt staunt über sein außerordentlich segensreiches Wirken. Man hält ihn für einen Heiligen, und meiner Meinung nach ist er das auch und war es schon sein Leben lang.

Jetzt aber ist einer der Beschuhten in das Kloster gekommen, der den Nonnen das Leben schwer macht, ganz ohne Ordnung und Gerechtigkeit. Sie sind darum sehr betrübt und von den verhängten Strafen, wie man mir sagte, noch nicht frei.

Vor allem aber hat dieser Mönch ihnen die beiden unbeschuhten Beichtväter genommen: er hält sie in seinem Kloster gefangen! Zugleich ließ er ihre Zellen aufbrechen und konfiszierte alle ihre Schriften. Es heißt, dieser Mann sei Generalvikar*geworden, und er muß sich dafür auch wirklich eignen, denn er versteht es wie kein zweiter, Märtyrer zu schaffen. Die ganze Stadt ist empört, ist doch dieser Mann weder unser Ordensoberer, noch besitzt er eine Vollmacht, die er haben müßte, weil unsere Klöster direkt dem apostolischen Kommissar unterstellt sind. Wie kann dieser Mönch es wagen, derartig seine Befugnisse zu überschreiten in einer Stadt,

---

* Anmerkung der Schreiberin: Hier ist die Angabe der heiligen Teresa korrigiert, die „Provinzialvikar" sagt. Der Brief ist ein wenig gekürzt, um dem Leser die Konzentration auf das Wesentliche zu erleichtern.

Das Karmelitinnenkloster in Toledo

Immer wieder mußte ich Passanten nach dem Karmelitinnenkloster San José fragen. Es war schon gegen acht Uhr, als ich dort ankam und das äußere Tor noch geschlossen. Man vernahm jedoch mein erregtes Klopfen, und die Pförtnerin fragte von innen, wer da etwas begehre. Ich antwortete: „›Tochter, ich bin fray Juan de la Cruz und diese Nacht aus meinem Gefängnis geflohen. Bitte sagen Sie das der Mutter Priorin!‹" (Seite 150 f.).

die der Residenz Eurer Majestät so nahe ist? Doch scheinen diese Menschen weder die weltliche Gerechtigkeit noch Gott zu fürchten; der Gewaltstreich war schon seit langem geplant. Es schmerzt mich sehr, unsere beiden Brüder in ihren Händen zu wissen. Besser wären sie unter die Mauern gefallen, die doch vielleicht Mitleid gezeigt hätten.

Der Pater Johannes vom Kreuz, dieser große Diener Gottes, ist durch alles, was man ihm angetan hat, so geschwächt, daß ich um sein Leben fürchte.

Bei der Liebe unseres Herrn flehe ich Eure Majestät an, baldmöglichst die Freilassung zu befehlen und ein Gesetz zu erlassen, kraft dessen die beschuhten Karmeliten die armen unbeschuhten nicht mehr mißhandeln dürfen.

Letztere schweigen und leiden, was ihre Heiligkeit fördert, aber im Volke hält man die Vorkommnisse für skandalös. Wenn Eure Majestät hier nicht eingreifen, weiß ich nicht, wie weit es noch kommen wird. Kein anderer kann uns helfen auf Erden.

Möge der Herr uns Eure Majestät noch viele Jahre erhalten. Ich hoffe auf ihn, daß er uns diese Gnade erweisen wird, da Sie offensichtlich nur Seine Ehre im Auge haben. Darum beten unablässig alle diese Eurer Majestät Dienerinnen und ich.

Eurer Majestät unwürdige Dienerin und Untertanin
Teresa de Jesús, Karmelitin. – Ávila, den 4. Dezember 1577.‹"

8

Toledo – Jona im finsteren Wal

Ehe ich schildere, was mir in Toledo geschah, möchte ich meinem Leser im Herrn gern sagen, daß ich die Empörung der Mutter Teresa, die er zur seinen gemacht haben wird, nicht teile. Für die Karmeliten war ich ein Abtrünniger, war ein Rebell, und da ich nicht bereit war, der Reform abzuschwören, ein halsstarriger, unbelehrbarer Rebell. Für solche aber sahen die Statuten des Ordens Gefängnis vor, übrigens auch die Statuten der Mutter Teresa, die diese, wie ich schon erzählte, der von Papst Innozenz IV. gemilderten Regel entnommen hatte. Darum fehlte ihr auch zu meiner Befreiung jede rechtliche Handhabe. Mein Leser möge sich freuen, wenn sich heute der Umgang unter Christen nicht mehr so rauher Formen bedient – ich sehe darin doch einen gewissen Fortschritt unter dem Einfluß der Gesinnung unseres Herrn Jesus Christus. Auch kannten wir damals zwar den Begriff des zu achtenden Individuums, aber doch nicht den des „mündigen Bürgers". Patriarchalisches Denken machte uns „Kinder Gottes", die wir gemäß der Heiligen Schrift zu werden strebten, auch zu Kindern unserer Ordensvorgesetzten, denen wir als symbolischen Vertretern Gottes Gehorsam schuldeten, wie auch immer sie sein mochten.

Diese Gesinnung und dieses Wissen machten es mir nicht so schwer, wie ein heutiger Leser meinen mag, das mir in Toledo seitens der Karmeliten Zugefügte zu ertragen. Anderes wog schwerer, und so will ich jetzt erzählen:

Man brachte mich zunächst in die Gefängniszelle des Klosters, die sich in ihrer Kargheit und asketischen Strenge nicht von meinem Leben im Häuschen des Menschwerdungsklosters unterschied. Nur daß ich eingeschlossen wurde. Aber schon nach einer knappen Stunde der Ruhe und Überlegung drehte sich wieder der Schlüssel im Schloß, und man führte mich in einen großen Raum, an dessen Stirnseite ein langer Tisch stand. Dahinter thronte der Vizegeneral Tostado, zu seiner Rechten der Prior Maldonado, sichtlich erschöpft von den Strapazen der Wege und Umwege, zu seiner Linken drei Mönche, die ich nicht kannte.

Pater Tostado fragte mich ohne Umschweife – es war ja auch schon ein sehr später Dezemberabend –, ob ich meine Schuld bekenne. Ich antwortete, gern würde ich bekennen, ein sündiger Mensch zu sein, aber von einer speziellen Schuld wisse ich nicht. Einen Augenblick lang zeigten alle Unmut, und ich wartete „auf den ersten Stein" (Joh 8, 7), aber Pater Tostado klopfte energisch auf den Tisch, so daß Stille eintrat. Und mit ruhiger Stimme fragte er mich, ob ich nicht die Beschlüsse des Kapitels zu Piacenza kenne. „Nein", sagte ich, „ich hörte zwar davon sprechen, aber gelesen habe ich sie nicht." – Da trat einer der Mönche, Pater Ildefonso wurde er genannt, mit einem Pergament vor den Tisch und las folgendes mit lauter Stimme:

„›Kraft der Autorität des Papstes Gregor XIII. befiehlt dieses Schreiben, daß alle jene, die entgegen den Generalstatuten und gegen den Willen des Priors oder Generals gewählt wurden oder die im Ungehorsam gegen den General Konvente oder Orte wo immer annahmen, errichteten oder bewohnten und noch bewohnen, als entlassen und von den Ämtern und Verwaltungen entsetzt erklärt werden, ohne Möglichkeit der Berufung. Die ehrw. Provinziale oder die Vorsteher von Provinzen oder Konventen sollen unrechtmäßig Gewählte absetzen und ausstoßen und über sie die Strafe der Suspension a divinis*, des Verlustes des Postens, des Stimmrechts oder andere Zensuren verhängen, wie sie es für gut erachten. Da es einige Ungehorsame, Aufrührerische und Halsstarrige, allgemein Unbeschuhte genannt, gibt, die gegen die Erlasse und Verordnungen des Generalpriors außerhalb der Provinz von Altkastilien, in Granada, Sevilla und in der Nähe von Peñuela lebten und leben und unter falschen Vorwänden mit Spitzfindigkeiten und Winkelzügen die Anordnungen und Erlasse des Generalpriors nicht in Demut annehmen wollten, wird diesen genannten Unbeschuhten Karmeliten unter Androhung päpstlicher Strafen und Zensuren und wenn nötig unter Zuhilfenahme des weltlichen Ar-

---

* Anmerkung der Schreiberin: Verbot der Ausübung des Priesteramtes.

mes eingeschärft, daß sie sich innerhalb von drei Tagen unterwerfen sollen, im Falle des Widerstandes aber schwer gestraft werden."

Nach dieser Lesung erhob sich auf einen Wink Tostados der Prior Maldonado und fragte: „Pater Juan, haben Sie darauf etwas zu sagen?"

Ich antwortete: „Pater Prior, ich habe mit den Vorgängen in Andalusien nichts zu tun. Im übrigen muß ich mich dagegen verwahren, daß man uns Unbeschuhte als ungehorsam, aufrührerisch und halsstarrig bezeichnet. Wir haben unsere Reform mit der wohlwollenden Zustimmung des Paters General begonnen."

Da fragte mich Pater Tostado, ob ich denn keine Ohren hätte, zu hören, denn schließlich hätte ich in Ávila ohne Zustimmung des Generals im Menschwerdungskloster umstürzlerisch gewirkt und dazu außerhalb jeder Klostergemeinschaft in einem Privathaus gewohnt. Ich antwortete, im Kloster habe man mein Wirken nicht als umstürzlerisch empfunden, sondern als segensreich für den geistlichen Fortschritt der Schwestern und ich sei dorthin auf Befehl der vom Heiligen Stuhl beauftragten Herren gekommen, nämlich des Nuntius und des apostolischen Visitators. Die Befehle des Heiligen Stuhls aber seien den Wünschen des verehrten Paters General übergeordnet.

Das Gesicht Tostados hatte sich bei dieser Rede gerötet, und die Mönche rückten unruhig auf ihren Stühlen. Aber der Generalvikar bezwang wieder seinen Unmut und sprach freundlich zu mir, wenn auch seine Hand auf dem Tisch sich immer abwechselnd öffnete und zur Faust ballte:

„Pater Juan, Sie sind vor rund fünfzehn Jahren zu Medina del Campo in unseren ehrwürdigen Orden eingetreten, Sie haben an unserem Kolleg in Salamanca studiert, man hat Sie in Medina zum Priester geweiht: Seien Sie vernünftig und folgen Sie nicht mehr den vernunftlosen Neuerungswünschen einer Frau! Kehren Sie zurück nach Medina, man wird Sie dort lieben und ehren, man hat Ihnen eine geräumige Zelle mit Büchern eingerichtet, die Ihren wissenschaftlichen Neigungen entgegenkommen. Ja, man will Ihnen sogar das schönste Kruzifix des Klosters, den goldenen Christus, über ihr Lager hängen, wenn Sie die Irrwege Ihrer Vergangenheit verlassen."

Ich schwieg einige Sekunden beschämt ob so unverblümter Bestechung, und man dachte schon, mein Schweigen könne Sinneswandel und Zustimmung bedeuten. Dann richtete ich mich auf, sosehr es mir bei meiner Winzigkeit möglich war, und sprach: „›Wer Christus in seiner Nacktheit sucht, braucht keine goldenen Kostbarkeiten.‹" Da legte Pater Tostado beide Hände flach auf die Tischplatte und sagte: „Das Gericht zieht sich zur Beratung zurück."

Ich blieb allein und richtete meine Gedanken auf Gott den Herrn, dessen lebendiges Wirken ich in all meinem Tun gespürt hatte. Die Beratung dauerte nicht lange, und die Mienen der wieder eintretenden Mönche verkündeten nichts Gutes. Tostado verlas die Begründung des Urteils, die sich auf jene Ordensstatuten stützte, die schwerste Strafen bei Auflehnung (Rebellion) und Halsstarrigkeit verhängen. Das Urteil lautete auf Gefängnis, solange es dem Ordensgeneral als geboten erschien, genauer: Fasten bei Wasser und Brot, dem an bestimmten Festtagen eine Sardine zugefügt wurde, dreimal wöchentlich Einnahme meiner „Mahlzeit" auf dem Fußboden des Refektoriums, in dem die Brüder zu Tisch saßen, und anschließend dann die „Rundgeißel", disciplina circular, wie man es nannte, die nichts anderes als eine Geißelrunde der Mönche war, von denen jeder die Pflicht hatte, dem Verurteilten einen kräftigen Hieb zu versetzen. Das große Kloster in Toledo beherbergte damals achtzig Mönche ... Die Striemen, die ich hier erhielt, wandelten sich bald in Wunden, die bleibende Narben hinterließen.

Aber es lag mir fern, o mein geliebter Leser im Herrn, mich zu beklagen. Ich sagte ja schon, daß unsere Klosterzucht dem ähnlich war, was man jahrhundertelang unter Kindererziehung verstand. Und die klösterlichen Maßnahmen waren milde im Vergleich zur weltlich/kirchlichen Justiz (die spanische Inquisition meiner Zeit gehörte ja beiden Bereichen an), die mit ihren Scheiterhaufen schnell bei der Hand war. Das spanische Wort für Geißel, mein deutscher Leser, ist „disciplina" – so hatte es sich im Mittellateinischen, das kirchlich geprägt ist, herausgebildet, während es im klassischen Latein Schule, Wissen, Ordnung und Zucht bedeutete. Sie kennen ja noch die „Disziplinen" an den Hochschulen, Sie wissen um die „Disziplin", die man von einem erwachsenen Menschen erwartet, Sie kennen aber auch das Wort „Disziplinarverfahren", das man auf Beamte und Soldaten anwendet. Das ist nun aber nichts anderes als eine staatliche Strafmaßnahme, bei der sich ein künftiges „diszipliniertes" Verhalten bestenfalls als Nebenwirkung ergibt. Die Strafe durch Auspeitschung – durch Geißel – war in meinem Jahrhundert wie schon in früheren Zeiten sehr verbreitet. Und besonders in den Klöstern hatten wir diese Instrumente stets zur Hand, da sie nach damaliger Auffassung der Buße und körperlichen „Abtötung" dienten. Nicht nur ich wurde mit entblößtem Rücken gegeißelt. Alle Karmeliten und Karmelitinnen geißelten sich montags, mittwochs und freitags, wenn auch nicht mit der mir zugedachten Härte. Daher das bekannte Wort der Mutter Teresa, das ich heute nur selten richtig übersetzt sehe: „Wenn Rebhuhn, dann Rebhuhn, wenn Geißel, dann Geißel" – ja, sie sagte „disciplina", was für uns damals ganz unmißverständlich war.

Mit meiner Geißelung im Refektorium waren auch heftige Beschimpfungen verbunden, war ich doch allen in meiner „halsstarrigen Abtrünnigkeit" wirklich ein Dorn im Auge. Ich dankte dem Herrn, daß er mich einer so direkten Nachfolge würdigte, denn mir war der beschimpfte und zur Geißelung an die Säule gebundene Christus im Herzen gegenwärtig.

Bis zum Fest der Heiligen Drei Könige arbeitete in Spanien kein Gericht, keine Behörde, mit Ausnahme der überlasteten Post. Kein Wunder, daß die Mutter Teresa noch keinen Weg zu meiner Befreiung gefunden zu haben schien. Vom Gerücht meiner Entführung nach Rom ahnte ich ja nichts. Jedenfalls schrieb die Mutter schon nach wenigen Tagen an ihre Freundin María de San José in Sevilla: „›Den Pater Juan de la Cruz entführte Maldonado, der Prior von Toledo, um ihn dem Tostado vorzuführen.‹" Und sie fügte hinzu, ich sei nun schon eine Woche im Kerker. Ja, sie zählte die Tage meiner Gefangenschaft! Im nächsten Brief an die gleiche Freundin beklagt sie, daß nunmehr sechzehn Tage verflossen seien. An ihren höchsten geistlichen Freund, Erzbischof Teutonio de Braganza, einen Vetter des portugiesischen Königs, schreibt sie im Januar, nun sei seit der Gefangennahme schon mehr als ein Monat vergangen. Und sie sagt ihm: „›Mich quält die Ungewißheit, wohin man sie brachte. Es ist zu befürchten, daß man hart mit ihnen verfährt, und

ich habe Angst, es könnte ihnen etwas zustoßen. Ich habe meine Klage vor den königlichen Rat gebracht. Gott stehe uns bei!‹"
Ohne diese ständige Sorge wäre die Mutter vermutlich nicht am Heiligen Abend so unglücklich auf der Kellertreppe von San José gestürzt, daß sie sich den linken Arm brach.

Zu alledem war ihr auch Pater Gracián zum Problem geworden. Vor allem um seinetwillen schrieb sie an Braganza. Sie sprach ihm von der ungewissen Rechtslage, weil der feindliche Nuntius Sega Graciáns Vollmachten als Apostolischer Kommissar nicht anerkennen wollte, andererseits aber auch noch kein Papier zur Annullierung des Auftrags besaß. „›Pater Gracián‹", so schrieb die Mutter, „›zog sich in eine Höhle bei Pastrana zurück, weil er so sehr unter der Verleumdungskampagne leidet. Er macht von seinem Auftrag keinen Gebrauch mehr, bleibt dort, und nichts geschieht.‹"

Natürlich wußte ich damals nichts von diesen Ereignissen, ich merkte nur, daß niemand mir zu Hilfe kam. Zwar war mir ja bekannt, wie schlecht es um die Chancen der Reform bestellt war, seit der Nuntius unserer Mutter weitere Gründungen verboten hatte. Aber ich war doch abgeschnitten von allen menschlichen Verbindungen, niemand, nicht einmal mein Kerkermeister, sprach mit mir. So wußte ich nicht, woran ich war. Doch es kam noch schlimmer: Mein Mitarbeiter Pater Germán war aus seinem Gefängnis in San Pablo de la Moraleja entflohen! Nun befürchtete man von mir ein Gleiches und steckte mich „aus Sicherheitsgründen" in ein wahrhaft fürchterliches Loch!

Das geschah Anfang Februar, es war noch kalt, und die Sonne ging früh unter. Ich aber saß den ganzen Tag im Dunkeln und kämpfte gegen Übelkeit wegen des Geruchs. Man hatte mich in den fensterlosen Gäste-Abort gesperrt, der an den Schlafsaal für Besucher anschloß. Das geschah einfach, indem man die in den Holzboden eingelassenen zweckdienlichen Öffnungen mit einem dicken Brett bedeckte. Ein weiteres Brett erhielt ich zum Schlafen, dazu zwei Decken, das war alles.

Mein Brevier hatte man mir gelassen. Ich konnte es aber nur lesen, wenn mittags die Sonne schien. Dann erstieg ich die kleine Bank, die an der Außenwand der „Zelle" angebracht war, um ein wenig von dem schmalen Lichtstreifen zu erhaschen, der durch den Lüftungsspalt fiel. Draußen rauschte mächtig der Tajo, aber ich konnte ihn nicht sehen.

Der Mangel an Sauberkeit machte mir mit jedem Tag mehr zu schaffen, denn niemals erhielt ich ein reines Hemd, und meinem Wächter schien es natürlich, den kleinen Raum weiterhin als Abort zu betrachten: manchmal versäumte er tagelang, meinen Nachttopf zu leeren. Der Raum war wirklich sehr eng, 6 × 10 spanische Fuß, das sind 4,70 m^2, lieber Leser! ›Doch will ich mich hierüber nicht weiter verbreiten, wenn ich auch ohne Ende davon reden könnte.‹ Stand ich doch in der Nachfolge unseres Herrn.

Ja, schlimmer als alle äußeren Leiden, schlimmer als die Finsternis meines Kerkers war das Dunkel, das mir unaufhaltsam das Gemüt verfinsterte. Da half kein Beten, denn beim Beten erfuhr ich nur noch „Trockenheit", das Gefühl existentieller Gottesferne. Das Messelesen war mir sowieso verwehrt, und je mehr ich nachdachte, um so heftiger überfielen mich Zweifel und das Gefühl absoluter Verlassenheit. Die tiefe „Nacht des Geistes" hatte mich eingeholt, aber ich wußte es nicht. ›Die Vernichtung all meines inneren Lebens ohne jede Erleichterung, diese Hilflosigkeit auf der Schwelle des Todes‹, eben jene ›geistige Nacht‹ war wirklich da, und zu ihr gehörte, daß ich das nicht begriff. ›Und weil es die dunkle Nacht ist, durch die die Seele zu Gott gehen muß, möge sich der Leser nicht wundern, wenn ihm das dunkel erscheint. Doch wenn diese Nacht auch den Geist verdunkelt, tut sie das, um ihn zu erleuchten und ihm Licht zu geben.‹ Ich sollte nun praktisch lernen, was ich theoretisch wußte.

›Ich will hier aber nicht unterlassen zu erklären, weshalb das göttliche Licht, das an sich immer Licht für die Seele ist, sie nicht schon beim ersten Einfallen erhellt, wie es das später tun wird, sondern im Gegenteil Dunkel und Leiden erzeugt. Diese stammen nicht vom Licht selbst, sondern von der wahrnehmenden Seele. Das göttliche Licht gibt ihr Erhellung, in der sie zunächst nur das Nächstliegende wahrnimmt: nämlich ihr eigenes Dunkel und Elend, das ihr endlich durch Gottes Barmherzigkeit bewußt wird und das sie so lange nicht sah, als das übernatürliche Licht nicht in ihr leuchtete.‹ Was ich hier erläutere, o mein Leser im Herrn, konnte mir also damals nicht meine Finsternis lichten. Vergessen schien alles, was ich je gelesen und studiert hatte, und jede frühere Erfahrung war nur schmerzlich.

Dafür wurde mir nun wirklich mein spezielles inneres Elend bewußt, nämlich der doppelte Zweifel: Erstens, ob die Mutter Teresa mich fallengelassen hätte, ob, wie man vor meiner Tür mehrfach laut verkündete, die Reform wirklich gescheitert und zu Ende sei und ich in den Augen der verehrten Teresa de Jesús nichts als ein Versager war, der sich wichtig machte mit seiner unangemessenen Strenge. Denn ich kannte ja ihre Briefe nicht, und ich legte meine Selbstzweifel als mögliches Verachtetwerden aus. Zweitens und noch schlimmer fragte ich mich, ob ich mich nicht getäuscht hätte und die Beschuhten im Recht seien. Waren sie nicht im Besitz der Tradition? War ich nicht als junger Student begeistert gerade in diesen Orden eingetreten? Schienen nicht die Reformvorstellungen der Mutter Teresa zwar anziehend, aber auch sehr subjektiv? War ich am Ende gar dem Charme einer bedeutenden Frau erlegen? Aber wenn doch bedeutend... Und meine Gedanken kreisten erneut um unauslotbare Fragen, wie der blinde Esel um seinen Brunnen. All mein Denken und Fühlen half mir nichts.

Im Gegenteil, mir war in den Sinn gekommen, daß es mir ergehen könne wie dem Jona: Gott grollte ihm, weil er seinen Auftrag nicht erfüllte. Als er fliehen wollte, sandte Gott einen Seesturm und ließ die Mannschaft seines Schiffes wissen, Jona sei schuld. Vom Untergang bedroht, warfen sie ihn über Bord. – Spiegelte sich darin nicht mein Ordensschicksal? Waren meine unbeschuhten Brüder nicht die bedrohte Mannschaft, die ich, der erste unbeschuhte Karmelit, mit ins Verderben zog? Dann war es gut, daß man „mich ins Meer geworfen hatte", daß sich hier niemand um mich kümmerte. Aber, so dachte ich dann, ging die Geschichte nicht noch weiter? Führte mich Gott hier in den finsteren, übelriechenden Kerker, um mich zu retten? Damit ich mich besinne und meinen ursprünglichen Auftrag – das in Medina begonnene Leben als beschuhter Karmelit – endlich erfülle?

Ja, so befürchtete ich es einige Wochen lang: alles war Strafe für meinen Ungehorsam. Aber seltsam, immer wenn ich den Entschluß fassen wollte, nach dem Prior zu rufen und der Reform abzuschwören, erstand in mir ein unerwartetes Hindernis. Nicht etwa Angst. Nein, eine Welle von Liebe, die gleichermaßen meinen so fernen Gott, die, wie mir schien, untätige Mutter Teresa und alle meine Brüder umfaßte. Auch die Beschuhten, die meine Umkehr ersehnten: sie taten mir leid. Doch abschwören konnte ich nicht, so sehr mir auch mein Verstand dazu riet. Das Herz ließ es nicht zu.

Und wieder kehrten sich die Gedanken um: war nicht mein wahrer Auftrag die Reform? Saß ich im finsteren Wal, weil ich in meiner Sehnsucht nach kontemplativer Stille nicht immer mit allen Kräften für sie gearbeitet hatte? Warum denn zog die Mutter Teresa den aktiven Pater Gracián mir vor? Hatte sie nicht recht?

So begann ich denn mein dunkles Schicksal anzunehmen. ›In der Armut, Verlassenheit und Ausgesetztheit aller Bestrebungen meiner Seele, im Dunkel meines Verstandes und in der Bedrängnis meines Willens, in der Angst und Betrübnis des Gedächtnisses blieb ich im Dunkel und in der Nacktheit des Glaubens.‹

Damit aber wurde ich frei für die viel wesentlichere Verwandlung, die Gott in meinem Kerker an mir vollziehen wollte. Denn ›das Leiden der Seele gründet auf dem Zusammentreffen der beiden Extreme in ihr: des Göttlichen und des Menschlichen. Das Göttliche ergreift sie, um sie zu erneuern und zu vergöttlichen. Es entblößt sie ihrer eingefleischten Neigungen und Gewohnheiten des alten Adam, an denen sie sehr hing, mit denen sie verschmolzen und in Einklang war. Nun ist ihr, als werde sie von einem Untier verschlungen und in seinen finsteren Bauch geleitet. Sie steht die gleichen Ängste aus wie Jona im Bauch des Seeungeheuers. Und es ist nun ihr Schicksal, in diesem Grab des finsteren Todes zu bleiben bis zur erhofften geistigen Auferstehung.‹

Ja, und die Auferstehung kam! Mein Elend verwandelte sich in Jubel, das Dunkel in Licht, die Gottesferne in Gottgeborgenheit. Ich erkannte die Paradoxie unserer Existenz. Die menschlichen Fähigkeiten sind begrenzt, aber doch auf Gott hin geöffnet. Als bodenlose Höhlen, Hohlräume sah ich sie nun, ›die in dem Maße tief sind, wie aufnahmefähig für großes Gut. Denn nichts Geringeres füllt sie aus als das Unendliche. An dem, was sie leiden, wenn sie leer sind, läßt sich ihre Seligkeit erahnen, wenn Gott sie erfüllt. Ja, was von ihnen aufgenommen werden kann, ist Gott selber, tief und unendlich!‹

Und in all dieser Dramatik, in diesen Wandlungsprozessen, die,

wie ich spürte, Gott selbst in mir vollzog, erinnerte ich mich des
Jona und seiner Ängste und betete wie er:

„Du hast mich in die Tiefe geworfen,
in das Herz der Meere;
mich umschlossen die Fluten,
all deine Wellen und Wogen
schlugen über mir zusammen.
Ich dachte: Ich bin aus deiner Nähe verstoßen.
Wie kann ich deinen heiligen Tempel
wieder erblicken?

Das Wasser reichte mir bis an die Kehle,
die Urflut umschloß mich;
Schilfgras umschlang meinen Kopf.
Bis zu den Wurzeln der Berge,
tief in die Erde kam ich hinab;
ihre Riegel schlossen mich ein für immer.

Doch du holtest mich lebendig aus dem Grab herauf,
Herr, mein Gott.
Als mir der Atem schwand, dachte ich an den Herrn,
und mein Gebet drang zu dir,
zu deinem heiligen Tempel.

Wer nichtige Götzen verehrt,
der handelt treulos.
Ich aber will dir opfern
und laut dein Lob verkünden.
Was ich gelobt habe, will ich erfüllen.
Vom Herrn kommt die Rettung."

Wann würde der Herr ›dem Wal befehlen, mich in einem fremden
Hafen auszuspeien?‹ Aber ich war nicht ungeduldig, die Gefangenschaft erschien mir nun als liebend gewährte Prüfung, und eines
Tages, als ich wieder die Verse des Jona gebetet hatte, ›spürte ich in
meinem tiefsten Herzen so etwas wie eine Verwundung‹, die so be-
glückend war, daß ich an die Mutter Teresa mit ihrer Erfahrung der

Toledo

Toledo war wirklich eine kaiserliche Stadt. Nicht nur, weil der habsburgische Kaiser Karl V. sie zu seiner Residenz erkoren hatte. Sie war auch von einem Kaiser erobert worden. Das geschah 1085 durch den kastilischen König Alfonso VI., der sich „Imperator totius Hispaniae" und auf arabisch „Kaiser beider Religionen" nannte (Seite 156).

Herzdurchbohrung denken mußte, von der sie mir in Ávila berichtete. Damals hatte ich über die „naive Vision" gelächelt. Jetzt aber erlebte ich Vergleichbares, ›doch wer fände angemessene Worte für diesen innerlich verwundenden Stich, der mitten in das Herz des Geistes zu treffen scheint, in das Zentrum der Wunde, wo die Seligkeit am intensivsten empfunden wird. Dabei ist es der Seele, als sei das ganze Weltall ein Meer der Liebe und sie selbst eingetaucht in die grenzenlose Unendlichkeit dieser Liebe, die ausgeht von der erwähnten lebendigen Mitte.‹

Da wußte ich, daß Gott mich nicht verworfen hatte, daß er mich an sich zog, daß er mich wieder aussenden würde als seinen Boten – wenn ich auch den Wortlaut der Botschaft nur annähernd kannte.

Aber bald gab es eine zweite große Erschütterung in meinem Herzen. Eines Morgens, nach dem Erwachen, quollen statt des Jonagebetes oder anderer Psalmen klingende, kraftvolle Strophen aus meinem tiefsten Innern, von denen ich spürte, daß sie mehr waren als meine früheren Dichtungsversuche nach den großen Mustern meiner Zeit. Es waren ganz einfache Verse, Lieder, die im Dunkel des Glaubens das Wirken der göttlichen Dreifaltigkeit besangen, die in Jesus Christus und durch die heilige Eucharistie uns Menschen in ihr Leben hineinzieht, was sich freilich nur im Glauben erkennen läßt. Das klingt, so nüchtern gesprochen, recht schwierig, wird aber einfach im Singen und Sagen des Gedichts:

›Wohl kenne ich den Quell, der rinnt und fließet,
wenn es auch Nacht ist.

Verborgen ist dem Blick die ew'ge Quelle,
doch weiß ich wohl zu finden ihre Stelle,
wenn es auch Nacht ist.

Ich weiß, nicht Ursprung hat sie je genommen,
doch aller Ursprung ist aus ihr gekommen,
wenn es auch Nacht ist.

Ich weiß, daß keine Schönheit ihrer gleiche,
sie tränkt die Erde und die Himmelreiche,
wenn es auch Nacht ist.

Ins Bodenlose, weiß ich, würde gleiten,
wer sie beträte, um sie zu durchschreiten,
wenn es auch Nacht ist.

Niemals hat ihre Klarheit sich verdunkelt,
und alles Licht weiß ich aus ihr entfunkelt,
wenn es auch Nacht ist.

Gewaltig weiß ich ihre Ströme eilen
durch Höllen, Himmel und wo Menschen weilen,
wenn es auch Nacht ist.

Den Wassern, die aus dieser Quelle steigen,
wohl weiß ich ihnen alle Macht zu eigen,
wenn es auch Nacht ist.

Den Strom, zu dem zwei Ströme sich verbinden,
weiß ich mit beiden nur zugleich zu finden,
wenn es auch Nacht ist.

Verborgen rinnt der Quell, auf daß wir leben,
in dem lebend'gen Brot, das uns gegeben,
wenn es auch Nacht ist.

Hier ruft er die Geschöpfe, daß sie kommen,
zu stillen sich, von Dunkelheit umschwommen,
weil's in der Nacht ist.

Ersehnter Quell, dich such' ich nicht vergebens,
ich schaue dich in diesem Brot des Lebens,
auch wenn es Nacht ist.‹

Nun setzte über viele Tage ein Strom innerer Bilder, Worte und Rhythmen ein, dem ich weder Einhalt gebieten konnte noch wollte. Mein Gefängnis war mir zur ›klingenden Einsamkeit, zur lautlosen Musik‹ geworden, ›zur ruhig-sanften Nacht, auf deren Schwelle schon die Morgenröte leuchtet‹. Unendlich nah war mir mein Gott gekommen, und ich ahnte, daß ich als „Jona" innerhalb der Reform einen neuen Auftrag erhalten hatte: den des Sagens und Dichtens ›eines von Liebe beflügelten Geistes, das mehr aussagt, als wenn er eine rationale Erklärung versucht. Denn letztlich wirkt in solchem

Dichten der Heilige Geist, der sich nicht in der banalen Alltagssprache ausdrücken kann und darum geheimnisvoll spricht in ungewohnten Gleichnissen und Bildern«. Farbig und zart waren sie, eine Feier alles Schönen.

Auch einige Erinnerungen an meine „Gartenszene" in Ávila, meinen ungewollten Wechselgesang mit der jungen Belisa, kamen mir in den Sinn, aber wie leicht war mir jetzt die Übertragung weltlicher Liebesworte ins Geistliche, wie mühelos und selbstverständlich!

Dieses Dichten war geschenkte Gottesnähe, ja, mir schien, Gotteinung. Wenn man das auch nie so genau weiß. Aber eines wußte ich: aus dieser Nähe oder Verbindung würde mein weiteres Tun und Leben erwachsen. Darum beunruhigte ich mich auch nicht mehr, wenn man vor meiner Tür mit erhobener Stimme „flüsterte", daß man mich doch lieber bald vergiften wolle. Der Herr würde alles in seinem Sinne lenken.

So schwanden die Wochen dahin, aber natürlich hatte ich innerlich kein „Hochplateau" erreicht. Es war das Auf und Ab, das Hin und Her, das die Mutter Teresa in ihrem Werk von den Wohnungen der inneren Burg so intensiv erlebte und beschrieb. Ich sah nichts vom kastilischen Wonnemonat April, und im sehr warmen Mai begann die Dunkelheit meines Kerkers ermüdend stickig zu werden; die üblen Gerüche wurden unerträglich.

Eines Nachmittags gab es ein starkes Gewitter. Mein Leser mag dabei an den mit mir fast gleichaltrigen griechischen Maler El Greco denken, der sich vor etwa einem Jahr in Toledo niedergelassen hatte und der die Stadt unter einem Gewitter verewigte: bedroht und geisterfüllt zugleich. Ich selbst wußte damals noch nichts von diesem Maler und konnte vom Gewitter nur das Grollen des Donners und das Zucken der Blitze wahrnehmen, weil sich bei jedem Blitz mein Lüftungsspalt erhellte. Eigentlich liebte ich Gewitter, erinnerten sie nicht an Gottes Allmacht? Ich hatte mich auf die schmale Bank an der Wand gesetzt und genoß die gereinigte Luft, die selbst in mein Verlies herunterwehte, während das Gewitter noch immer grollend die Stadt beherrschte. So hörte ich nicht das Knirschen des Schlüssels in meiner Tür. Aber auf einmal sah ich sie offen, und auf der Schwelle stand ein junger Mönch, der mir freundlich zulächelte. Es schien mir wie ein Wunder, zumal er mich nun auch ansprach und sagte, er sei mein neuer Kerkermeister.

Er kam wie ein Engel, und wie ein Engel fragte er mich gleich, was ich brauche. Er nannte dabei auch seinen Namen: Juan de Santa María. Ein vertrauter, ein sanfter Name. Ich zeigte ihm mein blutverkrustetes und schmutzstarrendes Hemd, die kranken und abscheulich anzusehenden Stellen auf meiner Haut. Da bedurfte es keiner weiteren Worte: Er holte sofort ein frisches Hemd und Wasser für meine Wunden. Ich atmete auf, der Wechsel war so einschneidend, daß ich einen ganzen Tag lang nichts anderes tun konnte, als dem Herrn zu danken. Als dann aber Bruder Juan de Santa María wiederum fragte, ob ich noch etwas brauche, sagte ich: „Ja, bitte, Papier, Feder und Tinte. Und vielleicht hin und wieder einen Leuchter mit einem Licht."

Ich bekam nicht nur alles dieses, freilich mit der Bitte, es unter meinen beiden Wolldecken zu verstecken – der mitfühlende junge Mönch war auch erfinderisch in Gründen, warum ich nicht jedesmal zum Auspeitschen gehen konnte. Und er nutzte die Siesta der Mönche, um meine Tür zu öffnen, so daß ich für eine gute Stunde Licht und Luft hatte, denn der anschließende Gästeschlafsaal mit seinen Fenstern war nur hin und wieder für kurze Zeit besetzt.

Dennoch nahmen auch die Schwierigkeiten zu. Die Morddrohungen vor meiner Tür wiederholten sich. Man könnte mich ja auch in den Tajo stürzen, und hier herauskommen würde ich sowieso nie, sagte man. Vor allem aber kam mit den Monaten Juli und August eine unerträgliche Hitze in mein enges Verlies. Und mit der Hitze surrten vom Fluß herauf allerlei Mücken und sonstige Insekten, deren Namen ich nicht kannte, aber deren unangenehme Eigenschaften ich bald bemerkte. In kurzer Zeit war mein ganzer Körper zerstochen, und an der Hitze meiner Stirn fühlte ich, daß ich Fieber hatte. Juan de Santa María bemühte sich sehr, aber meine Kräfte schwanden dahin. Schwanden, obwohl ich das Glück genoß, meine Verse, die im Gedächtnis gespeicherten und neue, auf dem Papier festzuhalten. Die Kräfte schwanden, und ich fragte mich: Soll ich hier wirklich lebendigen Leibes verrotten, obwohl ich besser noch als früher weiterwirken könnte in der Reform, obwohl ich die Mutter Teresa wiedersehen wollte, obwohl ich fühlte, wußte, daß ich mit meinem neuentdeckten Denken und Dichten ihren „Töchtern und Söhnen", und vielleicht nicht nur ihnen, den steilen, dunklen, steinigen Weg zu Gott ein wenig erleuchten könnte?

Nein, Jona sollte nicht sterben im Bauche des finsteren Wals! Jona mußte, wie auch immer, wieder ans Licht und in einen Hafen! Bei meinen geheimen mittäglichen Gängen durch den Schlafsaal hatte ich seitlich einen weiteren Raum entdeckt, eine Galerie mit einem Mirador. Das war, mein Leser, ein überdachter kleiner Balkon an der Ecke, von dem man aus großer Höhe in den Tajo hinabblickte, denn unter dem mehrstöckigen Kloster, in dessen zweitoberster Etage ich mich befand, fiel steil der Uferfelsen ab.

Aber, und das schien mir wie ein Zeichen Gottes, unter dem Mirador befand sich ein winziger Innenhof, den eine hohe Mauer nach allen Seiten umschloß. An der Ecke zum Tajo hin war Baumaterial aufgeschüttet, einerseits gefährlich nah am schroffen Felsen, andererseits die Höhe mindernd. Da war mein Entschluß gefaßt.

Ich mußte vorgehen so klug wie die Schlangen und so sanft wie die Tauben. Ich bat meinen freundlichen Kerkermeister um Nadel und Faden, zeigte ihm den Riß im Habit, den ich flicken wollte. Ohne Mühe erhielt ich das Erbetene. Ein Steinchen fand sich auch in meinem unwirtlichen Gefängnis, das befestigte ich sorgfältig an der Garnrolle. Dann benutzte ich die Zeit, in der mein Kerkermeister mir erlaubt hatte, unbeobachtet mein Nachtgeschirr zu leeren, um von der Balustrade des Miradors das Steinchen an seinem Faden herabzulassen. So lotete ich die Tiefe aus.

Als ich hinterher in meiner Zelle nachmaß – schließlich war ich einmal in die Schneiderlehre gegangen und hatte mir ein Gefühl für Maße bewahrt, konnte ich mir ausrechnen, daß meine beiden Decken, in Streifen geschnitten und aneinander genäht und gebunden, fast ausreichen mußten, um mich abzuseilen. Der Rest war zu springen, eben auf jenes gefährliche, aber erhöhte Stück an der Mauer. So geschwächt ich auch war, ich wollte fallen mit der Geschicklichkeit einer Katze. Heilige Muttergottes, steh mir bei!

Weiter dachte ich noch nicht, denn ich hatte ja genug zu tun. Es war nun schon Anfang August, und nach jedem Ausflug in den Gästesaal lockerte ich bei der Rückkehr ein wenig die Schrauben des äußeren Riegels. Meine einstige Schreinerlehre kam mir nun ebenfalls zustatten, in der ich nicht gerade geglänzt, aber von der ich auch einiges behalten hatte. Mein Plan nahm Form an, verstärkt durch einen Traum, der mir beim Erwachen klar vor Augen stand: Ich sah wieder die schöne Frau, die mich als Kind aus dem Teich, und, wie manche sagten, auch aus dem Brunnen gerettet hatte. Wieder trug sie das blaue Kleid und den weißen Schleier, aber diesmal streckte sie nicht stumm die Hand aus, sondern sie sprach zu mir. „Juan", sagte sie mit klarer Stimme, „unser Herr braucht dich, er will nicht, daß du in diesem Gefängnis stirbst. Der Plan, den du dir ausgedacht hast, gefällt ihm. ›Aber du mußt ihn bald ausführen.‹"

Dieser Traum nahm mir auch die Skrupel gegenüber meinem gütigen Kerkermeister, der den Namen der Muttergottes trug. Er würde nach meiner Flucht, wenn sie gelang, einiges zu ertragen haben. Ich überlegte, was ich außer mit meinen Gebeten für ihn tun könne. Und da kam mir das bewegende Kreuz in den Sinn, das ich um den Hals trug und das mir die Mutter Teresa geschenkt hatte. Es bedeutete mir viel. Als mein hilfreicher junger Wärter, der mich so respektvoll behandelte, als sei ich ein Heiliger, wieder meine Zelle betrat, nahm ich mir scheinbar spontan das Kreuz vom Halse und sagte: Bruder Juan de Santa María, Sie haben so viel Mühe mit mir und setzen sich zu meinem Wohle Gefahren aus: bitte entlasten Sie mein Gewissen und nehmen Sie dieses kleine Geschenk an, vielleicht werden Sie später Freude daran haben." Und damit drückte ich ihm entschlossen mein Kruzifix an seiner Kette in die Hand. Er schaute einen Augenblick erschrocken, als er mich aber glücklich lächeln sah, weil ich noch etwas zu verschenken hatte, dankte er mir bewegt und ließ meinen kleinen bronzenen Christus in der Tasche seines Habits verschwinden. Nun erst fügte ich hinzu: „›Ich habe es von einem Menschen erhalten, der mir sehr viel bedeutet.‹" Da mochte er sich denken, was er wollte. Von meinen Plänen hätte ich ihm um keinen Preis ein Sterbenswörtchen verraten, denn zum Mitwisser war er bei seiner Lauterkeit nicht geeignet.

Meine Pläne waren nun klar. Da kam, es war der 14. August, der Pater Maldonado in meine Zelle. Er wollte als Prior seiner Aufsichtspflicht genügen. Ich aber war, die Stirn auf den Boden gelegt, so tief ins Gebet versunken, daß ich ihn nicht kommen hörte. Das verärgerte ihn sehr, so daß er mich unsanft mit dem Fuß anstieß

und fragte: „›Warum erheben Sie sich nicht, wenn ich Sie besuche?‹"
Ich sagte: „›Verzeihung, Pater Prior, ich dachte, es sei der Wärter.‹" Wegen meiner Schwäche konnte ich mich aber nur langsam erheben, und nach der Tiefe des Gebets, aus dem ich soeben aufgestört war, blieb ich zerstreut. Der Prior bemerkte es und fragte: „›Woran denken Sie?‹" – Da antwortete ich: „›Ich denke daran, daß morgen Mariä Himmelfahrt ist und ich sehr gern die heilige Messe lesen würde.‹" – „›Nicht, solang ich lebe‹", war die brüske Antwort Pater Maldonados, der schon wieder die Tür hinter sich schloß.

Ich blieb zurück in der unerträglichen Hitze und dachte: Morgen? Nein, morgen war ein Festtag. Also übermorgen, ganz bestimmt übermorgen! Und ich überprüfte noch einmal alle Vorbereitungen. Am nächsten Tag, dem Marienfest, kam der Provinzial zu Besuch ins Kloster und wurde mit seinem Begleiter im Gästesaal einquartiert! Man wußte nicht, wie lang er bleiben würde. Aber mein Entschluß war unerschütterlich, denn mit jedem Tag wurden meine Kräfte geringer. Und einige Kräfte würde ich mit Gottes Hilfe für die Flucht noch brauchen. Wie viel, konnte ich mir nicht vorstellen!

Am Abend des 16. August, als Pater Juan de Santa María sich zur Nacht verabschiedet und mich eingeschlossen hatte, machte ich mich fieberhaft an das Zerreißen und Zusammenknüpfen der Dekken. Außerdem nähte ich die Knüpfstellen noch fest, so gut ich es vermochte. Dann versah ich das eine Ende mit meinem eisernen Leuchter als Haken. Der Mirador besaß eine gemauerte Brüstung, der ein hölzerner Handlauf aufgesetzt war. Zwischen Mauer und Handlauf gab es einen wechselnd breiten Spalt, an der linken Ecke, wo ich hinunter wollte, gerade breit genug, daß ich mein Seil durchschieben konnte, und schmal genug, daß der als Haken dienende Leuchter nicht herausrutschte. Ich war also vorbereitet.

Den Provinzial und seinen Begleiter hatte ich schon vor etwa zwei Stunden heraufkommen gehört, aber vorsichtshalber wartete ich noch, bis es zwei Uhr schlug. Leise wollte ich nun den gelockerten Riegel herausschieben – aber wie sollte ich das tun, solange ich von innen die Tür nicht öffnen konnte? Er donnerte mit lautem Krach zu Boden! Ich hielt den Atmen an, und aus dem Schlafsaal rief eine Stimme: „›Gott steh mir bei! Wer ist da?‹"

Gott steh mir bei, dachte auch ich und hielt mich mucksmäuschenstill. Nach einer Weile öffnete ich sachte die entriegelte Tür: Im Gästesaal nichts als tiefe Atemzüge. Die beiden Patres hatten ihre Betten nah an die zur Galerie geöffnete Tür geschoben, der großen Hitze wegen. Ich mußte mich zwischen ihren Betten hindurchschleichen, um zum Mirador zu kommen. Ich befestigte leise mein Seil so, wie ich es geplant hatte, zog meinen Habit aus, warf ihn voran, schob mich vorsichtig über die Brüstung und nahm mein schwankendes Seil zwischen Hände, Knie und Füße, natürlich nicht ohne ein Stoßgebet.

In welcher Gefahr ich im wahrsten Sinne des Wortes schwebte, hat später mein guter junger Kerkermeister, Pater Juan de Santa María, anläßlich meines Seligsprechungsprozesses zu Protokoll gegeben. Ich stelle seine Aussage hiermit zur Verfügung, zumal mich die Erinnerung so ergreift, daß ich meine Erzählung unterbrechen muß.

Zeugenaussage des Paters Juan de Santa María O. Carm.:

»Zu dieser Zeit geschah es, daß eines Nachts, als dieser Zeuge die Tür des Kerkers mit Riegel und Schlüssel gesichert hatte und das Kloster in Schlaf gesunken war, der Diener Gottes fray Juan de la Cruz das Gefängnis durch eben diese Tür, so mußte man notwendig annehmen, verließ, den Gästeschlafsaal durchquerte und sich von einem Mirador abseilte, der sich hoch über einer sehr gefährlichen Stelle befand.

Und dieser Zeuge hielt es für ein Wunder, daß er sich dort abseilen konnte, denn der Mirador besaß kein stabiles Eisengitter, das einem solchen Vorgang hätte standhalten können. Er hatte vorn nichts als ein durchgezogenes Mäuerchen, nicht stärker als einen halben Ziegel, dem ein ebenso schmaler Holzlauf aufgelegt war, damit die Patres sich aufstützen und hinauslehnen konnten, ohne den Habit am Mauerwerk zu beschmutzen. Diese Holzkonstruktion war aber seitlich in keiner Weise solide befestigt.

Jedoch der Diener Gottes nahm das Unterteil seines Leuchters, steckte es zwischen Holz und Ziegel und band daran seine in Streifen gerissenen Decken, einen Streifen an den Griff des Leuchters, einen weiteren Streifen an diesen Streifen und daran die übrigen Streifen, einen nach dem anderen. An das Ende hatte er noch den Rest eines alten Hemdes gebunden. Das alles reichte aber nur bis eineinhalb Klafter über dem Boden.

All dieses spielte sich über einer höchst gefährlichen Stelle ab, denn wenn er nicht ganz senkrecht herunterkam oder beim Springen ausrutschte, wäre er den Steilhang (zum Tajo) hinabgestürzt, der sich durch Bauarbeiten ganz ungeschützt anschloß. Ausgerechnet hier seilte sich der Diener Gottes ab, wie dieser Zeuge und die anderen Mönche des Konvents am nächsten Morgen erkannten, als sie das leere Gefängnis und die herabhängenden Streifen sahen.

Und über zwei Dinge konnten sie sich nicht genug wundern: Zum einen, daß sich der Griff des Leuchters unter dem Gewicht des Dieners Gottes nicht verbogen hatte, wozu schon das Gewicht der Decken ausgereicht hätte. Zum anderen, daß sich der Handlauf unter dem Druck des dahintergeklemmten Leuchterteils nicht löste und abfiel. Es war genau wie mit dem Griff: schon die Schwere der Decken hätte genügt, ganz zu schweigen vom Körpergewicht des heiligen fray Juan de la Cruz.

Es blieb aber alles so, wie es beschrieben wurde, der Handlauf löste und der Leuchtergriff verbog sich nicht, so simpel er da auch befestigt war. Es gab auch keinerlei Spur oder Hinweis, daß fray Juan anders als auf diesem Wege entflohen sein konnte, es war absolut sicher, daß es nur diesen Ausweg gab.

Und darum hält, wie gesagt, dieser Zeuge das Geschehene für ein Wunder, das Gott unser Herr verfügte, damit sein Diener nicht länger leide und wieder für seine Reform und die Unbeschuhten wirken könne.

Wenn man diesen Zeugen auch für einige Tage in der Klostergemeinschaft des Sitzes und der Stimme beraubte, freuten er und gewisse weitere Mönche sich doch sehr über diese Flucht, denn sie waren von Mitleid ergriffen gewesen, als sie ihn leiden sahen und erkannten, wie er sein Leiden trug.‹"

9

Freiheit und Freundschaft

Ja, mein Leser, die Strafe für meinen jungen Wärter fiel außerordentlich milde aus, was nur bei Außerachtlassung der Ordensstatuten möglich war. Meine Gebete für diesen guten Menschen hatten Erhörung gefunden.

Aber ich will nun die Erzählung meiner Flucht wieder aufnehmen. Ich hielt also das geknotete, schwankende Seil zwischen Händen, Knien und Füßen und ließ mich, so schnell ich es vermochte, herab, denn es war klar, daß meine geschwächten Muskeln der Anstrengung nicht lange gewachsen sein würden. Als ich am unteren Ende des Seils hing, fehlte noch gut ein Klafter, also eine durchschnittliche Menschenlänge. Da ließ ich los, ließ mich fallen in die Barmherzigkeit Gottes und kam auf allen vieren genau dort an, wo ich ankommen wollte: auf der vom Baumaterial verbreiterten Stadtmauer! Zwei Meter weiter lag mein Habit, den ich rasch überzog, um nun auf der Mauer zum anschließenden Innenhof weiterzukriechen, in den ich hinabsprang. Ich wußte nicht, zu welchem Gebäude er gehörte. Unbeschreiblich war dann mein Schrecken, als ich im Licht des halben Mondes erkannte, daß ich mich in der Klausur des Convento de la Concepción der Franziskanerinnen befand! Einige schnelle Atemzüge lang drückte ich mich an die Mauer, von der ich gerade herabgestiegen war, dachte an Rückkehr in den kleinen Hof des Karmels, an Geständnis und Scheitern. Aber dann nahm ich wieder alle Kräfte zusammen und ging, immer eng an die Mauer gedrückt, zur anderen Seite des Grundstücks. Und hier entdeckte ich, wenn mir noch einmal eine übermenschliche Anstrengung gelingen würde, einen Ausweg: die Mauer hatte zu beiden Seiten der Ecke einige Unebenheiten, die ich, die Hände fest an den oberen Rand geklammert, fast wie eine Leiter benutzen konnte. Oben, ein Bein auf jeder Seite, schaute ich mich um: unter mir verlief eine Gasse, der Weg zur Flucht war frei! Noch einmal ein Sprung in die Tiefe, und ich schlug die Richtung ein, die von dem bedrohlichen Bau meines Gefängnisses, der in der Dunkelheit noch gewachsen schien, hinwegführte.

So gelangte ich auf den nahen Hauptplatz von Toledo, den Zocodover. Eine Gruppe junger Leute kam mir entgegen, die eben eine Schenke verließen. Ihre Laterne leuchtete mich an, sie sahen meinen Habit und dachten, ich sei nicht mehr rechtzeitig ins Kloster gekommen. „›Pater‹", sagten sie, „›kommen Sie mit uns wieder in die Schenke, da können wir zusammen warten, bis Ihr Kloster seine Pforten öffnet.‹" Ich murmelte ein Dankeschön und beschleunigte meine Schritte. Einige Gemüsefrauen, die unter den Arkaden übernachteten, um ihre Ware für den nächsten Morgen zu bewachen, bemerkten meinen zerrissenen Habit, mein struppiges Aussehen und riefen mir Wörter nach, an die ich nicht mehr denken möchte. Dann verlor ich mich wieder im Gewirr der Gassen.

Auf einmal sah ich einen von einer Fackel erleuchteten Hauseingang. Das Licht, von einem Diener gehalten, fiel auf die Gestalt eines Caballero, der – ich weiß nicht, in Erwartung welcher Gefahr – den bloßen Degen in der Hand hielt. Hatten ihn meine Schritte beunruhigt? Ich faßte mir ein Herz, blieb stehen und sagte mit leiser Stimme: „›Herr Ritter, erweisen Sie mir die Gnade und lassen Sie mich hier in Ihrer Diele gleich hinter der Tür übernachten. Mein Kloster läßt mich zu dieser Stunde nicht mehr herein. Und ich verspreche Ihnen, im ersten Morgengrauen zu gehen.‹" Dem Edelmann war es recht, offenbar gefiel es ihm sogar, daß jemand seinen Eingang wie ein Hofhund bewachte. Und wie ein Hofhund rollte ich mich hinter der wieder abgeschlossenen Tür auf den Fliesen zusammen und fiel in einen kurzen, erschöpften Schlaf.

Als ich erwachte, zeigte sich unter der Tür ein schwacher Lichtstreifen, Künder des kommenden Tages. So schlüpfte ich hinaus, konnte mich orientieren, weil die Türme der Stadt erkennbar waren. Aber ich verlor mich dann doch im Gewirr krummer Gassen, und immer wieder mußte ich frühe Passanten nach dem Karmelitinnenkloster San José fragen. Sie betrachteten mich erstaunt, fragten sich vielleicht innerlich, ob ich in meiner schmutzigen Zerlumptheit überhaupt ein richtiger Mönch sei, aber sie wiesen mir den Weg. Es war schon gegen acht Uhr, als ich dort ankam, und

Die alte Alcántara-Brücke von Toledo

Dann trabte ich zwischen den beiden bewaffneten kräftigen Dienern direkt an meinem Gefängnis vorbei, denn wir mußten die Stadt über die Brücke von Alcántara verlassen. Alles ging gut, zumal ich noch immer die Kleidung und das Birett des Weltgeistlichen trug. Aber ein wenig pochte mir doch das Herz, als wir uns unterhalb der abweisenden Mauern auf die Brücke zubewegten, die sich zwischen zwei hohen Toren über den Fluß und seine steile Schlucht hinwegschwang (Seite 158).

das äußere Tor noch geschlossen. Man vernahm jedoch mein erregtes Klopfen, und die Pförtnerin fragte von innen, wer da etwas begehre. Ich antwortete: „Tochter, ich bin fray Juan de la Cruz und diese Nacht aus meinem Gefängnis geflohen. Bitte sagen Sie das der Mutter Priorin.‹" Die Pförtnerin, Sr. Leonor de Jesús, eilte zur Priorin Ana de los Ángeles. Diese stieß bei der Nachricht einen kurzen Schrei der Überraschung und Freude aus und kam, mich hereinzulassen.

Ich bat sie, mich rasch zu verstecken, denn wenn mich die Karmeliten fänden, ›würden sie Krümel aus mir machen‹. Die Priorin dachte flink und sagte: „Pater Juan, kommen Sie in die Klausur, denn wir haben eine Schwerkranke, der Sie die Beichte abnehmen müssen." So geschah es, die Kranke lag noch nicht im Sterben, und ich war keinen Augenblick zu früh in Sicherheit gebracht worden. Schon pochten die Beschuhten an das Tor und schrien nach mir mit lauter Stimme. Die Priorin sandte eine andere, noch erfahrenere Schwester als Pförtnerin hinaus, die auf die wütende Frage nach mir diplomatisch und scheinbar schnippisch antwortete: „›Erstaunlicherweise werden Sie bei uns keinen Mönch sehen.‹" Die Beschuhten verlangten daraufhin die Schlüssel zum Sprechzimmer und zur Kirche, durchsuchten beides und entfernten sich ohne ein Wort.

Ich wurde inzwischen umsorgt, daß ich mir vorkam wie im Himmel. Die Priorin war von meinem Auftauchen nicht so überrascht, wie ich meinte. Sie erzählte mir, die Mutter Teresa habe geschrieben und gebeten, bei den karmelitischen Beichtvätern aus dem Kloster Maldonados auf den Busch zu klopfen. Diese aber hielten dicht, so sehr, daß ihr Schweigen auch wieder verdächtig war. Aber was konnte man tun? Da saß ich nun also inmitten der um mein Wohl bemühten Frauen. Man wollte mir ein großes Frühstück bringen, aber als ich sagte, ich könne nach dem langen Fasten kaum substanzreiche Nahrung bei mir behalten, brachte man mir warmes Birnenkompott mit Zimt. Das aß ich mit großer Freude und Dankbarkeit, und mir kam dabei die Mutter Teresa in den Sinn, die mir so manches Mal einen guten, selbstgekochten Bissen in mein Häuschen gesandt hatte, den ich regelmäßig mit einem Zettel „für die Kranken" zurückgehen ließ. Was eigentlich eine Kränkung war, denn natürlich hatte die Mutter Teresa diese zuerst versorgt. Jetzt freute ich mich an dem, was mir so herzlich geboten wurde, und während ich aß und saß und der Mutter Priorin erzählte, gab man mir die mit großen Stichen schnell gekürzte Soutane des Kaplans, um meinen Habit reinigen und flicken zu können. Gegen Mittag, als alle Messen gelesen waren und die Kirche wieder verschlossen wurde, ging ich von der Klausur aus hinein und setzte mich an das Gitter, das den Chor der Nonnen vom Kirchenraum trennt. Auf der anderen Seite hatten sich alle Schwestern versammelt, die nun hören wollten, wie es mir ergangen war.

Ich aber hatte anderes im Sinn. Unter meinem Hemd verbarg ich ein Heftchen mit den Gedichten, die ich oft auf der Bank stehend aufgeschrieben hatte, weil ich die mir heimlich gewährte Kerze nur im Notfall benutzte. Dabei legte ich das Papier oben gegen die Wand, wo der geringe Lichteinfall war. So wurde es ein manchmal schwer lesbares Gekritzel, zumal ich immer wieder hinabsteigen mußte, um die Feder einzutauchen. Darum bat ich nun, ich wolle etwas vorlesen, eigentlich die Quintessenz meiner Gefangenschaft, und es möge doch bitte eine Schwester mitschreiben. Das wurde mir gern gewährt, und ich las vor den staunenden Nonnen zuerst das Gedicht vom Quell, das mein geneigter Leser schon kennt, dann einige Romanzen über die göttliche Dreifaltigkeit, die ich so liebte.

Ich las mit bewegter Stimme:
›Am Anfang war und blieb das Wort,
und Gott der Herr war all sein Leben.
In Ihm besaß es Seligkeit,
die ihm unendlich war gegeben.
Denn dieses Wort war selber Gott,
dem wir des Ursprungs Namen geben;
es lebte anfanglos im Ursprung,
im ewig ursprunglosen Schweben.‹
Ich las alle Strophen dieser Romanze. Die Schwestern begrüßten, daß ich langsam sprechen und oft einen Vers wiederholen mußte, damit die Schreiberin mitkam. Als ich sah, wie sehr mein Dichten alle freute, wagte ich noch die Eingangsverse eines langen Liedes vorzulesen, das ich in meinem Dunkel wie ein Liebetrunkener gestammelt hatte, den Anfang meines späteren Lieblingswerks, des Geistlichen Gesanges.

Ich las also „›Wo hast du dich verborgen, Geliebter ...‹" und fühlte das gebannte, leicht befremdete Zuhören der Schwestern, denen die Verse recht weltlich klingen mochten. Darum schloß ich mein Heft und sagte: „Liebe Schwestern, dieses Lied muß ich später noch ein wenig erklären. Und es wird auch schon dunkel. Sehr dankbar wäre ich, wenn Sie mir auch die weiteren Strophen noch abschreiben könnten, und es wäre schön, wenn sich Gelegenheit fände, daß ich dazu noch einige diktiere, die ich im Kopf habe – so daß dann alles von einer Hand geschrieben würde."

Die Mutter Priorin meinte, da werde sich ein Weg finden lassen, und ich sah an ihrem Lächeln, daß sie sich ein wenig über mich verwunderte, der ich nach so viel Unbill und dramatischer Flucht nichts als Verse im Kopf hatte.

Aber, sehr lieber Leser, das war meine Art des jubelnden Dankes an Gott, meinen Herrn! Bei den letzten Worten der Priorin war ein Lärm im Hof zu hören. Die elegante Karosse des edlen Don Pedro de Mendoza rumpelte über das holprige Pflaster und suchte mühsam einen Platz zum Wenden. Die Mutter Priorin hatte diesem hilfsbereiten Geistlichen, Kanonikus an der Kathedrale und Leiter des Hospitals, eine Botschaft gesandt, und er, mit den Entwicklungen unserer Reform vertraut, hatte sofort reagiert. Auf dem Kutschbock saß ein livrierter Diener, in der Kutsche, hinter halb zugezogenen Vorhängen verborgen, erwartete mich der hohe Herr selbst. Die Mutter Priorin gab mir ein Bündel, das meinen Habit und, wie ich später sah, noch kleine liebevolle Geschenke enthielt – und ich, in der Soutane eines Weltgeistlichen, zu der man mir nun auch noch den weißen Kragen und das steife viergeteilte Birett gegeben hatte, kletterte so von Kopf bis Fuß vermummt in das Gefährt und dankte meinem Retter.

Don Pedro de Mendoza war ein naher Verwandter – manche murmelten sogar, ein unehelicher Enkel, was ich aber nicht glaubte – des berühmten Kardinals Pedro González de Mendoza, der zur Zeit der „Katholischen Könige" Ferdinand und Isabella so viel Einfluß hatte, daß er heimlich „der dritte König" genannt wurde. Dieser hatte als Kardinal-Erzbischof von Toledo, so erzählte mir mein neuer Gastgeber während der Fahrt, das Hospital de Santa Cruz de Mendoza gegründet. Es lag ganz nah dem Karmelitinnenkloster (das heutige, liebe Leser, finden Sie auf der anderen Seite der

Stadt), so daß die Karosse, nachdem sie sich durch die schmale Gasse gewunden hatte, nur die Plaza de Zocodover überqueren und links einbiegen mußte: schon standen wir vor der prächtigen Fassade des Hospitals in jener Spätgotik, die wir die „isabellinische" nannten. Aber ich konnte die Figuren über dem gewaltigen Portal nicht bewundern, weder die unter dem Mendozawappen, Joachim und Anna, die Eltern Unserer Lieben Frau, noch den darunter knienden Kardinal selbst, dem die heilige Helena das Kreuz hinhält, denn wir schlüpften schnell durch einen Seiteneingang in das Spital – noch herrschte Dämmerung, nicht Nacht.

Mein freundlicher Gastgeber führte mich eine geschwungene breite Teppe im harmonisch-hellen Stil meiner Zeit empor. Ich war beeindruckt von all der Pracht, dem Marmor, den gewölbten Kassettendecken, die ich in einem Spital nicht erwartet hatte. Wenn mein Leser nach Toledo kommt, kann er diesen Bau mit der gotischen Fassade und dem Renaissance-Inneren noch als Museum bewundern, und er wird es gern tun, zumal es die berühmte Himmelfahrt Mariä des schon erwähnten Theotokopulos – El Greco – birgt. Für mich heute in meinem Augenblick der Ewigkeit stellt dieses Gemälde eine geheime Verbindung zu meiner Flucht her, die ich am Tage Mariä Himmelfahrt vorbereitete. –

Mein Zimmer lag im Dachgeschoß des Hospitals und war zu meiner Erleichterung einfach eingerichtet. Ich trat ans Fenster und zuckte zurück: Mein Blick fiel genau auf das Kloster der Beschuhten, dem ich entkommen war!* Pedro de Mendoza sah meinen Schrecken und lachte nicht. Er sagte ruhig: „Sie werden sich schnell daran gewöhnen, Pater Juan. Immer, wenn Sie das Kloster sehen, können Sie sich sagen, daß Sie nun frei sind. Und ich verspreche Ihnen: Hier sind Sie sicher!"

Ja, die Mutter Priorin hatte den angesehensten Mann der Stadt zu meinem Beschützer gemacht! Manchmal erzählte er mir von seinem entfernten Onkel, dem Vizekönig von Peru, manchmal entführte er mich in seinem eleganten Wagen mit den Vorhängen in Toledos schöne Umgebung, die „Cigarrales", damit ich Luft schöpfen und mich an der üppig grünen Natur freuen könne, die ich fast

---

* Anmerkung der Schreiberin: Dieses Kloster wurde 1806 von den napoleonischen Truppen zerstört.

neun Monate lang nicht mehr gesehen hatte. Wir hielten uns immer im Schatten, denn meine Augen waren empfindlich geworden gegen helles Licht. Ich war so dankbar, Gottes schöne Schöpfung wiederzusehen!

Und gern lauschte ich unter einer tief herabhängenden Weide, mir zu Füßen den Tajo und gegenüber die kaiserliche Stadt, den Erzählungen des Don Pedro von seiner großen familiären Vergangenheit, über die man viele Bücher schreiben könnte, oder von den Geschehnissen der letzten Wochen und Monate, die ich unwissend ›im Bauche des Wals‹ verbracht hatte.

Einmal nahm mich der Kanonikus mit in seine Kathedrale und zeigte mir im Chorgestühl einen wundervoll geschnitzten Jona, der gerade seinem Fisch entsteigt. „Das Werk eines großen Künstlers"*, sagte er, „vor etwa vierzig Jahren für die Kathedrale gearbeitet. Und auch für Sie, Pater Juan! Sie können sehen, wie der Fisch all seine Kraft verloren hat – ist er nicht im Vergleich zum Jona sehr klein?" Und ich sah, wie Jona seinem Wal im Herausgehen liebevoll den Kopf tätschelt. So strich auch ich ihm einmal verstohlen über die Seitenflosse.

Toledo war wirklich eine kaiserliche Stadt. Nicht nur weil der habsburgische Kaiser Karl V. sie zu seiner Residenz erkoren hatte, sie war auch von einem Kaiser aus Maurenhand erobert worden. Das geschah 1085 durch den kastilischen König Alfonso VI., der sich „Imperator totius Hispaniae" und auf arabisch „Kaiser beider Religionen" (Emberator du 'l-millatain) nannte. Er wollte mit diesem Titel einerseits seine Toleranz zeigen, andererseits seinen Widerstand gegen Herrschaftsansprüche des Papstes geltend machen. Sie wissen ja, lieber Leser, solche Konflikte sind nicht neu! Toledo wurde Hauptstadt des wiedereroberten kastilischen Reiches, Hauptstadt der „Reconquista", für die der General des Königs, der als Epenheld bekannte „El mío Cid", kämpfte.

Dieses alles erzählte mir Don Pedro während unserer Ausflüge, und ich hatte ein ganz neues, mir bisher unbekanntes Interesse an den konkreten und praktischen Dingen des Lebens gewonnen. War ich doch tief im Innern so von der Liebe meines Gottes erfüllt, daß nichts Ernstliches mehr sich störend zwischen ihn und mich

---

* Anmerkung der Schreiberin: Alonso Berruguete.

stellen konnte. Ja, mir war neues Wissen geschenkt. Ging es doch nicht in erster Linie darum, ›Gott durch die Geschöpfe zu erkennen, sondern vielmehr die Geschöpfe in Gott, denn Gott ist Ursache der Schöpfung und nicht etwa umgekehrt!‹

Aber so dankbar ich auch für diese Erholung und alle Beglückungen war, am liebsten half ich als Geistlicher bei der Betreuung der Kranken. Hatte ich das doch von Jugend auf gelernt. Und eine ganz besondere Freude war mir das so lang entbehrte Lesen der heiligen Messe, es konnte für mich gar nicht oft genug sein! Ich las sie hier nach römischem Ritus und erfüllte damit einen Dienst, wie er sich in dieser Intensität nie in meinem Leben wiederholt hat. Denn das Hospital de la Cruz war in Form eines griechischen, also nach allen vier Seiten gleichlangen Kreuzes gebaut, dessen Mitte den Altarraum formte. In den Gängen, die die Kreuzesbalken bildeten, standen die Betten der Kranken, die so ausnahmslos an der Eucharistiefeier teilnehmen konnten. Wie glücklich war ich, wenn ich von Bett zu Bett ging und die heilige Kommunion austeilte! Dabei trug ich weiter die schwarze Soutane des Weltpriesters unter dem Meßgewand und ebenso bei meinen Aktivitäten in der Pflege, so daß niemand auf den Gedanken kommen konnte, ich sei ein verfolgter Mönch. Wenn meine beschuhten Brüder geahnt hätten, wie nah ich ihnen war!

Gelegentlich sandten die Karmelitinnen vom nahen Kloster mir eine geheime Botschaft zu – sogar einen Gruß der Mutter Teresa, der mir wie eine Rückkehr ins mir bestimmte Leben war – und, schnelle Entschlüsse verlangend, ein Schreiben meines einstigen Priors und Gründungsgefährten Antonio de Jesús (Heredia).

Er teilte mir mit, die Unbeschuhten, vom gegnerischen Nuntius wieder den Karmeliten gemilderter Observanz unterstellt und behandelt wie Verbrecher (wem sagte er das!), wären nur noch zu retten, wenn wir jetzt gemeinsam aktive Vorstöße wagten. Dazu gehörte vor allem der Einsatz für eine eigene Ordensprovinz, die man versuchen müsse, in Rom dem Papst einleuchtend zu machen. Darum wolle man, erlaubt oder unerlaubt, in Almodóvar del Campo die führenden Köpfe versammeln, um in einem Kapitel oder wie immer man es nennen wollte, Beschlüsse zu fassen und die Durchführung zu organisieren. Wenn es mein Gesundheitszustand erlaube, möge ich doch bitte kommen.

Ich sah, daß wir uns damit an der Grenze der Legalität bewegten, und ich war nicht bereit, durch vorschnelle Unklugheiten zum Untergang beizutragen. Aber andererseits kam die Versammlung mit ihren Absichten so sehr den vitalen Notwendigkeiten der Reform entgegen, daß ich doch meinte, es sei gut, dabeizusein und auch ein Wort mitreden zu können. Hinzu kam, daß ich schon seit geraumer Zeit überlegte, wie ich wieder in mein altes Ordensleben zurück könne, zumal ich auch meinem großherzigen Gastgeber keine unabsehbare Last sein wollte. Allerdings entsprach mein Gesundheitszustand noch keineswegs solchen Wünschen.

Das sah Don Pedro de Mendoza noch klarer als ich selbst, und er wollte die Reise nach Almodóvar, gut hundert Kilometer südlich von Toledo, nur befürworten, wenn ich eine Sänfte akzeptierte, die nach der Sitte der Zeit von Pferden getragen und von Dienern begleitet würde. Das wäre, meinte er, nicht nur sehr schonend für meine noch kaum verheilten Wunden, sondern auch praktisch, weil mich niemand im Innern einer Sänfte sehen oder auch nur vermuten könnte.

Er war dann zunächst enttäuscht, als ich strikt ablehnte, indem ich zu erklären versuchte, daß eine solche Art des Reisens hohen Herren zukomme, nicht aber einem armen Nachfolger des verlassenen Christus. Schließlich einigten wir uns: ich sollte auf einem Eselchen reiten, auf das ich mich relativ einfach schwingen konnte, flankiert von zwei Dienern zu Pferde, die mich vor Blicken und Angriffen schützten.

So geschah es. Ich verabschiedete mich bewegten und dankbaren Herzens von meinem ebenso kühnen wie gütigen Wohltäter, der mir noch selbst auf das Eselchen half. Dann trabte ich zwischen den beiden bewaffneten kräftigen Dienern direkt an meinem Gefängnis vorbei, denn wir mußten, um nach Almodóvar zu kommen, die Stadt über die Brücke von Alcántara verlassen. Alles ging gut, zumal ich noch immer die Kleidung und das Birett des Weltgeistlichen trug, so daß ein flüchtiger Blick auf mich kaum Verdacht aufkommen lassen konnte. Aber ein wenig pochte mir doch das Herz, als wir uns unterhalb der abweisenden Mauern auf die Brücke zubewegten, die sich zwischen zwei hohen Toren über den Fluß und seine steile Schlucht hinwegschwang.

Das Kapitel sollte am 9. Oktober tagen. Bei klarem Herbstwetter durchquerten wir die Berglandschaft südlich von Toledo. Dabei bemühten wir uns, dem Rande der Ebene nahzukommen, die als „La Mancha" noch nicht Millionen von Lesern bekannt war, denn Cervantes, zu diesem Zeitpunkt durch Seeräuber in algerischer Gefangenschaft, sollte seinen Don Quijote erst schreiben, als ich schon lang in meinen Tag der Ewigkeit eingegangen war. So konnten mir auch die Windmühlen zwischen Orgaz und Yébenes nichts weiter sagen. Einen malerischen Anblick boten sie auf ihrer Anhöhe allerdings auch ohne literarische Assoziationen.

Wir übernachteten zuerst in Malagón und dann in Ciudad Real, die Wege waren hier eben und angenehm. Dann hielten wir uns südwestlich, um, wieder hügelauf und hügelab, nach Almodóvar del Campo zu gelangen. Hier hatten wir ein Kloster der Unbeschuhten.

Pater Gracián, den der Nuntius Sega als Visitator abgesetzt hatte, den wir aber noch als unseren heimlichen Provinzial betrachteten, war nicht gekommen, teils, weil er, wie auch die Mutter Teresa, von dieser Zusammenkunft mehr Schaden als Nutzen erwartete, teils aber auch, weil er seiner Abwahl nicht im Wege stehen wollte, die sich anbot, weil er – ähnlich wie ich selber – unseren Gegnern ein ganz besonderer Dorn im Auge war. Die Gründe dafür waren komplex, lagen in seinem steilen Aufstieg zu höchsten Ämtern bei geringer Erfahrung, in seiner bevorzugten Stellung bei der Mutter Teresa und nicht zuletzt auch in seinem manchmal ein wenig unbekümmerten und nonchalanten Wesen, das manche anzog, viele aber auch den Kopf schütteln ließ. So waren wir im ganzen sieben, d. h. die bedeutendsten Prioren und meine Wenigkeit. Meine Mitbrüder waren erschrocken, als sie mich sahen, ich muß wohl recht erbarmungswürdig ausgesehen haben. Und da auch die Mutter Teresa geschrieben hatte, man möge mich sorgfältig pflegen, ja, ihre Sorge geäußert hatte, die Anstrengung dieser Reise könnte mich ›ihnen sterben lassen‹, ernannte man einen jungen Novizen zu meinem Pfleger. Er hatte mir auch einen neuen Habit mitgebracht, so daß ich mich wieder als Unbeschuhter zeigte. Die Diener Mendozas aus Toledo blieben bei mir, weil sie abwarten sollten, wohin mich mein weiterer Weg führen würde.

Das Kapitel faßte drei Beschlüsse: Erstens sollten zwei Patres nach Rom gehen und versuchen, vom Papst unsere Loslösung von den Beschuhten zu erreichen. Wie ich später vernahm, hielt die Mutter Teresa davon nichts, sie meinte: „›Wie wollen sie etwas erreichen, wenn wir nicht einmal dem Pater Juan helfen konnten?‹" Aber ich unterstützte diesen Vorschlag, ja, ich bestand darauf, daß wir alle ihn unterschrieben, wogegen meine Mitbrüder Bedenken hatten. Ich war von einer mir selbst unerklärlichen Sicherheit erfüllt, daß dieses Dokument einmal in positiver Weise wichtig werden könnte. Solche unausweichlichen Vorahnungen erfüllten mich zunehmend in dem Maße, in dem ich mich in das Leben und Lieben unseres Herrn hineingenommen fühlte. Wir unterzeichneten also alle; als aber nach einigem Hin und Her klar wurde, daß der Prior von El Calvario, Pater Pedro de los Ángeles, Hauptbeauftragter für Rom werden sollte, befiel mich abermals eine Vorahnung, und ich sagte spontan und zu niemandes Freude zu ihm: „›Sie werden unbeschuht nach Italien gehen und beschuht zurückkommen.‹" Was dann auch tatsächlich geschah. Pater Pedro erreichte nichts und widerrief bei seiner Rückkehr seine Gelübde als Unbeschuhter.

Der zweite Beschluß war die Wahl eines neuen Provinzials. Daran beteiligte ich mich nicht, weil ich sie für unrechtmäßig hielt. Gewählt wurde Pater Antonio Heredia, der sich freute. Aber es dauerte nicht lange, und alle, die ihn gewählt hatten – er selber natürlich eingeschlossen – waren vom erbosten Nuntius exkommuniziert, dem jede Wahl eines Provinzials unbotmäßig schien.

Schließlich und drittens wurde mein künftiger Aufenthalt bestimmt, möglichst weit entfernt von meinen kastilischen Verfolgern: ich sollte den nach Rom gehenden Pater Pedro de los Ángeles als Prior des Klosters El Calvario in Jaén vertreten. Das lag einsam im fernen Andalusien, so weit war ich noch nie gereist. Ich bedauerte, meine kastilische Heimat verlassen zu müssen, auch schien es mir recht fern von der Mutter Teresa, aber ich sah, daß es doch im Augenblick eine gute Lösung war, und erklärte mich bereit.

Wieder begleiteten mich die treuen Diener meines sorgenden Freundes Don Pedro, und weiter ritten wir durch die Mancha gen Süden, bis uns schluchtenreiche Felsengebirge zeigten, daß wir mit der Sierra de Segura Andalusien erreicht hatten. Der Weg wurde schwierig, wir mußten an den Felsen der Naves de Tolosa vorbei zu Fuß gehen, und meine Gefährten waren froh, als ich vorschlug, im

Der heilige Johannes vom Kreuz

Ich lehrte meine Brüder die Ehrfurcht und das Staunen gegenüber allem Geschaffenen, lehrte sie Schönheit erkennen vom niedersten Steinchen bis zum höchsten Stern. Und aus dem Staunen, der Freude und Dankbarkeit erwuchs dann ein Gebet (Seite 167).

nahen Nonnenkloster zu Beas, das die Mutter Teresa vor wenigen Jahren gegründet hatte, zu rasten.

Ich kannte die Priorin Ana de Jesús (Lobera), die ihrerseits einst als junge Novizin in unserm Kloster in Mancera Rast gemacht hatte. Ich war damals beeindruckt, denn sie schien mir ebenso klug wie schön. Jetzt begrüßte sie mich mit freundlicher Sorge, aber ohne übergroße Herzlichkeit. Ich erschien ihr wohl als ein gar zu klägliches Geschöpf. Und als sie mich bei unseren kontaktnehmenden Plaudereien von der Mutter Teresa sagen hörte: „›Es muy mi hija‹" – „›Sie ist meine sehr geliebte Tochter‹", war sie empört, daß ich 37jähriges Nichts aus Haut und Knochen die große Reformerin meine Tochter nannte. Wie ich später erfuhr, schrieb sie es ihr sofort, erhielt aber zur Antwort: „›Wie gern hätte ich Pater Juan de la Cruz hier, er ist wahrhaftig Vater meiner Seele.‹" Aber der diesen Worten folgenden Empfehlung, mir so aufgeschlossen wie ihr selbst zu begegnen, bedurfte es nicht mehr, denn inzwischen hatten wir uns besser kennengelernt und waren uns nähergekommen.

Das lag an meiner Leidenschaft für Seelenführung, die mir mehr bedeutete als das Amt des „Beichtvaters". Da aber beides zusammenhängt, bot ich mich dem Kloster in Beas, um etwas nützlich zu sein, für die Tage meiner Rast als Beichtvater an. Ich vergesse nie den Namen der ersten Schwester, die kam, Magdalena del Espíritu Santo, teils, weil es mich immer so freute, den Heiligen Geist geehrt zu sehen, teils, weil diese Schwester allen erzählte, von mir mehr erhalten zu haben als das Bußsakrament. „›Er erfüllte mein Inneres mit einem großen Licht, das mich tiefe Ruhe und Frieden erfahren ließ‹", berichtete sie. Nun kamen auch einige andere, und ehe ich weiterreiste, bat mich die Mutter Ana de Jesús, doch ihr Kloster regelmäßig als Beichtvater und geistlicher Führer zu betreuen, was ich mit Freuden zusagte, denn diese Gemeinschaft in Beas war mir in wenigen Tagen ans Herz gewachsen. Auch gab es mir ein gewisses Heimatgefühl, daß die Schwestern Kastilierinnen waren, von der Mutter Teresa für dieses Kloster ausgesucht. Ihre Herzlichkeit und ihr taktvolles Einfühlungsvermögen erfuhr ich schon in den ersten Tagen, als ich aus Schwäche ein seltsames Verhalten gezeigt hatte. Ich will es erzählen:

Als wir am Abend zur Rekreation, also zu erholsamer Unterhaltung, im Sprechzimmer beieinandersaßen, nur durch das große

Sprechgitter getrennt, forderte Ana de Jesús eine ihrer Schwestern auf, doch ein hübsches Lied zu singen. Es war eine junge Schwester, die erst kürzlich Profeß abgelegt hatte. Sie ließ sich nicht lange bitten und sang ein Liebeslied, das sich geistlich verstehen ließ und in jenem halb volkstümlichen, halb höfischen Stil die Leiden der Liebe behandelte, so wie es einst die Troubadours taten, die wußten, daß Leiden als läuterndes und die Liebe steigerndes Geschenk hoch zu schätzen waren. Kaum vernahm ich diese Strophe mit ihrem Kehrreim „›denn Leiden sind des Liebenden Kleid‹", da überkam mich die Erinnerung an das Gefängnis in Toledo, wo sich meine Leiden in überschwengliches Glück verwandelt hatten, mit einer Stärke, daß es meinen Leib wie meine Seele erfaßte. Ja, mit der Erinnerung kam ein neuer, noch stärkerer Einbruch des Göttlichen, wenn ich es stammelnd so nennen darf, das meine Kräfte und mein Verstehen bei weitem überstieg. Ich spürte so etwas wie ein Prickeln in allen Gliedern, ich wußte nicht, ob es mich hinauf oder zu Boden zog, jedenfalls klammerte ich mich tränenüberströmt an die Holzstäbe des äußeren Sprechgitters und war zu keinem Wort und keiner Bewegung mehr fähig. Mein Zeitgefühl muß dabei für eine Weile ausgesetzt haben, denn man erzählte mir später, ich hätte eine Stunde lang so verharrt, natürlich zunächst sehr zum Schrecken der zur Unterhaltung versammelten Schwestern. Und noch mehr wunderten sie sich, als ich wieder zu mir kam und murmelte: „›Ich habe nicht genug gelitten, ach, viel zuwenig litt ich für meinen Herrn und Gott‹", denn meinem Aussehen und meiner Schwäche nach meinte man eher, daß meine Leiden zu groß gewesen waren.

Aber wie taktvoll reagierten die Schwestern auf mein seltsames Betragen! Keine, die versuchte, mich „zur Vernunft" zu bringen, keine, die hinterher mit indiskreten Fragen in mich drang, was mir denn innerlich widerfahren sei. Statt dessen nur eine noch weit größere Freundlichkeit und Liebenswürdigkeit als zuvor. Und in den dunklen Augen der immer noch schönen Ana de Jesús sah ich ein tiefes, ehrfürchtiges Verständnis. Es war der Beginn meiner Freundschaft mit dieser großen Frau, die später einmal nach vielen Verfolgungen und Leiden das Werk unserer Mutter Teresa fortsetzen und nach Frankreich und Flandern tragen sollte. Das ahnte ich damals noch nicht, aber ich ahnte, daß hier eine Verbindung fürs

Leben entstand, die sich auch auf alle Schwestern des Klosters erstreckte.

Die Diener des Don Pedro de Mendoza hatten sich auf den Rückweg gemacht, nicht ohne einen Boten zum zwei Meilen entfernten Calvario-Kloster zu senden, der bat, einer der Mönche möge mich holen kommen, denn der Weg in diese einsame Wildnis war leicht zu verfehlen. So klopfte denn nach wenigen Tagen ein würdiger Mönch, den sein langer Bart älter machen mochte, als er wirklich war, an die Tür des Beas-Klosters. Es bedurfte für mich keiner Vorbereitungen, um mit ihm zu ziehen. Auf dem Esel, den mir Don Pedro geschenkt hatte, ritten wir abwechselnd, der jeweils andere ging nebenher. Zunächst war es ein langsamer Aufstieg auf schmalen, steinigen, von Felsen gesäumten Pfaden. Aber als wir die Höhe erreicht hatten und rastend zurückblickten, zeigte sich uns Beas de Segura in seinem ganzen Charme der weißen Häuser, die sich um ihre Kirche versammelten wie eine wolkenweiße Schafherde um ihren Hirten. Und schön war unter uns die Ebene mit ihren graugrünen Olivenbäumen und dem sich silbern schlängelnden Fluß, dem Guadalimar, der diesem Landstrich seine Fruchtbarkeit verlieh.

Dann begann unser steiler Abstieg auf der anderen Seite, der Blick unterbrochen von mehreren Höhen, die nach Norden düster und kahl, nach Süden von üppigem Grün überzogen waren. Das Kloster, so sagte man mir, erhob sich nah über der Quelle des stolzen Guadalquivir, des schiffbaren Flusses von Sevilla, der hier das Aussehen eines lieblichen und frischen Baches hatte. Hier erwartete mich der Konvent, dem ich als Prior dienen sollte. Eine Wildnis, die mich entzückte!

10

Der Seelengärtner

In seiner einsamen Unberührtheit erinnerte mich El Calvario an mein Duruelo, an das ich immer sehnsüchtig zurückdachte. Eine große Eremitage, eine beglückende ›Wüstenei‹, ein paradiesischer Garten! Und wie in Duruelo hatten wir auch hier oben nah dem Hause eine sprudelnde Quelle, von Bäumen und Gebüsch umgeben. Nur war die Natur hier unvergleichlich viel üppiger als in meiner „Wiege der Reform". An den Berghängen wuchsen Eichen, Pinien und Pappeln, dazwischen blühte duftender Rosmarin, der auch das Haus umgab, ein kleines graues Haus, dem man von außen nicht ansah, daß es dreißig Mönche im Innern beherbergte. Die Mönche waren fleißig gewesen und hatten einen schönen Obstgarten angelegt mit Zitronen, Orangen, Feigen und Kirschen. Daneben sah ich Gemüse aufschießen, weiter unten wuchsen gar Reben, man erntete hier den eigenen Wein! Die besten Früchte freilich wurden nicht verzehrt, sondern verkauft, um ein wenig Geld zu bekommen für andere lebenswichtige Güter.

Alles das lernte und erfuhr ich schnell, denn die Mönche nahmen mich mit großer Herzlichkeit auf. Wir verstanden uns so gut, weil wir den gleichen Idealen folgten: die meisten Brüder hatten zuvor rings in der Sierra verteilt ein einsames Eremitenleben geführt, ganz den sagenhaften Anfängen unseres Ordens auf dem Berge Karmel vergleichbar. Einige kamen allerdings auch aus Kastilien und hatten sich die Büßerin Cardona zum Vorbild genommen, von der mein Leser schon vernahm. Die Andalusier sprachen ihren verwischten, silbenverschluckenden und Laute vertauschenden Dialekt, so daß ich sie öfter bitten mußte, langsamer zu sprechen, damit ich sie verstehen konnte. Allerdings waren sie ja eher Männer des Schweigens als des Wortes, was mich freute, denn ›Gott hört allein die Sprache der schweigenden Liebe‹.

Aber bald erkannte ich, daß die ausgeprägte Askese in diesem Kloster, das ins Auge springende Büßerwesen, im Begriff war, sich in ein Unwesen zu verwandeln. Hier wurden dringend Gespräche vonnöten, nicht nur, weil einige sich ernsthaft die Gesundheit schädigten, sondern weil wirklich das ganze Heil auf dem Spiele stand. Es gibt nämlich eine höchst gefährliche geistliche Genußsucht, die auch vor dem Leiden nicht haltmacht und so die Nachfolge Christi ins Gegenteil pervertiert. Ich sah etliche der dreißig neuen Mitbrüder dieser Gefahr ausgesetzt. ›Angezogen von dem Genuß, den sie dabei finden, richten die einen sich mit Bußübungen zugrunde, während die anderen sich durch Fasten schwächen, indem sie ohne Weisung und zuständigen Rat mehr tun, als ihre Schwachheit erträgt. Ja, sie versuchen, ihren Leib jenem zu entziehen, dem sie im Gehorsam unterstehen. Und da alle Extreme fehlerhaft sind und sie mit diesem Verhalten nur dem eigenen Willen folgen, wachsen in ihnen mehr die Laster als die Tugenden. Zumindest verfallen sie in geistige Genußsucht und Hochmut, weil sie nicht im Gehorsam bleiben. Darum, wenn sie so ihrem Gefallen und Eigenwillen nachleben und diese für ihren Gott halten, versinken sie, sobald man sie in den Willen Gottes hineinstellen will, in Trübsal, werden niedergeschlagen und mutlos.‹

Als ich das alles so mit mir durchdacht hatte, war mir klar, daß die Mönche im Calvariokloster einer festen Hand bedurften, die keine den Ordensgeist schädigenden Abweichungen zuließ, andererseits aber auch der Milde und Freundlichkeit, die jene, die ›Gott von ihren Unvollkommenheiten durch Anfechtungen, Trockenheiten und Prüfungen heilte‹, lehren würde, daß alle Buße, alle Askese vergeblich ist ohne den Geist der Hingabe und des liebenden Gottvertrauens, den wir auch Glauben nennen. Anders kommen wir nicht durch die aus der Unvollkommenheit erwachsenen Dunkelheiten, und melancholische Mönche nützen weder Gott noch den Menschen.

Ich mußte mein ganzes Wissen um die Fruchtbarkeit des Leidens einsetzen, um diese meine Brüder zu jener Lockerheit zu führen, die allein eine Liebe und Hingabe möglich macht, ohne die alle Kasteiungen und Bußen nichts als Selbsttäuschung sind. Wir lebten in einer so herrlichen Umgebung, aber sie sahen nur die Wand ihrer Zelle oder die harte Erdkrume, die sie bearbeiteten. Es galt, den Blick zu heben, den Horizont zu weiten.

Also führte ich sie hinaus, was, zugegeben, auch mir selber guttat, ebenso wie es mir lieb war, menschliche Wesen reden zu hören, mit ihnen sprechen zu können. Das lange erzwungene Schweigen der Gefangenschaft hatte mich auch den Wert des menschlichen (oder göttlichen!) Wortes gelehrt. So wanderten wir gemeinsam an einen von mir entdeckten Platz bei lieblichen Wildblumen, unter schattenspendenden Bäumen, vor allem aber mit freiem Blick in ein fruchtbares Tal, auf eine zum Himmel strebende Felswand, von der ein lebendig glitzerndes Wasser rann und sprang. Wenn wir uns dann alle im Kreise niedergelassen hatten, sprach ich von der Herrlichkeit der Schöpfung, von der Güte unseres Herrn und wie ›jedes Geschöpf von ihm die besondere Schönheit erhalten hat‹.

Es wurden gute Gespräche, die zuerst überraschten, aber selbst mürrische Mönche gingen bald mit vielen Fragen und eigenen Beobachtungen mit, während ich mich in eine rechte Begeisterung hineinredete.

Wenn dann aber schließlich der Worte genug gewechselt waren, wenn die Sonne tiefer stand und ein leichter Wind die Nähe des Abends verkündete, lehrte ich diese mir Anvertrauten eine neue Art des Betens. Nicht, daß ich die alte gewohnte Art der einstimmenden Lektüre und des Sichversenkens in ein heiliges Wort, in das aufmerksame Spüren der unsichtbaren und unaussprechlichen Nähe unseres Herrn verdrängen wollte. Aber mir schien schon immer im Beten ein gewisser Wechsel gut, alle Routine ist tödlich für den Fortschritt. Und so lehrte ich meine Brüder die Ehrfurcht und das Staunen gegenüber allem Geschaffenen, lehrte sie Schönheit erkennen vom niedersten Steinchen bis zum höchsten Stern. Und aus dem Staunen, der Freude und Dankbarkeit erwuchs dann ein Gebet, das der Herr führte, wohin er wollte.

Für dieses Beten suchte sich jeder sein ruhiges Plätzchen, an dem er mit seinem Schöpfer allein war. Manchmal geschah es mir, daß ich nicht zur gegebenen Stunde zurückkehrte, weil ich alles Zeitgefühl verloren hatte, versenkt, versunken in ein unbeschreibliches inneres Geschehen. Dann suchten die Brüder mich und riefen mich leise an oder berührten mich zart an der Schulter, bis ich „erwachte". Manchmal begleiteten uns auch zwei fromme Caballeros, die aus Úbeda stammten und mit denen ich Freundschaft geschlossen hatte. Sie aßen gelegentlich mit uns im Refektorium, es war ein gutes Verhältnis des Vertrauens. Und es rührte mich, wenn ich aus meiner Versenkung emportauchte und die beiden in achtungsvoller Entfernung stehen sah, den Hut in der Hand, als seien sie in der Kirche. Dann mußte ich lächeln, aber lachen nie! So war ich nach der dunklen Einsamkeit von Toledo im Licht des neugeschenkten Lebens in gewisser Weise auch ein anderer geworden: einer, dem der menschliche Austausch viel bedeutete, der nicht nur Stille, sondern auch Freundschaft suchte und fand.

Doch durften die frohen und heiteren Stunden, die mir für alle so am Herzen lagen, nicht als Oberflächlichkeit und Hang zu gutem Leben mißverstanden werden. Die Spannung zwischen Gottes Schöpfung und seinem Erdenleben und -leiden mußte immer fühlbar und fruchtbar sein. Und ganz gewiß mußte ich in allem Tun mit gutem Beispiel vorangehen.

Also geißelte ich mich trotz der immer noch schmerzenden Narben dreimal die Woche, scheute keine praktische Arbeit, bald spülte ich die Teller, bald reinigte ich die Latrinen. Und ich vergaß nicht, wie sehr man als Mönch und noch mehr als Prior der Versuchung des Hochmuts nah ist.

Mit meinem Fasten unterschied ich mich allerdings nur wenig von der Ernährung der Mönche. Nicht immer hatten wir reifes Obst und Gemüse, oft zog unser Koch hinaus und sammelte jene Kräuter und Pilze, die er die Schafe fressen sah, weil er mit Recht meinte, die könnten auch uns nicht schaden. Einmal aber waren wir ganz ohne Nahrung. Meine Brüder versammelten sich im Refektorium, und statt etwas Eßbarem servierte ich ihnen eine leidenschaftliche Rede über das Glück und die Freiheit der Armut. Kaum aber waren alle wieder in ihren Zellen, da pochte es an die Tür. Davor stand der Diener einer frommen Witwe mit seinem Maultier, das er mit Säcken voller Brot und Mehl beladen hatte. Niemand verstand, daß ich weinte, und so fragte mich der Türhüter, warum. Ich antwortete: „›Bruder, ich weine, weil der Herr uns für so schwach hält, daß wir nicht einmal das Fasten eines Tages ertragen können; denn darum schickt er uns die Nahrung.‹" Meine Brüder aber sprachen erfreut von einem Wunder.

Es war auch in jener Zeit des rückblickenden Helldunkels, daß ich jenes Gedicht schrieb, dessen Bilder einerseits der Erfahrung der toledanischen Flucht entnommen waren und die andererseits alle wesentliche Gotteserfahrung meines bisherigen Lebens aussprachen. Ich war so glücklich, als mir diese Verse gelangen oder, wie ich lieber sagen würde, geschenkt wurden. Hier war Neues im Werden, ich fühlte es.

Wenn Sie heute nach Toledo kommen, mein Spanien liebender Leser, so finden Sie dort über der Straße, die außen zur Alcántarabrücke führt, an der Mauer in großer weißer Schrift die Eingangsstrophe eines Gedichtes, die Ihr Reiseleiter auswendig kann. Sie bezeichnet die Stelle, über der ich mich einst abgeseilt hatte, wenn auch das Kloster verschwunden ist. Weil dieses Gedicht fast vollkommen ausdrückt, was ich lebte und was ich später in meinen Büchern vermitteln wollte, möchte ich es hier ganz zitieren:

›In einer dunklen Nacht,
entflammt in Liebe, brennend vor Verlangen –
o Glück, das selig macht! –
bin ich hinausgegangen,
von tiefem Frieden war mein Haus umfangen.

Von Dunkelheit bewacht,
konnt' zur geheimen Leiter ich gelangen –
o Glück, das selig macht! –
im Dunkel und verhangen,
von tiefem Frieden war mein Haus umfangen.

O Nacht voll großem Glück,
ich ging verhüllt, daß niemand mich erkannte,
und blickte nicht zurück,
mich führte und mich bannte
allein das Licht, das mir im Herzen brannte.

Und dieses Licht mich brachte
viel sich'rer, als das Licht der Mittagswende,
zu ihm, der mein gedachte
am Ort, den niemand fände,
daß ich mein Leben an das seine bände.

O Nacht, du hast geleitet
viel lieblicher, o Nacht, als Morgens Scheinen,
o Nacht, die mich bereitet
und wandelte zur Seinen,
um mich mit ihm, der mein ist, zu vereinen.

Ans Herz mir, das voll Blüten
nur ihm geweiht, das Haupt im Schlaf er legte;
wie sanft die Wangen glühten,
die zärtlich ich umhegte,
indes die Zeder ihre Fächer regte.

Als Hauch von hohen Zinnen
sein Haar berührt hat und gespreitet
mit sanfter Hand Beginnen,
die mir's am Hals gebreitet,
fühlt' ich erschauernd mich beraubt der Sinnen.

Mein Antlitz, selbstvergessen
auf den Geliebten fühlte ich sich senken,
ließ alles, ungemessen
verging mit mir mein Denken,
und zwischen Lilien war nur noch Schenken.‹

In meiner Begeisterung las ich meinen Mönchen das Gedicht vor, draußen in Gottes freier Natur. Aber meine Freude bekam einen Dämpfer, als ich merkte, daß viele befremdet waren, weil sie es nicht verstanden. Sie fragten mich, ob das nicht zu weltlich, ja, zu sinnlich sei und warum es mich so sehr freue. Nun, Letzteres konnte ich ihnen nur erklären, wenn es mir gelang, das Ganze begreiflich zu machen. So versuchte ich in unseren Gesprächsrunden Vers für Vers darzulegen, was es, in den Bereich der Gotteserfahrung erhoben, bedeute. Und ich versuchte, das Gemeinte durch Zeichnungen symbolisch zu veranschaulichen.

   Mir war bald klargeworden, daß dieser „Auszug" in der Nacht zugleich ein Aufstieg war, Aufstieg zu jenem mystischen Berg, der Gottsuchern allerorten in den Sinn gekommen ist. Ich hatte ihn besonders bei dem Franziskaner Laredo, den die Mutter Teresa fast so schätzte wie seinen Ordensbruder Osuna, gefunden. Nur wählte ich statt des Berges Sion die unserem Orden gemäße und mein Gefühl tief berührende Symbolik des Berges Karmel. Ich legte meinen Brüdern dar, daß die „Nacht" für den Anfänger jenes Bemühen kennzeichnet, das Trennungen vollziehen, „hinausgehen" muß, sich trennen von der eigenen Ichsucht. „Abgeschiedenheit" nennt das Ihre deutsche Mystik, o mein Leser. Und ich sagte, daß das sehr schwer ist, weil der unaussprechlich nahe Gott zugleich der unübersteigbar ferne ist, so daß jede Hinwendung zu ihm ein mühsamer Weg ist, mühsam und lohnend wie die Nachfolge Christi auf Erden, die den Metaphern oder Symbolen sowohl des Aufstiegs wie der Nacht zugrunde liegt. Den Zeichnungen des Berges fügte ich erklärende Beschriftungen bei und machte mich daran, meine mündlichen Kommentare zu ordnen und niederzuschreiben. Dabei ging ich von meinen eigenen Anfängen auf diesem schweren Wege aus, bedachte zugleich die streng eremitische, die Askese liebende Gesinnung meiner Mönche wie auch die schon erwähnte Gefahr des Umschlagens der Strenge in Willkür und geistliche Genußsucht. Diese Niederschrift war alles in allem keine leichte Aufgabe.

Um so fröhlicher war ich dann, wenn ich am Samstag und Sonntag – an jedem Samstag und Sonntag! – bei den Schwestern in Beas weilte; denn so hatte ich es mit der Mutter Ana de Jesús ausgemacht. Später erzählte sie mir lachend, wie sie nach meinem ersten Besuche an die Mutter Teresa geschrieben hatte, sie brauche händeringend für ihr Kloster einen guten Beichtvater – und wie die Mutter Teresa ihr dann im sofortigen Antwortschreiben gründlich die Meinung gesagt habe! Aber, so fügte sie hinzu, als dieser Brief eintraf, sei es schon nicht mehr notwendig gewesen, sie auf meine Eignung als Seelenführer hinzuweisen. Ich war bereits als Beichtvater „engagiert".

Und nun freute ich mich Woche für Woche auf die Begegnungen und auf den herrlichen Weg erst steil bergauf, dann sachte bergab, wobei ich sang und dichtete und meine Erklärungen zum Berge Karmel im Sinne hatte. Ich wurde stets von einem meiner Brüder begleitet, und oft nahmen wir auch den Esel mit zur abwechselnden Benutzung. Aber nie versäumten wir, auf der Höhe des Gebirgskammes, die weißen Häuser von Beas schon verlokkend im Blick, dem Tier eine Rast zu gönnen und uns selbst an dem einmaligen Panorama zu erfreuen. Wie für uns geschaffen gab es dort einen großen Stein, der als Ruhesitz diente.

Kam ich dann hinab zum Kloster der unbeschuhten Karmelitinnen, so gab es viele kleine Zeichen, daß man mich erwartete. Keine asketischen Reden halfen mir, wenn man mir einen Orangentrunk als Willkommensgruß bereitet hatte, und kein Sonntagsmahl endete ohne eine Süßspeise nach Rezepten der Mutter Teresa, die erfinderisch war in der angenehmen Verwendung einfacher Zutaten, wie etwa Hagebutten oder wilde Brombeeren.

So wurde, ehe das Beichtehören begann, schon eine familiäre Atmosphäre geschaffen, die es mir leicht machte, jede Schwester in ihrer einmaligen Individualität kennenzulernen und entsprechend zu leiten.

Am Abend kamen wir dann alle im großen Sprechzimmer zusammen, durch das Gitter mehr verbunden als getrennt. Auf meiner Seite stand ein Stuhl bereit, ausgespanntes Leder als Lehne wie als Sitz über dem gekreuzten Standgestell. Die Nonnen saßen am Boden auf ihren Matten, zu jener Zeit eine durchaus normale spanische Sitte, besonders im so lange maurisch geprägten Andalusien.

Einmal im Jahr durfte ich in die Klausur kommen, bei begründeten Anlässen auch öfter. Dann stellte man meinen Stuhl so, daß die Schwestern um mich herum auf dem Boden hockten. Sie nutzten das, um meinen Händen und Füßen ihre zärtliche Zuneigung zu erweisen, so sehr ich auch versuchte, solchen Bezeugungen zu wehren. Aber schließlich gab ich der Freude nach, die es ihnen offensichtlich bereitete.

Die vertrauende, ja, zutrauliche Herzlichkeit dieser Nonnen war für mich ein ganz neues, verwandelndes Geschenk, bei dem Geben und Nehmen so ausgeglichen waren, wie es für eine wachsende Freundschaft gut ist. Manchmal wünschte ich, wenn ich so in geselliger Runde saß und heitere Geschichten erzählte, die ich selbst erfunden hatte und in denen natürlich unser Herrgott die Hauptrolle spielte, daß mich die Mutter Teresa sehen könne, der ich ja immer ein wenig zu verschlossen und in mich gekehrt war – und was ich damals um so weniger ändern konnte, je mehr ich ihre Kritik zu spüren bekam. Sie hätte jetzt ihre Freude gehabt.

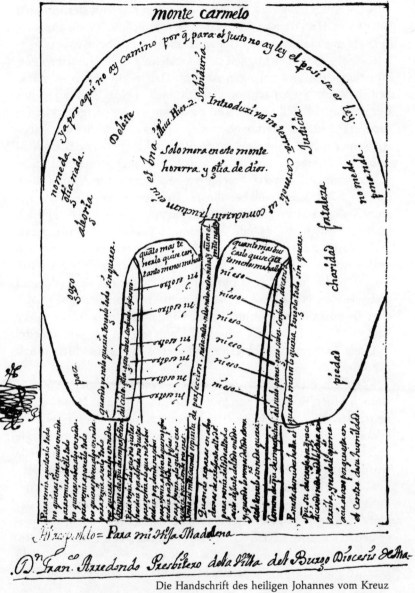

Die Handschrift des heiligen Johannes vom Kreuz

Mir war klargeworden, daß dieses Gehen durch die Nacht zugleich ein Aufstieg war. Meinen Zeichnungen des Berges fügte ich erklärende Beschriftungen bei und machte mich daran, meine mündlichen Kommentare niederzuschreiben (Seite 170 f.).

Nach einiger Zeit las ich auch mein Gedicht von der dunklen Nacht vor. Und da war die Erfahrung mit diesen Frauen ganz anders als mit meinen eremitischen Mönchen. Die Schwestern zeigten eine große Leichtigkeit im Verstehen und Umsetzen der künstlerischen und geistigen Absicht. Das machte mich so glücklich, daß ich beim nächsten Besuch auch meine Zeichnung des Berges Karmel mitbrachte, und bald war ich in eifrige Erklärungen verstrickt. Ich merkte aber, daß, umgekehrt als bei den Mönchen, hier meine Kommentare nicht so ankamen wie das Gedicht selbst, sie klangen wohl für die sensiblen Frauen manchmal reichlich verneinend. Ich erschreckte sie, als Schwester Alberta mich fragte: „Pater Juan, welcher dieser Aufstiegswege, die nicht alle zum Ziel zu führen scheinen, ist denn nun der wahre?", und ich leidenschaftlich die Hände hob und antwortete: „›Nada, nada, nada, nada, nada!‹" Vor so viel Nichts erschraken sie, und ich mußte immer wieder erklären, wie dieses Nichts zum Alles wird. Darum malte ich für jede ein Zettelchen mit dem Berg, dem zu erstrebenden Nada jenseits der Täuschung sinnlicher und geistlicher Beglückungen, die nicht zum Gipfel führen, sondern in die Sackgasse des Egoismus münden. Dann versah ich jeden Zettel mit dem Namen der Schwester und drehte das Ganze eifrig durch die Winde.*

Vor allem aber, weil ich gerade meine Zettel erwähne, systematisierte ich hier, was ich schon in Valladolid mit leichter Hand begonnen hatte. Was ich für jede im Gespräch als besonders wichtig erkannte, schrieb ich in kurzen Sentenzen oder Aphorismen für sie auf. Und anders als bei den Schwestern in Valladolid oder in Ávila wurden hier alle Zettel sorgfältig verwahrt. Die Liebe war wohl größer, weil ich selber zugänglicher geworden war. Mein Leser kann diese Zettel heute unter dem Titel „Sprüche des Lichtes und der Liebe" abgedruckt finden, und er wird dann auch sehen, wie verschieden sie sind, so daß ich der einen Schwester aufschrieb: „›Reden Sie wenig und mischen Sie sich nicht ein, wenn Sie nicht gefragt sind‹", und der anderen: „›Vor der gottgeeinten Seele

---

* Anmerkung der Schreiberin: Da die Sprechgitter nicht zum Hindurchreichen von Gegenständen gedacht und geeignet sind, gibt es daneben hölzerne Trommeln, in die sich etwas hineinlegen läßt und die es dann nach dem Drehtürprinzip auf die andere Seite transportieren.

fürchtet sich der Teufel wie vor Gott selbst‹", einer dritten: „›Es ist besser, für Gott zu leiden, als Wunder zu tun.‹"

Je herzlicher und fröhlicher sich die Kontakte gestalteten, um so mehr wagte ich auch von meinem innersten und eigentlichen Wesen zu offenbaren, und so dauerte es nicht lange, da las ich jene Strophen der Liebe vor, die mir im Gefängnis zu Toledo aus Herz und Geist geströmt waren. Wie leicht konnte ich sie den Schwestern nahebringen, waren sie doch alle, wie die Seele in diesem Geistlichen Gesang, suchende Bräute Christi. Und war es nicht mein ständiges ›Überlegen, wie sie auf sehr leichte Weise heilig werden könnten, um sich ihres geliebten Bräutigams zu erfreuen?‹ Mit „sehr leicht" meinte ich: unbelastet, nicht etwa bequem, lieber Leser! Ich sagte ihnen: „›Wir werden den reichen Gewinn der reinen Liebe erkennen und die Pfade, die zum ewigen Leben führen, und die wunderbaren Schritte, die wir in Christus tun, dessen Bräute seine Krone und ganze Freude sind.‹" Nach so beglückenden Gesprächen konnte ich auch mahnend empfehlen, sich ›in Geduld und Schweigen zu üben und alles Störende sterben zu lassen, damit der Heilige Geist in den Seelen auferstehe und in ihnen wohne‹.

Ich brauchte hier nicht zu befürchten, daß man mich mißverstand, und ich fand mich mit der Priorin Ana de Jesús oft in anregendem Gedankenaustausch, den ich nur unterbrach, wenn im Garten eine Arbeit auf mich wartete, denn ich war hier nicht nur der Beichtvater und geistliche Gärtner, sondern auch derjenige, der zwischen den Gemüsebeeten das Unkraut jätete und der auch Maurerarbeiten ausführte, wenn etwas zu reparieren war. Und hatte ich einmal mit Mühe den ganzen Garten vom Unkraut befreit, so breitete ich die Hände aus und sagte begeistert zu den Schwestern: „Nada, nada, nada!"

Die Tage in Beas gehören, lieber Leser, zu den schönsten Erinnerungen meines Lebens. Aber auch der Konvent „El Calvario" trug zu meiner glücklichen Stimmung jener Zeit bei, denn seine Einsamkeit inmitten unberührter Natur entsprach so ganz meinen Sehnsüchten.

Nur, leider, war das Glück von kurzer Dauer. Nach acht Monaten erreichte mich ein Schreiben, das wieder mein Leben ändern sollte.

11

Würden und Bürden

Das Schreiben kam vom neuen Generalvikar der beschuhten Karmeliten, dem auch wir ja noch unterstellt waren, Pater Ángel de Salazar, der zu unseren wenigen Freunden im Orden gemäßigter Observanz gehörte. König Philipp II. hatte dafür gesorgt, daß unser zorniger Gegner Tostado abgesetzt wurde und daß Nuntius Sega, der inzwischen die Feindschaft des Hofes, die nicht zuletzt auf den Mitteilungen der Mutter Teresa beruhte, fühlte und fürchtete, an seiner Stelle den Pater Salazar ernannte. Zugleich hatte man auf Betreiben des Königs eine Kommission eingesetzt, die eine Trennung der Brüder durch Schaffung einer selbständigen Ordensprovinz für die Unbeschuhten prüfen und gegebenenfalls ins Werk setzen sollte. Dabei, wie auch in Rom, spielte jenes einstige Schreiben eine große Rolle, auf dessen Unterzeichnung ich in Almodóvar nicht zur Freude meiner Mitbrüder so dringend bestanden hatte. Jetzt war es eine wesentliche Grundlage für die Trennungsverhandlungen.

Das war im Frühjahr 1579, und der vorausschauende neue Generalvikar hatte sich überlegt, daß die damals bedeutende andalusische Universitätsstadt Baeza, „das Salamanca des Südens", gut ein Kolleg der Unbeschuhten gebrauchen könne. Also, so hieß es in dem Schreiben, sollte ich es gründen und ihm als Rektor vorstehen. Dies war, so sehr mich die plötzliche positive Wendung für die Reform freute, doch für mich betrüblich, denn mein Leben im Calvariokloster entsprach dem, was ich immer gesucht und gewünscht hatte. Rektor war ich schon in Alcalá nur ungern gewesen, jetzt aber hatte sich, bedingt durch die Erfahrungen von Toledo, mein Bedürfnis nach Zeit und Ruhe für das Gebet noch vertieft. Auch hatte sich mein Organismus, mein Nervensystem, meine Seele, wie wir damals lieber sagten, so in den mir gemäßen kontemplativen Rhythmus eingespielt, daß es schwer und ermüdend war, ihn wieder zu ändern.

Aber was half es? Ich hatte den Auftrag, und ich mußte versuchen, Gottes Willen darin zu erkennen. So reiste ich denn nach Baeza, suchte und fand in den engen Straßen des alten Städtchens ein geeignetes Haus, nicht weit von der an der Stadtmauer gelegenen Universität, das ich kaufte. Im Juni siedelte ich mit drei Brüdern aus El Calvario dorthin über. Hinzu kamen vier Studenten als Novizen. Ganz offensichtlich kannte man uns und hatte auf mich gewartet, denn kaum war ich eingetroffen, da bildeten sich vor meinem Sprechzimmer und meinem Beichtstuhl wahre Menschenschlangen. Studenten und Professoren, Gemüsefrauen und reiche Damen, junge Mädchen und alte Caballeros. Denn man war hier an eine intensive geistliche Betreuung gewöhnt gewesen bis zum Tode des „Apostels von Andalusien", Professor Juan de Ávila, der vor zehn Jahren starb und in Ihrer Zeit, mein Leser, heiliggesprochen wurde. Man war bemüht, seine Tradition fortzusetzen, wenn auch mit wechselndem Erfolg. Juan de Ávila war Gründer der Universität, und da von meiner achtmonatigen Tätigkeit in Andalusien Gerüchte herumschwirrten, ich sei der wahre Nachfolger dieses unersetzlichen Mannes, setzte ein Ansturm religiös aufgeschlossener Menschen ein. Es war jener gleiche urteilsfähige Theologe, der zur Zeit meiner Duruelo-Gründung die Mutter Teresa mit einem Gutachten über ihre Autobiographie beruhigt und getröstet hatte.

Er hatte ihr am 12. September 1568 von seinem Wohnort, nah bei Córdoba, geschrieben:

„Die Erfahrungen waren gut für die Seele; insbesondere haben sie Sie in der Erkenntnis des eigenen Elends und Ihrer Fehler im Sinne eines Bemühens um Besserung unterstützt. Und sie waren, immer mit der Wirkung geistlichen Fortschritts, von Dauer, sie sind Ihnen Anlaß zu Buße, zu Selbstkritik und Gottesliebe. Doch selbst wenn man sicher ist, daß Erfahrungen von Gott kommen, darf man nicht zuviel darauf geben, denn Heiligkeit besteht in demütiger Gottes- und Nächstenliebe."

Hier erkannte ich eine Haltung, die der meinen sehr verwandt war. Im übrigen aber konnte ich mich dem großen Geistlichen wirklich nicht vergleichen, der seinem ganzen Wesen nach Missionar war, der in Amerika wirken wollte und den nur zunächst sein

Bischof, dann eine chronische Erkrankung in Andalusien hielten, von wo aus er sich hatte einschiffen wollen. Denn er kam aus Toledo, entstammte einer Familie jüdischer Konvertiten, kannte deren Probleme und war voller Liebe und Verständnis für alle um ihres Glaubens oder Unglaubens willen Verfolgten, auch für die zahlreichen „moriscos" und ihre Nachkommen in Andalusien*.

Zwar war auch ich vom Wissen durchdrungen, wie leicht sich ein Mensch auf dem Weg des Glaubens verirren kann, aber mein Wirken für Suchende und Fragende war doch immer ein sehr persönliches, das eine subtile innere Beziehung voraussetzte. Große Predigten und Massenwirkungen, die Stärke dieses andalusischen Apostels, waren meine Sache nicht.

Wieder hatte eine Beziehung zu Toledo, Stadt meiner Vorfahren und meiner Leiden, mich eingeholt. Ich bemühte mich aber, mit den Anforderungen in Baeza auf meine stille Weise fertigzuwerden.

Die stand freilich in Gegensatz zu der quirlig-unsteten, keineswegs um Gründlichkeit bemühten Art der Bevölkerung, deren Sprache mir immer noch Schwierigkeiten machte und deren Vorliebe, kirchliche Bilder und Statuen ›mit prächtigen weltlichen Kleidern zu versehen‹, mich abstieß, denn ›damit werden ja statt der Heiligen ihre Eitelkeiten kanonisiert!‹ Da ich wußte, daß die Mutter Teresa während ihres Aufenthaltes im hektischen Sevilla ähnliches empfunden hatte, schrieb ich ihr von diesen meinen Schwierigkeiten und Abneigungen. Ich wußte, daß sie mich verstand.

Ich dachte in Baeza aber auch manchmal an mein Wort von dem Quentchen reiner Liebe, das mehr wert ist als alle Werke. So hatte ich in Duruelo gesagt, als es um die Frage des Predigerberufes ging. Und ich dachte an jene heilige Maria, die wir als die Schwester der Marta kennen und die, wie später von ihrem Leben berichtet wurde, obwohl sie ›eine große Predigerin war‹, zu der die Menschen zum Nutzen der Kirche strömten, ›sich dennoch dreißig Jahre lang in der Wüste verbarg, um ganz der wahren Liebe zu leben, weil ihr das für die Kirche wichtiger schien‹.

* Anmerkung der Schreiberin: „moriscos" nennt man die zwangsweise zum Christentum bekehrten Mauren.

Es war für mich ein Segen, daß ich, zwischen Olivengärten reitend, immer wieder meine Nonnen in Beas besuchen konnte, Erholung fand in dieser meiner Familie, wie ich sie manchmal heimlich nannte, in der ich mich geborgen, geliebt und verstanden wußte. Ich brauchte wirklich die Ruhe und den Frieden, der mir dort zuteil wurde, denn in dem von mir günstig gekauften Hause des klösterlichen Kollegs San Basilio war es nicht einmal des Nachts ruhig: es spukte, Poltergeister raubten, wie die Bürger von Baeza schon lange wußten, den Bewohnern den Schlaf! Als sie es eines Nachts gar zu toll trieben, kam ich aus meiner Zelle, die heilige Beschwörung, die ich in Ávila als Teufelsaustreiber so oft anwenden mußte, im Herzen und auf der Zunge. Da lief mir einer dieser Kobolde zwischen die Füße, ich stolperte und fiel. Aber von da an hatte der Spuk ein Ende.

Ja, ich brauchte wirklich trotz all der äußeren Verpflichtungen die Kraft des Gebets. So lehrte ich im Kolleg denn Auslegung der Heiligen Schrift, leitete Diskussionen von Professoren und Studenten. Man holte mich dafür gern, weil ich den Streit der Meinungen nicht mit tierischem Ernst schürte. Dabei nutzte ich jede Chance, mich still in meine Zelle zurückzuziehen, oder richtiger gesagt, spürte ich einen starken „Sog" oder wie immer ich es nennen soll, der mich unwiderstehlich nach Innen zog. So geschah es mir einmal in der Kirche, als ich vor einer großen Anzahl versammelter Christen aus dem Universitätsbereich die heilige Messe las, daß ich beim Erheben des Kelchs die Wahrnehmung für Ort und Zeit verlor. Ich versank in dem unbeschreiblichen Strömen und Quellen einer Liebe, die nicht mein Werk war. Dabei stand ich zum Erschrecken der Gläubigen eine Weile unbeweglich mit dem erhobenen Kelch, um dann die Arme zu senken und mit dem Kelch zur Sakristei zu gehen, als sei die Messe schon beendet. Solche Vorkommnisse waren mir peinlich, aber ändern konnte ich sie nicht.

Trotzdem bemühte ich mich natürlich um nutzbringende Aktivitäten, zu denen neben meinen universitären Verpflichtungen für mich noch immer die Krankenpflege gehörte. Dieses Engagement meiner verwaisten Kindheit verließ mich nie. Vielleicht spürte ich schon damals, wie wichtig es für mich war, mich nach der doch innerlich beweinten Trennung von meiner Mutter nicht abzukapseln und lieblos zu veröden. Und ganz allmählich wuchs dabei auch die

Erfahrung der Liebe Gottes in meinem im Tiefsten dann nicht mehr vereinsamten Herzen.

Und weil mir die Kranken, wo ich auch war, so viel bedeuteten, weil ich nie vergaß, über ihre Nöte und Bedürfnisse nachzudenken und diese wo immer möglich und unter Aufwendung aller Mittel und Kosten zu lindern, schien es zu meiner Bestimmung zu gehören, daß ich diese meine Vorliebe in Baeza ganz unerwartet im Übermaß brauchte. Denn es brach im Jahre 1580 jene furchtbare, ganz Europa geißelnde Grippewelle aus, die wir den „catarro universal" nannten. Sie war in der Wirkung fast der Pest vergleichbar.

Die Krankheitswelle erreichte Andalusien, als ich gerade bei den Schwestern in Beas war, und obwohl mein Kolleg San Basilio inzwischen so viel Zulauf gefunden hatte, daß es achtzehn Mönche und Novizen (mich nicht mitgerechnet) beherbergte, konnte ich mich doch nicht mit dem Gedanken an ihre Zuverlässigkeit beruhigen. Ich brach sofort auf und dankte dann dem Herrn für diesen schnellen Entschluß: denn ich traf alle achtzehn hoch fiebernd im Bett an, und es fehlte an allem. Ich besorgte Kissen, Decken, dreißig Hühnchen, aber ich wurde böse, als ich merkte, daß man unseren einfachen Laienbruder in ein Hospital abgeschoben hatte. Ich holte ihn sofort zurück und pflegte ihn selbst. Gottlob wurde er wieder gesund. Bald war ganz Baeza ein einziges Krankenhaus – aber nicht nur Baeza! Während ich dort, durch die Epidemie von allen Kontakten abgeschnitten, von Bett zu Bett ging, erlag in Medina del Campo meine arme Mutter der Krankheit.

Ich war tief betroffen, als die unbeschuhten Karmelitinnen von Medina, in deren Kloster meine Mutter bis zuletzt Webunterricht erteilt hatte, es mir brieflich mitteilten. So hatte ich sie also zum letzten Male gesehen bei meinem unseligen Gefangenenintermezzo in Medina, wo sie blaß und fassungslos auf mich und meine mich verhöhnenden Peiniger gestarrt hatte. Die Schwestern suchten mich zu trösten: sie hatten sich stets auf Weisung unserer Mutter Teresa de Jesús um sie gekümmert und hatten für sie gesorgt, auch wenn sie nicht ins Kloster kommen konnte. Für sie, die sie dabei gut kennengelernt hatten, war sie eine wahre Heilige geworden. Sie gaben ihr darum ein Grab in ihrer Kirche. Ich wollte es so bald wie möglich besuchen, konnte aber Baeza vorläufig nicht verlassen. Auch die Mutter Teresa war, wie ich bald hörte, schwer erkrankt. Wir sahen es alle später, zuerst Pater Gracián: sie war durch diese Krankheit sehr gealtert, und sie erholte sich, so empfanden wir es, davon nie wieder ganz.

Erst im März des nächsten Jahres, also 1581, fand ich Gelegenheit, kurz in mein geliebtes Kastilien zu kommen. Doch die Mutter Teresa sah ich nicht, weil sie als Frau auf dem Ordenskapitel, das sich damals in Alcalá de Henares versammelte, nach Auffassung unserer Zeit nichts zu suchen hatte. Dabei war es der eigentliche große Erfolg, der ihrem Leben und Wirken für die Reform beschieden war.

Es war ein einzigartiges Kapitel in unserer Ordensgeschichte, in der doppelten Bedeutung des Wortes! Unsere Bemühungen um eine selbständige Provinz hatten Früchte getragen, der Papst hatte eine Trennungsbulle, d. h. die urkundliche Genehmigung einer eigenen Ordensprovinz oder Kongregation für die Unbeschuhten, gesandt. Damit waren wir aber, mein Leser, noch kein selbständiger Orden, das geschah erst knapp zwei Jahre nach meinem Tode. Doch wir besaßen seit Alcalá so viel Freiheit und Selbständigkeit, daß wir nach menschlichem Ermessen von nun an in Frieden leben konnten. Es waren zwanzig Unbeschuhte, die an der konstituierenden Kapitel-Tagung teilnahmen, fast alle von uns hatten in der einen oder anderen Weise Mißhandlung und Gefangenschaft am eigenen Leibe erfahren, wenn es auch niemanden so arg mitgenommen hatte wie mich.

Groß war unsere Freude, als zu Beginn der Hauptsitzung am 3. März die Trennungsbulle des Papstes verlesen wurde, die zunächst die Besonderheit unserer schon zweihundert Nonnen und dreihundert Mönche umfassenden Kongregation mit Betonung des kontemplativen Betens und großer Schlichtheit der Lebensführung hervorhob und in der es weiter hieß:

„›Die von Uns eingesetzte eigene Provinz soll sich die der ‚Unbeschuhten' nennen. Die Mönche der gemilderten Regel jedoch haben keinerlei Recht mehr, die Unbeschuhten zu belästigen, zu betrüben, zu beunruhigen und zu mißhandeln.‹" Zugleich wurden alle Exkommunikationen und sonstigen Kirchenstrafen aufgehoben. Mir klingen die zitierten Sätze wie ein fernes Echo des Briefes, den unsere Mutter Teresa zweieinhalb Jahre zuvor in meiner Angelegenheit an König Philipp geschrieben hatte!

Sodann erfolgte die Wahl eines Provinzials für die Kastilien und Andalusien umfassende neue Ordensprovinz. Mein erster Gründungsgefährte, Pater Antonio Heredia de Jesús, und Pater Jerónimo Gracián de la Madre de Dios standen in Konkurrenz. Zur Enttäuschung Heredias wählten wir Gracián, denn wir wußten, er war der Favorit des Papstes und des Königs, denen wir unsere Befreiung verdankten. Dann stimmten wir alle das Tedeum an, und Pater Gracián hielt eine geistsprühende Ansprache. Der eigentliche Zweck des Kapitels hatte sich in einer Weise erfüllt, auf die niemand mehr ernstlich zu hoffen gewagt hatte. Anders unsere Mutter Teresa, die nie die Hoffnung aufgab. Sie, mit wieder erlaubten neuen Gründungen beschäftigt, schrieb bald in Palencia in ihre Reisechronik:

„›Das Kapitel tagte in unserem Kolleg San Cirilo, alles ging wunderbar friedlich und einträchtig vonstatten. Der Magister fray Jerónimo Gracián de la Madre de Dios wurde zum Provinzial gewählt. Dieser Erfolg war eine der größten Freuden meines Lebens, hierfür hatte ich fünfundzwanzig Jahre lang Mühen, Verfolgungen und Fehlschläge auf mich genommen. Sie alle aufzuzählen ist unmöglich, und nur der Herr weiß, wovon ich spreche. Es kann aber nun, da alles vollendet ist, auch niemand den tiefen Jubel in meinem Herzen begreifen, der nicht weiß, durch welche Leiden ich gehen mußte. Ich wünschte, die ganze Welt würde jetzt in das Lob des Herrn einstimmen, und ich empfehle Ihm unseren christlichen König Philipp II., mit dessen Hilfe Gott alles zu einem so guten Ende geführt hat. War doch die Arglist des Teufels so groß, daß ohne unseren König alles zu Bruch gegangen wäre.

Nun haben wir unseren Frieden, Beschuhte und Unbeschuhte. Niemand hindert uns am Dienste unseres Herrn. Darum, meine Brüder und Schwestern, deren Gebete so wunderbar erhört wurden, eilt, eurem Herrn zu dienen!

Und haltet euch immer vor Augen, wer unsere Vorväter sind, jene heiligen Propheten*: Was sind das für heilige Männer, die da im Himmel unseren Habit tragen! Gestatten wir uns mit der Hilfe Gottes doch die heilige Anmaßung, sein zu wollen wie sie! Kurz ist der Kampf und ewig ist das gute Ende! Lassen wir doch alle Dinge,

---

* Anmerkung der Schreiberin: Elija und Elischa.

Apsis der Kathedrale von Ávila

Ich betrat die Stadt zu Fuß, denn ich wollte zum Gebet in die Kathedrale, die als christliches Bollwerk breit und mächtig in die Stadtmauer eingelassen war. Durch ein Seitenportal betrat ich die Kirche, war überrascht von der Fülle goldenen Lichts an einem Novembertag (Seite 189).

die an sich nichts sind, konzentrieren wir uns nur auf das, was uns diesem Ziel nahebringt, diesem Ende ohne Ende, um Ihn immer mehr zu lieben, Ihm immer besser zu dienen, IHM, der da lebt in Ewigkeit, amen, amen! – Dank sei Gott!‹"
Ich ließ eine Dankesmesse für den König lesen. Die Wahl des Provinzials war eingeleitet worden von der Wahl der vier „Definitoren", d. h. Assistenten in der Ordensregierung. An erster Stelle wurde der Prior von Pastrana gewählt, Nicolao de Jesús María Doria, ein im Finanzwesen erfahrener Italiener, neu und vielversprechend im Orden, von ihm wird mein geschätzter Leser noch hören. Des weiteren dann Pater Antonio de Jesús, wieder Prior in Mancera, ich selbst und Gabriel de la Asunción vom Kloster La Roda. Wir arbeiteten gleich mit Pater Gracián die Statuten aus. Ich hatte also noch ein Verwaltungsamt hinzubekommen.

Aber ich sagte mir, daß ich damit nicht an Andalusien gebunden war, und weil meine Rektoratszeit in Baeza sich ihrem Ende näherte, schrieb ich einen Brief an die Mutter Teresa. Ich bat sie sehr herzlich, mir zu helfen, daß ich nun, da die Gefahr einer neuerlichen Entführung vorüber sei, wieder in meine Heimat Kastilien zurückkehren könne, möglichst als einfacher Mönch.

Die Mutter verstand das und schrieb schon am 24. März an Pater Gracián, er möge ihr noch einen „Osterkuchen" schenken (das Fest war gerade vorbei). Dieser Osterkuchen war mein Anliegen, war ihre auf mich bezügliche Bitte, die sie dem neuen Provinzial so erklärte:

„›Sie sollen wissen, daß ich vorher (vor dem Kapitel) Johannes vom Kreuz, der so ungern in Andalusien ist, weil er die Art der Leute dort nur schwer erträgt, getröstet habe. Ich habe ihm gesagt, wenn Gott uns eine eigene Provinz geben würde, wolle ich mich bemühen, ihn nach Kastilien zurückzuholen. Nun fürchtet er, man könne ihn wieder zum Rektor in Baeza wählen, und bittet mich um die Erfüllung meines Versprechens. Er schreibt mir, ich möge Sie doch bitten, ihm eine solche Wahl nicht zu bestätigen. Ich meine, wenn es irgend möglich ist, sollte man ihm, der schon genug gelitten hat, doch diesen Trost gewähren.‹"

Aber mit dem Geschenk des „Kuchens" hatte es seine Schwierigkeiten, bedingt durch neue Bestimmungen des Alcalá-Kapitels. Denn man hatte dort beschlossen, daß ein Rektorat nicht mehr zwei, sondern drei Jahre dauern solle. Pater Gracián kam mir entgegen, indem er mir die notwendige Verlängerung nicht bestätigte. Aber zu der noch leicht fortbestehenden Unsicherheit kam ein für mich völlig unerwartetes und entscheidendes Ereignis: Das Kapitel hatte den Modus der Priorenwahl geändert. Jedes Kloster durfte sich seinen unbeschuhten Prior holen, woher es wollte, wenn nur die Wahl der Mönche eindeutig war. Und die Mönche des 1573 in Granada gegründeten Klosters, dessen Prior 1581 als Rektor ans neue Kolleg in Salamanca geholt wurde, wählten mich! Und das, obwohl ich selbst ja noch Rektor in Baeza war. Ich erfuhr es erst, als ich von einer Reise nach Caravaca in der Provinz Murcia zurückkam. Das dortige Nonnenkloster hatte ich schon einmal besucht, um einer der besten Töchter Teresas in seelischen Nöten beizustehen. Jetzt wurde sie, Ana de San Alberto, zur Priorin gewählt, und ich mußte die Wahl leiten. Als ich zurückkam und die Nachricht von meiner eigenen Wahl vernahm, war ich doch erschrocken, weil ich nun neben dem Definitor noch ein Amt hatte, während ich mich nach einem schlichten, anonymen Mönchsleben sehnte.

So saß ich denn also zunächst wieder in Baeza und schrieb von dort einen Brief an Schwester Catalina de Jesús, mit der ich mich gut verstand, zumal sie oft die Mutter Teresa auf ihren Gründungsreisen begleitet hatte. Da es der erste Brief ist, der von den vielen, die ich schrieb, erhalten blieb, und weil meine damalige Verfassung so deutlich aus ihm spricht, bitte ich, lieber Leser, um Ihre Geduld, wenn ich ihn hier ungekürzt mitteile:

„»Dieser Brief ist für Sr. Catalina de Jesús, Unbeschuhte Karmelitin, wo auch immer sie sich befinden mag.

Baeza, den 6. Juli 1581

Jesus sei in Ihrer Seele, liebe Tochter Catalina!

Wenn ich auch nicht weiß, wo Sie sich aufhalten, möchte ich Ihnen doch diese Zeilen schreiben. Ich tue das im Vertrauen, daß unsere Mutter sie Ihnen nachsenden wird, sofern Sie nicht mit ihr unterwegs sind.

Sollte sie Sie jedoch nicht mitgenommen haben, so trösten Sie sich mit mir, der ich hier noch viel einsamer und verbannter bin. Ja, seit mich der Wal verschluckte und in diesem fremden Hafen ausspie, war es mir niemals mehr vergönnt, sie wiederzusehen und ebensowenig die anderen Heiligen dort.

Gott hat das gut gefügt. Denn die Verlassenheit schleift uns zurecht, und aus dem Erleiden der Finsternis wird großes Licht – wolle Gott, daß wir nicht im Finstern bleiben!

O was möchte ich Ihnen alles sagen! Aber ich schreibe ganz ins Dunkel, weil ich nicht weiß, ob Sie diesen Brief erhalten werden. Darum höre ich auf, ohne ihn zu beenden. Beten Sie für mich. Ich will Ihnen von hier nichts weiter berichten, ich mag einfach nicht.

Ihr Diener in Christo
fray Juan de la †.«

12

Abschied und Aufbruch

Ich sollte die Mutter Teresa eher wiedersehen, als ich gedacht hatte, wenn auch nicht alles nach Wunsch ging. Das muß ich etwas ausführlicher erzählen.

Es begann damit, daß Sr. Ana de Jesús mir einen Boten nach Baeza sandte und um eine dringende Unterredung bat. Ich brach sogleich auf, denn ich wußte, daß diese kluge Frau, die wegen Krankheit ihr Priorat abgegeben hatte, mich nur in einem sehr dringenden Falle rufen ließ. Ich konnte auf ihr Urteil vertrauen, und als ich mich dem Beaskloster näherte und mir ihre Gottverbundenheit vorstellte, dachte ich, wie schon oft: ›Sie ist ganz einfach krank vor Liebe.‹ Und tatsächlich zeigte sich nun auch, daß Sr. Ana aus Liebe zu ihrem Herrn Strapazen und Veränderungen auf sich zu nehmen bereit war, die ihrem Kräftezustand nicht zu entsprechen schienen. Aber der Herr hatte ihr, so sagte sie mir, als sie mir im Beichtraum gegenübersaß, kürzlich nach der heiligen Kommunion sehr deutlich zu verstehen gegeben, daß sie die Vorschläge unseres Provinzialvikars Diego de la Trinidad nicht einfach mit einem Lachen beiseiteschieben durfte, wie sie es bisher getan hatte. „›Trotz des Zustandes‹", sagte sie, „›in dem mich der Pater Visitator sah, sprach er doch allen Ernstes davon, daß wir zu einer Stiftung nach Granada reisen sollten, weil mehrere angesehene Personen und vornehme, reiche Damen darum gebeten und ihm dafür große Spenden angeboten hatten. Mir dagegen kam es vor, nur sein allzu großes Vertrauen, das er auf diese Personen setzte, habe ihn zu dem Glauben bewogen, daß sie uns unterstützen würden; darum sagte ich ihm, ich hielte diese Versprechungen nur für schöne Worte, die nicht erfüllt werden würden. Auch werde der Erzbischof zur Stiftung eines armen Klosters keine Erlaubnis geben, weil dort ohnehin schon zu viele Nonnen lebten, die kein Auskommen hätten, da Granada verheert und von jahrelanger Dürre heimgesucht sei.‹"

"›Trotz meiner Zweifel‹", berichtete Ana weiter, "›empfahl ich die Sache angelegentlich dem Herrn und bat auch die Schwestern, Gott um Erleuchtung zu bitten, was hier zu tun sei.‹" Da gab ihr, so sagte sie, der Herr nach der Kommunion kund, ›daß bei diesem Kloster zwar mit keiner menschlichen Unterstützung zu rechnen sei‹, er jedoch die Gründung dringend wünsche, ›weil ihm darin sehr eifrig gedient werden würde‹.

Mir als ihrem Beichtvater schien die Erfahrung eine echte zu sein und das Anliegen gut. Gern stimmte ich deshalb zu, als man mich bat, zur Mutter Teresa nach Ávila zu reisen und sie zum Mitkommen und zur Unterstützung der Stiftung zu bewegen. Die entsprechenden Briefe wurden sogleich geschrieben, so daß ich sie überbringen konnte. Auch Pater Gracián in Salamanca wurde informiert, zumal es auch um die Frage ging, welche Nonnen wir auf dem Rückweg mitnehmen konnten, um durch sie den Geist des neuen Klosters zu prägen.

So brach ich gleich von Beas aus nach Ávila auf. Ein Bruder aus Baeza begleitete mich, und wir überlegten gemeinsam, was wir brauchten, um die Mutter und ihre Töchter so schonend wie möglich nach Andalusien zu bringen.

Ich war von großer Vorfreude erfüllt. Endlich sollte ich wieder mit der Mutter Teresa reisen, endlich von allem Erleben in Toledo erzählen, endlich meine alte Heimat wiedersehen! Denn Sehnsucht und Heimweh hatten mich in Baeza wirklich arg geplagt – und das, obwohl ich doch gerade in Alcalá gewesen war! Aber Alcalá ist nicht Ávila, und die Mutter blieb fern!

Der Provinzialvikar hatte mir den Auftrag, die Mutter zu holen und ihr ›die Sorgfalt und Fürsorge angedeihen zu lassen, die ihrer Person und ihrem Alter entsprechen‹, am 13. November unterschrieben. Schon am 28. November trafen wir in Ávila ein, wo die Mutter wieder Priorin in San José war. Nicht unbedingt zu ihrer Freude, denn sie fühlte sich erschöpft und war einerseits aus diesem Grunde, andererseits auch um ihre Reisebeweglichkeit zu erhalten, nicht gern mit solchem Amt betraut. Aber sie konnte sich dem Wunsche ihrer Töchter nicht entziehen, von denen sie sagte: "›aus purem Hunger haben sie mich gewählt‹", denn niemand verstand so gut wie sie, in Notzeiten tatkräftige und vermögende Helfer zu finden.

Es war ein kalter, windiger Tag, als wir die Mauern von Ávila erreichten, dort, wo die breite Rundung des Turms die Südwestecke markiert. Wir blieben draußen, ritten am südlichen Teil des Gevierts entlang und bogen dann im Osten links um die Ecke. Schon nach wenigen Schritten standen wir vor der wuchtigen Puerta del Alcázar, einem der beiden ältesten Stadttore. Davor ein weiter Platz – heute, lieber Leser, die Plaza de Santa Teresa. Damals recht öde, Sand, Disteln, an den Rändern schon ein Anflug von Schnee und gleich vorn eine einfache Herberge. Hier wollte mein Gefährte warten, die Tiere versorgen und sich in der Stadt um alles kümmern, was wir für die Reise mit der Mutter Teresa noch brauchten.

Auch ich betrat die Stadt durch dieses Tor, zu Fuß, denn ich wollte zum Gebet in die Kathedrale, die als christliches Bollwerk breit und mächtig in die Mauer eingelassen war. Spuren von Schnee auch hier zwischen den Mauervorsprüngen, auf den steinernen Thronhimmeln, die den Heiligen über dem Hauptportal Schutz gaben. Durch ein Seitenportal betrat ich die Kirche, war überrascht von der Fülle goldenen Lichts an einem Novembertag. Ich war allein, blieb wohl eine halbe Stunde im Gebet, schweigend, wortlos, ohne etwas Bestimmtes zu erbitten.

Dann ging ich den gleichen Weg zurück und schlug von der Puerta de Alcalá den Weg ein, der von der Stadtmauer fort und hin zum San-José-Kloster führte. Eine freundliche Laienschwester öffnete auf mein Pochen und geleitete mich in das kleinere der Sprechzimmer. Sie brachte vorsorglich eine Kerze, denn es würde früh dunkel werden, stellte mir ein paar getrocknete Feigen und einen Krug mit Wasser hin und sagte, ich müsse mich noch ein wenig gedulden, da die Mutter schon zwei Besucher im Vorzimmer habe. Also wartete ich und lehnte in leichter Müdigkeit den Kopf an die Wand, schloß die Augen. Ich wollte mich ein wenig sammeln zum Gebet, aber die Gedanken irrten ab, ich begann zu träumen.

Es waren starke Bilder, die mir durch Herz und Sinn zogen, und auch einige Verse aus meinem Gedicht von der dunklen Nacht klangen auf wie eine ferne Musik. Dunkel waren auch meine inneren Bilder. Zuerst sah ich mich wieder über dem schwarzen Rauschen des Tajo hängen, spürte das Loslassen des Seils, den Sprung in Leben oder Tod. Dann stand ich vor dem Hause meiner Mutter, das grau und schmal und düster dalag, kein Lichtschimmer hinter den Fenstern. Aber die Haustür öffnete sich, und nun sah ich Lichter: Kerzen, von weißen Chorknaben getragen, dahinter schwankte ein dunkler Sarg. Noch einmal nahm ich Abschied. Die Gedanken liefen zurück. Wie schön war sie gewesen in der Frühe meiner Kindheit, wie demütig und sanft. Ich spürte das warme Dunkel, als sie sich über mein kleines Lager beugte, um zu sehen, ob ich schliefe, spürte das verhaltene Aufkeimen von Zärtlichkeit.

Dann wieder ein Klingen aus meinem Gedicht: „Und zwischen Lilien..." – da traf mich ein leichter Luftzug, die Tür mir gegenüber hatte sich geöffnet, und die Mutter Teresa war eingetreten!

Ich sprang auf, mein Herz klopfte vor Freude! Sie kam ganz nah ans Gitter, legte beide Hände um das kühle Eisen auf ihrer Seite und sagte herzlich: „Gelobt sei Jesus Christus." Ich umfaßte die vertrauten Holzstäbe auf meiner Seite, blickte in ihr gutes, gealtertes Gesicht und antwortete: „In Ewigkeit, amen!"

„Pater Juan", sagte sie, „Pater Juan, daß ich Sie endlich wiedersehe! Bald vier Jahre! Natürlich bekam ich lange Berichte von den Schwestern aus Toledo – aber ich möchte doch alles genau aus Ihrem eigenen Munde hören. War der Raum wirklich stockfinster?"

„Ja", sagte ich, „Mutter Teresa, er war es, nur von oben kam ein wenig Luft herein, und in diesem Spalt war eine Spur von Helle. Ich wußte nicht, daß der Mensch so lange im Dunkeln leben kann. Man verliert dabei auch ganz das Zeitgefühl, Tag und Nacht sind nicht mehr geschieden. Auch in meinem Innern war es zunächst sehr dunkel, Zweifel, Mutlosigkeit, Sie kennen das ja. Aber dann wurde es heller, wohl, weil die Liebe im Herzen geblieben war und nun, ich weiß nicht wie, Gott weiß es, zu wachsen begann. Und als ich wieder innere Festigkeit gewonnen hatte, besserten sich auch die Umstände: Ich erhielt einen neuen Wärter, der freundlich war, der mittags meine Kerkertür offenließ... Also, wenn ich so zurückblicke: ich habe keinen Grund, mich zu beklagen!" Die Mutter sah mich erstaunt an, sie kannte mich schweigsamer.

„Aber Ihre Kräfte, Pater Juan", fragte sie dann, „ich meine Ihre Gesundheit – wie steht es jetzt damit?" Ich dankte für die Frage. „Gut", sagte ich, und dann: „besonders, seit ich mich mit einer großen Hoffnung auf den Weg machte, fühle ich mich wieder stark. Sehen Sie, ehrwürdige Mutter, Sie werden in Granada gebraucht, und ich soll Sie holen. Hier" – und damit legte ich die Briefe in die Winde und drehte – „sind sie, die Schreiben, darin finden Sie alles erklärt."

Ich hatte mich heiß geredet, ich glühte vor Erwartung – da sah ich, wie sie sich mit müder Geste setzte, die Briefe ungeöffnet beiseite legte, auch mir bedeutete, mich zu setzen. Nun klopfte mein Herz vor Bangigkeit.

Einige Augenblicke hielt sie den Blick gesenkt und schwieg. Dann sagte sie leise und bestimmt: „Es tut mir leid, Pater Juan, Sie gleich bei unserer Wiederbegegnung nach dem allen, was Sie durchmachten, enttäuschen zu müssen. Aber schon seit Monaten steht fest, daß ich nach Burgos muß, so alt und müde ich auch bin. Zunächst sträubte ich mich, sagte: ,Stellen Sie sich nur das unfreundliche Klima vor, die schlimme Wirkung einer Reise zu Beginn des Winters auf meine Gesundheit'. Aber dann haben sich die Dinge so entwickelt, daß ich einfach reisen muß!" Sie hob den Kopf: „Die Gründung in Burgos ist ebenso schwierig wie unausweichlich, und sie braucht meinen ganzen Einsatz. Aber gottlob wird mich Pater Gracián begleiten. Er ist zupackend und praktisch und hat in Burgos sehr hochgestellte Freunde, die uns nützlich sein können."

Ich sagte nichts. In mir schwangen wie große Glocken nur die beiden Worte: Burgos – Gracián, Burgos – Gracián ... Schließlich riß ich mich zusammen, sagte, so freundlich ich es vermochte: „Dann bleibt mir nur, Ihnen alles Gute zu wünschen, ehrwürdige liebe Mutter. Aber bitte, lassen Sie uns jetzt noch Einzelheiten besprechen, vor allem setze ich voraus, daß Sie mir zwei Schwestern aus Ihrem Kloster mitgeben werden. Wir leben ja in Granada wie in einem fremden Land, wie in einer Kolonie, so mächtig ist noch das maurische Erbe. Wir brauchen dort besonders starke und überzeugende Schwestern."

So besprachen wir denn dieses, das sie mir gewährte, und noch anderes, denn ich wollte nun schon am nächsten Tag die Rückreise antreten. Bei alledem schien mir die Mutter seltsam zerstreut, manchmal schweifte ihr Blick an mir vorbei. Einmal saß sie ganz still, als lausche sie auf etwas ganz in der Ferne. Dann wieder lächelte sie, sagte, ›wie einsam sie sich ohne die beiden Schwestern fühlen werde‹, und sie nannte mich liebevoll ihren Senequita. Was blieb mir denn auch übrig, als wie ein kleiner Philosoph die Ruhe zu bewahren? Zuletzt sprach sie von Ana de Jesús, wie begabt sie sei, daß sie die Gründung in Granada sehr gut allein vornehmen könne, zumal ich ihr ja zur Seite stehen würde.

Ich hatte ursprünglich von meinem bevorstehenden Priorat im Kloster „Los Mártires" erzählen wollen. Aber ich unterließ es, weil ich sah, daß die Mutter mit ihren Gedanken schon wieder anderswo war. Auch sah sie so erschöpft aus, daß ich das Gespräch nicht verlängern wollte. Ich erhob mich und segnete sie, die wieder nah ans Gitter herangetreten war. Noch einige Worte des Dankes, des Segens – und ich war wieder draußen auf dem Weg in mein Quartier. Das Herz war mir schwer vom Abschied. Ein wenig fühlte ich mich wie damals als kleiner Junge, als ich ins Waisenhaus mußte. Und ich wußte mit jener mich manchmal überkommenden Gewißheit, daß ich die Mutter Teresa nie wiedersehen würde.

Was ich jedoch nicht ahnen konnte: Wenig später saß sie in ihrer Prioratszelle und schrieb an einen Geistlichen der Kathedrale von Ávila: „›Ich bin heute abend müde vom Besuch eines Paters des Ordens, wenn er mich auch der Notwendigkeit entbindet, einen Boten zur Marquise (de Villena) zu senden, denn er reist über Escalona.‹"

Ja, wir übernachteten bei besagter Marquise. Mit den beiden Schwestern aus dem Kloster San José reiste es sich angenehm, weil sie anpassungsfähig waren, das fand auch mein Gefährte. Unser Weg ging weiter über Toledo, wo wir meinen geistlichen Freund im Hospital Santa Cruz besuchten – o welche Erinnerungen tauschten wir aus! –, nach Malagón, um Sr. Beatrix, eine Nichte der Mutter Teresa, mitzunehmen. Dann südwestlich weiter nach Beas, wo uns Sr. Ana de Jesús mit Ungeduld erwartete.

Wir kamen am Nachmittag des 8. Dezember 1582 in Beas de Segura an, und mein Leser wird sich denken können, wie tief enttäuscht Ana de Jesús war, als sie uns ohne die Mutter Teresa eintreten sah. Da sie aber eine kluge und beherzte Frau war, dazu mit einer Portion ironischen Humors versehen, lachte sie über sich selbst und las uns mit kräftiger Stimme den herzlichen Brief vor, in dem ihr die Mutter Teresa ihre Weigerung erklärte. Nach dieser Lektüre freilich seufzte sie noch einmal und meinte, wir hätten die Mutter wirklich gebraucht, denn die Gründung in Granada war schwierig wegen des widerspenstigen Erzbischofs, der ›keine Nonnen sehen konnte‹. Er hatte aber einen jüngeren Assistenten, Luis del Mercado, der mit unserem Provinzialvikar befreundet war. Don Luis erbot sich, uns eine passende Mietwohnung zu suchen, wir müßten uns aber gedulden, weil Granada von Eroberern und Eroberten ohnehin übervölkert war.

Also blieb ich mit den mitgebrachten Nonnen bei den Schwestern in Beas. Eines Vormittags hatte man Grund gehabt, mich in die Klausur zu holen, denn eine Schwester litt schwer unter Gesichtsreißen. Fast wahnsinnig vor Schmerzen lief sie in den von Palmen beschatteten Innenhof des Klosters, wohin man mir meinen Stuhl gestellt hatte. Ich ging auf sie zu und legte ihr meine Hand auf die Wange. Es war eine ganz unwillkürliche Geste, schon in meiner Kindheit als Hospitalpfleger hatte ich mir angewöhnt, leidende Menschen zu streicheln und meine Hände auf schmerzende Stellen zu legen. Und wieder war ich verblüfft, denn die Schmerzen verschwanden auf der Stelle. Wir blieben nun zur Rekreation vor dem Mittagessen noch ein wenig im Patio beisammen, ›als draußen an der Winde ein solches Geschrei ertönte, daß Sr. Ana meinte, das müßten die Teufel sein, folglich könne es für uns nur Gutes bedeuten, nämlich unsere Abreise nach Granada!‹ Dem war auch so, nur schrien nicht die Teufel, sondern der Bote, auf dessen Klopfen niemand geöffnet hatte. Ja, es war ein Brief vom Pater Provinzialvikar, der uns sagte, unser Freund Mercado habe eine Wohnung gefunden und wir möchten uns auf den Weg machen.

Das war am 13. Januar. Wir rüsteten sogleich uns und unsere Maultiere und ritten schon am übernächsten Tage ab. Das Wetter war freundlich, aber kräftiger Regen am Vortag hatte die lehmigen Pfade aufgeweicht, so daß unsere Maultiere schon zwischen den sanft geschwungenen Olivenhainen, erst recht aber auf den steilen und schmalen Gebirgspfaden teils rutschten, teils im Schlamm versanken. Wir waren froh, als wir uns bei der Annäherung an die Städte Úbeda und Baeza auf weniger schwierigem Gelände bewegten. Dann ging es wieder durch die zerklüfteten Sierras von Aunar und Arana. Die vielen Olivenbäume, die sich allenthalben die Berghänge hinaufzogen, zeugten vom Fleiß und der gärtnerischen Tüchtigkeit der Mauren, die das Königreich Granada erst neunzig Jahre zuvor an die katholischen Könige übergeben hatten. In Daifontes, schon nah der Stadt Granada, mußten wir einkehren, weil ein fürchterliches Gewitter niederging, wie es zu dieser Jahreszeit ganz ungewöhnlich ist. Der Donner krachte so dröhnend, die Blitze zuckten so grell, daß wir unsere Unterhaltung über taktische Möglichkeiten zur Umstimmung des Erzbischofs einstellten.

Erst am übernächsten Tag waren die Wege wieder passierbar, und als wir, nur noch einen Kilometer von der Stadt entfernt, in Albalote ankamen, erwartete uns dort in der Herberge der händeringende Provinzialvikar mit einer Hiobsbotschaft. Der Erzbischof habe die Erlaubnis endgültig verweigert, daraufhin sei der Verkäufer des Hauses vertragsbrüchig geworden und weigere sich, es uns zu geben, indem er sagte, er habe nicht gewußt, daß dort ein Kloster eingerichtet werden sollte. So wirksam waren die harten Worte des geistlichen Oberhirten gewesen, der geäußert hatte, ›lieber wolle er alle schon bestehenden Nonnenklöster aufheben; und wie man denn in so schweren Zeiten noch mehr Nonnen herbringen könne!‹ Die schweren Zeiten der Dürre waren nicht ohne Zusammenhang mit der fortschreitenden Vertreibung der Mauren, deren Kunst, ödes Land durch geschickte Bewässerung in einen fruchtbaren Garten zu verwandeln, unübertrefflich war. Nun brachten schon wieder wenige Monate mit geringeren Niederschlägen Probleme. Aber diese Zusammenhänge erkannte ich erst, als ich schon eine Weile in Granada lebte. Zunächst war ich wie die Schwestern ratlos, denn wir standen buchstäblich auf der Straße.

Es schien uns das beste, zunächst keinen Rückzug anzutreten, sondern in Granada noch einmal das Unmögliche zu versuchen. Der Provinzial führte uns zum Hause seines Freundes Don Luis de Mercado, und da zeigte sich, daß dieser, der uns ein Haus versprochen hatte, sich auch für unser Unglück verantwortlich fühlte. Darum hatte er mit seiner wohlhabenden und frommen Schwester Ana del Mercado y Peñalosa gesprochen, die sich bereit erklärte, uns vorläufig in ihr Haus aufzunehmen. Als wir – es war schon lang nach Mitternacht – das Haus der Witwe betraten, weinten die Schwestern vor Freude. Denn gleich am Eingang begrüßte uns eine

Der Garten des Generalife in Granada

Ich brauchte ein Gespräch ganz speziell über Bewässerungsfragen. Schon meine Vorgänger hatten die Erlaubnis bekommen, ihr Wasser vom Generalife zu beziehen, der es seinerseits von der Sierra Nevada über den Fluß Darro erhielt (Seite 199, 202).

liebevoll hergerichtete Kapelle, in der wir zur Einweihung des Klosters am nächsten Morgen die heilige Messe feiern sollten. Aber die künftige Priorin Ana de Jesús war vorsichtig. Sie verbot uns alles eilige Setzen von Tatsachen und sandte noch einmal ein Schreiben an den Erzbischof mit der herzlichen Bitte, doch die Gründung zu erlauben und selbst die erste Messe zu lesen.

Die Schwestern erhofften sich nicht viel von dem Schreiben, aber der unerwartete Erfolg stellte sich ein: der Bischof antwortete, er gestatte die Gründung, könne nur wegen Unpäßlichkeit selbst nicht kommen, werde aber sogleich einen Vertreter senden, der denn auch kam. Und nun erfuhren wir den Grund des Sinneswandels: Während wir wegen des starken Gewitters in Daifontes rasteten und unsere Unterhaltung über den Bischof abbrachen, schlug der Blitz in seinen Palast ein, nah bei seinem Schlafzimmer. Einige Maultiere wurden getötet, und ein großer Teil der kostbaren Bibliothek verbrannte. Der geistliche Herr war schwer geschockt und fragte sich nach seinen Sünden. So hielt er es nun auch – ungern – für besser, uns die Gründung nicht weiter zu verbieten.

Die Schwestern blieben auf unbestimmte Zeit bei Doña Ana de Peñalosa, während ich in das Kloster Los Mártires einzog, wo mich die Mönche, die mich gewählt hatten, herzlich begrüßten. Es war gut, diesen Rückhalt zu haben, denn bald gestand mir Ana de Jesús, daß die Witwe in ihrer Güte weder bemerke, daß nicht alle Raum zum Schlafen hätten, was man folglich nur umschichtig besorgen konnte, noch daß die Zuteilung an Lebensmitteln zu knapp war; die Schwestern hungerten. Von meinem Kloster mit Teich und Bächen, mit Obst- und Gemüsegarten sandte ich nun, wann immer wir etwas erübrigen konnten, gute Nahrung ins Haus der guten Witwe.

Nach sieben schweren Monaten fand sich endlich eine Wohnung, die man in der lebhaften Hauptstraße der Stadt, der Calle de Elvira, mieten konnte. Tag und Nacht trappelten hier die Pferde, machte die dichte Kette der Kutschen großes Getöse. Aber die Schwestern waren froh und heiter und erweckten in der Stadt einen so guten Eindruck, daß ›bald zweihundert junge Damen um unseren Habit gebeten hatten‹. Aber die in der Unterscheidung der Geister wohlgeübte Priorin Ana hielt ›bei unserer strengen Satzung keine für tauglich‹. Schließlich aber setzten sechs junge Damen sich so energisch ein, mit so viel Leidenschaft für unseren harten Dienst, daß Mutter Ana de Jesús ihnen das Ordenskleid gab. Und mit ihnen kam auch materieller Segen. Ihre mitgebrachte Aussteuer war beträchtlich, so daß ein großes schönes Haus nicht weit von der Calle de Elvira, aber in ruhiger Lage, gekauft werden konnte. Es war Eigentum der Familie jenes Conde de Sesa gewesen, der sich Gonzalo Fernández de Córdoba nannte und als „Gran Capitán", als großer General und andalusischer Nationalheld, in die spanische Geschichte einging. Sie sehen noch heute, mein reiselustiger Leser, an seinem Hause das Wappen mit der auf ihn verweisenden Inschrift, während man wissen muß, daß dieses Haus noch immer unser Nonnenkloster birgt. Allerdings heißt der Platz, an dem es liegt, heute „San Juan de la Cruz".

Aber jetzt habe ich meiner Erzählung zu weit vorgegriffen. Schließlich mußten die Schwestern in der Calle de Elvira zwei Jahre warten, ehe sie in das Haus des Gran Capitán mit seinem heiteren Patio ziehen konnten. Mich berührte es, das möchte ich abschließend noch sagen, ganz seltsam, wie gut die Auffassung der Mutter Teresa vom Gebetskampf für eine ›Welt in Flammen‹ zu diesem Hause paßte. Denn der große General war ein Vorkämpfer moderner Kriegstaktik gewesen, da er die mittelalterliche Kavallerie durch die beweglicher angreifende Infanterie ersetzte, die in unseren Bergen viel einsatzfähiger war. Andererseits war ich froh, daß in diesem Hause von nun an mit dem Segen des Herrn nur ein unblutiger Kampf gekämpft wurde.

Von meinem neuen Convento de los Mártires ist so viel zu erzählen, daß ich nicht weiß, wo ich beginnen soll. Vielleicht bei seiner Gründung vor neun Jahren. Oder beim Conde de Tendilla, dem wir die Gründung verdankten.

13

Blick auf Granada

Mein geneigter Leser wird mir gestatten, daß ich ein wenig zurückschaue, und zwar auf das Jahr 1492. Da gab es in der Familie meines freundlichen Helfers in Toledo, Don Pedro de Mendoza, einen tapferen Offizier, der sich an der Rückeroberung Granadas beteiligte. Er kam aus jenem Zweig, der wegen seiner Verdienste den Namen eines Conde de Tendilla tragen durfte, und er zeigte sich dessen würdig, indem er nach der kampflosen Übergabe der Alhambra dort die spanische Fahne auf dem höchsten Turm hißte, um so die Katholischen Könige zu empfangen, die den Berg hinanzogen, nachdem ihnen unten bei einer kleinen Moschee, der heutigen Kapelle San Sebastián, vom letzten Maurenkönig Boabdil die Schlüssel zur Festung übergeben waren. So kam auch diese letzte Provinz Spaniens wieder in christliche Hand.

Der vorausdenkende Graf erhielt für seine Huldigung den Titel eines Marqués de Mondéjar und wurde, was ihm wichtiger war, zum Statthalter der Festung ernannt. Zweiundzwanzig Jahre später war dann ganz allgemein die Familie der Condes de Tendilla – also die Mendozas-Mondéjars – für die Verwaltung und Erhaltung dieser Stadt über der Stadt verantwortlich. Schon die Katholischen Könige hatten sich sehr um die Pflege oder noch mehr die Restaurierung der maurischen Schlösser verdient gemacht, die sie bei ihrer Eroberung in vernachlässigtem Zustand vorfanden, dessen Ursache vor allem ein Familienzwist war, aber auch die ungehindert auf den bemalten Stuck einwirkende Witterung, und schließlich hatten Erdbeben gefährliche Risse im Mauerwerk hinterlassen.

Man hatte gleich nach dem Sieg auf freier Fläche einige Wohnungen für arme und ehrbare Familien gebaut, Sozialwohnungen würden Sie heute wohl sagen, mein sehr geehrter Leser! Und weil dann Karl V. sich so sehr für die feinsinnige Maurenarchitektur begeisterte, begann man ihm dort oben einen großen Palast an der Stelle einiger Wirtschaftsgebäude zu errichten, der freilich nicht fertig wurde und den der mit einem Reich, in dem die Sonne nicht unterging, beschäftigte König Carlos niemals sah.* In einem Seitenflügel des Nasridenpalastes freilich hatte er eine gewisse Zeit mit großem Vergnügen gewohnt, so erzählte mir der Conde de Tendilla, den ich bald nach meiner Ankunft aufsuchte. Für die Visite gab es einen besonderen Grund, und der Zugang wurde mir leicht gemacht, weil mir mein Freund Don Pedro de Mendoza bei meiner Rast in Toledo ein Schreiben mitgegeben hatte. Allerdings war der Conde der einzige Mensch von „sozialem Rang", den ich in Granada besuchte. Aber ich brauchte ein Gespräch über die wirtschaftliche Lage der Stadt, die nicht unproblematisch war, und ganz speziell über Bewässerungsfragen.

Das Interesse des Conde an unserem Kloster konnte ich voraussetzen, denn er selbst hatte unser Grundstück 1573 gekauft, damit darauf ein Kloster der Unbeschuhten Karmeliten, denen er besonders zugeneigt war, gebaut werde. „Keimzelle" des ganzen war eine Kapelle gewesen, die Königin Isabel zum Gedenken der christlichen Märtyrer gestiftet hatte. Denn wir lebten dort, bitte erschrekken Sie nicht, lieber Leser, über dem „Felde der Märtyrer", über den Gebeinen jener Christen, die von den Mauren gefangengenommen und in birnenförmige unterirdische „Silos" gesteckt wurden, die ursprünglich zur Aufbewahrung von Getreide und anderen Lebensmitteln verwendet wurden, aber im Kriege als Gefängnis und Todeskammer dienten, aus der niemand wieder herauskam. Unser Kloster hatte also auch einen sühnenden Sinn wie alle Klöster, aber hier wurde es besonders deutlich. Auch heute lebt man in meinem Orden bewußt an einstigen Stätten des Schreckens. Diese Dinge, mein Leser, berühren die Ewigkeit.

Der Convento de los Mártires, zunächst ein kleines Haus, konnte sehr bald eingeweiht werden, der Conde de Tendilla oder Mendoza hatte den Platz vorzüglich gewählt. Ja, wir verdankten dieser Familie viel, in gewissem Sinne sogar die Selbständigkeit unserer Ordensprovinz, die uns nun schon ein Jahr erfreute und un-

---

* Anmerkung der Schreiberin: Das Dach wurde erst im 20. Jahrhundert fertig.

serem Tun Schwung und Sicherheit gab. Denn als wir in großer Bedrängnis waren, zeigten Mitglieder der einflußreichen Familie ihre Zuneigung zu uns Unbeschuhten so offen, daß der Nuntius Sega zum König ging und sich über die Einmischung beschwerte. König Philipp pflichtete ihm zwar bei, daß ein Conde Tendilla sich nicht in die Amtsgeschäfte des Nuntius zu mischen hätte, sagte dann aber zu dem verblüfften Kläger:

„›Mir ist der Widerstand zu Ohren gekommen, den die Beschuhten den Unbeschuhten Karmeliten entgegensetzen. Angesichts der Strenge und Vollkommenheit, zu der sich die Unbeschuhten bekennen, könnte man das verdächtig finden. Also favorisieren Sie die Tugend, denn man hat mir erzählt, daß Sie den Unbeschuhten nicht beistehen.‹" Das waren die Worte, die den Nuntius zur Umkehr bewegten!

Als ich das erste Mal zum Kloster Los Mártires hinanstieg, war ich überwältigt von der Schönheit seiner Lage. Ich fand es auf dem Cerro de los Mártires, gleich neben dem Alhambrahügel, von dem es nur durch eine flache Schlucht getrennt war, die heute, mein vielgereister Leser, zu einer Straße ausgebaut ist. Weiter nach oben verläuft der Hügel zum Generalife, den Sommergärten der maurischen Könige. Die von der Stadt aufsteigenden Wege liefen bei meinem Kloster zusammen, ebenso unten vor dem Tor, das König Carlos I. mit allem Stilgefühl seiner Zeit am Eingang erbauen ließ. Es trug über seinen großen ruhigen Quadern drei Granatäpfel, das Wahrzeichen der Stadt. Schon seit langem wußte man nicht mehr, daß sie ihren Namen nicht der saftigen, kernreichen Frucht verdankt, die im Hohenlied erwähnt ist und schon im Mittelalter symbolisch in Kunstwerken erschien; nein, der Name leitet sich her von einem gotischen oder arabischen, vielleicht sogar hebräischen Wort „Garnat" (die Gelehrten streiten sich über die Herkunft), das Festung oder einfach Stadt bedeutete und auch „Granat" ausgesprochen wurde. Aber wie auch immer, das Tor war schön, und die Alhambra, zu der sein Weg führte, hatte eine sehr lange Geschichte, aber einen problemlosen Namen, denn er bedeutete nur „die Rote" nach der rötlichen Färbung der Türme, wenn sich auch wieder Symbolisches damit verbinden mochte.

Bei meinem Aufstieg zum Kloster hatte ich die Türme der Alhambra zu meiner Linken, zur Rechten die weite und liebliche Vega, die sich zwischen der Stadt und den Ausläufern der Berge erstreckt, und vor mir, wenn sie der Hügel, den ich hinanstieg, nicht verdeckte, den leuchtenden Schnee der Sierra Nevada, der dieses höchste Gebirge unserer Pyrenäenhalbinsel auch im Sommer krönt.

Oft spendeten Bäume mir Schatten, denn die naturliebenden Mauren hatten den Festungsberg nicht abgeholzt, wie es doch sonst aus Sicherheitsgründen üblich war. Andalusischer Winter – es grünte und blühte am Wegrand wie im Tal, ich wanderte und schaute, und ›meine Gedanken und Gefühle fügten sich reiner als Schnee in Gottes Ordnung‹. Ich stieg und schritt, und ›mein Herz erkannte im Geschaffenen eine solche Fülle gottgeschenkter Herrlichkeit und Gnade, daß alles mit staunenswerter natürlicher Schönheit und Gutheit bekleidet schien, die sich überströmend von jener unendlichen übernatürlichen Schönheit des göttlichen Antlitzes mitteilt, dessen Blick die Welt und alle Himmel mit Schönheit und Freude überzieht.‹

Unser Kloster lag gegenüber dem oberen Teil der Alhambra, so daß wir von unserem Grundstück aus den „Turm der sieben Stockwerke" und ein Stück Mauer sehen konnten, beides damals allerdings mehr Ruine als Bauwerk. Lieber schauten wir auf das weiße Leuchten der Sierra oder hinab in die liebliche Vega, zu der sich das Fenster meiner kleinen Zelle öffnete.

Auch waren es nur ein paar Minuten zum schlichten Franziskanerkloster inmitten der maurischen Gärten, das, sofort nach dem Fall Granadas auf den Fundamenten einer der kleineren Moscheen erbaut, bald die Gebeine der Katholischen Könige bergen sollte, zuerst Isabellas, dann auch Ferdinands, denn die Capilla Real unten in der Stadt und neben der Kathedrale war mit ihrem reichen Zierat nicht schnell fertigzustellen, so daß die königlichen Gebeine erst 1521 vom Franziskanerkloster überführt werden konnten. Mit den Franziskanern (heute, lieber Leser, ist ihr Kloster ein „Parador", ein staatliches Hotel) verstand ich mich gut, kannte und liebte ich doch ihre großen mystischen Autoren. Und – wer könnte es übersehen – das Armutsideal des heiligen Franz war auch das meine, mein Sprechen vom nackten und bloßen Christus meinte jenes geistige Ledigsein, das in seiner Schlichtheit das „erste, ewige, einfache und wirklichste und darum auch das vollkommene Sein ist", so las ich beim heiligen Bonaventura. Ich war dort auf meinem Hügel mit meinen zunächst noch nicht einmal zehn Mönchen, die mich, wie ich schon sagte, so herzlich empfangen hatten, also keineswegs allein, und es konnten uns auch Menschen besuchen, ohne die Einsamkeit des Weges fürchten zu müssen.

Wir hörten die große Glocke der Alhambra läuten, die nicht zum Gebet, sondern zur Bewässerung aufrief. Damit freilich hatte es seine Schwierigkeiten. Gar zu viele Mauren, die sich nicht bekehren wollten, waren ausgewandert, und die zum Christentum wirklich oder scheinbar Bekehrten forderten hohe Preise für ihr handwerkliches und gärtnerisches Können.

Als ich also zum Conde de Tendilla ging, um mit ihm das Wasserproblem des Klosters zu besprechen, kam mir ein Gedanke, den ich mit seiner Zustimmung sogleich ausführte. Ich sandte mit der schnellsten Staffettenpost, also über Toledo, einen Brief an den Geistlichen meiner Familie in Medina und bat ihn, Paco vorzulesen, er möge doch bitte kommen, um mir beim Bau eines Aquäduktes, den ich den Mauren abschaute, und bei der Bearbeitung unseres großen Gartens zu helfen. Tatsächlich erschien nach einigen Wochen auf dem Weg, der zum Kloster hinanführte, ein altes weißes Eselchen, das mir meinen Bruder Paco brachte. Wie herzlich eilte ich ihm entgegen, wie groß war meine Freude, als ich ihn allen als ›das Liebste, was ich in dieser Welt besitze‹ vorstellen durfte.

Schon meine Vorgänger hatten die Erlaubnis bekommen, ihr Wasser vom Generalife zu beziehen (der es seinerseits von der Sierra Nevada über den Fluß Darro erhielt), so daß wir den Aquädukt nur bauen mußten, um die Unebenheiten des Geländes auszugleichen. Wir verwendeten die Steine der Gegend, die wir verputzten, so daß sie zusammengehalten wurden.* Auch war mein Bruder ein tüchtiger Gärtner, der unseren Wein, unser Gemüse, unsere Orangen, Zitronen, Feigen, Aprikosen und Granat-

---

* Anmerkung der Schreiberin: Der Aquädukt ist noch restweise erhalten, während das Kloster Mitte des 19. Jahrhunderts einem klassizistischen Profanbau weichen mußte. Das Klostergelände wurde zu einem öffentlichen Park gestaltet.

äpfel so sorgfältig pflegte, daß ich es meinen Mönchen und mir öfter erlauben konnte, hinaus in die Natur zu ziehen, wie ich es schon im Kloster El Calvario gern getan hatte. Denn ›ich wollte verhindern, daß ein zu langes Verweilen im Kloster den Wunsch weckte, es zu verlassen.‹

Jetzt wanderten wir bald an einem der Flüsse, dem Darro oder dem etwas entfernteren Genil, oder wir ergingen uns auf den malerischen Ausläufern der Sierra, näherten uns dieser steigend und glücklich, denn die uns umgebende Schönheit war groß.

›Als Gott die Dinge ansah, verlieh er ihnen nicht nur Sein und natürliche Gaben, sondern er kleidete sie auch in Schönheit, in die Schönheit des übernatürlichen Seins des Sohnes, seines Abbildes. Denn in diesem erhob er das Menschsein zu göttlicher Schönheit, die sich in ihm der ganzen Schöpfung mitteilte, da sie im Menschen der Natur geeint war. Deshalb sagte der Gottessohn selbst: ‚Und ich, wenn ich über die Erde erhöht bin, werde alle zu mir ziehen' (Joh 12, 32). In dieser Erhöhung des menschgewordenen Sohnes und in der Herrlichkeit seiner leiblichen Auferstehung hat Gott die Kreaturen nicht nur ein wenig verschönt, sondern sie gänzlich, so dürfen wir sagen, mit Schönheit und Würde bekleidet.‹

Jeder der Mönche hatte viel Zeit, sich ein ruhiges Plätzchen für das Gebet zu suchen. Ich selbst betete meist mit offenen Augen, manchmal auch stehend an einen Baum gelehnt – es ging mir wie der Mutter Teresa, die Gebetstiefe hing nicht von der Körperhaltung ab. Denn auch wenn ich stand und „schaute", mußten mich meine Mönche manchmal am Ärmel zupfen, um mich ins Zeitliche zurückzurufen. Es war wunderbar, wie sie mich verstanden. Sogar einmal, als ich, versonnen am Ufer des Flusses Genil sitzend, zu ihnen sagte: „›Kommt her, Brüder, und seht euch an, wie diese Tierchen und Geschöpfe Gottes unseren Herrn preisen‹" – da kamen sie und lachten nicht über mich, denn sie wußten, daß ich an jene Predigt dachte, die einst der heilige Antonius von Padua den Fischen gehalten hatte. Jene berühmte Predigt, die mit den Worten begann: „Gebenedeit sei der ewige Gott, da die Fische des Wassers ihn höher ehren denn die Ungläubigen und die vernunftlosen Tiere ihn besser hören als die unfrommen Menschen!"

Aber mein Leser meine bitte nicht, daß ich unser granadinisches Leben zur Idylle verkommen ließ. Ich sah sehr wohl die Notwendigkeit, nun erst recht Demut, Armut und Gehorsam immer wesentlicher dem Innern einzusenken. Oft nahm ich meine Mahlzeiten wie in Toledo auf dem Boden des Refektoriums ein, und sie bestanden nur aus Wasser und Brot. Ja, weil ich die Liebe der Mönche spürte, konnte ich ihnen auch auferlegen, mich zu meinem eigenen Besten leiden zu machen. Darum stellte ich mich einmal in der Woche zwar im Habit, aber ohne den weißen Mantel an die Tür des Refektoriums. Unsere Statuten schrieben damals vor, daß geohrfeigt wurde, wer ohne diesen Mantel – ohne das Symbol unserer Keuschheit – angetroffen wurde. Und so empfing ich, was ich zu empfangen wünschte, ohne daß mein gutes Verhältnis zu den Brüdern auch nur im geringsten getrübt wurde. Und jeden Abend bat ich einen von ihnen zum geistlichen Gespräch, um mir ein Bild vom Fortschritt oder von den Schwierigkeiten eines jeden machen zu können.

Unsere Gemeinschaft wuchs immer enger zusammen, zumal ich auch in den Rekreationen meine nach Toledo entwickelte Neigung zum Geschichtenerzählen nicht unterdrückte. Manches hatte ich vom Conde de Tendilla vernommen, manches auch von meinen neuen Beichtkindern aus der Stadt, von denen einige konvertierte Mauren aus dem Abaicín waren, dem alten Stadtteil am Fuße des Berges mit so engen Gassen, daß gerade ein beladenes Eselchen hindurch konnte. Ich beschränkte meine Kontakte mit ihnen nicht auf das Sakrament der Buße; war es vollzogen oder waren sie auch nur gekommen, weil sie ein religiöses Problem zu besprechen hatten – und es gab für sie deren viele –, bat ich sie oft um eine Geschichte oder um ein Gedicht, einen Vers, ein lyrisches Bild.

So konnte ich meinen Mönchen denn auch am Abend erzählen vom letzten Maurenkönig Boabdil, der in aller Pracht des väterlichen Palastes ein schweres Leben hatte, denn sein Vater, der jüngere Frauen seiner Mutter vorzog, liebte ihn nicht. Ja, es kam so weit, daß er ihm wegen der Thronfolge nach dem Leben trachtete. Da tat Boabdil das gleiche, was ich in Toledo getan hatte: Er floh, als die Nacht am tiefsten war, durch Abseilen von einem Turm. Und auch sein Seil war nicht sicher, denn seine Mutter hatte es aus den Gürteln ihrer Damen geknotet und am Ende den eigenen hinzugefügt. Aber alles ging gut, er berührte heil die Erde und flüchtete quer über unser Grundstück gen Süden, wo er Gefolgsleute sammelte.

Das Kloster Los Mártires in Granada

Als ich das erste Mal zum Kloster Los Mártires hinanstieg, war ich überwältigt von der Schönheit seiner Lage. Ich fand es auf dem Cerro de los Mártires, gleich neben dem Alhambrahügel, von dem es nur durch eine flache Schlucht getrennt war, die heute zu einer Straße ausgebaut ist. Weiter nach oben verläuft der Hügel zum Generalife, den Sommergärten der maurischen Könige. Dahinter der leuchtende Schnee der Sierra Nevada, der dieses höchste Gebirge unserer Pyrenäenhalbinsel auch im Sommer krönt (Seite 200f.).

Sein Vater mußte nun fliehen, Boabdil herrschte im Königreich Granada, bis ihn das christliche Herrscherhaus Kastilien-León zum Aufgeben zwang. Kein glückhaftes Schicksal. Meine Brüder, die ja schon länger als ich mit den bekehrten Mauren (den Morisken) von Granada persönlichen Umgang durch ihre geistlichen Ämter pflegten, wußten ähnliche Geschichten, und einer sagte: „Pater Juan, es gab noch einen anderen Maurenprinzen, der in der Nacht floh wie Boabdil, aber er tat es aus Liebe. Geradeso, wie wir es in Ihrem Gedicht von der Dunklen Nacht lesen, in dem es doch heißt: ›In einer dunklen Nacht, entflammt von Liebe.‹ So ging es auch dem jungen Prinzen Ahmed, den sein königlicher Vater gefangenhielt, weil die Astrologen aus seinem Horoskop ein heftiges Temperament erkannten und vor den Gefahren der Liebesleidenschaft warnten. Der Prinz sollte niemals erfahren, was Liebe ist, so meinte der Vater, und sperrte ihn mit seinem Hauslehrer in einen prächtig eingerichteten Turm mit Erkern und Miradores, der ihn nicht von der Naturschönheit der Umgebung, wohl aber von den Frauen trennte.

Doch der König hatte die Klugheit seines Sohnes nicht vorausgesehen und nicht den Koranvers bedacht, daß Gott den Menschen lehren kann, die Sprache der Vögel zu verstehen*. Als Ahmed zu einem heißblütigen Jüngling herangewachsen war, der sein Temperament an Kindereien kühlte, schenkte ihm Gott das Verständnis der Vogelsprache; es war Frühling, und er erkannte, was Liebe ist. Eine Taube, die er von einem Habicht errettet hatte, gab ihm dann die entscheidende Hilfe.

Sie erzählte ihm von einer wunderschönen Prinzessin in einer großen Stadt, einsam wie er. Die Taube verstand es sogar, ihm ein kleines Bildnis des jungen Mädchens zu verschaffen, und um sein Herz war es geschehen. Er schrieb einen Brief, den wieder die Taube beförderte, aber als sie mit der beglückenden Antwort zurückkam, steckte ein Pfeil in ihrem blutenden Herzen, und sie konnte nicht mehr sagen, wo sich die Prinzessin befand. Doch Ahmed wußte, daß er sie suchen mußte. Und eine Eule war bereit zur Hilfe.

Verliebte pflegen rasch zu handeln und ihre Pläne umgehend zu

---

* Anmerkung der Schreiberin: Koran 27,15–16.

verwirklichen. Der Königssohn suchte alle seine Juwelen zusammen und versteckte sie als Reisegeld in seinen Kleidern. In derselben Nacht noch ließ er sich an seinem seidenen Schal vom Balkon herunter, sprang ungesehen über die Außenmauer des Generalife und erreichte, von der Eule geführt, noch vor Tagesanbruch das Gebirge.

Ahmed reiste seinem Genossen zuliebe nur des Nachts und ruhte bei Tag in irgendeiner dunklen Höhle oder in einem verfallenen Wachtturm, denn die Eule war mit den Unterkünften und Schlupfwinkeln solcher Art wohlbekannt, und außerdem hatte sie von je eine wahre Leidenschaft für Ruinen.

Eines Morgens erreichten sie Sevilla, wo die Eule, die die Helligkeit und Geschäftigkeit der überfüllten Straße haßte, außerhalb des Stadttores anhielt und in einem hohlen Baum Quartier nahm.

Der Prinz schritt rasch durchs Tor und fand bald den von der Taube beschriebenen Turm, der sich wie eine Palme hoch über die Häuser der Stadt erhob. Es war die Giralda, das berühmteste maurische Bauwerk Sevillas.

Ahmed stieg die Wendeltreppe bis zur Spitze des Turms hinauf und traf dort den zauberkundigen Raben. Es war ein alter Vogel, graukörpfig mit struppigem Gefieder; auf einem Auge schien er blind, denn eine weiße Haut deckte es zu, was seinen Anblick gespensterhaft, ja furchterregend machte. Als der Prinz kam, stand er auf einem Bein und starrte einäugig mit zur Seite geneigtem Kopf vor sich hin, auf die kabbalistischen Zeichen, die auf den Bodenfliesen zu sehen waren.

Leise und ehrerbietig näherte sich ihm der königliche Besucher mit jener Scheu, die das würdige Aussehen und sein übernatürliches Wissen unwillkürlich einflößten. ‚Verzeih mir, o ältester Meister in der Kabbala', rief er aus, ‚wenn ich einen Augenblick diese Studien unterbreche, die die gesamte Welt in Bewunderung versetzen. Du hast vor dir einen Mann, der sich der Liebe geweiht hat und dich um Rat fragen möchte, wie er ans Ziel, zum Gegenstand seiner Leidenschaft gelangen könnte.'

‚Mit anderen Worten', sagte der Rabe, ihn bedeutungsvoll anschielend, ‚du willst meine Kenntnisse in der Chiromantie erproben. Komm, zeig mir deine Hand und laß mich die geheimnisvollen Schicksalslinien entziffern.'

‚Entschuldige', versetzte der Prinz, ‚ich komme nicht, um einen Blick in die Zukunft zu tun, auch will ich nicht wissen, was Allah dem Auge der Sterblichen verborgen hält; ich bin ein Pilger der Liebe und suche den Weg, der mich ans Ziel meiner Irrfahrten führt.'"

Hier merkte der Mönch, wie atemlos wir seiner Erzählung lauschten*, und er kürzte sie mit verlegenem Lächeln, indem er sagte: „Ja, man kann sich wohl denken, der Prinz erhielt seine Prinzessin, so wie auch die Seele in Ihrem Nachtgedicht, Pater Juan, sich dem Geliebten vermählt."

Ich war erstaunt und beglückt, wie gut meine Mönche das Wenige kannten, das ich bisher geschrieben hatte, und ich beschloß, in Zukunft mehr von dem festzuhalten, was mir so lange schon Herz und Geist bewegte. Da lagen meine Gedichte aus Toledo, die fortgesetzt sein wollten und von denen manches wohl auch zu erklären war, wenn die Erfahrung weitervermittelt werden sollte. Da waren meine ersten, noch ein wenig umständlichen Kommentare zu dem erwähnten Nachtgedicht, mein Leser vernahm schon davon.

Aber da ich in diesen Kommentaren zu den ersten drei Strophen vor allem von jener Lösung aus gottwidrigen Verhaftungen spreche, die der Mensch mit Gottes Hilfe selbst vollziehen muß, sah ich doch bald, daß Geist und Sinne nicht zu trennen sind, ebensowenig wie unser aktives Tun und unsere passive Hingabe in Liebe an Gott unseren Herrn. Darum schrieb ich neben dem „Aufstieg" auch schon das Buch von der „Dunklen Nacht", das die gleichen Strophen noch einmal wesentlicher, geistiger auslegt. Es zeigt, wie nicht nur Verstand, Wille und Gedächtnis in Glaube, Liebe und Hoffnung zu wandeln sind, sondern wie auch die scheinbare Nacht der schmerzhaften Läuterungen das wahre Licht der Seele ist, die sich im Dunkel der eigenen Ohnmacht der Weisheit Gottes überläßt, der ihr in der verborgenen Kontemplation eine geheime Leiter baut, auf der sie sinkend und sich demütigend all ihre alte, störende Art, ihr trennendes „Haus", verläßt und auf der sie steigend, also

---

* Anmerkung der Schreiberin: Der Mönch spricht wie Washington Irving (1783–1859), der monatelang die Alhambra bewohnte und Erzählungen und Legenden (The Alhambra) schrieb, die erneut zur Pflege der in der Aufklärungszeit vernachlässigten Festung führten.

glaubend und Gott immer vertrauender hingegeben, die Seligkeiten der Braut des Hohenliedes erfährt.

Und bald plante ich eine dritte Schrift: Diese Seligkeiten der Braut hatte ich im dunklen Kerker zu Toledo in meiner Not und Gotteströstung in einunddreißig Strophen ausgesprochen, deren Bildhaftigkeit das Sagbare übersteigt; darum waren sie mir so lieb. Und um der Fragen willen, die mir die Schwestern immer wieder stellten, begann ich mir Erklärungen zu überlegen.

›Denn liest man all diese bildhaften Umsetzungen nicht im schlichten Geist der Liebe und Meinung, die sie beseelt, so scheinen sie eher unsinnig als sinnvoll, wie es sich auch am Hohenlied Salomons und anderen Büchern der Heiligen Schrift zeigt.‹

Man sollte auch, so dachte ich, ›solchen Worten der Liebe ihre ganze Verstehensbreite belassen, damit sie ein jeder auf seine Weise und dem eigenen Geiste entsprechend für sich fruchtbar machen möge, statt daß man sie auf *einen* Sinn verkürzt und festlegt, der nicht nach jedermanns Geschmack sein kann. Und darum, auch wenn ich hier einige Erklärungen versuchte, sind sie doch nicht bindend gemeint.‹

Weil ich gerade von unangebrachten Festlegungen spreche: mein Leser lasse sich nicht irritieren, wenn heutige Herausgeber in meinen Cántico Espiritual, meinen Geistlichen Gesang, die üblichen drei Stufen der neuplatonischen Mystikskala hineininterpretieren oder herausholen wollen. Denn mein Gesang war keine Theorie, sondern gelebte Gottesbegegnung, und er folgte einer anderen, geheimen Stufenfolge, die nicht einfach als Vorschrift auf jeden übertragbar ist. Natürlich gibt es dabei, wie bei allen Vorgängen und Wandlungen, einen Anfang, eine Mitte und ein Ende oder eine Vollendung. Aber ich hatte doch die Erfahrung gemacht, daß schon am Anfang Gottberührungen möglich, ja, notwendig sind und daß, solange wir leben, auch Läuterungsvorgänge unsere wachsende Gottesliebe begleiten, wobei die geistigen wichtiger sind als die sinnlichen, weil sie auf die sinnlichen zurückwirken, so daß die „höhere" Stufe auf die vorausgegangene „niedere" wirkt und die „niedere" in gewisser Weise nie verlassen wird. Denn auch im hellen Licht meines Geistlichen Gesanges, mein belesener Leser, wirken die Nächte. Sie sind die Pfosten, die die Sprossen der mystischen Leiter zusammenhalten und begleiten, auf der einen

Seite als verwandelnde Läuterung, auf der anderen als Unio mystica, die im dunklen Glauben erlebt wird.

Weil in Toledo die Bilder meines geistlichen Gesanges der Sehnsucht entströmt waren, hatte ich jetzt das Bedürfnis, noch die Schönheit und Seligkeit hinzuzufügen, die ich im Dunkel des Kerkers nur ahnte, jetzt aber konkret erfuhr. Ich meine die überwältigenden Eindrücke meiner neuen granadinischen Umgebung!

Ich fügte meinem Geistlichen Gesang noch neue Strophen zu, wie diese:

>Laß uns den Pfad ersteigen,
wo im Verborg'nen stille Höhlen winken
aus steiler Felsen Schweigen;
dort laß uns niedersinken
und des Granatweins süße Frische trinken.<

Ach, die Granatäpfel! Als mein lieber Bruder Paco gekommen war und die Bäume in ihrer scharlachroten Blüte sah, begann er die Mauren zu preisen, die uns so Herrliches ins Land gebracht hatten. Da dachte ich, es würde ihn freuen, auch einmal die Paläste der Alhambra zu sehen. Also ging ich mit ihm zum Conde de Tendilla, der ihn schon kannte und schätzte, und bat um die Erlaubnis der Besichtigung, die uns gern gewährt wurde. Freilich wirkte das Gelände auf den ersten Blick nicht eben attraktiv, denn man hatte gerade begonnen, die Kirche Santa María zu erbauen, wo man zuvor eine Moschee abgerissen hatte. Überhaupt war ja Granada in diesem Jahrhundert immer wieder eine einzige Baustelle. Überall hämmerte und klopfte es, denn nach siebenhundert Jahren Maurenherrschaft waren die Christen wie in ein fremdes Land gekommen, in dem es die eigene Kultur erst im wahrsten Sinne des Wortes aufzubauen galt.

Aber als ich mit Paco das Hämmern und Schaufeln hinter uns ließ und wir die stillen, sonnendurchfluteten Hallen und Gärten des Nasridenpalastes durchwandelten, da war mein Bruder hingerissen vor Staunen. Als Weber besaß er ja ein feines Gefühl für Muster und Farben, und was er hier schaute, übertraf an Schönheit und Feinheit alles, was er im Leben kennengelernt hatte.

Ich war selbst ganz bezaubert, besonders als ich erkannte, daß manche der Ornamente Schriftzeichen waren, Koransprüche und

Liebesgedichte, so erklärte uns der Conde de Tendilla. Die Harmonie von Religion, Dichtung und Liebe beeindruckte mich tief.

In die Stadt hinunter ging ich nur, um die Schwestern zu besuchen. Hinsichtlich der „Honoratioren" ›hielt ich Besuche für unangebracht, weil wir Ordensleute keine Höflinge dieser Welt sind und uns nicht nach ihren eitlen Vorschriften zu richten haben‹. Waren wichtige Fragen mit den Schwestern unten in der Stadt zu besprechen, so sandte mir die Priorin Ana de Jesús einen Boten. Nun hat mein Leser ja schon erfahren, daß ich manchmal durch meine enge Bindung an das dreifaltige Leben meines Gottes Dinge einfach „wußte", die in der Zukunft oder im Augenblick meines Darandenkens geschahen. So war es denn im Mai – die Schwestern wohnten noch bei Dõna Ana de Peñalosa –, als ich plötzlich innerlich einen dringenden Notruf der Priorin vernahm. Ich machte mich sofort auf den Weg. Und richtig, unten am Tor zu dem Pfad, der zur Alhambra hinaufführt, begegnete ich ihrem Boten.

Als ich im Hause der Doña Ana de Peñalosa ankam, fand ich dort eine Mutter Ana de Jesús vor, wie ich sie noch nicht kannte: die Augen vom Weinen gerötet, mit nervösen, fahrigen Händen, ganz fern der ironischen Überlegenheit, mit der sie sich sonst vor der Welt zu schützen pflegte. Ich brauchte nicht nach dem Grund zu fragen, er lag schon auf einem der zierlichen Tische der Gastgeberin für mich bereit. Es war ein Brief. Ich erkannte sofort die Schrift: ein Brief von der Mutter Teresa.

„Lesen Sie, Pater Juan", sagte Ana de Jesús, „lesen Sie, die Mutter Teresa hat ausdrücklich geschrieben, daß Sie ihn lesen sollen" – und bei diesen Worten stiegen ihr wieder Tränen in die Augen. Der Brief war sehr lang. So setzte ich mich und las:

„›Ich fand es recht erheiternd, wie Sie sich mit großem Getöse über unseren Pater Provinzial beklagen und zugleich ihm gegenüber aus Nachlässigkeit verstummen, da Sie seit der ersten Gründungsmitteilung nichts mehr von sich hören ließen. Und mit mir machten Sie es nicht anders.

Der Pater Provinzial war zum Feste Kreuzauffindung hier, und er wußte nicht mehr als das, was ich ihm aus einem Brief der Priorin von Sevilla berichten konnte, die schrieb, Sie hätten ein Haus für zwölftausend Dukaten gekauft. Bei einem solchen Wohlstand ist es kein Wunder, wenn die Genehmigungen nicht großzügig ausfallen. Aber Ihr böses Beispiel hat mir wegen seiner Wirkung im Orden nicht wenig Kummer gemacht, denn bei den Priorinnen, denen es nie an Entschuldigungen fehlt, könnte der Ungehorsam zur Gewohnheit werden.‹"

Ich blickte auf und sagte: „In diesem Brief entlädt sich ein Gewitter. Die Stadt Granada scheint solche Unwetter anzuziehen. Aber wir wissen ja schon, daß sie manchmal Gutes bewirken." Die Mutter Ana verstand meine Anspielung auf den bischöflichen Gewitterschrecken, aber sie konnte noch nicht lächeln und sagte nur trocken und kurz: „Lesen Sie weiter, Pater!" Und ich las weiter:

„›Es war eine große Unklugheit von Ihnen, so viele Nonnen mitzunehmen, daß Sie die beiden Armen (Laienschwestern aus Villanueva de la Jara) die vielen Meilen ihres langen Weges zurücksenden mußten. Ich verstehe nicht, wie Sie so herzlos sein konnten! Es hätte doch genügt, die Schwestern aus dem nahen Beas zurückzuschicken und noch andere mit ihnen, denn es war doch eine völlige Verkennung der Tatsachen, so viele mitgenommen zu haben, zumal Sie spürten, welche Ungelegenheiten Sie der Señora de Peñalosa verursachten. Die ganze Sache war von Anfang an verfehlt.

Gelacht habe ich über Ihre Furcht, der Erzbischof könne die Gründung widerrufen. Er hat dort nichts mehr zu suchen, ich weiß nicht, warum Sie ihn so wichtig nehmen. Er wäre ja eher tot, als daß ihm das gelänge! Wenn man allerdings so weitermacht und den Gehorsam mit Füßen tritt, so wäre es besser, es gäbe den Orden gar nicht. Denn unsere Rechtfertigung liegt nicht in der Anzahl unserer Klöster, sondern in der Vorbildlichkeit des Lebens, das man darin führt.‹"

Ich hielt einen Augenblick inne, denn ich mußte der Mutter Teresa recht geben. Nur daß sie diesen Brief offenbar in großer Erregung geschrieben hatte, das wurde deutlich aus dem Passus, in dem sie rügte, daß Ana de Jesús der Dame Ana de Peñalosa lästig falle – sie wußte doch, daß den Schwestern nichts anderes übrigblieb und daß wir ja eifrig bemüht waren, eine Wohnung oder ein Haus zu finden. Und dann kam mit schneidender Schärfe:

„›Aufgrund meiner Vollmachten sage und befehle ich Ihnen, sobald als möglich zu veranlassen, daß die Schwestern von Beas, mit Ausnahme der Mutter Ana de Jesús, in ihr Kloster zurückgeschickt werden und dies selbst dann, wenn sie schon ein eigenes Haus bezogen haben.‹"

Die Erregung hatte offenbar tiefe und persönliche Gründe. Zum einen, das war klar, daß Ana dem Provinzial Pater Gracián bei seinem Besuch nicht die gebührende Liebe entgegenbrachte, womit sie der Mutter Teresa gleichsam „ins Angesicht widerstand". Das sollte sich freilich ändern; in ihrem späteren Leben war Ana dem vom Schicksal herumgeworfenen Pater in tiefer Freundschaft verbunden. Es entsprach jetzt aber ihrer zurückhaltenden Natur, daß sie – wie sie es ja auch mit mir gemacht hatte – zunächst einmal Zeit und Erfahrung brauchte, ehe sie einen Menschen ganz akzeptierte.

– Ich las weiter, schaute wieder auf und sagte: „Jetzt zieht das Gewitter ab, der Ton des Grollens ändert sich", denn ich las gerade:

„›Bedenken Sie, was ein Beginn in einem neuen Königreich bedeutet und daß Sie und die anderen Schwestern sich dort als tapfere Mannen erweisen müssen, nicht aber als unbedachte Frauenzimmer!‹"

Dann war es nur noch ein fernes Wetterleuchten, und die Mutter Teresa baute in ihrer Güte selbst wieder Brücken, indem sie schrieb:

„›Wenn Sie etwas von unserem Pater (Gracián) wollen, so denken Sie daran, daß Sie ihm nicht geschrieben haben, denn es wird noch eine Weile dauern, bis ich ihm Ihre Briefe übermitteln kann, aber ich werde mich bemühen. Er muß jetzt von Villanueva nach Daimiel zur Bestätigung der Gründung reisen, dann nach Malagón und Toledo, weiter nach Salamanca und Alba zur Leitung von ich weiß nicht wie vielen Priorinnenwahlen. Er sagte mir, daß er vor August nicht wieder nach Toledo komme. Ich leide bei dem Gedanken, daß er jetzt in so heißen Gegenden viel reisen muß. Empfehlen Sie ihn Gott und besorgen Sie ihm, wenn er kommt, durch Ihre Freunde eine möglichst gute Unterkunft.‹" Und nun die Rücknahme des strengen Befehls:

„›Die Schwestern könnten auch dableiben, bis er mit ihnen gesprochen hat und überlegen kann, was zu tun ist. Zumal er über nichts informiert ist und niemand ihm schrieb, weshalb man die Schwestern nicht behalten kann. Gott gebe uns Licht, denn anders kann uns nichts gelingen; und er behüte Sie!

Burgos, den 30. Mai 1582.‹"

Und dann eine Nachschrift:

„›Der Mutter Priorin in Beas werde ich wegen des Weggangs der Schwestern schreiben. Man sollte die Sache möglichst geheimhalten. Doch ist es auch nicht weiter schlimm, wenn sie bekannt wird. Bitte lesen Sie diesen Brief auch der Mutter Subpriorin, den Schwestern und Pater Juan de la Cruz vor, mein Kopf erlaubt mir nicht, noch weiterzuschreiben.‹"

Ich schaute der Mutter Ana recht liebevoll in die betrübten Augen. „Sehen Sie", sagte ich, „am Ende ist wieder Gutwetter, auch wenn noch ein paar Wolkenfetzen sichtbar sind."

14

Mit schnellem Pferd

Mein lieber Freund und Leser: ›Jesus sei in Ihrer Seele!‹ Sie werden seine Gegenwart brauchen, um mit mir durch die so schwierigen letzten Lebensjahre zu gehen. Und für mich erflehe ich die Hilfe des Heiligen Geistes, denn es ist nicht leicht, das scheinbar so Verworrene zu ordnen. Mir scheint jetzt, dieser Eindruck entstand, weil mein Leben auf einmal aufgezehrt wurde wie das Wachs einer an beiden Enden angezündeten Kerze. Und man fragt sich, welche Flamme man verfolgen soll und wann die beiden Feuer sich treffen zu einem gemeinsamen großen Aufflammen und Erlöschen.

Aber nicht gleich wurde das sichtbar, als ich noch in Granada war. Es kam nur Schlag auf Schlag eine Kette schwerwiegender Ereignisse auf mich zu. Am Anfang schien noch alles einfach und heiter: die Schwestern bezogen Ende August ihr Haus in der Calle de Elvira, für mich kein langer Weg den Berg hinab, und gern feierte ich am 29. mit ihnen Einweihung. Meine Besuche wurden noch häufiger, denn das geregelte geistliche Leben ließ erst jetzt so manche Frage ins Bewußtsein dringen. Und gern lud man mich auch nach getaner Arbeit zu einem Imbiß oder zum erholsamen Gespräch, ähnlich, wie es mir von Beas vertraut war. Da durfte ich auch einmal heitere Geschichten erzählen, wie jene, die mir eines Nachmittags passierte, als ich zur Calle de Elvira unterwegs war; ich begann:

„Heute ist mir ein Wunderkind begegnet!" – „Wieso ein Wunderkind?" fragte gleich Sr. Beatriz. „Ja", sagte ich, „als ich das Granatapfeltor durchschreiten wollte, stand dort eine ältere Frau, die offensichtlich auf mich gewartet, fast hätte ich gesagt: mir aufgelauert hatte. Sie trug ein kleines Kind auf dem Arm und streckte es mir entgegen. Als ich verwundert stehenbleibe, sagt sie: ‚Ihr Sohn! Dafür müssen Sie zahlen!' – Ich sage: ›Hier muß eine Verwechslung vorliegen, Sie meinen einen anderen.‹ Aber die Frau bleibt dabei, niemand anderer als ich sei der Vater. Da frage ich: ›Wer ist die Mutter?‹, und sie nennt mir den Namen einer bekannten Adelsfamilie, es sei die jüngste und liebste Tochter, sagt sie. Ich frage: ›Seit wann lebt diese Familie in Granada?‹ – ›Oh, schon immer‹, antwortet die Frau und hält mir wieder das Kind direkt unter die Nase. Da stelle ich endlich die richtige Frage, nämlich: ›Wie alt ist das Kind?‹ – ›Kaum älter als ein Jahr‹, antwortet die Frau. Ich strahle sie an: ›Dann ist es ein Wunderkind, denn es ist noch kein Jahr her, daß ich zum ersten Male in meinem Leben nach Granada oder auch nur in die Umgebung dieser schönen Stadt kam.‹ Und damit ging ich meiner Wege."

An diesem Abend war die Heiterkeit gesichert! Eine der Schwestern fragte mich verschmitzt, ob es wahr sei, daß ich zu Beginn der Calle de Elvira, gleich neben dem alten Tor, eine Maurin besuchte, die mystische Bücher geschrieben haben soll. Man höre davon reden. Ich war verwundert, denn ich vernahm den Namen der Maurin zum ersten Male. Als ich später vorsichtig Nachforschungen anstellte, wurde klar, daß diese gläubige Muslimin schon vor langem die Stadt verließ. Nur meine Freude am Dichten hatte Anlaß zu dem unsinnigen Gerücht gegeben.

Dem frohen granadinischen Sommer folgte ein trauriger Herbst. Es war Ende Oktober, als uns – auf dem Wege über Beas – die Nachricht vom heiligen Sterben unserer Mutter Teresa erreichte. Pater Gracián hatte die Botschaft abgesandt, die ihn selbst gerade erst in Beas erreichte: „›Der Schlag, vor dem ich mich immer am meisten gefürchtet hatte‹", schrieb er tief betroffen. Mir kam die Nachricht nicht unerwartet, aber natürlich erfüllte sie mich dennoch mit tiefer Trauer. Doch als ich dann zuerst im Convento de los Mártires, darauf in der Calle de Elvira eine Messe für unsere Mutter gelesen und einige tröstende Worte gesagt hatte, fühlte ich mich selbst getröstet. Denn mir war ganz klar, daß die Mutter Teresa nun in jene Seligkeit eingegangen war, die unser aller Hoffnung und Ziel, in diesem Leben aber unerreichbar ist. Das Wissen um das ewige Leben unserer Mutter gab mir später auch den Mut, in meinen Schriften Aussagen über das zu machen, was uns dereinst erwarten könnte – durch sie war mir das alles sehr nah und konkret geworden. Aber davon will ich erst später erzählen. Nun

Granada mit Alhambra

Bei meinem Aufstieg zum Kloster hatte ich die Türme der Alhambra zu meiner Linken, zur Rechten die weite und liebliche Vega, die sich zwischen der Stadt und den Ausläufern der Berge erstreckt (Seite 200f.)

mußten wir uns als ihre erwachsenen Töchter und Söhne bewähren. Die Kindheit des teresianischen Ordens war endgültig vorbei.

Sie war an einer Krebsgeschwulst gestorben, von der niemand etwas wußte – vielleicht sie selber nicht – die ihr aber schon seit langem das Leben schwer gemacht haben mußte. Wir vernahmen nur die gelegentliche Klage über „Müdigkeit" – und ich dachte an ihre heimliche Furcht vor der Burgosreise. Sie besuchte auf dem Rückweg ihr Kloster in Alba de Tormes, konnte nicht mehr weiter, starb nach wenigen Tagen ihren weinenden Töchtern unter den Händen weg. Pater Gracián hatte in Beas etwas zu regeln, war unerreichbar. Aber Pater Antonio de Heredia, mein alter Prior und Gefährte, war zur Stelle.

Das hatte allerdings auch seine Schattenseite. Denn schon hier, am Sarge der Mutter Teresa, der zu Ehren der Erzbischof von Salamanca gekommen war, wurde erstmalig eine Spaltung in unserer Kongregation offenbar, die in späteren Jahren so bedeutungsvoll wurde, daß sie unser Leben entscheidend beeinflußte, besonders das Pater Graciáns und das meine.

Pater Antonio verbreitete nämlich Indiskretionen bezüglich der Beichte und letzten Worte unserer Mutter Teresa, die bewirken sollten, daß sie in Alba de Tormes beigesetzt würde. Dies geschah auch in großer Eile schon fünfzehn Stunden nach ihrem letzten Atemzug. Dabei berichtete man, sie habe geflüstert: „»Ihr werdet doch hier ein bißchen Erde für mich haben«", und sie habe sich Pater Antonio gegenüber in ihrem Lebensrückblick von Pater Gracián distanziert. Nun war es kein Geheimnis, daß Pater Gracián sich mit seiner unbekümmert-lässigen Art viele Feinde im Orden gemacht hatte. Zu ihnen gehörte der akribische Pater Heredia, selbst wiederum ein Anhänger des Genuesen Doria. Die Mutter Teresa hatte noch zu ihren Lebzeiten erkannt, daß Nicolao Doria nicht nur ein großer Finanzexperte war, der später selbst dem König im Staatsbankrott aus der Verlegenheit half – sie sah in ihm auch mit Recht einen möglichen Regenten des Ordens, und sie ermunterte ihren Provinzial Pater Gracián vergeblich, doch mit Doria zusammenzuarbeiten, zumal der Orden zu groß wurde, um von einem Menschen allein überblickt und verwaltet werden zu können.

Nun brachen bei ihrem Tode die unterschwelligen Gegensätze auf. Der Sarg der Mutter wurde mit beschämender Hast in der

Klosterkirche von Alba eingemauert, und Pater Gracián, der sie in Ávila beigesetzt sehen wollte, hatte das Nachsehen.

Aber nicht lange: im Juli 1583 ordnete er die heimliche Überführung nach Ávila an, sehr zum Verdruß der Alba-Nonnen. Es war nämlich so, lieber Leser, und ich muß es aussprechen, daß sich hier noch anderes einmischte als Liebe und Verehrung. Ganz im Gegenteil war für mein Empfinden die Mutter Teresa zu einem Objekt geworden, zu einer Beute, um die man kämpfte wie um eine Truhe mit Goldmünzen – die geistliche Habsucht kannte keine Grenzen, denn in unserer Zeit war man reliquiensüchtig. Man meinte, daß man mit Reliquien von Heiligen – und für heilig hielt man die Mutter Teresa im allgemeinen schon – allen Übeln dieser Welt begegnen könne, den körperlichen wie den geistigen. Wer den Leib eines heilig Verstorbenen besaß oder auch nur ein winziges Stück davon, wähnte sich im Besitz übernatürlicher magischer Kräfte, wenn ich es einmal so extrem ausdrücken darf. Ich war traurig, so viele meiner Brüder und Schwestern ›nicht mit dem Geist zufrieden zu sehen, den Gott ihnen gibt. Sie beladen sich mit Heiligenbildern und Rosenkränzen, manchmal sehr prächtigen und auffallenden, und lassen die einen und nehmen die anderen, sie tauschen und vertauschen. Bald wollen sie's so, bald anders, sie begeistern sich für dieses Kruzifix und dann für jenes, weil es ungewöhnlicher oder kostbarer ist. Und manchmal behängen sie sich mit geweihten Wachsbildchen und Amuletten, mit Reliquien und den Namen von Heiligen, wie spielende Kinder, die sich schmücken. Ich verurteile daran die Besitzgier des Herzens mit seiner Abhängigkeit von Art, Menge und künstlerischem Wert dieser Dinge, denn sie widerspricht der Armut des Geistes, die nur auf den Gehalt und das Wesen ihrer Anbetung schaut.‹

Ich verstand Pater Gracián nicht, den unsere Mutter so geliebt hatte und der das mit der Exhumierung verbundene unschöne Treiben eher förderte als hinderte. Aber auch in Ávila war unserer Mutter nach ihrem unruhigen Leben keine letzte Ruhe vergönnt, denn die Gruppe um Doria und Heredia erreichte bei Papst Sixtus V. in Rom die Anordnung, daß man ihre sterblichen Reste wieder zurück nach Alba de Tormes bringe, was am 23. August 1586 ganz ohne Aufsehen geschah. Da war Pater Gracián nicht mehr Provinzial – doch komme ich mit der Erwähnung dieser Tatsache schon zu einem Stück Ordensgeschichte, wie sie sich in unseren Versammlungen, den „Kapiteln", niederschlug. Ich nahm an allen diesen oft recht komplizierten Vorgängen teil, und ich möchte meinem Leser hier einen kurzen Überblick geben, so daß er sich nicht mit in das Gestrüpp all der nur dem Eingeweihten verständlichen Verwicklungen hineinbegeben muß.

Schon im Mai 1583 berief Pater Gracián ein Kapitel nach Almodóvar. Es war klar, daß einiges in der Verwaltung zu ändern war, und ich selbst beteiligte mich engagiert, indem ich, mehr als es sonst meine Art war, hervortrat und in eifriger, von Gesten begleiteter Rede darlegte, daß es für den Ordensgeist besser sei, wenn Prioren nicht wiedergewählt werden könnten. Ich dachte, wie Sie heute sagen würden, mein aufgeklärter Leser, „demokratisch", ich wollte keine Machtausübung und keine Verfilzung aufkommen lassen, weil es mir dem brüderlichen Geist der Evangelien nicht zu entsprechen schien.

Aber mein Vorstoß war unklug, denn man unterstellte mir, daß ich das alles nur vorbrachte, um selbst nicht wiedergewählt zu werden, und man lachte mir ins Gesicht, als man den Wahlmodus von der Klostergemeinschaft auf das Kapitel übertrug und dieses mich als Prior von Los Mártires wiederwählte.

Auch benutzte Pater Gracián die Gelegenheit, um mir vorzuwerfen, daß ich als Prior in Granada nicht die notwendigen Besuche bei den Honoratioren der Stadt gemacht hätte. Ich antwortete darauf leidenschaftlich: „›Unser verehrter Pater, wenn ich die Zeit, die mich die Besuche und Gespräche kosten, um diese Personen zu einer Spende zu überreden, im Gebet in meiner Zelle verbringe und den Herrn bitte, daß er sie zu dem bewegen möge, wozu ich sie überzeugen müßte, und seine Majestät versieht wegen dieses Gebets mein Kloster mit allem Notwendigen – warum soll ich dann Besuche machen, es sei denn, daß die Liebe es erfordere?‹"

Da meinte Pater Gracián, daß man meiner Argumentation wohl folgen könne. Als ich mich aber aufatmend wieder hinsetzte und dachte, nun seien die Schwierigkeiten dieser Tagung vorüber, brachte der Provinzial die Frage der Missionen auf den Tisch. Schon im Vorjahr, im Anschluß an das erste Kapitel unserer selbständigen Ordensprovinz, hatte man fünf Missionare von Lissabon aus in ein Schiff gesetzt, das aber den angestrebten Kongo nicht erreichte, weil es mit einem anderen Schiff zusammenstieß und unterging. Alle ertranken. Ein zweites Schiff fiel Seeräubern in die Hände, das dritte schließlich erreichte sein Ziel und brachte, wie Pater Gracián sagte, ›reiche Frucht‹. Unser Provinzial berief sich bei diesen Aktivitäten immer, wie auch jetzt, auf den ›Geist der Mutter Teresa de Jesús, die alle Welt bekehren wollte‹. Mir schienen die Dinge doch nicht ganz so einfach zu liegen, und so tat ich noch einmal den Mund auf. Denn ›wenn auf den Kapiteln niemand zur Gegenrede bereit ist, man allem zustimmt, alles übergeht, was nicht gerade im persönlichen Interesse liegt, so leidet das Wohl des ganzen Ordens Schaden, denn das Laster des Ehrgeizes wird herangezüchtet. Dem aber muß man von Anfang an und ohne Entschuldigung begegnen, denn es ist ein verderbliches Laster, das dem Heilswillen Gottes entgegensteht.‹ Also erhob ich mich wieder und öffnete den Mund und sagte, die Heidenmission sei gewiß ein notwendiges und wichtiges Apostolat, aber ein kontemplativer Orden wie der unsere solle sie nur in Ländern betreiben, die dafür schon gewisse Voraussetzungen mitbringen, weil anders die kontemplative Ausrichtung nicht durchzuhalten sei. Ich hatte den Eindruck, daß Doria mich ein wenig verstand, aber Pater Gracián antwortete scharf: „›Es gibt eine Geisteshaltung, die meint, alle karmelitische Vollkommenheit bestehe darin, daß man seine Zelle nicht verläßt und nie beim Stundengebet fehlt, möge auch die ganze Welt darüber zugrundegehen.‹" Und als ich schwieg, wurde er noch deutlicher: „Es gibt Leute, die meinen, ›das Wohl des Ordens bestehe darin, daß man viele Klöster in abgelegenen Gegenden Spaniens gründet und alle übrigen Orte meidet. Und jedem, der anderer Meinung ist, wirft man Unruhe oder Nachlässigkeit vor. Ich aber will Klöster in den Hauptstädten und in verschiedenen Königreichen zur wahren Ausbreitung und zum Wohl unseres Ordens.‹"

Es war sinnlos, die Diskussion weiter fortzuführen, und außer mir stimmten alle fünfundzwanzig überein, daß man wieder ein Schiff in den Kongo senden wolle, was denn auch noch im gleichen Jahr geschah. Allerdings wurde dieses Schiff bei den Kapverdischen Inseln von englischen Seeräubern gekapert.

Ich kehrte nicht sehr glücklich nach Granada zurück, denn das Kapitel hatte mir gezeigt, daß es mit unserer brüderlichen Einheit und Kampfgemeinschaft vorbei war. Hatte es doch zuletzt noch eine unerfreuliche Auseinandersetzung gegeben. Nicolao Doria warf Jerónimo Gracián vor, ein schlechtes Beispiel an der Ordensspitze zu geben, da ihm seine vielen Predigten und Missionsarbeiten wichtiger schienen als die Beobachtung der reformierten Observanz. Da waren plötzlich alle bereit, den Provinzial vorzeitig seines Amtes zu entheben, ich selber aber hielt das für ein unwürdiges und unmögliches Vorgehen und sagte es auch. Doria lenkte ein, und Pater Gracián blieb weiter Provinzial, aber nun ein wenig von Dorias Gnaden, was sich noch als verhängnisvoll erweisen sollte.

Das nächste Kapitel tagte im Mai 1585 in Lissabon, wieder von Pater Gracián zusammengerufen. Portugal war 1580 der spanischen Krone zugefallen, und Pater Gracián hatte einen Teil seiner sozialen Aktivitäten nach Lissabon verlagert, z. B. ein Frauenhaus gegründet, denn der Krieg zwischen Spanien und Portugal hatte viel Unglück unter den Frauen angerichtet. Außerdem konnte er von hier aus gut seinen Lieblingsgedanken der Missionen in Afrika und – neuerdings auch – in Amerika verfolgen, wo Klöster in Mexiko und Peru errichtet wurden.

Als Pater Gracián das Kapitel zusammenrief, wünschte er sein Amt als Provinzial aufzugeben, um freier für seine weltumspannenden Interessen zu sein. Vielleicht war es auch eine Flucht nach vorne, und um schnell zum Ziel zu kommen, schlug er Nicolao Doria als seinen Nachfolger vor. Ich sagte spontan zu Pater Jerónimo: „›Sie wählen den, der Ihnen einst den Habit rauben wird‹", aber er hatte für mich nur ein müdes Lächeln, und Doria wurde gewählt. Zugleich bestimmte das Kapitel, Pater Gracián möge ein Priorat in Lissabon übernehmen. Er tat es gern, und so hatte man ihn zunächst aus dem Wege. Ich wurde zum zweiten ›Definitor‹ ernannt, das heißt, ich gehörte zu den vier Prioren, die den Provinzial in seiner Amtsführung mit Rat und Tat zu unterstützen hatten. Da aber so aktive Mönche wie Pater Jerónimo Gracián und Pater Antonio de Heredia meine Mit-Definitoren waren, mußte ich nicht fürchten, durch Amtsgeschäfte übermäßig belastet zu werden.

In diesem Jahr hatte ich das Meer kennengelernt. Zuerst das Mittelmeer bei Málaga, nun den Atlantik vor Lissabon. Ich konnte mich nicht satt sehen an der bewegten Unermeßlichkeit. Ich schritt stundenlang mit meinem Gebetbuch am Strande auf und ab, und als man mich zu einer berühmten Stigmatisierten führen wollte, brummte ich nur: „›Ich brauche die Wunden von niemandem zu besichtigen‹". Als man weiter insistierte, fügte ich hinzu: „›Es handelt sich doch nur um eine Betrügerin‹", was sich denn auch nach einiger Zeit erwies, als die Inquisition mit Wasser und Seife zu Werke ging.

Schon im Oktober des gleichen Jahres tagten wir wieder in Pastrana, und diesmal mit starken Konsequenzen für mein Leben. Wir waren zur Erkenntnis gekommen, daß wir unsere Provinz in vier Distrikte aufteilen mußten, anders ließen sich die vielen Klöster mit ihren Nonnen und Mönchen nicht mehr regieren. So gab es denn die Distrikte Altkastilien mit Navarra, Neukastilien, Andalusien und Portugal. Ich wurde zum Provinzialvikar für Andalusien gewählt, d. h., ich zeichnete verantwortlich für diese Provinz mit ihren Klöstern in Granada, El Calvario, La Peñuela, Málaga, Caravaca, Sevilla und Guadalcázar. Vernünftigerweise wurde ich vom Amt des Priors entbunden, denn ich konnte mich ja nur noch wochenweise im Kloster Los Mártires aufhalten, dazwischen reiste ich herum, um zu visitieren, Probleme zu lösen oder weitere Klöster zu gründen, so in Córdoba und Caravaca. Das neue Amt entsprach weder meinem Wesen noch meinen Wünschen, aber ich bemühte mich, es gut zu versehen, denn es ging ja um das Leben des Ordens, als dessen erster Mönch ich einst von der Mutter Teresa gleichsam den Ritterschlag erhalten hatte. Auch dachte ich: Wenn Gott mich aus dem finsteren Kerker von Toledo herausgeführt hat, so muß ich mich auch den Aufgaben stellen, die er mir zukommen läßt, sonst würde ich doch noch den Jona-Fehler des verweigerten Auftrags begehen.

Ich war dankbar, daß mir meine Brüder ein Pferd zur Verfügung gestellt hatten, damit ich größere Entfernungen schneller und leichter bewältigen könne. Denn ich bereiste in den zwei Jahren bis zum nächsten Ordenskapitel eine Strecke, die, wie einer Ihrer spanischen Zeitgenossen ausgerechnet hat, lieber Leser, der Entfernung von Granada in Spanien nach Kalkutta in Indien entspricht. Man konnte wirklich nicht von mir sagen, daß ich meine Zelle nicht verließ! Aber doch und gerade jetzt: ich behielt immer im Sinn, daß eine nur kontemplativ zu erwerbende Gottesliebe das

Ziel unserer Ordenskongregation war, wie nur aus ihr die wahre Nächstenliebe hervorgehen, nur in ihr sich die Nachfolge Christi erfüllen konnte.

Darum war ich streng, wenn ich sah, daß man den wahren Sinn unseres Ordens vergaß oder für unwichtig hielt. So in Sevilla, wo ich visitierte. Beim Stundengebet fehlten zwei junge Mönche, Diego Evangelista und Francisco Crisóstomo, und sie kamen auch in der Nacht nicht nach Hause. Ihre Mitbrüder versicherten mir etwas verlegen, die beiden hätten zu predigen, sie verstünden sich darauf vorzüglich. Endlich, als wir am nächsten Mittag im Refektorium schon fast unsere Mahlzeit beendet hatten, kamen sie: der eine trug den weißen Mantel lässig über dem Arm, der andere legte eine verschlossene Lederflasche auf den Tisch und sagte: „Hier könnt Ihr mal probieren!" Mit drei großen Schritten war ich bei ihnen, und was ich sagte, können Sie, mein erfahrener Leser, sich wohl denken!

In meiner abendlichen Ansprache kam ich dann noch einmal auf die Frage der Predigertätigkeit zurück. „›Merken Sie sich‹", sagte ich, „›Sie, die Sie stolz sind auf ihre Aktivitäten und meinen, die ganze Welt mit Ihren Predigten und Werken überziehen zu müssen, daß Sie Gott sehr viel mehr gefallen und der Kirche einen besseren Dienst erweisen, wenn Sie wenigstens die Hälfte dieser Zeit darauf verwenden würden, im Gebet bei Gott zu sein. Ganz zu schweigen von dem guten Beispiel, das Sie damit geben würden.‹" Aber die beiden am Mittag scharf Gerügten zeigten eisige Mienen. Da wurde mir klar, daß ich mir zwei Feinde geschaffen hatte.

Das war im Jahre 1585, dem Jahr, in dem in Andalusien die Pest wütete. Ich selbst hatte einen verdächtigen Fieberanfall schon zu Anfang des Jahres gehabt, und auch aus diesem Grund war es mir lieb, wenn die Mönche im Kloster blieben. Die Pest im Lande war eine Antwort auf die andalusische Hungersnot des vorhergehenden Jahres, als wir aus dem Convento de los Mártires fast täglich Lebensmittel in die Stadt sandten und uns wunderten, daß unsere Vorräte sich nicht erschöpften. Kurz, ich hatte als Provinzialvikar ein Amt übernommen, das alle meine Kräfte forderte, ja, mich immer wieder an die Grenzen des mir Möglichen stoßen ließ.

In der zweiten Augusthälfte 1586 versammelten sich die Definitoren in Madrid, auch weitere führende Persönlichkeiten der Ordenskongregation waren geladen. Es ging vor allem um die Einführung des römischen Ritus in unsere Liturgie. Ich war mit zwei anderen dagegen, einfach, weil ich unseren Ritus vom Heiligen Grabe tiefer anrührend und schöner fand, nicht zuletzt auch durch seinen Gesang, der den Bewegungen der Seele tief entspricht. Aber ich beugte mich am Ende dem Argument der Gegenseite, daß unsere spanische Provinz auf dem Wege zu ihrer Anerkennung als selbständiger Orden besser nicht liturgisch ein Außenseiter bleibe. Außerdem beschlossen wir den Druck der Werke unserer Mutter Teresa und überlegten, daß es gut wäre, wenn auf dem Wege über den königlichen Rat ein hochangesehener Theologe die Manuskripte für die Drucklegung durchsehe und vorbereite.

Unser Herr fügte es, daß zur gleichen Zeit Ana de Jesús mit einigen Schwestern in Madrid eintraf. Man hatte sie als Priorin und zur Klostergründung dorthin beordert – zum Kummer der Nonnen in Granada, die zwei Jahre zuvor in das geräumige Haus des Gran Capitán umgezogen waren, wo ich sie immer, wenn ich für einige Wochen in meinem Kloster ausruhen konnte, auch besuchte. Ana de Jesús hatte nun in Madrid den Gedanken, Kontakt zu dem großen Augustinertheologen fray Luis de León aufzunehmen, den ich einst in Salamanca bewundert hatte. Er hielt sich jetzt im vor zwei Jahren fertiggestellten Escorial mit seinem Augustinerkloster San Lorenzo auf. Fray Luis erklärte sich mit Freuden zur Herausgabe der Werke unserer Mutter bereit. Er war ein Verehrer der Ana de Jesús und wurde ein noch größerer der Teresa, als er ihre Werke kennenlernte, die er von unsinnigen Korrekturen Unzuständiger befreite und gegen alle Angriffe glühend verteidigte.

Jene Tage in Madrid gaben mir viel Anregung, viel Stoff zum Nachdenken und einige Möglichkeiten, den Schwestern aus Granada hilfreich zur Seite zu stehen. Aber wir planten auch die Gründung eines Klosters in La Manchuela (heute, lieber Leser, Mancha Real genannt), so daß ich mich bald wieder auf den Weg nach Andalusien machen mußte. Die einsame Lage sagte mir sehr zu. Wenige Wochen später mußte ich nach Caravaca in Murcia, wo wir auf die berechtigte Bitte der Priorin Ana de San Alberto ein Mönchskloster gründeten, damit die Schwestern auch Unbeschuhte zu

Beichtvätern hätten und überhaupt nicht so isoliert in dieser abgelegenen Gegend leben müßten.

Ein gutes Vierteljahr später reiste ich nach Valladolid, weil für den 18. April 1587 wieder ein Kapitel der Kongregation einberufen war. Auf dem Weg besuchte ich Ana de Jesús in Madrid und dann das Nonnenkloster in Segovia, wo wir nach Überqueren der Sierra de Guadarrama so von Sturm und Regen zerzaust und durchnäßt ankamen, daß wir einen Tag Station machen mußten. Mein Leser meine bitte nicht, ich hätte bald alle Orte genannt, die ich aufsuchte, alle Klöster, die ich gründete, alle Ereignisse, wie den Einsturz der Mauer in Córdoba, den ich überlebte, alle Menschen, mit denen ich sprach oder die mit mir reisten. Es ist unmöglich und würde auch Ihre Kräfte, mein lieber Leser, überfordern. Aber schon aus dem Erzählten werden Sie ersehen, wie müde ich sein mußte, wie sehnsüchtig bei dem Gedanken an ein geregeltes Klosterleben, an die stille „Kartause", den unerfüllten Traum meines Lebens. Und Sie werden verstehen, daß ich auf dem Kapitel in Valladolid um Befreiung von meinen Ämtern bat, um wieder geistig durchatmen zu können. Nun, man erließ mir auch den Definitor und vor allem den andalusischen Provinzialvikar – aber man sandte mich von neuem als Prior nach Granada, es war das dritte Mal. Kniend bat ich meine Brüder, mir diesen Posten zu erlassen, mich als schlichten Mönch irgendwo anzusiedeln, vielleicht auch wieder in Kastilien. Aber es half mir nichts.

Anders freilich ein Jahr später. Im Juni tagten wir wieder in Madrid, und ich wurde zum ersten Definitor gewählt. Das bedeutete, daß ich Nicolao Doria in Abwesenheit vertreten mußte, denn man hatte ihn zum Generalvikar der neuen „Consulta", der neu organisierten Leitung unserer Provinz oder Kongregation gewählt. Als Sitz der Consulta wurde Segovia gewählt, und ich sollte als erster Definitor und Prior in das dortige Kloster übersiedeln. Kastilien! Da überwand ich meine Abneigung gegen Ämter und freute mich! Schon zwei Monate später ritt ich auf meinem schnellen Pferd nach Segovia, nachdem ich in Granada einen nicht leichten Abschied genommen hatte. Vieles und viele waren mir in den sechs Jahren meines Lebens in Los Mártires ans Herz gewachsen.

Wenn ich mit Ihnen auf diese Jahre zurückblicke, mein verstehender Leser, so wird das andere Ende der brennenden Kerze sicht-

Turm der sieben Stockwerke (Granada: Alhambra)

Unser Kloster lag gegenüber dem oberen Teil der Alhambra, so daß wir von unserem Grundstück den „Turm der sieben Stockwerke" und ein Stück Mauer sehen konnten, beides damals allerdings mehr Ruine als Bauwerk (Seite 201).

bar, von der ich eingangs sprach. Die Innenseite, wenn Sie so wollen, die Ereignisse meiner Seele und meines Herzens. Wie hingerissen war ich von der Schönheit meines Herrn, deren Spuren ich von der Höhe unseres Klosters ganz unverhüllt erblickte. Doch wenn ich so geschaut hatte, schloß ich die Augen, unendlich dehnten sich in mir die Weiten der Herrlichkeit, all mein Wesen und all meine ewige Zukunft strahlten auf im unsichtbaren inneren Licht. Mein Gott, dachte ich, ich muß ›verwandelt werden, daß ich schön bin wie du, beschenkt mit deiner Schönheit. Dann können wir einander in deiner Schönheit schauen. So daß, wenn einer den anderen anblickt, jeder im anderen seine Schönheit erkennen kann, die beiden Schönheiten, die einzig deine sind. Versunken bin ich ganz in deine Schönheit. Ich werde dich in deiner Schönheit erblicken, und du wirst mich in deiner Schönheit erblicken, ich werde mich in deiner Schönheit finden, und du wirst dich in meiner Schönheit finden. So gleiche ich dir und gleichst du mir in deiner Schönheit, und deine Schönheit sei mein und meine dein. So werde ich du sein und wirst du ich sein in deiner Schönheit, denn diese deine Schönheit wird zu meiner Schönheit. Und wir werden einander in deiner Schönheit schauen.‹

Ja, so stammelte ich, und um den inneren Glanz ertragen zu können, mußte ich abgeben von ihm, brauchte meine intensive Zuwendung zu gottsuchenden und gottliebenden Menschen. Derart formte sich mein reifendes Leben, und bald entstand mein Werk, denn dieses war nichts anderes als eine Frucht der Liebe und der Zuwendung. Sei es, daß man mich fragte, sei es, daß mich mein Herz trieb, Erfahrenes zu erklären – meine Feder schrieb schnell und leicht, als sei nicht ich es, aus dem die Worte kamen, schrieb leicht und schnell, wenn es galt, einem suchenden Menschen das Geheimnis nahezubringen, für das ich lebte. Wie lieb waren mir alle, die nach Gott fragten! Am besten aber verstanden mich doch immer die Frauen, drei möchte ich hier nennen: Ana de Jesús, Juana de Pedraza und Ana del Mercado y Peñalosa.

Ana de Jesús war mir während meines Aufenthaltes in Granada nahegekommen wie eine leibliche Schwester. Ihre Herkunft aus Medina del Campo, das sensible künstlerische Verständnis der um nur drei Jahre Jüngeren, ihre Mischung von Zartheit und Energie und ihre expressive, herbe Schönheit gaben mir das Gefühl von

Vertrautheit, von Heimat, das mir so viel, vielleicht zu viel, bedeutete. Wir hatten beide eine schwere Jugend gehabt, jeder auf seine Weise. Ana wurde taubstumm geboren. Es war dann wie ein Wunder, als sie siebenjährig plötzlich das Gehör erhielt und sprechen lernte. Solche Erfahrungen wirken prägend, Anas tiefinnerstes Interesse galt dem Religiösen und Spirituellen, sie wurde „Beatin", d. h. ein gottgeweihtes junges Mädchen, ehe sie nach Ávila in Mutter Teresas Orden kam, was ihr (wie mir) ein Wanderleben eintrug. Später ging sie dann als kompetente Klostergründerin nach Paris und weiter nach Mons, Löwen und Antwerpen. Überall galt ihr Bemühen dem Werk und den Werken unserer Mutter, die sie nach jenem betrüblichen Brief nicht mehr lebend sah. Wohl aber begegnete sie ihr in der Todesstunde. Genau zu diesem Zeitpunkt – es war am Abend und schon dunkel, Ana lag krank in ihrer Zelle – erschien ihr eine Karmelitin, deren Angesicht ein solches Licht ausstrahlte, daß es blendete und man ihre Züge nicht erkennen konnte. Aber es mußte die Mutter Teresa gewesen sein. Sehr liebevoll war ihre Haltung, so, als wolle sie Ana zu verstehen geben: alles ist wieder gut!

Doch ich wollte ja von mir selbst erzählen. Natürlich war ich traurig wie die Töchter, als Ana de Jesús 1586 nach Madrid wechseln mußte, denn noch wußte ich ja nicht, daß ich die kommenden Jahre mehr in Kastilien als in Andalusien verbringen würde.

Andererseits war ich froh, dieser ungewöhnlichen Frau etwas Wesentliches von mir geschenkt zu haben, damals, als wir in Granada endlich das rechte Haus gefunden hatten: ich widmete ihr meinen „Cántico Espiritual", den Geistlichen Gesang, den ich dann anläßlich ihres Weggangs 1586 noch einmal überarbeitete, erweiterte und vertiefte. Dieses Werk blieb immer mein liebstes, waren doch seine Strophen, die ich später ein wenig zu erläutern suchte, das lebenspendende Geschenk unseres Herrn im Kerker zu Toledo gewesen, und waren doch die noch hinzugefügten Strophen eine süße Frucht Granadas, ein Granatapfel gewissermaßen!

›Der Nacht Gelassenheit,
  verbunden mit des Morgenrotes Sieg,
  klingende Einsamkeit
  und lautlose Musik;
  erquickend Mahl, zur Liebe ganz bereit.‹

Wem sonst hätte ich solche Verse widmen, wem sonst erklären können: ›In der Ruhe und Stille der Nacht und im Wahrnehmen jenes göttlichen Lichtes gelangt die Seele zur Erkenntnis einer wunderbaren Ordnung der Weisheit, die in alle Unterschiede der Geschöpfe und ihres Wirkens Übereinstimmungen legte, die jedes einzelne und alle zusammen in eine gewisse Entsprechung zu Gott bringen, so daß jedes in seiner Weise aufklingen läßt, was Gott in ihm ist. Dadurch entsteht eine Harmonie vollkommenster Musik, die alle Melodien und Zusammenklänge der Welt übersteigt. Die Seele nennt das lautlose Musik, weil sie sich abspielt im stillen und ruhigen Geiste, ohne den Klang von Stimmen, so daß man zugleich das tiefe Schweigen und die Lieblichkeit der Musik genießt. Darum sagt die Seele auch von ihrem Geliebten, er sei lautlose Musik, denn in ihm vernimmt sie beglückt diese Harmonie geistigen Musizierens.

Und nicht nur das: er ist auch klingende Einsamkeit. Das ist fast das gleiche wie lautlose Musik, denn wenn diese Musik auch lautlos für die Sinne und die natürlichen Vermögen ist, handelt es sich für die geistigen Seelenkräfte doch um eine sehr klangvolle Einsamkeit, weil, geleert von allen Formen ichsüchtiger Verhaftung, die Vollkommenheit Gottes und seiner Schöpfung mächtig im Geiste widerhallt.‹

Ana war so musikalisch, daß ich es manchmal wagte, bei meinen Besuchen die Laute mitzubringen, an der sich auch die Nonnen in Beas erfreut hatten. Konnte ich doch mit ihren Klängen meine Worte in jene Sphäre heben, die ihnen besser entsprach als die der puren Ratio. Wie freute ich mich, Ana in meinem Prolog zu sagen: „›Da diese Strophen, ehrwürdige Mutter, wohl mit einer glühenden Liebe zu Gott geschrieben sind, dessen Weisheit und Liebe das All von einem Ende zum anderen durchwaltet, wie es im Buch der Weisheit heißt, und da die Seele von dieser Fülle so erfaßt und bewegt ist, daß sie sich auch in ihrem Sprechen äußert, (...) muß nicht verstandesmäßig erfaßt werden, was in ihr eine Wirkung von Liebe und Neigung erzeugt, denn sie verfährt nach der Art des Glaubens, in der wir Gott lieben, ohne ihn zu erkennen.‹"

Ja, hier durfte ich ohne Furcht mein Innerstes offenbaren, wurde doch alles einem ebenso klugen wie liebevollen Herzen anvertraut.

Darum fügte ich hinzu: „›Wenn Sie auch nicht im Umgang mit

scholastischer Theologie geübt sind, mit der man die göttlichen Wahrheiten versteht, sind Sie doch geübt in mystischer Theologie, die einen die Liebe lehrt und durch die man die göttlichen Wahrheiten nicht nur erkennt, sondern zugleich erfährt.‹"

Übrigens war ich nicht der einzige, der Ana sein Lieblingswerk widmete. Ein Gleiches tat der große Luis de León mit seinen „Erläuterungen zum Buche Hiob", an dem er bis zu seinem Tode arbeitete. Er schrieb seine Widmung, als wegen der neuen Ordensleitung große Leiden über die Töchter Teresas gekommen waren. Aus doppeltem Grunde also handelt sein Vorwort, ganz anders als das meine, von Leiden und der rechten Art, mit ihnen umzugehen. Hiob und unsere von Feinden umringte junge Kongregation verschmolzen im Geiste des Augustiners.

Aber zurück zu den Frauen! Da war ›meine Tochter im Herrn‹ Juana de Pedraza, frisch und 25 Jahre jung, ein Mädchen von bewegender Religiosität, die oft den Cerro de los Mártires hinanstieg, um mit mir sodann im geistlichen Gespräch den Berg der Gottesliebe zu erklimmen. Aber, zu keinem Ordensleben verpflichtet, wie sie war, sprach ich anders zu ihr, als ich etwa zu einer Novizin geredet hätte. Es ging mir darum, sie ›den schlichten und ebenen Weg des Willens Gottes und seiner Kirche‹ zu führen, sie ›ein Leben im dunklen und wahren Glauben, in sicherer Hoffnung und ganzer Liebe‹ zu lehren. Ich wollte nicht, daß sie sich in den Felsen weltentrückter Kontemplation verstieg. Dabei machte sie innerlich solche Fortschritte, daß sie auch in die „Nächte" gelangte. „Pater Juan", sagte sie, „ich habe an nichts mehr Freude, und niemand kümmert sich um mich." Und ich antwortete ihr, sie sei jetzt in eine ›Dunkelheit und Leere‹ gelangt, in der es ihr notwendig so vorkommen müsse, als ›habe sie alle und alles verloren‹. Ich sagte:

„›Das ist ja auch kein Wunder, wenn es Ihnen sogar doch scheint, als habe Gott Sie verlassen. In Wahrheit aber haben Sie gar nichts verloren, es ist nicht nötig, überhaupt davon zu reden. Es gibt einfach keinen Grund, und Sie selbst werden weder einen wissen noch einen finden, weil alles nur unbegründete Vermutung ist.‹"

„O Pater Juan", antwortete sie, „unbegründet! Wenn Sie wüßten, wie ich mir manchmal ausmale, ich sei auf ewig verdammt, wie ich meine, mein Leben zu verfehlen, auf einem Weg zu wandern, der immer nur abwärts oder ins Leere führt." Ich aber antwortete mit Innigkeit und Nachdruck: „»Was wollen Sie? Welch einen Lebensentwurf haben Sie sich gemacht? Was meinen Sie denn, was es heißt, Gott zu dienen, wenn nicht: nichts Böses tun, seine Gebote halten und uns nach Kräften für ihn einsetzen? Wenn wir das erfüllen – was sollen dann noch andere Bestrebungen und Erklärungen und Befriedigungen von diesseits und jenseits, die immer auch Gefahren und Fallstricke in sich tragen, so daß die Seele sich an ihrer Erkenntnis und ihrer Lust berauscht und mitsamt ihren Fähigkeiten in die Irre geht? So ist es denn eine große Gnade, wenn Gott diese Fähigkeiten in Armut und Dunkelheit versenkt, so daß sie mit ihnen keine Fehler mehr machen kann. Und wenn sie sich nicht mehr irrt, dann gibt es auch nichts mehr herumzurätseln.‹"

Es brauchte aber doch Wochen, bis ich sie überzeugen konnte, auf einem guten Weg zu sein, weil Gott selbst es ist, der die Seele in ein Dunkel führt, in dem sie lernt, nicht mehr auf sich, sondern nur auf ihn zu vertrauen. „›Wünschen Sie nichts anderes als diese Weise‹", sagte ich, „Doña Juana, ›lassen Sie Frieden einziehen in Ihre Seele, um die es gut bestellt ist. Und kommunizieren Sie wie gewohnt. Beichten Sie nur bei ganz klarem Anlaß, über den nicht zu diskutieren ist‹." Denn ich sah doch deutlich: ›Sie war demütig und bereit, weder sich selbst noch das Weltliche zu überschätzen, sie war noch nie so gut daran wie jetzt‹, nur gehörte es eben zu diesem Umwandlungsprozeß, daß der von Gott in das Glaubensdunkel Geleitete das nicht sehen kann. Durch die Gespräche mit mir wich ihre Ängstlichkeit, lernte sie, ›daß unsere Armseligkeit uns hilft, dieses Leben zu verlieren, um in das ewige Leben mit seiner Seligkeit zu gelangen. Sie bejahte schließlich vorbehaltlos das innere Geschehen, und so konnte sie später mit mir sagen: „›O Herr und großer Gott der Liebe! Wie reich machst du den, der einzig dich liebt und in dir sich freut, denn du selbst schenkst dich ihm und wirst eins mit ihm in Liebe.‹"

Aber es war dann doch schwer für sie, als ich immer weniger in Granada anwesend war, es schließlich ganz verließ. Ich mußte, und es war mir selbst bitter, ihr deutlich machen, daß der Herr uns gerade ›da am meisten leiden läßt, wo wir am tiefsten lieben‹. – Sie wurde in ihrem späteren Leben eine vorbildliche Christin, und ich verzieh ihr gern, daß sie mich heimlich malen ließ, sosehr ich solche Aktionen sonst auch ablehnte.

Die junge Juana lehrte mich ihrerseits den Umgang mit Menschen, die in der Welt verbleiben und doch Gott als den eigentlichen Sinn ihres Lebens erkennen. Bei ihr war alles so natürlich und unverstellt. Wie tief ich ihr verbunden war, merkte ich an den Vorahnungen, die mich manchmal in ihrer Gegenwart überfielen, oder später bei meinem Briefwechsel mit ihr an der Sicherheit, mit der ich um ihre Probleme schon wußte, ehe ihr Schreiben mich erreichte, so daß sich manchmal mein Antwortbrief mit dem ihren kreuzte.

Zu den Vorahnungen in ihrer Gegenwart gehörten auch so einfache Dinge wie das Kommen eines Gewitters, von dem noch kein Wölkchen zu sehen war. Bat ich sie doch einmal, bis gegen sechs Uhr am Nachmittag zu bleiben, denn um fünf werde ein gewaltiges Gewitter niedergehen, nicht ungefährlich auf unserem Märtyrerhügel. Meine Tochter im Herrn staunte nicht wenig über die Genauigkeit der Vorhersage. Und ich war ihr dankbar, daß sie nicht, wie die Mönche in El Calvario, von mir verlangte, das Gewitter durch Kreuzeszeichen in alle Himmelsrichtungen zu vertreiben. Ich sagte es ja schon, sie war demütig und natürlich. Außerdem brauchte unser Garten dringend den heftigen Gewitterregen.

Hatte ich in Ana de Jesús eine Schwester gefunden, in Juana de Pedraza eine Tochter, so neigte meine Freundin Ana de Peñalosa nach Alter und Gemütsart eher zum Mütterlichen. Seit sie unsere Schwestern so großzügig bei sich aufgenommen hatte, war sie auch meiner geistlichen Obhut anvertraut. Ich staunte, welch eine religiöse Kraft und Christusliebe in dieser Frau verborgen waren, deren Seele durch ihren materiellen Reichtum offensichtlich keinen Schaden genommen hatte. Fast wie von einer Ordensschwester verlangte ich von ihr Loslösung und Abgeklärtheit, denn erstens war sie durch ihre luxuriöse Umgebung gefährdet, und zweitens war ihre Liebesfähigkeit schon sehr entwickelt. Manchmal machte ihr ein wiederkehrendes Gallenleiden zu schaffen. Fühlte sie sich schlecht, neigte sie zu Skrupeln. Dann mußte ich ihr sagen: ›Achten Sie gut auf Ihre Seele, beichten Sie weder Skrupel noch erste Regungen noch auch Interesse an Dingen, bei denen sich die Seele gar nicht aufhalten wollte. Kümmern Sie sich um Ihre Gesundheit, und versäumen Sie dabei nach Möglichkeit nicht das Gebet.‹ Ich sah an dieser sympathischen Frau, daß ein „Weltmensch" durchaus zur Gotteinung kommen kann – auch sind die Gefahren, denen er dabei ausgesetzt ist, relativ geringer als die einer Ordensfrau oder eines Ordensmannes. Denn die Verführungen der Sinne halte ich vergleichsweise für harmloser als die des Geistes. Geistlicher Hochmut nähert uns dem Teufel sehr viel mehr an als etwa ein naives Genießen materieller Gaben, in dem doch auch immer etwas von Dankbarkeit gegenüber der Schöpfungsherrlichkeit mitschwingt.

Etwas unangenehm (und doch willkommen) war es mir, daß im Laufe der granadinischen Jahre Doña Ana de Peñalosa am liebsten ihre „Loslösung" unter Beweis stellte, indem sie mich bei meinen Projekten finanziell unterstützte. So konnte ich manchen Erweiterungsbau im Kloster vornehmen, der notwendig wurde, weil immer mehr Novizen kamen.

Als ich Ana de Jesús schon die erste Fassung meines Cántico gewidmet hatte, also zur Zeit des Umzugs der Schwestern aus der Calle de Elvira in das Haus des großen Generals, kam mir der Gedanke, daß ich auch der sympathischen und unermüdlich hilfsbereiten Señora Peñalosa ein Werk widmen sollte. Ich glaube, daß es der Heilige Geist war, der ihr gerade zu diesem Zeitpunkt eingab, mich zu bitten, doch einmal mein Gedicht von der lebendigen Flamme der Liebe zu erläutern. Bisher hatte ich mich davor gescheut, obwohl ich dieses Symbol liebte wie das der Nacht. Beide Bilder verknüpften sich in meiner Intuition unwillkürlich immer wieder, schließlich hatte ich ja gedichtet:
›In einer dunklen Nacht,
entflammt in Liebe, brennend vor Verlangen.‹
Mein aufmerksamer Leser kennt dieses Gedicht schon. Und er vernahm auch in anderem Zusammenhang jene Verse, die ich schließlich meinem Geistlichen Gesang einfügte:
›Der Lüfte sanftes Wehen,
die Nachtigall im Hain
mit ihrem süßen Flehen,
der Nacht verklärter Schein:
welch seliges Vergehen
in Flammen ohne Pein!‹

Ja, ›ich kann hier von Nacht sprechen, weil sie dunkle Kontemplation, also Gotteserfahrung ist. Ein geheimes und verhülltes Wissen von Gott, das dieser die Seele verborgen und geheimnisvoll lehrt, ganz ohne Wortgeräusch und ohne Hilfe irgendeines körperlichen oder geistigen Sinnes, im Dunkeln gegenüber allem Natürlichen und Sinnlichen. So weiß die Seele, ohne zu wissen woher; darum haben einige geistliche Lehrer von einem wissenden Nichtwissen gesprochen.‹

›Unter Flamme verstehe ich hier die Liebe des Heiligen Geistes. Das selige Vergehen ist das Verzehrende der Flamme im Sinne von Läuterung, von Verschwinden alles Unvollkommenen, also von Vollenden und Vervollkommnen.‹

Die Bitte der Ana de Peñalosa kam mir wie gerufen. Und ich hatte im Kloster in Granada einen jungen Mönch, Juan Evangelista, der mich vorzüglich verstand und eine sehr schöne Handschrift hatte, obwohl er rasch schrieb. Ich machte ihn zu meinem Sekretär, und als er Priester geworden war, reiste er mit mir zugleich als mein Beichtvater. Ein guter, kluger und verläßlicher Mensch. Ihm diktierte ich nun, was ich über das Feuer, über die lebendige Flamme der Liebe zu sagen hatte, und ich diktierte selbst feurig und glühend, so daß das Buch in vierzehn Tagen fertig war! Wie freute sich die Señora Peñalosa, deren Diener ins Kloster kamen, um mein Manuskript abzuschreiben, als sie im Vorwort las:

„›Ich empfand kein geringes Widerstreben, meine edle und fromme Dame, eine Erklärung zu jenen vier Strophen zu schreiben, um die Sie mich baten, denn von diesen inneren und hochgeistigen Dingen, für die im allgemeinen die Sprache nicht ausreicht, weil das Geistige dem Sinnlichen nicht faßbar ist, kann man nur schwer etwas Wesentliches sagen. Es spricht sich schlecht von unserer Innerlichkeit, wenn nicht mit Innigkeit. Und weil mein Vermögen dafür nicht ausreicht, habe ich die Erfüllung Ihrer Bitte bisher vor mir hergeschoben. Nun aber hat mir der Herr das Verständnis ein wenig geöffnet und mich für das Vorhaben erwärmt. Dazu muß Ihr heiliger Wunsch beigetragen haben, so daß seine Majestät möchte, daß ich die Strophen, die ich für Sie schrieb, Ihnen auch erkläre.

In den schon erläuterten Strophen‹" (meines Geistlichen Gesanges meinte ich, lieber Leser) „›sprach ich ja vom höchsten Grad der

Vollkommenheit, zu dem man in diesem Leben gelangen kann, nämlich von der Verwandlung in Gott. Aber das neue Gedicht kündet von einer noch wertvolleren und vollkommeneren Liebe in dem Prozeß der Umwandlung. Denn wenn auch, wie beide Gedichte zeigen, alles nur ein einziger großer Prozeß ist, den wir in diesem Leben nicht beenden können, kann man doch mit der Zeit und Übung, wie ich schon sagte, die Liebe vertiefen und vervollkommnen. Das ist nicht anders, als wenn man Holz anzündet: es wird von Anbeginn in Feuer verwandelt, aber je länger und heißer es brennt, um so mehr wird es Glut und Flamme, bis es von sich aus flammt und Funken sprüht.

Und aus diesem höchsten Entflammtsein muß man verstehen, was die Seele in diesem Gedicht sagt, diese schon ganz verwandelte und liebesfeurige Seele, die mit dem Feuer nicht mehr nur vereint ist, sondern selbst zur *lebendigen Flamme* wurde.‹"

15

Ferne Inseln

Es war ein schicksalsträchtiges Jahr, das Jahr 1588. Fray Luis de León gab die Werke unserer Mutter Teresa heraus und verteidigte sie wie ein Löwe. Unsere spanische Armada aber, die „unbesiegbare Flotte", erlitt ihre erste und endgültige Niederlage. Spaniens Aufstieg zur Weltmacht war beendet, England trat an seine Stelle. Und ich selbst begann mein neues Leben in Segovia, in der kastilischen Heimat, die mir schon ein wenig entfremdet war.

Als ich Granada verließ, weinten die Schwestern, trauerte Juana de Pedraza. Ana de Peñalosa aber schnürte ihr Bündel und zog mit nach Segovia. Ihr verstorbener Mann stammte von dort, sie hatte noch Grundbesitz in der Stadt, den sie verkaufte, um gleich neben meinem Kloster ein Haus zu erwerben. Ich staunte über ihr praktisches Geschick, zumal das Kloster außerhalb der Stadtmauern in wenig bebauter Gegend lag. Nie hätte man sich gedacht, daß gerade in unserer unmittelbaren Nähe ein Haus zum Verkauf stand. Ich vermutete, daß hinter dieser beweglichen Anhänglichkeit auch der Wunsch stand, in der Nähe ihres Bruders Luis del Mercado zu sein, der als Geistlicher nach Madrid berufen war, um bei Hofe und für das Heilige Offizium zu wirken. Und tatsächlich zog sie nach drei Jahren auch zu ihm in die Hauptstadt, in der ich mich damals fast so häufig aufhielt wie in Segovia.

Aber zunächst fand ich in Segovia eine Aufgabe vor, die alle meine Kräfte und wieder die finanzielle Unterstützung der Doña Ana forderte. Sie hatte schon vor zwei Jahren geholfen, dieses Kloster zu kaufen, dessen Platz Pater Nicolao Doria ausgesucht hatte. Es zeigte sich dann aber, daß die Lage des Hauses zu feucht war; der Fluß Eresma und der Steilhang, über dem sich die Stadt mit ihrer Mauer erhob, wirkten hier ungünstig zusammen. Ich mußte also ein wenig höher bauen, dort fand sich guter, trockener Grund.

Wir machten uns sofort an die Arbeit, ich selbst holte täglich mit den Bauarbeitern, die uns Doña Ana gesandt hatte, das Material aus dem am Ort zur Verfügung stehenden Steinbruch. Oft war ich so vertieft in die Arbeit, daß ich das Essen vergaß und im Refektorium fehlte. Dann kam mein treuer junger Freund und Sekretär Juan Evangelista mit einer Kleinigkeit, schalt mich, wenn ich mir wieder die Fingerknöchel blutig gestoßen hatte. „›Ich stoße hier weniger an als bei den Menschen‹", sagte ich ihm, und er wunderte sich, denn noch war nicht sichtbar, in welche Schwierigkeiten ich bald geraten würde.

Der rasche Fortgang der Bauarbeiten freute mich, und nach einigen Monaten kaufte ich noch Grund und Boden hinzu, der sich nach Norden den Steilhang gegenüber der Stadt und jenseits des Flusses hinaufzog. Von dort hatte man einen Blick auf das Königsschloß. Es war ein anderes als heute, lieber Leser, aber auch damals krönte es den Felsen, der wie ein Schiffsbug in die kastilische Ebene hineinragte. Dahinter sah man die majestätischen, oft schneebedeckten Ketten der Somosierra, deren Strenge durch den vorgelagerten piniengrünen Monte de Valsaín gemildert wird. Ich liebte diesen Blick und richtete mich zum Gebet gern auf halber Höhe unseres felsig ansteigenden Gartens in einer Höhle ein. Manchmal mußte mich Juan Evangelista von dort holen, sofern es ihm gelang, mich aus meiner Versenkung zu wecken, was nicht immer leicht war. Oft war es draußen schon dunkel, aber ›meine Seele, die Gottes Barmherzigkeit, Güte und Weisheit betrachtet hatte, war erfüllt von Licht und von der Wärme, die sie mit dem Licht empfing; Licht und Wärme der Liebe Gottes und der Gottesliebe. Wunderbar und grenzenlos ist dieses Licht, die Seele ist glücklich in ihrer Versunkenheit der Liebe‹.

Meine Aufgaben als erster Definitor vernachlässigte ich keineswegs. Pater Doria war viel auf Kontrollreisen, ich mußte dann als sein Vertreter Sitzungen leiten, Gespräche führen, klärende Schreiben aufsetzen und Entscheidungen treffen. Lauter Dinge, die ich nicht besonders liebte, die aber notwendig waren, so daß ihre Erfüllung zu meinem Gottesdienst gehörte.

Hatte ich eine Sitzung der Consulta geleitet, besuchte ich gern die Schwestern in dem Kloster San José, das ich einst zusammen mit der Mutter Teresa eingeweiht hatte. Es lag nahe der Kathedrale,

Der Turm Los Picos, dahinter das Franziskanerkloster in der Alhambra von Granada

Es waren nur ein paar Minuten zum schlichten Franziskanerkloster inmitten der maurischen Gärten, das, sofort nach dem Fall Granadas auf den Fundamenten einer der kleineren Moscheen erbaut, bald die Gebeine der Katholischen Könige bergen sollte (Seite 201).

also auf der anderen Seite der Stadt, ein langer, steiler Weg. Die Kathedrale war zerstört worden von dem Krieg, den im ersten Viertel meines Jahrhunderts die „Comunidades", die großen kastilischen Städte, allen voran Toledo und Segovia, gegen die ausländerfreundliche Politik Karls V. geführt hatten, der unerfahrene junge Leute, die (wie er!) nicht einmal unsere Sprache beherrschten, in wichtige Regierungsämter setzte. Inzwischen hatte man die Kirche im wesentlichen wieder aufgebaut, aber es gab doch für etwa hundert Jahre noch viel Arbeit im Detail, so daß die Schwestern nicht eben ruhig wohnten. Aber sie klagten nie, wußten sie doch, daß auch ich in Segovia, wie vorher in Granada, auf einer Baustelle lebte. Die Priorin des Frauenkonvents nannte sich, wie meine Schwester im Herrn, Ana de Jesús – ihr Familienname war Jimena. Sie war eine besonnene, sympathische Frau, und gewiß tat ich ihr Unrecht, wenn ich mich beim Aussprechen ihres Namens an Ana de Lobera in Madrid erinnerte.

Aber ich war auch gezwungen, oft an sie zu denken, denn als durch Nicolao Dorias Konzept der Ordensleitung die Absichten unserer Mutter Teresa gefährdet schienen, war es Ana de Jesús in Madrid, die mit der ihr eigenen Energie und Klugheit, ja in diesem Falle sogar List, Gegenmaßnahmen einleitete, die auch mich in den Mittelpunkt der Streitigkeiten zogen, sosehr ich mich bemüht hatte, das zu vermeiden.

Ich will versuchen, mein beschäftigter Leser, Ihnen mit knappen Worten zu sagen, was in unserer Ordensgeschichte ganze Bände füllt. Die Mutter Teresa hatte bestimmt, daß die Schwestern sich in allen Nöten und mit allen persönlichen Fragen direkt an einen Pater aus dem Orden wenden konnten, der für ihre Betreuung eine besondere Eignung mitbrachte. Doria dagegen, dem die Verfassung von Venedig oder Genua als Ideal vorschwebte, wollte alle Probleme durch eine straff zentralistische und unpersönliche Regierung lösen, durch ein Gremium, die sechsköpfige „Consulta". Dadurch wurden aus individuellen Schwierigkeiten offizielle Beschlüsse und Vorschriften. Die Schwestern, angefeuert von Ana de Jesús (Lobera), weigerten sich, auf diese Weise ihre Probleme behandeln zu lassen. Sie wollten Pater Gracián oder lieber noch mich in dieses Amt eingesetzt sehen. So geriet ich in die Schußlinie, was gefährlich wurde, als Ana ihren „großen Coup gelandet" hatte, wie Sie, mein Leser, es vielleicht nennen würden. Der aber sah so aus:

Pater Doria kam nach Madrid, besuchte ihr Kloster, und in Gegenwart der versammelten Schwesternschaft sagte Ana zu ihm: „›Ich fürchte, hochwürdiger Pater Generalvikar, daß die Patres der Consulta die Statuten ändern, die unsere Mutter uns hinterließ, ja, daß man noch viele neue hinzufügen will.‹" Damit spielte die Mutter Ana auf die dreihundert neuen Verordnungen an, die der Generalvikar durchsetzen wollte. Und sie fuhr fort: „›Hochwürden mögen dem doch bitte nicht zustimmen, denn wir wissen ja schon aus Erfahrung, wie gut unsere Angelegenheiten sich regeln, wenn man sie so behandelt, wie es der Wille unserer Mutter hinterließ.‹" Pater Doria antwortete darauf etwas erschrocken, aber mit diplomatischer Zurückhaltung: „›Bei Gott, Mutter, fürchten Sie doch nicht, man werde etwas von Bedeutung ändern.‹" Darauf die Mutter Ana: „Das freut mich zu hören, Hochwürden. ›Wäre es dann nicht gut, den Papst, wenn Sie dem zustimmen, um ein Breve zu bitten, das unsere Statuten bestätigt? Bisher haben wir doch nur die Unterschrift des Nuntius.‹" – „›Sehr gut, ehrwürdige Mutter‹", sagte Pater Doria, der fluchtartig das Sprechzimmer verließ, „›sehr gut, tun sie das!‹" Und als Ana de Jesús noch einmal nachfragte, ob er das wirklich meine, sagte er lächelnd und schon im Fortgehen, wenn sich keiner fände, um darum zu bitten, würde er selbst zu Fuß nach Rom gehen. „›Töchter‹", sagte Ana, „›Ihr seid meine Zeugen. Behaltet gut, was unser Pater Generalvikar gesagt hat.‹"

Doria hatte sich in Sicherheit gewiegt, weil er meinte, ein Bittschreiben an den Papst müßte ja über ihn seinen Weg nehmen. Aber da kannte er nicht Ana de Jesús! Sie ließ, ähnlich wie früher die Mutter Teresa, alle persönlichen Beziehungen spielen, setzte ihren Charme ein, gewann für ihre Sache fray Luis de León und den königlich-bischöflichen Freund unserer Mutter, Teutonio de Braganza. Bestens beraten, ließ sie dann ihr Schreiben, das Spuren von fray Luis' Feder zeigte, durch einen in Rom gern gesehenen Weltgeistlichen und Verwandten Pater Graciáns, Bernabé de Mármol, Papst Sixtus V. überbringen. Der stellte ihr am 5. Juni 1590 das erwünschte Breve aus!

Als es eingetroffen war und Doria davon vernahm, war er außer sich. Er sprach von Manipulationen hinter seinem Rücken, spürte den revolutionären Geist Kastiliens und wollte alles Übel an der Wurzel ausreißen, indem er auf dem nächsten Kapitel in Madrid, im Juni 1591, vorschlug, die Nonnen aus der Ordenskongregation auszugliedern. Sollten sie doch sehen, wo sie blieben!

Da mußte auch ich mich in die Schlacht begeben. Das war besonders mißlich, weil Doria, mit dem ich mich bisher gut verstanden hatte, meinte, ich stecke hinter dem Breve, ich hätte intrigiert, um den darin geforderten Posten eines kommissarischen Betreuers der Nonnen zu erhalten. Denn ich hatte schon auf dem Kapitel 1590 sehr entschieden für das Anliegen der Schwestern gesprochen und mich zudem auch für Pater Gracián stark gemacht, den Doria meinte mit allen Mitteln bekämpfen zu müssen. Ich aber konnte keine Ungerechtigkeit ertragen, denn sie entfernt, trennt uns von Gott, unserem gerechten, sehr geliebten Herrn.

Nun, Mitte Juni 1591, blies mir auf dem Kapitel gleich ein scharfer Wind der Feindseligkeit ins Gesicht. Doria hatte vorgearbeitet, und mir wurde schnell klar, wer ihn mit aller Leidenschaft unterstützte: der junge Mönch Diego Evangelista, der mir nicht verzeihen konnte, daß ich ihn in Sevilla wegen seines außerklösterlichen Lebenswandels gerügt hatte. Diego wurde zum Definitor gewählt, ich selbst aber von allen Ämtern entbunden, d. h., man wählte mich für keines mehr. Ich hatte dergleichen schon geahnt. Als mir vor dem Kapitel eine Schwester sagte, ich werde, wie man hoffe, die Nonnen erfolgreich verteidigen, antwortete ich: „›Man wird mich nehmen und in die Ecke werfen‹", denn das hatte mich der Herr im Gebet verstehen lassen.

Mir war es recht, denn erstens hoffte ich, mich so ganz dem Gebet und dem inneren Wachsen der Liebe widmen zu können, der keine Grenzen gesetzt sind; zum anderen hatte ich eine mich tief bewegende Vision gehabt. Nur Paco, den ich immer wieder von Medina zu mir holte, wußte davon. In der Kirche meines Klosters in Segovia hing ein schönes Ölbild des kreuztragenden Christus, nicht schrecklich, sondern anrührend in seiner Sanftheit. Vor diesem Bild überkam mich eines Morgens eine Entrückung, mit der sich die erwähnte Vision verknüpfte: Aus dem Bild heraus richtete unser Herr auf mich die Augen und begann zu sprechen. Er sagte, ich möge mir etwas wünschen, er werde es erfüllen, was auch immer es sei. Da brauchte ich mich nicht lange zu besinnen. Ich bat: „›Herr, gib mir Leiden und Verachtetsein um deiner Liebe willen!‹" Die Bitte wurde mir alsbald erfüllt, es bedurfte dafür nur der Streitigkeiten in unserer Ordenskongregation. Ich litt darunter so sehr, daß es mir unmöglich war, sie auch nur ungewollt zu schüren. Ich mußte fort, möglichst weit. Da dachte ich an unser erstes Missionskloster in Neuspanien oder, wie wir damals auch schon sagten, in Mexiko. Es war auf dem Kapitel besprochen worden: Man suchte zwölf Patres, die sich freiwillig zur Reise nach dem fernen Kontinent meldeten. Zwar hatte ich mich ja nicht als Freund des missionarischen Eifers gezeigt, aber es fügte sich gut in meinen Weg der Nachfolge, daß ich in dieser Frage über meinen Schatten sprang. Vor allem aber wollte ich nicht Anlaß zu weiteren Kämpfen geben, nicht „Zankapfel" sein; die Schwestern würden auch einen anderen guten Berater finden können.

So saß ich denn nach dem Kapitel in meiner Zelle in Madrid und dachte nach. Draußen brütete die Hitze des kastilischen Sommers, aber im Kloster war es angenehm kühl, und ich hatte Zeit, meinen inneren Bildern zu folgen. Ich stellte mir den neuen Kontinent als Inseln vor, wie Kolumbus, der zunächst ja nur eine Anhäufung von Inseln entdeckt hatte. Diese ›fernen, wundersamen Inselreiche‹, so träumte ich vor mich hin, ›sind vom Meer umgürtet und jenseits aller Meere, sehr fern und abgetrennt von den Verbindungswegen der Menschen. So kommt es, daß dort Dinge entstehen und wachsen, die sehr verschieden sind vom hier Bekannten, Dinge von ganz anderer Seinsweise und nie geschauten Vollkommenheiten, die den, der sie erblickt, durch ihre Neuheit in Staunen versetzen. Und ebenso bezeichnet die Seele wegen der wunderbaren Neuheit und der allem Gewohnten entrückten Wahrnehmungen, die sie in Gott schaut, Gott als ‚ferne Inseln'.‹

Ja, die Parallele zu Gott erschien mir selbst ebenso verblüffend wie überzeugend, denn ›er schließt nicht nur die seltenen Schönheiten nie gekannter Inselreiche in sich – auch seine Wege, Ratschlüsse und Werke sind für uns Menschen unvorhersehbar, überraschend und staunenswert.‹ Nach diesen Überlegungen war ich zum Aufbruch bereit.

Meine Ordensbrüder waren überrascht, als ich mich gleich im Anschluß an das folgenschwere Kapitel für die Mission in Mexiko meldete, überrascht und erleichtert. Flugs wurde ein Schriftstück aufgesetzt, ein Papier, das lautete:

„›In Madrid, wo sich am 25. Juni 1591 der Pater Generalvikar und die Definitoren versammelten, um über die Bitte der Patres in der neuspanischen Provinz Mexiko zu verhandeln, die ein Dutzend Mönche angefordert hatten, meldete sich nach Abschluß des Kapitels fray Juan de la Cruz und sagte, daß er gern gehen würde. Darum schlug man vor, die zwölf Patres zu senden und das Angebot des Paters fray Juan de la Cruz für diese Reise anzunehmen, so daß nur noch elf Patres zu suchen wären, um dem Wunsch der mexikanischen Provinz zu entsprechen.‹"

Ich begann, ›meinen Seesack zu packen‹. Viele Abschiede standen mir bevor, besonders schwer war der von den untröstlichen Schwestern, die auf mich als ihren Helfer in allen Nöten gehofft hatten. Aber schon nach wenigen Tagen zeigte sich, wie richtig mein ohnehin unabänderlicher Entschluß war. Aus Rom, wo jetzt ein anderer Papst regierte, Gregor XIV., hatte sich Nicolao Doria mit seinen guten italienischen Beziehungen ein neues Breve verschafft. In ihm war nicht mehr die Rede von einem eigens für die Betreuung der Nonnen bestimmten Pater. Doria war stolz auf seinen Sieg, ich aber machte mir große Sorgen um die Zukunft des Ordens. Ich sah in einem inneren Bild, ›wie Doria mit seiner Consulta in das tobende Meer hineinging, immer weiter, immer tiefer. Ich rief ihnen zu, doch umzukehren – da versanken sie vor meinen Augen!‹

In der äußeren Realität aber war Pater Doria guten Mutes. Er kam zu mir und bat mich nahezu herzlich, doch wieder das Priorat in Segovia zu übernehmen. Ich war keine Gefahr mehr für ihn. Mir aber war klar, daß ich unter den neuen Umständen, zwischen Feindseligkeiten und Intrigen, nicht leben, nicht atmen konnte. Gleich am Abend nach Dorias Besuch erhielt ich einen neuen Beweis der Feindschaft. Wir saßen in der Rekreation beisammen, und wie es meine Gewohnheit war, begann ich von der Stille der gottliebenden Seele und dem Glanz der Ewigkeit zu sprechen; da warf mir Diego Evangelista, der neue junge Definitor, nur einen kurzen Blick zu und sagte laut: „Ach, halten Sie doch den Mund!" Und ich verstummte. Niemand forderte mich auf weiterzureden.

Pater Nicolao Doria hatte den Sitz der Consulta schon vor einiger

Zeit nach Madrid verlegt, insofern hätte meinem Priorat in Segovia nichts entgegengestanden. Aber da ich fest bei meiner Weigerung blieb, bestimmte er, ich solle in ein andalusisches Kloster gehen, das ich selbst wählen durfte. Von dort aus könne ich mich ja dann immer noch entschließen, ob ich mich nach dem neuen Kontinent einschiffen oder aber lieber in Andalusien bleiben wolle. Seine Anordnung entsprang einem seltsamen Gemisch aus Freundlichkeit und Rachsucht. Ich neigte zum Entschluß für den fernen Kontinent, doch manchmal überkamen mich Ahnungen, daß meine ›wundersamen Inselreiche‹ nicht von dieser Welt seien und mir näher, als man denken konnte. So oder so: ich mußte Abschied nehmen.

Ich machte mir eine Liste der notwendigen Besuche in Madrid und in Segovia. Gern hätte ich auch Luis de León aufgesucht, meine Scheu hatte mich immer von dem großen Manne, den ich bewunderte, ferngehalten. Dann hätte ich mit ihm über unsere gemeinsame Erfahrung der Gefangenschaft gesprochen – hatte ihn die Inquisition doch sechs Jahre lang eingesperrt, nur weil er alttestamentliche Texte direkt aus dem Hebräischen statt aus der lateinischen Vulgata übersetzt hatte: Für Sie heute, mein lieber Leser, ein ganz unvorstellbares „Vergehen", aber in meinem Lande war das damals der reine „Protestantismus", den es an der Wurzel zu bekämpfen galt. Vor allem aber wollte ich fray Luis danken für alles, was er für unsere Mutter Teresa getan hatte: die sorgfältige Herausgabe ihrer Werke, das an Ana de Jesús gerichtete Vorwort über die Wirkungen des Lebens und Lehrens unserer Mutter; ein Jahr später und gegen ihre nun laut werdenden Feinde gerichtet eine Apologie, eine Streitschrift, die mit folgenden Worten beginnt:

„›Die im vorigen Jahr gedruckten und rasch in ganz Spanien verbreiteten Werke der heiligen Mutter Teresa de Jesús fanden, wie ich hörte, nicht überall die Aufnahme, die sie verdienen.‹" Und dann baut fray Luis mit Elan seine Verteidigung auf. Wie freute ich mich, als ich las:

„›Betrachte man doch die Mönche und Nonnen, die unbeschuhten Karmeliten und Karmelitinnen, die nach Mutter Teresas Lehre erzogen wurden und sie auswendig kennen: finden sich unter ihnen Phantasten und Närrinnen? Und wer übertrifft sie an religiöser Reinheit, Heiligkeit und Gottesliebe?

Schließlich sagen die Gegner dieser Bücher, sie glaubten ihnen nicht. Sie glauben nicht – na und? Haben sie deshalb das Recht, andere daran zu hindern? Es ist eine unerträgliche Anmaßung, sich zum Herrn über das Urteil aller aufzuwerfen. Sie glauben nicht. Wenn sie selbst etwas innerlich nicht erfahren können, wollen sie, daß es auch anderen unmöglich sei? Mögen sie doch einmal leben, wie man es in diesen Büchern lehrt, und sie werden sehen, wie glaubwürdig sie sind. Zudem, das möchte ich betonen, haben sie keinen Grund, ihnen nicht zu glauben. Denn hinsichtlich der Offenbarungen berichten sie nichts Ungewöhnliches, sondern Gleiches, was auch andere Heilige schrieben und was mit der Lehre der Kirche übereinstimmt. Glauben sie nicht, weil sie nicht zugeben wollen, daß die Mutter Teresa heilig ist, so sind doch nicht sie es, die über Heiligkeit befinden. Es kann sehr wohl Heilige geben, die sie nicht kennen, und wenn sie es auch nicht wollen, die Mutter Teresa war heilig, überaus heilig.‹"

Ich wollte fray Luis also besuchen, aber ich kam zu spät. Er war schwer erkrankt, starb wenige Wochen später, als ich schon wieder in Andalusien war. Doch seine deutlichen Worte machten weiter mit seinen großen Werken die Runde. Er hatte Dorias Regierung mit ihren zahllosen Verordnungen einen ›Turm zu Babel‹ genannt, ›dessen Einsturz er sich wünschte und wozu er kräftig mitwirken wollte‹. Nun aber konnte er nicht mehr wirken, ich selber wollte fort, und Pater Graciáns Ausschluß aus dem Orden begann sich abzuzeichnen*, zumal er unklug war und von Lissabon aus heiterspottende Schriften gegen Dorias Anschauungen herausgab. Auch ich mit meiner Missionsabneigung und Inmichgekehrtheit war in sein Schußfeld geraten, aber ich verzieh es ihm gern, er konnte nicht noch mehr Feinde gebrauchen. Und ich hatte das kindliche Gemüt dieses von der Mutter Teresa so geliebten Mannes erkannt. Ich beschloß darum, seiner noch in Madrid lebenden Mutter einen Abschiedsbesuch zu machen.

Diese alte Freundin der Teresa de Jesús empfing mich mit feinem Takt und ohne Lamentieren. Sie führte mich in ihren Salon, der ganz in Gold und Grün gehalten war, golden auch das gedämpfte

---

* Anmerkung der Schreiberin: Er erfolgte am 17. Februar 1592, also nur sieben Monate später.

Licht, das durch die wegen der Sonne zugezogenen Vorhänge fiel. Als wohlhabende Frau hatte ihr Haus Fensterscheiben aus Glas, in meinem Jahrhundert, mein Leser, ein begehrter Luxus. Aber das Auftreten, die ganze Art der Señora Gracián de Dantisco, einer Verwandten des polnischen Königshauses, war von der schlichten Natürlichkeit eines vollendet kultivierten Menschen.

Wir sprachen zuerst von ihrem Sohn, von seiner Begabung, seiner Heiterkeit und über die ungute Situation, in die er durch die Konfrontation mit dem Generalvikar geraten war. Frau Gracián dankte mir für all die vielen Male, da ich ihn verteidigt und mich für ihn eingesetzt hätte – aber bei seinem leichtsinnigen Temperament befürchte sie für die Zukunft doch Schlimmes. Ich antwortete ihr, daß, soviel ich sehen könne, der Pater Jerónimo von unserem Herrgott die Gabe bekommen habe, auch in schwieriger Lage weder den Humor noch die innere Sicherheit zu verlieren*.

Señora Gracián erhob sich, um aus dem mit Intarsien versehenen Schreibschrank einen Brief ihres Sohnes zu holen, der meine Worte bestätigte. Sie las mir vor: „›Ich möchte, daß Sie dieses eine wissen: seit all diese Revolutionen im Gange sind, habe ich nicht einen Deut Liebe zu den Unbeschuhten Karmeliten verloren, und der Herr hat mir unsägliche Geheimnisse geoffenbart und die Dinge so arrangiert, daß ich ihm hier (fern von Madrid) an einem Tag mehr Dienste leisten kann als dort in Jahren! Geschehe also des Herrn Wille, denn auch wenn ich ganze Bände schriebe, bliebe über diese Dinge immer noch viel zu sagen. Ich denke, am Tage des Jüngsten Gerichts werde ich mich ausführlich mit allen Unbeschuhten unterhalten und dabei den einen danken und den anderen Genugtuung geben. (Und was die Missionen angeht): ich werde nicht zögern, mein Leben für sie zu lassen, und wenn ich tausend Leben hätte, würde ich sie hingeben für dieses Werk der Bekehrung, das man im Himmel richtig einzuschätzen weiß.‹"

Ich mußte lächeln. Das war immer noch ganz der schwungvolle Gracián, der gesagt hatte, er wolle Milliarden bekehren! Nein, dieser Mensch war nicht leicht niederzudrücken! Seine Mutter fragte

---

* Anmerkung der Schreiberin: Das sollte sich noch zeigen, als er wenige Jahre später von türkischen Seeräubern gefangengenommen und als Sklave nach Nordafrika verkauft wurde. Vgl. Erika Lorenz, „Nicht alle Nonnen dürfen das", Herder ³1988.

nun teilnehmend: „Ich hörte, Pater Juan, daß Sie in die Mission nach Mexiko wollen? Da wird mein Sohn sich freuen!" – „Ja", sagte ich, „ich möchte sehr weit fort und in eine ganz andere Welt. Und ich hoffe, daß man mich gehen läßt, wenn es auch schwer ist für die Schwestern. Gott hat es so gefügt, daß nicht alles nach Wunsch lief, ›weil es so für uns alle am besten ist. Damit wir das einsehen, bleibt uns noch die Aufgabe, unser Wollen entsprechend zu ändern. Denn was uns nicht gefällt, erscheint uns schlecht und schädlich, wie gut und richtig es auch für uns sein mag. Dabei läßt sich hier leicht erkennen, daß es nicht schadet, weder mir noch sonst jemandem. Was mich betrifft, ist es sogar sehr nützlich, denn frei von der seelsorgerischen Verantwortung, kann ich mich mit Gottes Gnade, wenn ich es will, des Friedens und der Einsamkeit erfreuen, kann mich und alles vergessen und diesen Zustand dankbar genießen. Aber auch für die anderen ist es gut, mich loszuwerden, denn so bleiben sie bewahrt vor den Fehlern, die meiner Unzulänglichkeit zuzuschreiben wären.‹"

„Aber Pater Juan", sagte die Señora Gracián, „diesen letzten Satz möchte ich nicht gehört haben. Sie übertreiben, weil Sie im tiefsten Herzen doch eine Bitterkeit spüren, die Sie nicht zulassen wollen."

„Ich weiß es nicht, Señora", sagte ich, „ich bin ja auch nur ein unzulänglicher Mensch, der sich nicht einfach mit allem abfindet. Darum bitte ich Sie herzlich, beim Herrn für mich zu beten, daß er es bei dieser jetzigen ›Gnade des Freiseins belasse, denn ich fürchte immer noch, daß man mich doch wieder nach Segovia schickt und dort einengt, sosehr ich mich auch dagegen sträuben mag.‹"

Señora Gracián mußte gut für mich gebetet haben, denn ich konnte ungehindert abreisen. Aber vorher hatte ich mich auch von Ana de Peñalosa zu verabschieden, die untröstlich war. Als sie weinte: „›Pater, wie ist es möglich, daß Sie uns verlassen?‹", antwortete ich ganz spontan: „›Seien Sie nicht so traurig, denn Sie werden nach mir schicken und mich nach Segovia zurückholen.‹" Das tröstete sie, wenn sie es auch nicht ganz verstand. Ich verstand es ja selber nicht. Aber es war wirklich so: Sie ließ später meine sterblichen Überreste nach Segovia überführen, wo sie noch heute in meiner Klosterkirche ruhen.

Ich nahm dann Abschied auch in Segovia und ritt über Toledo, Malagón, Almodóvar del Campo wieder nach Andalusien. Heute

Der Daraja-Erker in der Alhambra von Granada

Mein Bruder war hingerissen vor Staunen. Ich war selbst ganz bezaubert, besonders als ich erkannte, daß manche der Ornamente Schriftzeichen waren, Koransprüche und Liebesgedichte. Die Harmonie von Religion, Dichtung und Liebe beeindruckte mich tief (Seite 210 f.).

nur eine Nebenstraße, lieber Leser, aber damals ein gut zu bewältigender Weg, jedenfalls bis zur Sierra Morena. Ich durchquerte sie auf meinem Maultier, denn natürlich hatte ich das Pferd mit meinen Ämtern zurückgegeben, und suchte auf ihren Ausläufern das erste Reformkloster auf, das man von Kastilien aus erreichen konnte, La Peñuela, nördlich zwischen Córdoba und Baeza gelegen. Es war mir von meinen Visiten als Provinzialvikar bekannt. Ähnlich wie La Calavera verbarg es sich in einsamer Wildnis und wurde von schweigsamen und langbärtigen Mönchen bewohnt, ein jeder das Bild eines Eremiten.

Man empfing mich dort freundlich, ja freudig. Der jetzige andalusische Provinzial war mein alter Gefährte, Pater Antonio de Heredia. An ihn schrieb ich gleich nach meiner Ankunft, ich käme als ihm Unterstellter und er möge mir bitte ein Kloster zuweisen. Er hielt sich in der Nähe auf, und so kam die Antwort schnell, ich möge mir eines aussuchen! Ich schrieb zurück: „›Ich bin nicht hierhergekommen, um nach meinem eigenen Willen zu leben.‹" Er ließ es dabei bewenden, und so blieb ich in La Peñuela, einem Kloster nach meinem Herzen, und ich schrieb das auch gleich an die besorgte Ana de Peñalosa, die wußte, wie sehr ich mir ›diese Einöde von La Peñuela, sechs Meilen von Baeza, zum Aufenthalt gewünscht hatte‹. Ich schrieb noch in der Ungewißheit, was Pater Antonio anordnen würde, und so sagte ich in meinem Brief:

„›Ich fühle mich sehr wohl, dem Herrn sei Dank, und gesund bin ich auch. Denn die Weite der Wildnis stärkt Leib und Seele, wenn es auch um die Seele recht armselig bestellt ist. Der Herr wird wohl wollen, daß auch sie ihre geistige Wüste habe. Möge ihm dieser Wunsch immer besser erfüllt werden, denn Seine Majestät weiß, was wir von uns aus sind. Es ist aber noch ungewiß, wie lange ich hier bleiben kann. Doch wie dem auch sei, es geht mir gut in dem Nichtwissen, und die Prüfung der Wüste ist wunderbar.‹" Ich erlaubte mir dieser vertrauten Freundin gegenüber auch eine kleine Anspielung auf das Geschehen in Kastilien: „›Wir haben heute morgen Erbsen geerntet, jetzt unsere Morgenbeschäftigung. Dann werden sie gepalt. Es ist hübsch, diese stummen Kreaturen in der Hand zu halten, besser, als wenn andere uns in der Hand haben!‹"

16
Lebendige Flamme

Die Mönche waren fleißig gewesen, das Kloster von La Peñuela konnte sich selbst ernähren. Wogende Kornfelder gleich um das Haus, die für unseren Brotbedarf ausreichten, hangabwärts siebentausend Rebstöcke, wie man mir sagte, und hangaufwärts dreitausend Olivenbäume, dieses Wahrzeichen Andalusiens. Ein schmaler gemauerter Wasserkanal im Garten, wie mein Leser es von der Alhambra kennen mag. Und in der Nähe unseres Grundstücks unter einer Korkeiche der sprudelnde Quell. Der Prior hatte mir erlaubt, mich öfter zum Gebet dorthin zu begeben.

Meine Gedichte kamen mir oft in den Sinn, besonders die letzten Strophen der ›Dunklen Nacht‹, die Strophe von Gott als dem am Herzen ruhenden Geliebten; und das Gedicht von der lebendigen Flamme der Liebe, das Ausgangspunkt meines Buches für Ana de Peñalosa gewesen war.

Die erwähnte Strophe aus dem Nachtgedicht hatte ich in den neuen Versen noch einmal variiert:
›Wie fühl' ich dich im Schweigen
des Herzens sanft sich regen,
wo du verborgen, Geist der Liebe, wohnest.
In deines Atems Steigen,
voll Seligkeit und Segen,
wie lieblich du mit meinem Lieben lohnest!«
Und ich dachte unter meiner Eiche: ›O glücklich die Seele, die immer spürt, wie Gott in ihrem Herzen ruht! O wie muß sie sich fernhalten von allem, alle Betriebsamkeit fliehen und in unermeßlicher Gelassenheit leben, damit auch nicht die kleinste Bewegung, nicht das geringste Geräusch den Geliebten im Herzen beunruhige und störe! – Gewöhnlich scheint er in der Umarmung der Seele zu schlafen, im tiefsten Wesen der Seele, wo sie seine Anwesenheit

sehr wohl und in unbewußter Weise empfindet. Denn brächte er sich wachend immer in Erinnerung, ließe er sich ständig wahrnehmen und seine Liebe erfahren, so wäre sie schon im ewigen Leben.‹

Ja, ich sann nach über das Leben und über den Tod, und der Anblick des Quells erinnerte mich an die Mutter Teresa, die es so geliebt hatte, ihre Gotteserfahrung in Gleichnissen des Wassers auszudrücken. Ich erkannte die geistige Verwandtschaft von Wasser und Feuer, erfuhr, wie die feurigen Mitteilungen Gottes so lieblich sind, daß das ›unendliche Feuer doch den Wassern des Lebens gleicht, die mit Ungestüm den Durst des Geistes in jeder Hinsicht vollkommen stillen‹. Ja, diesem Wasser entspricht das Feuer des Lebens, ›die lebendige Flamme, die wie eine Taufe auf die Häupter der Apostel herabkam. Obwohl Feuer, ist sie auch Wasser, wie das Opferfeuer, das Jeremia in der Zisterne verbarg – in seiner Verborgenheit war es Wasser, im Offenbarwerden aber Feuer (2 Makk 1, 20–22). So ist es auch mit dem Geiste Gottes: verborgen ist er in den Adern der Seele ausgebreitet wie ein liebliches, beglückendes Wasser, das den Durst des Geistes stillt. Im Opferfeuer der Gottesliebe aber wird er lebendige Flamme.‹

In meiner Zelle arbeitete ich dann an den Kommentaren zum Flammengedicht, die ich erweitern und verbessern wollte. An einem warmen, windigen Sommertag hatte ich mich dorthin zurückgezogen und meditierte über das Psalmwort Davids: „Dein Wort ist ein heftiger Brand" (Ps 118, 140 Vulg.). Mir kam wieder der Gedanke, daß die Seele sei wie ein brennendes Holz, aus dem die Flammen emporschießen. Das heißt, die Seele befindet sich im bleibenden Zustand der erfolgten Umgestaltung in Liebe, die Flammen aber sind das lebendige Wirken im Heiligen Geist. ›Mit dieser Flamme vereinigen sich dann die Akte des von der Flamme des Heiligen Geistes mitgerissenen und durchglühten Willens und steigen empor gleich dem Engel, der sich aus der Opferflamme des Manoach zu Gott erhob‹ (vgl. Ri 13, 20).

Ich wollte diese Gedanken gerade niederschreiben, als sich draußen vor der Kirche aufgeregter Lärm erhob. Eine Stimme schrie: „Feuer, Feuer!", andere riefen nach Wasser, das immer nur kübelweise herbeizuschaffen war. Ich erschrak. Wir hatten gerade den Weizen geerntet, und Bruder Cristóbal war beauftragt, die Stoppeln abzubrennen, wie das, lieber Leser, zu meiner Zeit üblich war.

Aber natürlich nur bei günstigem Wind. Man konnte sich auf Bruder Cristóbal verlassen, also hatte der Wind gedreht ... Ich stürzte hinaus! Ein breiter Flächenbrand wälzte sich auf unsere Kirche und unser Kloster zu, vergeblich versuchten die Mönche, ihn mit Spaten und Wassergüssen aufzuhalten, Die Flammen brannten lichterloh, trockenes Gesträuch und hohes Waldgras, die Umgebung unserer Gebäude, waren ihm willkommene Nahrung.

Ich stellte mich wie schützend vor die Kirche. Das Schreien der Mönche verstummte, alle Augen richteten sich auf mich. Ich sah die Flammen und war ratlos. Aber dann tönte in mir wieder der Vers Davids: „Dein Wort ist heftiger Brand." Ich kniete nieder, schloß die Augen, spürte die Hitze des nur noch wenige Schritte entfernten Feuers. Gleich konnte es meinen Habit ergreifen. Schweißperlen rannen mir über die Stirn. Aber ich betete, betete:

„Mein Gott und Herr, der du bist im Feuer, sei Flamme in meiner Seele, diese Flamme, die jetzt vor mir brennt, die verbrennt und bedroht, laß sie sein in mir als dein Feuer der Liebe, laß mich brennen, Herr, verbrennen, aber schone deine Kirche, schone meine Brüder!" Dann verstummten in mir alle Worte, ich fühlte nur noch die Liebe zu unserem Herrn, zu meinen Brüdern, dann spürte ich gar nichts mehr, es gab nichts mehr als erfülltes, wie eine Mauer sich türmendes Schweigen. Ein Schrei durchbrach es, ein Freudenschrei wohl. Ich öffnete die Augen. Das Feuer war erloschen.

Vor der Aufregung, die nun folgte, erschrak ich noch einmal fast wie vor dem Feuer. Man wollte mir ein Wunder zuschreiben, umarmte mich, küßte meine Füße, als sei ich ein Heiliger. Ich, noch immer schweißgebadet, hob abwehrend die Hände und sagte: „Dankt unserem Herrn, nicht mir!" Dann flüchtete ich in meine Zelle, erregt, bewegt und im tiefsten Herzen unsagbar glücklich.

Wenige Wochen später war es mit meiner Ruhe in La Peñuela vorbei. Fast täglich kamen Briefe aus Kastilien wie aus Andalusien, und alle berichteten das gleiche: Pater Diego Evangelista hatte eine Diffamierungscampagne gegen mich begonnen. Generalvikar Doria hatte ihn beauftragt, in den Klöstern – vor allem in den Nonnenklöstern – nach belastenden Aussagen gegen Pater Gracián zu forschen und sie zu sammeln. Nun sammelte Pater Diego Material gegen mich gleich mit. Sie fragen sich vielleicht, mein Leser, wie er denn dazu kam. Nun, ich wußte wirklich nicht, daß ich mir etwas hätte zuschulden kommen lassen, aber Pater Diego verstand es, und das galt ebenso im Falle Graciáns, die Aussage der Schwestern zu verdrehen, sie zu erpressen. Er stellte die taktlosesten Fragen, und wenn ihm darauf Erröten und Schweigen begegnete, registrierte er das als Schuldbekenntnis. Ach, mein Leser, erlassen Sie mir die Einzelheiten, es ist zu unerfreulich! Und selbst daß Pater Doria, als er die Anschuldigungen las, sagte: „›Das ist nicht die Art des Paters Juan de la Cruz‹", tröstete nur wenig, denn er bewahrte alles sorgfältig auf.

Die Schwestern aber in Granada, „meine" Schwestern, waren so verstört, daß sie verbrannten, was sie von mir besaßen: Werke, Briefe, Porträts. Und sie taten recht damit, denn alles, was Diego Evangelista von mir in die Hände fiel, wurde gegen mich ausgelegt und verwendet. Er war auf diesem Gebiet schlau und erfinderisch. Mich schmerzte es sehr, daß ein Pater unseres Ordens zu solchem Verhalten fähig war, ich bat den Herrn, doch Pater Diegos Sinn zu wenden. Aber diesmal bat ich vergeblich. Und ich wußte ja: ›in Schweigen und Hoffen liegt unsere Stärke‹. Also schwieg ich, bemerkte aber sehr wohl die fragend-betroffenen Blicke meiner Mitbrüder, auch wenn sie mich nur für einen Augenblick streiften.

Die Sorge eines jungen Mönchs, der fürchtete, man wolle mir den Habit nehmen*, teilte ich nicht. Ich antwortete ihm: „›Mein Sohn, machen Sie sich darob keinen Kummer, denn den Habit können sie mir nicht nehmen, es sei denn, ich wäre aufsässig und unverbesserlich. Ich bin aber ganz bereit, mich in allem, worin ich gefehlt haben könnte, zu korrigieren und im Gehorsam jede Strafe anzunehmen, die man mir auferlegen will.‹"

Ich hielt es für das beste, möglichst wenig an die ganze Angelegenheit zu denken. Und ich vertiefte mich wieder in die Überarbeitung der „Lebendigen Flamme der Liebe", auch wenn mir Ana de Peñalosa versichert hatte, es gebe daran nichts zu korrigieren. Besonders beschäftigte mich jetzt der Kommentar zur zweiten Strophe:

›O gern ertragenes Brennen!
O innig empfundene Wunde!
O milde Hand, o zartestes Berühren,

---

* Anmerkung der Schreiberin: Aus dem Orden ausschließen.

so nah dem letzten Erkennen,
mit aller Vergebung im Bunde:
wie tödlich kannst du Tod zum Leben führen!‹

Ich dachte über den ersten Vers nach und meinte, ›es ist doch wunderbar und sagenswert, daß Gottes gewaltiges Feuer, das tausend Welten leichter verzehren könnte als unser irdisches Feuer eine Flachsfaser, die Seele, in der es brennt, weder verzehrt noch vernichtet, ja, ihr keinerlei Leid zufügt, sondern sie vielmehr nach Maßgabe der Liebeskraft vergöttlicht und beseligt mit seinem lieblichen Glühen und Brennen.‹

Ja, mir schienen alle Verleumdungen und Intrigen, von denen mir wohlmeinende Freunde immer wieder schrieben, ganz bedeutungslos. Mein wahres Leben war im Innern, und ich fühlte hier in der Wildnis von La Peñuela zugleich eine solche Gewalt und Sanftheit der Liebe, daß ich wußte, es konnte nur die Wirkung des Heiligen Geistes sein, dessen Läuterungen mir ganz unabhängig von ihrer Erscheinungsform lieblich geworden waren; denn ›die glückliche Seele, die durch große Fügung zu solcher Glut gelangt, weiß alles, genießt alles, tut, was sie will, und alles gelingt ihr. Niemals hat sie das Nachsehen, nichts kann ihr etwas anhaben. Denn diese Seele ist geworden wie der, von dem der Apostel sagt: ‚Der geisterfüllte Mensch urteilt über alles, ihn aber vermag niemand zu beurteilen' (1 Kor 2,15), und: ‚Der Geist ergründet nämlich alles, auch die Tiefen der Gottheit' (1 Kor 2,10). Es ist ja die Eigenschaft der Liebe, alle Vorzüge des Geliebten aufzuspüren.

O Herrlichkeit der Seelen, die ihr verdientet, zu diesem höchsten Feuer zu gelangen! Hier müssen alle Worte verstummen, und die Anbetung im Herzen und der Lobpreis auf den Lippen formen nur noch den Ausdruck „oh!", indem sie sagen: „O gern ertragenes Brennen!"‹

Während ich so mit meinem Gedicht beschäftigt war und gedankenvoll durch den Garten oder die Umgebung streifte, bereitete sich etwas vor, das mich nicht unberührt lassen konnte. Eines Abends, als ich mich auf meinem Lager ausstrecken wollte, fühlte ich einen stechenden Schmerz am Fuß. Ich richtete mich wieder auf und besah ihn mir. Auf dem Fußrücken zeigte sich eine scharf abgehobene Rötung. Ich dachte: nun, da werde ich mir eine kleine Verletzung zugezogen haben, gestern beim Brombeerpflücken oder zwischen den scharfrandigen Gräsern, wie das eben bei einem Barfüßer leicht geschehen kann. Und ich schlief unbesorgt ein, nur hin und wieder von einem aufzuckenden Schmerz geweckt.

Aber am folgenden Nachmittag, als wir die Vesper gebetet hatten, überkam mich ein Zittern, das mich geradezu schüttelte. „Bruder Juan, Sie sind krank", sagte mein Prior, der mich schlotternd auf einem Stein im Garten fand, „legen Sie sich hin." Ich tat es, und nach einiger Zeit ließ das „Frieren" nach, statt dessen war nun mein Kopf glühend heiß, ohne Zweifel hohes Fieber. Und die Rötung am Fuß war noch intensiver, glänzend, ein wenig geschwollen. Mein Prior besprach sich mit meinen Brüdern, sie rieten mir, mich in Baeza behandeln zu lassen, denn in unserer isolierten Lage gab es keine medizinische Hilfe. Doch der Gedanke an die vielen Menschen, die mich dort kannten und schätzten, erschreckte mich. Man würde viel davon hermachen, wenn ich krank war, wenn ich der Pflege bedurfte. Und ich brauchte meine Stille und mein absolutes Gott-anheimgegeben-Sein. So meinte ich, es sei besser, in La Peñuela zu bleiben und abzuwarten, wie sich alles entwickeln würde.

Zu diesem Zeitpunkt mußte unser Prior verreisen, und es kam zu seiner Vertretung ein Pater aus Úbeda, Juan de la Madre de Dios. Als dieser meinen inzwischen stark geröteten und geschwollenen Fuß sah und ich ihm auch gestehen mußte, daß mich das Fieber nicht verließ, befahl er mir, mich zur Behandlung in sein Kloster in Úbeda zu begeben. Ich sagte: „›Wenn es der Gehorsam verlangt, will ich gehen‹". Aber wirklich gehen konnte ich nicht mehr; man gab mir ein Maultier, auf dem ich etwas schwankend saß, aber ich gelangte doch tatsächlich nach Úbeda, das nur ein wenig weiter entfernt war als das nahe Baeza.

Vor meinem Wegritt – es war der 28. September – hatte ich noch an Ana de Peñalosa geschrieben: „›Morgen gehe ich nach Úbeda, um mich dort von einem kleinen Fieber zu kurieren. Da sich schon seit einer Woche diese Temperaturen täglich einstellen und mich nicht verlassen, brauche ich doch wohl medizinische Hilfe. Aber ich gehe in der Absicht, hierher zurückzukehren, weil mir doch diese heilige Einsamkeit so guttut ...‹" Ich bat Doña Ana aber auch, für mich zu beten, ›daß der Herr mich innerlich so bereite, daß er mich zu sich nehmen kann‹.

Was ich der lieben Freundin nicht schrieb, war die Tatsache, daß der Prior von Úbeda, Pater Francisco Crisóstomo, ebenso mein Feind war wie der Pater Diego Evangelista, denn die beiden waren befreundet seit jener Zeit, als ich sie in Sevilla wegen ihrer Liederlichkeit gerügt hatte. Ich dachte aber, mein elender Zustand werde ihm helfen, seinen Groll zu überwinden.

Da hatte ich mich aber, mein lieber Leser, gewaltig geirrt. Der Prior war und blieb mein Feind, erst in meinen letzten Stunden wurde das anders. Jetzt verweigerte er mir gerade das, wofür ich nach Úbeda gekommen war: Schonung und Pflege. Ich mußte voll am Gemeinschaftsleben teilnehmen, durfte mich nicht legen, auch wurde kein Arzt konsultiert, bis ich wenige Tage nach meiner Ankunft auf meine Pritsche sank und mich nicht mehr erheben konnte. Meine Mitbrüder, unter denen einige gute Freunde waren, die in Baeza und Granada mit mir gelebt oder von mir den Habit empfangen hatten, bestanden jetzt darauf, daß ein Arzt gerufen wurde und seine Diagnose stellte. Diese lautete in meiner Sprache „Erisepela", was wohl in Ihrer deutschen Sprache, mein lieber Leser, „Wundbrand" heißt, den Sie auch „Rose" nennen.

Das war zu meiner Zeit mit ihren geringen medizinischen Möglichkeiten eine recht schlimme Krankheit, und bei mir war sie durch die fehlende Behandlung schließlich in jenes Stadium gelangt, in der sich eine Sepsis, eine Blutvergiftung, dazugesellt, die den ganzen Körper mit Krankheitskeimen überschwemmt. Das war ein qualvoll schleichender Prozeß, und der Arzt tat, was er konnte: er schnitt mir das ganze Bein auf, er schabte und kratzte in der Tiefe meiner Wunden, die schon den Knochen bloßlegten, er kam mit einem glühenden Eisen, um mir das entzündete Gewebe wegzubrennen, das sich bald bis auf den Rücken erstreckte.

Das alles war so schmerzhaft, daß ich oft nicht sprechen konnte, wenn man mich etwas fragte. Und doch: meine Seele erlebte die Schmerzen in einer ganz anderen Dimension. Es schien mir kein Zufall, daß ich in meinem letzten Gedicht, in den Strophen der „Lebendigen Flamme", von Wunde und Brennen gesprochen hatte, wie Sie, mein Leser, ja schon vernahmen.

Wenn mir meine Verse ›O gern ertragenes Brennen, o innig empfundene Wunde‹ wieder in den Sinn kamen, fühlte ich in all meinem Elend ein geheimes Glück. Ich verstand jetzt die Mutter Teresa, die ihr Herz von einem Seraph mit glühender Speerspitze durchbohrt fühlte. Ganz deutlich spürte ich ›die stürmisch aufstörende Hand des Seraphs‹. Fünf Wunden gruppierten sich auf meinem Fuß, die größte, die aussah, als habe man hier einen Nagel durchgetrieben, in der Mitte. Ich liebte diese Wunden, denn ›manchmal läßt Gott es zu, daß die Wirkung einer inneren Liebeswunde sich auch körperlich zeigt. Und sie tritt so nach außen, wie sie im Innern erfahren wird, wie man an den fünf Wunden des heiligen Franziskus sieht, dem ein Seraph die fünf Liebeswunden in die Seele brannte, die sich dann auch am Körper zeigten, der nun ebenfalls von Liebe verwundet war.

Gott verleiht dem Körper meist keine Gnade, die er nicht zuvor und vor allem der Seele geschenkt hätte. Und so, je größere Liebeskraft und Seligkeit von der inneren Verwundung ausgehen, um so mehr überträgt sich dieses Empfinden auch auf die Wunden des Leibes, und das eine wächst mit dem anderen. Das ist so, weil die Seelen, denen das geschieht, schon geläutert sind und Gott geeint. Darum wird das, was in ihrem verweslichen Fleische Qual und Schmerzen verursacht, dem starken und heilen Geiste köstlich und süß. Es ist folglich etwas Wunderbares, den Schmerz in der Beseligung wachsen zu fühlen.‹

So jedenfalls schien es mir. Das heilende Brennen ›macht die Seele zu einer einzigen Liebeswunde. Sie ist gänzlich wund und gänzlich heil.‹ So war ich, soweit es die körperlichen Schmerzen zuließen, recht gelassen, ja manchmal heiter, was meine Umgebung verwunderte.

Ich hatte nun viel Besuch, manchmal zu viel. Geistliche und Weltleute kamen aus der Umgebung angereist, um an meinem Bett zu sitzen oder, im Falle der Weltleute, mir Erleichterndes zu bringen. Verbandszeug, Aprikosensaft, Hemden zum Wechseln. Wenig angenehm war es mir, wenn ich merkte, daß man mit allem, was meinen Körper berührt hatte, eine Art Reliquienkult trieb, als sei ich ein Heiliger und schon tot.

Als Pater Antonio Heredia, der Provinzial, mich besuchte, meinte er es gut und wollte von meinen Verdiensten reden, besonders von unserer ersten gemeinsamen Klostergründung. Aber ich schnitt ihm etwas brüsk das Wort ab, zu Höflichkeiten fehlte mir die Kraft. ›Ich will nicht an meine Verdienste denken‹, sagte ich, ›sondern an meine Sünden.‹ Wartete ich doch täglich darauf, daß er mir das Sterbesakrament reichen würde. Aber die Krankheit zog sich hin: bald konnte ich mich nicht mehr bewegen, mein ganzer Leib war eine einzige schwärende Wunde. Man befestigte am Dekkenbalken über meinem Bett einen Strick, an dem ich mich hochziehen konnte, wenn ich mich aufrichten wollte. Eine benachbarte Familie kochte täglich für mich, denn ich vertrug nur noch leichte, gute Nahrung, die sich das Kloster nicht leisten konnte. Mein Konvent in La Peñuela sandte sechs Hühnchen, der Prior selbst brachte sie.

Einmal wurde ich gefragt, ob man nicht Musiker kommen lassen dürfe, um mich ein wenig von meinen Schmerzen abzulenken. Da ich Musik liebte, sagte ich spontan ja. Aber dann überlegte ich es mir, und als sie kamen, bat ich, sie nicht spielen zu lassen. ›Es ist ja dem inneren Menschen gut, wenn er in Festigkeit und Geduld alles Leiden und Ungemach trägt, das Gott ihm seelisch und körperlich auferlegt, sei es nun groß oder klein. Man muß wissen, es kommt alles aus Gottes Hand und dient zum Besten und zum Heil, man darf davor nicht fliehen, denn gerade des Leibes Krankheit kann der Seele Gesundheit bringen.‹

Pater Antonio war sofort von Baeza gekommen, als mein Pfleger, ein sehr lieber junger Mönch, ihn rief. Und er rief ihn, als Prior Francisco Crisóstomo verboten hatte, meine Verbände zu waschen und mir die notwendige Hygiene zukommen zu lassen. Doch als der besorgte Provinzial eintraf, hatte die tödliche Blutvergiftung schon meinen ganzen Körper erfaßt. Ich war außerordentlich geschwächt, manchmal schien mir das Herz kaum noch zu schlagen.

Oft konnte ich mich auch an dem Strick nicht mehr hochziehen. Dann lag ich ganz still und schaute an ihm empor und dachte an mein Seil in Toledo, an dem ich mich so sicher hinabgelassen hatte. Dieser Strick über mir aber wies nach oben, wie einst das Seil, das mich aus dem Brunnen zog. Mir fiel Jakobs Himmelsleiter ein, ›auf der die Engel ab- und aufstiegen, von Gott zum Menschen und vom Menschen zu Gott, der am oberen Ende der Leiter wartet.‹

Ich lag still und ›fühlte die Wunde in der Herzmitte der Seele, dort, wo man äußerste Seligkeit empfindet – wie soll ich es gebührend beschreiben? Es war ein Gefühl wie von einem winzigen Senfkorn, das in der Seele mit höchster Lebendigkeit und Glut auf die Umgebung ein Liebesfeuer ausstrahlte. Und dieses Feuer aus dem feinsten Punkt wuchs und verzweigte sich durchdringend und zart in alle geistigen und seinshaften Adern meiner Seele, entsprechend ihrer Aufnahmefähigkeit. Sie fühlte die Glut zunehmen und wachsen und mit der Glut die Liebe, so daß in ihr ein Feuermeer wogte, das alles mit Liebe erfüllte. Ja, das ganze Universum wurde zum Meer der Liebe, und meine Seele flutete darin in einer Liebe ohne Anfang und Ende, die doch immer von dem lebendigen Zentrum ausstrahlte.‹

Als ich meine Lage nicht mehr wechseln konnte und das Fieber neue Höhen erkletterte, rief ich nach Pater Antonio, der mir die Beichte abnahm und mir die Wegzehrung gab, den Leib unseres Herrn. Das war am 11. Dezember. Danach bat ich einen vertrauenswürdigen Pater, der mich besuchte, das Bündel Briefe unter meinem Kopfkissen hervorzuholen. Wir verbrannten sie gemeinsam in einer Schüssel. Es waren die Briefe, in denen man mir Schlimmes von Pater Diego Evangelista und seinen Helfern berichtet hatte. Ich wollte nicht, daß sich die Nachwelt über so viel Schlechtigkeit entsetze. Ja, als die Briefe brannten, erschien mir die Flamme wie ein kleines gleichnishaftes Fegefeuer. Ich meinte, schon dieser Vorgang müsse den Pater Diego ein wenig läutern – mein Leser möge bedenken, daß mein Fieber hoch war. Am 13. Dezember, es war ein Freitag, erhielt ich die Krankensalbung oder Letzte Ölung.

Mittags kam Prior Francisco Crisóstomo. Er hatte mich auch in den zurückliegenden Wochen gelegentlich besucht, aber immer nur, um mich zu beschimpfen: wieviel Kosten ich dem Kloster verursache und wie unnötig damals in Sevilla die Rüge gewesen sei. Aber diesmal kam er ruhiger, stiller. Ja, er bat, ich möge ihm verzeihen, daß mich das Kloster wegen seiner Armut nicht so hatte pflegen können, wie man es andernfalls gern getan hätte. Ich antwortete: „Pater Prior, ich bin zufrieden und habe mehr, als ich brauche. Seien Sie nicht betrübt, daß Ihr Kloster so arm ist, und vertrauen Sie auf unseren Herrn, denn bald wird die Zeit kommen, da man in diesem Hause alles haben wird, dessen man bedarf.‹" Und ich bat ihn, mich in meinem Habit begraben zu lassen. Pater Crisóstomo war so bewegt, daß er die Zelle weinend verließ. Er kam aber am Nachmittag wieder, um schweigend an meinem Bett zu knien und zu beten.

Für mich hatte dieser Tag einen ganz besonderen Glanz. Denn vor einer Woche hatte sich mir im Gebet wieder die Gottesmutter gezeigt, so, wie ich sie seit meiner Kindheit kannte, und mir gesagt, in der Nacht vom Freitag auf Samstag werde mich die Heiligste Dreifaltigkeit ganz in ihr Leben aufnehmen. Ja, sie gab sogar den genauen Zeitpunkt an: um Mitternacht, sagte sie, so daß ich die Matutin, das den neuen Tag begrüßende Gebet, schon vor Gottes Angesicht in der Ewigkeit singen würde.

Nun war der Freitag gekommen, und ich fühlte, wie mir neue Kräfte zuwuchsen. Ab zehn Uhr abends war ich unruhig, fragte Bruder Pedro, meinen Pfleger, immer wieder nach der Uhrzeit. Endlich sagte er: „›Es ist jetzt halb zwölf.‹" Da wurde ich froh. „›Die Stunde ist nah‹", sagte ich, „›holen Sie die Brüder!‹" Sie kamen, und jeder trug eine Öllampe, die an der Wand aufgehängt wurde. Ich hatte die Kraft, mich an dem Strick aufzurichten, und ich fragte: „›Wollen wir gemeinsam ‚Aus der Tiefe rufe ich' beten? Ich fühle mich sehr stark!‹" Sie nickten und schlugen den Psalm in ihren Brevieren auf. Sie rezitierten: „Aus der Tiefe rufe ich, Herr, zu dir", und ich fuhr fort: „Herr, höre meine Stimme!" Sie: „Wende dein Ohr mir zu", ich: „Achte auf mein lautes Flehen." Wie freute ich mich an der Strophe:

„Ich hoffe auf den Herrn, es hofft meine Seele,
   ich warte voll Vertrauen auf sein Wort.
Meine Seele wartet auf den Herrn
   mehr als die Wächter auf den Morgen.
Mehr als die Wächter auf den Morgen
   soll Israel harren auf den Herrn."

Dann legte ich mich zurück, und die Brüder rezitierten noch die Psalmen „Gott, sei mir gnädig nach deiner Huld" und „Herr, ich suche Zuflucht bei dir". Unterdes brachte man die Monstranz mit dem Allerheiligsten, ich hatte darum gebeten. „›Mein Herr‹", sagte ich glücklich, als man sie über mich hielt, „›zum letzten Male sehe ich dich mit sterblichen Augen.‹" Dann fragte ich wieder nach der Uhrzeit. Die Stunde war vorgerückt, der Prior wollte mir nun die Sterbegebete vorlesen. „›Lassen Sie die, Pater‹", bat ich, „›ich brauche sie nicht mehr. Lesen Sie mir bitte aus dem Hohenlied der Liebe.‹"

Ganz leise klappte die Tür. Pater Francisco hatte den Raum verlassen, um zur Matutin zu läuten. Und der Pater Prior las mit gedämpfter Stimme:

„Du, den meine Seele liebt,
sag mir, wo weidest du am Mittag?
Horch! Mein Geliebter!
Sieh da, er kommt.
Er springt über die Berge,
hüpft über die Hügel.
Der Gazelle gleicht mein Geliebter,
dem jungen Hirsch.
Ja, draußen steht er
an der Wand unsres Hauses;
er blickt durch die Fenster,
späht durch die Gitter.
Ich gehöre meinem Geliebten,
und ihn verlangt nach mir.
Komm, mein Geliebter ...
Leg mich wie ein Siegel auf dein Herz,
wie ein Siegel an deinen Arm!
Stark wie der Tod ist die Liebe,
hart wie die Unterwelt ist die Leidenschaft.
Ihre Gluten sind Feuergluten,
gewaltige Flammen."

Die Hölle, dachte ich, muß eisig kalt sein. Gott ist Feuer, Gott ist Flamme. Die Uhr begann zu schlagen, und die Mönche erhoben sich. Sie nahmen ihre brennenden Lampen und umstanden mein Lager. ›Gott ist allmächtig, weise, gütig und barmherzig. Jede dieser Eigenschaften ist eine Flamme, die die Seele erleuchtet und mit Liebesglut erfüllt. Gott ist eine Fülle von Flammen, und alle diese Flammen sind nur eine Flamme. Und so werden alle zusammen nur ein Licht und ein Feuer.‹ Ich empfahl meine Seele in Gottes Hände.

Dann wurde es dunkel, aber nur für einen Augenblick.

Bücher von Erika Lorenz bei Herder

Ins Dunkel geschrieben
Johannes vom Kreuz – Briefe geistlicher Führung
Herder Tb. 1505, 160 Seiten. ISBN 3-451-08505-4

Der nahe Gott
Im Wort der spanischen Mystik
216 Seiten, gebunden. ISBN 3-451-20529-7

Nicht alle Nonnen dürfen das
Teresa von Ávila und Pater Gracián –
die Geschichte einer großen Begegnung
160 Seiten, Paperback. ISBN 3-451-21314-1

Ein Pfad im Wegelosen
Teresa von Ávila – Erfahrungsberichte und innere Biographie
Herder Tb. 1307, 2. Auflage, 158 Seiten. ISBN 3-451-08307-8

Das Vaterunser der Teresa von Ávila
Anleitung zur Kontemplation
3. Auflage, 96 Seiten, gebunden. ISBN 3-451-20971-3

Vom Karma zum Karmel
Erfahrungen auf dem inneren Weg
Herder Tb. 1638, 160 Seiten. ISBN 3-451-08638-7

Teresa von Ávila
Ich bin ein Weib und obendrein kein gutes
Ein Porträt der Heiligen in ihren Texten.

Ausgewählt, übersetzt und eingeleitet von Erika Lorenz
Herder Tb. 920, 6. Auflage, 144 Seiten. ISBN 3-451-07920-8

Verlag Herder Freiburg · Basel · Wien